Sylvia Frank

So long, Marianne – Leonard Cohen und seine große Liebe

atb aufbau taschenbuch

Sylvia Frank

SO LONG, MARIANNE

LEONARD COHEN UND SEINE GROSSE LIEBE

Roman

atb aufbau taschenbuch

FSC
www.fsc.org
MIX
Papier | Fördert gute Waldnutzung
FSC® C083411

ISBN 978-3-7466-3956-7

Aufbau Taschenbuch ist eine Marke
der Aufbau Verlage GmbH & Co. KG

1. Auflage 2023

Satz Greiner & Reichel, Köln
Druck und Binden CPI books GmbH, Leck, Germany
Printed in Germany

www.aufbau-verlage.de

PROLOG

Oslo, 2016

Es war Ende Juli.

Bienen summten in den Blumenrabatten vor dem Fenster.

Marianne drehte leicht den Kopf.

Sogar jetzt ließ sie sich noch durch den Anblick des Himmels ablenken. Hoch und von hellem Blau zeigte er sich heute über Oslo, durchwirkt von weißen Wolkenbändern.

Das Licht ist anders hier, ging es ihr durch den Kopf. Wie oft hatte sie das nach ihrer Rückkehr festgestellt. Es war glasiger und eine Spur strahlender, die Schatten warfen scharfe Kanten auf dem hellen Untergrund.

Auf Hydra war das Licht wärmer, von einer gelben, schwebenden Textur, als hätte die Sonne Goldpartikel in die Luft eingewebt. Es erstaunte sie immer noch. Alles dort schien zu fließen, alles war grenzenlos. Jedes Wesen war für sich auf der Suche, und doch schienen am Ende alle etwas Höherem zu gehorchen.

Sie schloss die Augen, spürte, wie ihr Herz heftiger anfing zu schlagen.

Hydra.

Die kleine griechische Insel mit ihrer hufeisenförmigen Bucht, die Hänge mit gedrungenen weißen Häusern bedeckt, wie die Sitze in einem Amphitheater, von denen auch sie eines bewohnte …

Dort war sie zu Hause.

Viele Jahre.

Bis sich plötzlich alles änderte. Das lieb gewonnene Inseldasein zerrann ihr zwischen den Fingern, nichts war mehr wie zuvor und als sie auf die Fähre stieg, die sie zum Festland brachte, kam sie sich wie eine Versagerin vor.

Sie öffnete die Augen, versuchte die Beine zu bewegen.

Die Zudecke war schwer, aber nicht unerträglich schwer.

Sie hörte undeutliches Gemurmel draußen auf dem Flur, die Tür zu ihrem Zimmer war nur angelehnt. Regelmäßig kam eine Krankenschwester und sah nach ihr.

Sie hielt inne, ihr Blick verfing sich in einer der Fugen zwischen den Holzlamellen an der Zimmerdecke.

Sie dachte an Leonard, an seine Augen, die Hände und die dunklen Haare, die tiefen Furchen um seinen Mund. Sie dachte an ihren Sohn und an ihren Mann. Plötzlich taten sie ihr so unendlich leid.

Sie schluckte.

Für einen Moment stellte sie sich vor, dass die farblose Flüssigkeit, die aus dem Plastikbeutel über ihrem Kopf in ihre Vene tropfte, ein unerwartetes Wunder bewirkte. Dass der Krebs, der in ihren Adern wohnte und ihr Blut verseuchte, vernichtet wurde und dass sie dieses Bett, nachdem sie sich ein wenig erholt hatte, verlassen konnte, ihre Tasche nahm, um wieder in ihr kleines Haus in Larkollen zurückzukehren.

Sie würde weiterleben …

Aber es lag längst nicht mehr in ihrer Hand, dies zu entscheiden.

Schon vor einiger Zeit stellten die Ärzte fest, dass sich ihre

Blutzellen im Knochenmark veränderten und sich unkontrolliert vermehrten, wobei sie die gesunden Blutzellen verdrängten.

Einen Augenblick lang kam es ihr trotzdem nicht richtig vor; denn es fühlte sich an, als hätte sie ein weiteres Mal versagt.

Sie stieß den Atem aus und schüttelte unmerklich den Kopf.

Auch wenn solche Grübelei zu einem Zeitpunkt und an einem Ort wie diesem zutiefst menschlich waren, wollte sie die wenige Zeit, die ihr noch blieb, mit Wichtigerem verbringen.

Und sie wusste auch schon womit.

Marianne drückte den roten Knopf und wartete, bis der vertraute Anblick der Krankenschwester im Türrahmen erschien.

Jan Christian Mollestad stand hinter dem bodentiefen Fenster in seinem Haus in Oslo und schaute hinunter auf die nachterleuchtete Stadt.

Leise drang der Verkehrslärm durch die Scheibe, als er das Weinglas an die Lippen führte.

Wie er erwartet hatte, entpuppte sich der Tag als einer der mühsameren. Doch er war sorgsam vorgegangen, denn er wusste, wie wichtig es war, die Geldgeber von einem neuen Projekt zu überzeugen, bevor sie in einen Film investierten.

Auf dem Couchtisch neben der Weinflasche schnarrte das Mobiltelefon, gab den Erhalt einer SMS bekannt.

Mollestad blickte müde über die Schulter und überlegte, ob er die Mitteilung ignorieren sollte. Doch nach kurzem Zögern entschied er sich dagegen. An einem Tag wie heute konnte er es sich nicht leisten, launenhaft oder leichtfertig zu sein. Möglicherweise gab es noch eine letzte Frage zu dem Projekt, die es zu beantworten galt.

Er nahm das Handy und erstarrte.

Die Nachricht kam von seiner langjährigen Freundin Marianne. Bestürzt las er die Worte auf dem grauen Display:

> *Ich bin im Krankenhaus, ich sterbe. Bitte kümmere Dich um den kleinen Axel und um Jan, meinen Mann. Kannst Du es bitte auch Leonard sagen? Und bring, wenn Du mich besuchst, eine Kamera mit. Ich habe das Gefühl, ich möchte noch etwas sagen.*

KAPITEL 1

Oslo, 1957

Die Sonne stand trotz vorgerückter Stunde noch hoch am Himmel.

Marianne atmete hörbar aus und machte es sich auf dem Beifahrersitz bequem. Sie liebte diese Tage in der Mitte des Jahres, jeder von ihnen schien an Mittsommer eine Ewigkeit anzudauern und reduzierte die Dunkelheit der Nacht auf ein kurzes grauschwarzes Intermezzo.

Ihr Blick wanderte zu Axel, der mit hochgekrempelten Hemdsärmeln neben ihr saß. Seine schlanken Hände hielten lässig das Lenkrad, als wollte er austesten, wie viel Kraftaufwand vonnöten war, um den Wagen auf der Fahrbahn zu halten.

Sie betrachtete sein Profil, die hohen Wangenknochen, die leicht schräg stehenden Augen, die schlanke Nase und den energischen Zug um den Mund. Immer wenn sie ihn länger anschaute, kam sie zu dem Schluss, dass er etwas von Dschingis Khan, dem berühmten Mongolenfürsten, hatte.

Axel wirkte, als ob ihn irgendetwas belustigte.

Offenbar war er heute bester Laune.

Ein Zufall hatte sie zusammengeführt.

Axel würde behaupten, dass es Schicksal war.

Sie kam mit zwei Freundinnen aus einem der Osloer Vororte und war auf dem Weg zurück in die Stadt, als plötzlich vier junge Männer, die sich an den Armen untergehakt hatten, lärmend mitten auf der Fahrbahn standen. Annegret, Mariannes Freundin, die den Wagen lenkte, musste stark bremsen, um das Auto anzuhalten. Die jungen Männer umrundeten mit zunehmendem Interesse den Wagen, lachten und machten anzügliche Bemerkungen, bis Axel sein braun gebranntes Gesicht zum Seitenfenster hineinsteckte und Marianne aus dunklen Augen musterte.

»Wer bist du?«

»Mein Name ist Marianne.«

Er nickte. »Du musst unbedingt heute Abend ins Theatercafé kommen.«

Zuerst zögerte sie, dann entschied sie, hinzugehen, obwohl sie damit gegen den Willen des Vaters handelte, der es lieber sah, wenn sie die Abende zu Hause verbrachte.

Der Wagen ließ das Zentrum von Oslo hinter sich, und sie fuhren jetzt ein Stück am Meer entlang.

Mariannes Blick verlor sich in der Weite.

Sie erinnerte sich noch genau daran, wie sie von ihrem Platz aus mit leuchtenden Augen Axels Geschichte lauschte. Er hatte eine Zeit bei den Tuaregs, einem geheimnisvollen Wüstenvolk in der Sahara, zugebracht, und er verstand es ausgezeichnet, ihr mit seinen Worten das Wesen der Menschen dort und ihre spirituelle Verbundenheit mit der Wüste nahezubringen. Er erklärte ihr, dass der westlichen Zivilisation im Kern das wahre Leben abhandengekommen war, dass Wohlstand, Luxus und Gewohnheit die Menschen verweichlichten und die Dekadenz, die uns von Natur aus gegebenen Triebe und Instinkte zum Überleben abtötete. Der westliche Mensch nutzte sein Gehirn nicht, um zu schöpfen, sondern um zu konsumieren. Seiner Meinung nach waren die Menschen um ihn herum nur noch ein Schatten ihrer ursprünglichen Bestimmung.

In seinem Zimmer hatte er aus Decken eine kleine Höhle gebaut, und um die Sonne zu imitieren, hängte er einen roten Schal über das Fenster, hinter dem er eine Kerze anzündete.

Marianne betrachtete Axel aus den Augenwinkeln.

Er war völlig anders als die Menschen, die sie kannte. Er bemühte sich nicht, sich anzupassen, sondern er war selbstbestimmt, sozusagen sein eigener Herr. Sie spürte, dass er sich von den Zwängen der bürgerlichen Gesellschaft auf eine Weise befreit hatte, die sie noch nie zuvor erlebt hatte. Er wehrte sich gegen die vorherrschenden Bildungs- und Moralvorstellungen und hatte sich nach seiner Rückkehr aus der Wüste auf eine Reise begeben, die nur von einem Ziel angetrieben wurde – der Suche nach sich selbst.

Er las Ouspensky, Gurdjieff, Nietzsche, Jung und reichte die Werke in seiner Begeisterung an sie weiter, damit auch sie sich befreite.

Marianne rollte mit den Schultern.

Sie hatte wirklich den ernst gemeinten Versuch unternommen, diese Werke zu lesen. Seite für Seite. Doch so sehr sie sich auch bemühte, der tiefere Sinn erschloss sich ihr nicht, die komplizierte Sprache und die abstrakten Inhalte blieben ihr fremd.

Viel lieber begleitete sie Axel einfach nur ins Theatercafé, wo sie Sandwiches und eingelegten Hering für fünfundsiebzig Öre aßen, immer in der Hoffnung, sie würden für sich bleiben, damit er ganz ihr gehörte. Doch meistens tauchte einer von

Axels Freunden auf, mit dem er dann stundenlang über seine Bücher, all die hochfliegenden Ideen, die ihn beschäftigten, und seine Sicht auf die Welt philosophierte.

Meistens saß sie dann nur still daneben und kämpfte gegen ihre Nervosität an, in der Gewissheit, dem Verlauf des Gespräches nicht folgen zu können. Am Ende dieser Abende bekam sie meist Kopfschmerzen, während die Freunde am Tisch lachten und sagten: »Axel ist wieder weit draußen in der Andromeda-Galaxie!«

Plötzlich vernahm sie seine Stimme, die sie aus ihren Gedanken riss. »Entschuldige, was hast du gesagt?«

»Gleich wirst du Lasse kennenlernen.« Er verzog den Mund zu einem schiefen Lächeln. »Er ist unser Gastgeber. Ab und zu gehen wir zusammen segeln. Aber nimm dich vor ihm in Acht. Er ist ein Frauenschwarm.« Der Ton seiner Stimme verriet ihr nicht, was er von ihm dachte.

Er wandte sich wieder der Straße zu.

Vor ihnen hielt ein Bus an einer Haltestelle, eine ältere Dame mit einem kleinen Hund an der Leine stieg aus.

Ein Frauenschwarm, dachte Marianne hilflos. Was sollte so ein Mann schon von ihr wollen? Auf Partys gab es immer Frauen, die hübscher und geistvoller waren als sie. Frauen, die sich um Axel drängten.

Sie war schlank, und das blonde Haar fiel ihr über die Schultern, aber sie fand ihr Gesicht zu rund, und meistens schlug sie nur verlegen die Augen nieder, wenn sie fremde Menschen traf.

Marianne schob den unliebsamen Gedanken zur Seite und lenkte ihre Aufmerksamkeit auf ein schmiedeeisernes Tor, dessen Flügel weit offen standen. Dahinter führte eine breite

Zufahrt, die von dunklen Bäumen gesäumt war, leicht bergan. Helles Zwielicht lag auf dem Kies. Der Weg führte durch den Park und vollzog dann einen weiten Bogen hinauf zu einer herrschaftlichen Villa.

Als Axel auf den Vorplatz einbog, bemerkte sie zahlreiche Automobile, die ein dicht gedrängtes Spalier bildeten. Ihre verchromten Lampenringe und Spoiler schimmerten silbern.

Sie hielten dicht neben einem Springbrunnen, der sich über einem Rasenrondell erhob.

Der Motor verstummte.

Marianne stieg aus. Zuerst vernahm sie nur das plätschernde Geräusch der Wasserfontäne, in das sich, je weiter sie sich mit Axel entfernte, zunehmend gedämpfte Musik mischte, die Klänge waren eindeutig Jazz und drangen leise aus einem beleuchteten Fenster im Souterrain, hinter dem sich schemenhaft Menschen bewegten.

Axel blieb stehen, schloss die Augen und lauschte, bevor er seinen Arm um ihre Schulter legte. »Marianne, hörst du das?«, fragte er beschwörend. »Findest du nicht auch, Jazz ist wie Erotik, eine Mischung aus primitiven, elementaren Stimmungen: Trauer, Hass, Melancholie, Sexus und Freude verschmelzen zu einem neuen Geist. Ich will die Sprache mit demselben Rhythmus durchdringen, mit demselben Geist. Alles, was ich schreibe, soll Jazz sein.«

Er holte mit seinen Schritten beschwingt aus, ganz gefangen genommen von dieser Vorstellung, während Mariannes Blick stumm die beeindruckende schneeweiße Fassade der Villa entlangglitt, die am Dachfirst und den Pilastern der bodentiefen Sprossenfenster dunkelblau abgesetzt war.

Sie hielten am Portal. Axel klingelte, und ein Mann öffnete. Offensichtlich war er erstaunt, sie zu sehen. Er machte die Tür auf, hielt einen Moment inne und wirkte unschlüssig. Axel legte ihm die Hand jovial auf die Schulter und sagte: »Guten Abend, Lasse.«

»Du konntest es einrichten«, stellte dieser tonlos fest, blieb aber im Türrahmen stehen. Er versperrte ihnen den Weg, bis Axel fragte: »Dürfen wir hereinkommen?«

Lasse zögerte, dann trat er beiseite, wobei er den Anschein erweckte, über die Entscheidung noch einmal gründlich nachdenken zu müssen. Er bat sie nicht, ihm zu folgen, sondern drehte sich einfach um und verschwand im Haus.

Axel deutete mit theatralischer Geste auf die verwaiste Tür und Marianne trat unaufgefordert ein. Ihr war nicht wohl dabei, und für einen Moment dachte sie daran, Axel allein hier zu lassen und zur Bushaltestelle zu laufen, von wo aus sie zurück in die Stadt fahren konnte. Der Gedanke machte sie nicht unglücklich.

Eine junge Frau in schwarzer Uniform kam auf sie zu, begrüßte sie und nahm ihnen die Jacken ab, um sie auf einen Garderobenständer zu hängen, an dem bereits vornehme Lodenmäntel und extravagante Pelzroben Platz gefunden hatten. Mariannes roter Mantel mit den schwarzen Samtaufschlägen, den sie im Second Hand gekauft hatte, wirkte schäbig neben all der Pracht.

Axel zündete sich eine Zigarette an. »Bist du so weit?«, fragte er und schaute gespannt hinüber zu einem weit geöffneten Portal, aus dem angeregtes Stimmengewirr drang.

»Ja«, antwortete sie und zupfte schnell den Saum ihres geblümten Kleides zurecht, bevor Axel ihre Hand ergriff und mit langen Schritten dem Salon entgegenstrebte.

Der Raum war mit Menschen gefüllt, die unter den schweren Lüstern entweder in kleinen Gruppen zusammenstanden oder auf gedrechselten Polsterstühlen an halbhohen Tischchen saßen. Die Brokattapeten schimmerten matt in der mit Zigarettenrauch angereicherten Luft, und goldgerahmte Spiegel ließen den ohnehin schon beeindruckenden Salon noch opulenter erscheinen.

»Jensen! Axel Jensen!« Eine männliche Gestalt schälte sich seitlich aus dem Halbdunkel und kam mit weit ausgebreiteten Armen auf sie zu.

»Magnus.« Axel schien über den Anblick des Fremden erfreut zu sein.

»Mensch, ich freue mich, dich hier zu sehen. Wie geht es dir?«

Der Fremde nickte Marianne zu, ohne sich vorzustellen.

»Ich habe gehört, du bist bei Cappelen untergekommen. Guter Verlag. Wie weit bist du mit dem Buch?«

»Ich mache gerade die letzten Korrekturen.«

»Wunderbar.« Der Mann zog ihn am Ärmel. »Das sollten wir feiern. In diesem Palais gibt es eine ausgezeichnete Bar. Außerdem sind ein paar Leute da, die du unbedingt kennenlernen solltest.«

Axel warf Marianne einen schnellen Blick zu. »Du kommst zurecht?«

Sie sah an dem ungeduldigen Funkeln in seinen Augen, dass die Frage einzig und allein rhetorischen Ursprungs war und er keine abschlägige Antwort von ihr erwartete.

Noch ehe sie reagieren konnte, wandte Axel sich ab und folgte dem Fremden mit hoch erhobenem Haupt durch die Menge.

Sie blieb unschlüssig und allein an der Stelle im Raum zurück, wo sie in den folgenden Minuten weder jemand ansprach, noch Notiz von ihr nahm. Dann erspähte sie das Mädchen, das ihnen die Mäntel abgenommen hatte und nun auf einem Tablett Champagner in Gläsern herumreichte, und sie wartete geduldig, bis sie an der Reihe war.

Marianne nahm eins und nippte vorsichtig daran. Sie dankte der jungen Frau und fragte sie, was sie sonst noch kulinarisch auf der Party erwartete, aber die junge Frau hatte zum Plaudern keine Zeit, das Tablett war leer, und sie wandte sich ab, um ihre Arbeit zu tun.

Mit dem Champagnerglas in der Hand schlenderte Marianne weiter. Das Gesicht tat ihr schon weh vom unentwegten Lächeln. Sie schob sich an den anderen Leuten vorbei, doch niemand der Gäste bemerkte sie. Ihre Blicke glitten an ihr ab, als wäre sie nicht vorhanden, und unbeirrt setzten sie ihre Gespräche fort, scherzten und lachten.

Marianne spürte einen Stich in der Brust.

Alle, außer ihr, standen mit Freunden oder guten Bekannten beieinander, unterhielten sich über Dinge, die ihr fremd waren oder über die sie kein Wissen besaß. Alle schienen jemanden gefunden zu haben, mit dem sie bereitwillig ihre Zeit teilten und bei dem sie willkommen waren.

Sie stürzte den Champagner hinunter.

Nur sie stand allein herum. Dabei war sie sogar in Begleitung erschienen, in der Annahme, es würde für sie beide ein wunderbarer Abend werden.

Marianne seufzte. Axel Jensen war eben Axel Jensen, von kaum zu bändigender Natur. Wieder dachte sie an die Bushaltestelle. Sie könnte sich die hohen Schuhe von den Füßen streifen und barfuß in der warmen Nacht auf den Bus warten …

Das Mädchen tauchte wieder mit einem vollen Tablett vor ihr auf. Marianne nahm sich ein weiteres Glas, und diesmal spürte sie den kleinen Perlen nach, die angenehm auf der Zunge kribbelten.

Nein, noch wollte sie nicht aufgeben. Axel war hier irgendwo, und sie beschloss, ihn zu suchen. Das Getränk half ihr dabei, ihre Unsicherheit abzulegen, und als kurz darauf ein neues Tablett vorbeischwebte, nahm sie sich noch eins.

Angestrengt hielt sie nach Axel Ausschau.

Sie durchstreifte den Salon, danach die angrenzenden Zimmer, bis sie neben einer Bar auf eine Gesprächsgruppe aus Männern stieß, die lautstark über Politik redeten. Sie suchte eine Lücke, durch die sie schlüpfen konnte, bis sie meinte, in der Nähe eine gefunden zu haben.

Endlich entdeckte sie Axel, der sich eloquent und hektisch gestikulierend mit einem anderen Mann unterhielt. Leere Gläser türmten sich zwischen ihnen auf dem Tisch.

Die Unterhaltung strahlte eine Art Gefahr aus, die noch unsichtbar war, sich aber jederzeit zu einer handfesten Auseinandersetzung manifestieren konnte. Es herrschte zwischen den Männern eine Aura von Anmaßung und übertriebener Besserwisserei.

Marianne haderte noch, ob sie bleiben sollte, als Axel mit der Faust heftig auf den Tisch schlug. »Verdammt!«, schrie er, und Speichelflocken bedeckten seine Unterlippe. »Wie kann man so kleingeistig sein? Es ist genau diese Einstellung, welche die westliche Zivilisation in den Zweiten Weltkrieg geführt hat!« Er schnaubte. »Was wir jetzt brauchen, ist ein Umbruch, die überkommenen Gesellschaftsstrukturen gehören abgeschafft!« Wieder krachte seine flache Hand auf das polierte Holz. »Ich sage, Schluss mit den spießerhaften Konventionen, weg mit der Kirche und den verklemmten Moralvorstellungen, Schluss mit dem ganzen konservativen Zivilgehorsam … Zerschlagen wir die alte Welt und proklamieren eine neue Zeit, in der das freie Denken und die selbst gewählte Spiritualität des Individuums oberste Priorität haben …«

Marianne wandte den Kopf ab, aber es war bereits zu spät.

Sie kannte Axels aufbrausendes Temperament, wenn es darum ging, anderen zu erklären, wie die Welt in seinen Augen funktionieren sollte. Oft genug hatte sie erlebt, dass sich, vor allem, wenn er getrunken hatte, diese Leidenschaft bis zu hitzigen Auseinandersetzungen steigern konnte.

In ihrem Nacken blockierte etwas sehr schmerzhaft.

Sie rieb über die Augen, hinter denen jetzt grelle Lichtblitze zuckten.

Es war nicht das erste Mal, dass sie, mitten in einer von Axel mit ausgesuchter Heftigkeit bestrittenen Diskussion, von einer Migräne heimgesucht wurde. Doch heute erschienen ihr die Kopfschmerzen ganz besonders schlimm, fast unerträglich. Natürlich gab sie auch dem Champagner die Schuld, den sie hastig heruntergestürzt hatte.

Marianne erhob sich und verließ, von Axel unbemerkt, die Runde. Sie schwankte zurück in den Salon. Der Zigarettenrauch, der jetzt wie ein grauer Vorhang im Zimmer stand, brannte ihr furchtbar in den Augen. Ihr war schwindelig, und obwohl sie befürchtete, die Orientierung verloren zu haben, erblickte sie zwei bodentiefe Fenster, die weit geöffnet waren und auf eine Terrasse hinausführten.

Mit letzter Kraft taumelte sie hinaus und klammerte sich an die steinerne Brüstung. Sie spürte das Schwanken der Welt um sie herum, die erfrischende Nachtluft, die sich auf ihr erhitztes Gesicht legte und in ihre Lungen strömte, tiefe Atemzüge, die ihr Klarheit über den bisherigen Verlauf dieses Abends verschafften.

Die Erkenntnis, die sich ihrer anschließend bemächtigte, zwang Marianne, sich hinzusetzen, und da es auf der Terrasse keine Stühle gab, setzte sie sich einfach auf den Steinsockel zu ihren Füßen und lehnte sich erschöpft gegen die Brüstung. Dabei kam ihr ein anderer Gedanke in den Sinn.

Axel ist, wie er ist, dachte sie resigniert. Unangepasst und aufsässig. Ein Schriftsteller, ein Suchender, ein Abenteurer. Er würde sie aus Oslo entführen und sie mitnehmen in ein fernes Land, wo die Sonne immer schien und das Meer die Farbe von Türkis hatte.

Axel besaß die Kraft und den Willen, alles zu erreichen. Und er war ihr Freund.

Als sie zu dieser Einsicht gekommen war, fühlte sie sich besser. Auch das Schwanken hatte nachgelassen.

Nur die Kopfschmerzen blieben.

Marianne zog die Schuhe aus, knetete ihre steifen Zehen und streckte dann wohlig die Beine aus. In Larkollen bei der Großmutter war sie im Sommer immer barfuß gelaufen. In der Stadt war das unmöglich.

Sie legte den Kopf in den Nacken. Genauso unmöglich, wie zu Mittsommer einen Stern zu erkennen.

Plötzlich beugte sich eine Gestalt über sie. Es war Lasse.

»Geht es Ihnen gut?«

Sie blickte in das schöne, von aufrichtiger Sorge verdunkelte Gesicht des Gastgebers, grüne Augen unter geschwungenen Brauen, die prüfend auf sie gerichtet waren.

Kurz überlegte sie, ob sie lügen oder die Wahrheit sagen sollte.

»Ich … es geht mir nicht gut.« Sie sah ihm an, dass die Antwort ihn irritierte, dass sie ihm nicht genügte, und sie ergänzte: »Ehrlich gesagt habe ich eine heftige Migräne.«

Er nickte mitfühlend. »Dann sollten Sie aber nicht hier auf der Terrasse sein.« Er überlegte kurz. »Ich bringe Sie in ein Zimmer, wo Sie sich ausruhen können.«

Lasse deutete auf ihre Schuhe. Aber Marianne hob abwehrend die Hand und erklärte ihm, dass sie zu sehr schmerzten.

»Gut«, sagte er nur und sammelte sie ein. »Können Sie aufstehen?«

Hilfe suchend sah sie sich nach etwas um, auf das sie sich hätte aufstützen können. Als sie ihren Blick wieder nach vorn richtete, bemerkte sie die kräftige Männerhand, die ihr entgegengestreckt wurde. Sie griff zu, und er half ihr auf.

»Kommen Sie«, sagte er knapp, und sie folgte ihm auf Strümpfen über die Steinplatten, danach über das Parkett im Salon, bis sie im Obergeschoss ein Zimmer erreichten, in dem dicke Teppiche den Boden bedeckten.

Lasse schaltete das Licht ein.

»Es ist Ihr Schlafzimmer«, bemerkte Marianne erstaunt und verlegen zugleich.

»Allerdings«, sagte er und schloss mit einer schnellen Bewegung die schweren Gardinen. »Legen Sie sich aufs Bett. Ich gebe Ihnen noch eine Decke.«

Zögerlich legte sie sich auf das breite Bett und hörte, wie eine Schranktür klappte. Dann breitete er eine weiche Wolldecke über ihr aus, als würde er ein Kind zudecken.

»Ruhen Sie sich ein wenig aus. Wenn ich Jensen sehe, sage ich ihm, dass Sie hier sind.«

»Danke.«

Er löschte das Licht. Leise fiel die Tür ins Schloss.

Marianne lauschte.

Aus weiter Ferne drangen vereinzelte Geräusche an ihr Ohr.

Erleichtert schloss sie die Augen.

Eine tiefe, heilsame Stille breitete sich in ihr aus.

Erschrocken fuhr Marianne hoch.

Die Tür war aufgeflogen, und ein stark torkelnder Axel stürzte mit verzerrtem Gesicht auf das Bett zu. Er packte sie am Handgelenk, riss sie hoch und zerrte sie ungehalten aus dem Bett. Ohne ein Wort zu sagen, zog er sie hinter sich her, die Treppe hinunter in die Küche, die seitlich vom Flur abging.

Sein Gesicht war verschlossen, abweisend.

Er sagte noch immer nichts, legte nur seine flache Hand auf den Küchentisch und griff nach einem Messer, zog es aus dem Block heraus. Er sah sie mit glühenden Augen an und hob es drohend. Dann trieb er die Klinge durch seinen Handrücken.

Marianne schrie auf, presste die Fäuste vor den Mund, alles Blut wich ihr aus dem Gesicht. Sie wandte sich ab und spürte, wie ihr die Knie weich wurden und Übelkeit in ihr aufstieg. Plötzlich füllten hektische Stimmen das kleine Zimmer. Jemand, den sie nicht kannte, führte sie aus der Küche. Das Letzte, was sie sah, war Blut, viel Blut und Axels flehender Blick.

Als das Taxi, das man für sie gerufen hatte, die Auffahrt hinunterrollte, lehnte sie den Kopf gegen das Polster. Aus dem Radio drang Tanzmusik, und sie fragte sich dumpf, warum Axel das getan hatte?

Aus Eifersucht?

Nahm er wirklich ernsthaft an, dass Lasse und sie …? Unmerklich schüttelte sie den Kopf.

Das war es nicht.

Wieder sah sie sein flehendes Gesicht vor sich, und da begriff sie: Nicht nur sie hatte Angst, wieder allein zu sein. Gespeist von ihrer Sorge, Axel könnte sie verlassen, weil sie nicht interessant genug für ihn war.

Sie richtete sich mit einem Ruck auf.

Nein, auch ihn peinigte dieselbe Angst. Auch er brauchte sie. Sie war für ihn die Wurzel, die Verbindung zur realen Welt, die ihm erlaubte, sich gedanklich von ihr zu lösen. Durch sie konnte er seinen Geist befreien, um kreativ zu schöpfen.

Er wusste, dass in ihr eine Kraft wohnte, mit deren Hilfe es ihm gelang, sich immer wieder zu erden, um ins normale Leben zurückzukehren.

Sie ließ sich zurück ins Polster fallen.

Ach, Axel!

Sie atmete schwer.

Warum hast du das getan?

Sorge machte sich breit, Sorge um ihn, Sorge um sie beide.

An guten Tagen gab es keinen anderen Platz, an dem sie lieber war als bei ihm.

Das Taxi erreichte die Straße und bog ab.

Kurz fiel ihr Blick auf ein Pärchen, das eng umschlungen in der Bushaltestelle saß und sich küsste.

Sie wandte den Blick ab.

Der heutige Tag zählte definitiv nicht dazu.

KAPITEL 2

Es war spät.

Marianne hockte mit angezogenen Beinen auf ihrem Bett im runden Schein der Nachtischlampe und las, als die Türglocke klingelte.

Sie ließ das Buch sinken und lauschte dem schweren Schritt, mit dem ihr Vater den Korridor durchmaß, gefolgt von einem metallischen Klirren, als er schwer atmend die Kette an der Tür entfernte.

»Guten Abend«, vernahm sie die Stimme von Axel, die ungewöhnlich forsch klang. »Ist Marianne da?«, hörte sie ihn ungeduldig fragen.

Marianne klappte rasch das Buch zu, warf es zur Seite und eilte aus dem Zimmer. Sie wusste, dass die Eltern Besuche ihrer Freunde grundsätzlich missbilligten, vor allem das Auftauchen möglicher Verehrer.

Als sie auf den Flur hinaustrat, stürmte Axel an ihrem verdutzt dreinblickenden Vater vorbei in die Wohnung, direkt auf sie zu.

Aufgeregt wedelte er mit einem Magazin.

Marianne erkannte, dass es sich dabei um die *»Vinduet«* handelte, eine norwegische Literaturzeitschrift, die landesweit erschien.

»Das musst du unbedingt lesen«, verkündete er atemlos und

reichte ihr das Heft, wobei er mit dem ausgestreckten Zeigefinger auf einen bestimmten Artikel tippte. Die Narbe auf dem Handrücken war inzwischen gut verheilt. Nur ein roter Strich, der mit der Zeit verblassen würde, erinnerte noch an den Vorfall in Lasses Küche.

Marianne beugte sich vor und hörte das deutlich vernehmbare Räuspern ihres Vaters als Ausdruck seines Ärgers und bemerkte den schmalen Schatten ihrer Mutter, die aus dem Wohnzimmer getreten war und sie beide abweisend musterte.

Möglichweise war es die offen zur Schau gestellte Ablehnung der Eltern, die Marianne bewog, den Text nicht nur stumm zu überfliegen, sondern laut vorzulesen. »Der Artikel ist von Kjov Egeland, einem der angesehensten Literaturkritiker Norwegens«, begann sie. »Kein norwegischer Jungautor seit Knut Hamsun ist mit größerer Entschlossenheit und Bedeutung des Werkes aufgefallen wie Axel Jensen mit seiner Geschichte vom Ikaros, einem jungen Mann in der Sahara. Das Buch ist ein Geniestreich. Es ist ohne Frage einer der sensationellsten Romane des Jahres. Üppig, inspirierend, talentiert und faszinierend.«

Mariannes Herz klopfte bis zum Hals. Für einen Moment verschwammen die Buchstaben vor ihren Augen.

Sie hörte Axels Atem neben sich, fühlte seine vibrierende Nähe. Unbeirrt hatte er an sein Talent geglaubt. Er, der im Gegensatz zu den meisten Intellektuellen aus bescheidenen Verhältnissen stammte, der die Fleischerlehre im Betrieb seines Vaters abgebrochen hatte. Axel Jensen, der seinen ersten Roman im Eigenverlag herausbrachte und die meisten Exemplare auf dem Hof verbrannte, nachdem sie sich nicht hatten verkaufen lassen.

Axel, der nie aufgab, sich mit Gelegenheitsjobs durchschlug und jeden Tag ein paar Seiten schrieb, getrieben von der Hoffnung und dem Wissen, dass sich sein Traum erfüllen würde.

Und nun war es geschehen.

Marianne gab ihm die Zeitschrift zurück. »Axel, das ist großartig. Das ist dein Durchbruch. Du hast es endlich geschafft!«

Er nickte begeistert. »Nicht wahr! Ein Geniestreich haben sie das Buch genannt.« Auf seinem Gesicht lag eine Zufriedenheit, die sie noch nicht an ihm gesehen hatte.

Sie lächelte glücklich. »Du hast es dir verdient.«

»Das denke ich auch!« Er machte einen schnellen Schritt auf sie zu und gab ihr einen kurzen, aber festen Kuss auf die Lippen. »Du kannst schon anfangen zu packen. Jetzt steht unserer großen Reise nichts mehr im Wege.«

Mit diesen Worten drehte er sich auf dem Absatz um und stürmte hinaus, an Mariannes Eltern vorbei, auf der Treppe immer zwei Stufen mit einmal nehmend.

Als die Schritte verhallten, schloss der Vater die Tür. Er verharrte einen Moment. Sein Atem ging rasselnd.

»Was für eine Reise?«, fragte er.

»Das ist doch alles Unsinn«, fuhr ihn die Mutter giftig an. Sie machte aus ihrer Abneigung kein Hehl. »Ihr seid nicht einmal verheiratet! Was sollen die Nachbarn denken? Dass unsere Tochter eine Schlampe ist, die mit dem erstbesten Kerl wegläuft? Mit so einem wie diesem? Der ist kein Umgang für unsere Familie. Sieh ihn dir doch nur mal richtig an. Ein

Schriftsteller! Einer von diesen Spinnern, die gegen alles sind, was für unsereinen von Wert und Ansehen ist.«

»Aber …« Marianne versuchte, einen Einwand anzubringen, ballte die Fäuste und richtet sich trotzig auf, doch die Mutter stemmte die Hände in die Seiten.

»Ein Scharlatan ist das, schlag ihn dir am besten gleich aus dem Kopf.«

Sie wandte sich zum Gehen, aber da schien ihr noch etwas einzufallen. »Meine Cousine hat heute angerufen. Du wirst die nächsten zwei Wochen auf ihre Kinder aufpassen. Du willst verreisen? Nimm den Bus dorthin.«

Dann schickte sie Marianne in ihr Zimmer und ging in die Küche.

Marianne blieb stehen und blickte zu ihrem Vater.

Er hatte nicht ein Wort gesagt. Man hörte nur das zischende Geräusch der Heizkörper und seinen Atem.

Silbriges Licht, das durch die braunen Rollos drang, warf einen schwachen Schein in den Flur und die Bilder aus der Vergangenheit blitzten hinter dem Glas auf. Sie wusste, dass eines der Fotos ihren Vater zeigte, wie er in einem dunkelblauen Pullover auf Skiern einen Hügel hinuntersauste. Das war, bevor ihm der größte Teil seiner Lunge entfernt worden war, weil er genauso wie ihr Bruder Tuberkulose bekam. Der Vater hatte seine Arbeit als Anwalt aufgeben müssen und war zum Pflegefall geworden. Voll Bitterkeit fügte sich die Mutter in die unvermeidlichen Lebensbedingungen und suchte sich Arbeit. Auch Marianne hatte eine Stelle als Sekretärin angenommen. Sie musste mit ansehen, wie die Liebe ihrer Eltern verebbte, bis sie nichts mehr aneinanderband als gleichförmige Gewohnheit.

Die Wände schienen auf Marianne zuzukommen.

Sie fühlte plötzlich Hitze in sich aufsteigen, gereizt nestelte sie am Verschluss ihrer Bluse. Sie schluckte und starrte zur Tür. Am liebsten wollte sie losstürzen, in die Küche laufen und ihrer Mutter ins Gesicht schreien, dass sie Axel, über den sie so impertinent und gemein urteilte, überhaupt nicht kannte. Dass sie sich nur von ihren kleinbürgerlichen Vorurteilen und Ängsten leiten ließ, dass sie sich für ihre Eltern schämte, es nicht wagte, sie ihren Freunden vorzustellen.

Ihre Augenbrauen schoben sich zusammen.

Sie wünschte sich ein anderes Leben!

Ihr Leben sollte von Liebe, Sonne, Erotik und einer Unzahl von Abenteuern bestimmt werden.

Und dafür brauchte sie Axel, sie wusste es.

All das wollte Marianne ihrer Mutter sagen. Doch sie stand nur stumm im Halbdunkel des Korridors, von Liebe und Wut überwältigt, auf der verzweifelten Suche nach etwas, das ihr bis zu ihrer unbestimmten Abreise noch Halt gab, ihr noch irgendwie vertraut vorkam. Etwas, das sie nicht benennen konnte und das ihr trotzdem zunehmend entglitt.

Marianne nahm die Straßenbahn.

Das abendliche Oslo, der blassrote Glanz auf den Fassaden der Stadthäuser, die Menschen, die über den Boulevard schlenderten und vor den ausladenden Schaufenstern der Geschäfte stehen blieben, all das nahm sie nicht wahr.

Ihre Gedanken kreisten um Axels geheimnisvollen Anruf.

Sie malte sich aus, wie er gleich schwungvoll die Bahntickets vor ihr ausbreiten würde, zusammen mit einer Straßenkarte, auf der ihre Route akribisch genau eingezeichnet war. Sie hatten sich darauf geeinigt in Deutschland ein Auto zu erwerben, mit dem sie weiterfahren wollten. Axel meinte, die Fahrzeuge seien dort billiger und außerdem in einem besseren Zustand. Immerhin mussten sie mit dem Wagen beinahe ganz Europa durchqueren, um ihr Ziel zu erreichen: *Griechenland.*

Marianne stieg an der Station aus.

Allein das Wort zauberte ein Lächeln auf ihr Gesicht.

Noch hatten sie sich nicht auf eine der zahlreichen Inseln geeinigt. Axel war sich sicher, dass sie den richtigen Ort rasch finden würden. Die einzige Bedingung war, dass er sich gut zum Schreiben eignete.

Schließlich wurde von Axel ein zweiter Roman mit ähnlicher Brisanz und Öffentlichkeitswirkung erwartet.

An diesem Abend hatten sie sich vor dem Kino verabredet.

Marianne ging näher an die beleuchteten Schaukästen heran, in denen auf Plakaten die aktuellen Filme beworben wurden. Sie fragte sich, welchen Axel mit ihr besuchen wollte, und sah auf die Uhr.

Es war bereits mehr als eine Viertelstunde verstrichen. Die Zeit für den letzten Einlass rückte näher.

Was könnte ihn aufgehalten haben?

Marianne schaute sich um.

Sie war beinahe allein auf dem Vorplatz.

Plötzlich bekam sie Angst.

Wieder sah sie nervös auf die Uhr.

Was, wenn Axel es sich anders überlegt hatte?

Auf einmal kam es ihr so vor, als würden die grellen Plakate sie verhöhnen. Als würden sie ihr das Abbild einer Traumwelt zeigen, zu der sie nie gehören würde.

Ihre Augen verengten sich.

Axel hatte ihr viele Briefe geschrieben. In ihren Antworten bemühte sie sich, seinen Tonfall zu imitieren, härter, mutiger und klüger zu erscheinen, als sie war.

Aber in Wirklichkeit kam sie sich wie ein Vogel vor, der immer nur mit einem Flügel schlug, weil der andere nutzlos herunterbaumelte.

Wie gern wollte sie fliegen, aber ihre Furcht hinderte sie daran. Allein loszugehen, sich den Herausforderungen zu stellen, das wagte sie nicht.

Sie bemerkte, wie der Portier die Eingänge zum Kino verschloss.

Inzwischen war mehr als eine halbe Stunde vergangen.

Axel war immer noch nicht da.

Panik stieg in ihr auf. Unbewusst ließ sie die vergangenen Tage an sich vorüberziehen, dann noch einmal, und jedes Mal brannten ihr gewisse Sätze, bestimmte Augenblicke, die sie in ihrer Angst bestätigten, wie Feuermale in der Seele.

Plötzlich befürchtete sie, dass alles aus war.

Dass sie wieder allein war und dass sich ihr eigenes Leben in Zukunft in nichts von dem der Mutter unterscheiden würde. Sie würde für den Rest ihres Daseins als Sekretärin arbeiten und ihren Traum, Norwegen zu verlassen, konnte sie gleich hier und jetzt begraben.

Marianne schluchzte auf und spürte eine tiefe Verzweiflung in sich aufsteigen. In diesem Moment bemerkte sie die Hand.

Jemand drehte sie an der Schulter herum.

Es war Axel.

»Mir ist was dazwischengekommen«, sagte er knapp und schob sie zum Straßenrand in ein wartendes Taxi. Er nannte dem Fahrer eine Adresse, die sie nicht kannte.

Dann fuhren sie los.

Schweigen erfüllte den Wagen.

»Was hast du?«, fragte Axel und legte seinen Arm um sie.

Marianne spürte, wie der Druck auf ihrer Brust nachließ.

»Wenn du nicht gekommen wärst, ich hätte nicht gewusst …« Sie brach ab.

Doch statt sie auszulachen, beugte er sich zu ihr. »Erinnerst du dich noch, wie ich dir von all den winzigen Schildkröten erzählt habe? Wie sie schlüpften und zum Ufer hinunterliefen?«

Marianne nickte stumm.

»Unterwegs wurden viele von Vögeln aufgefressen. Nicht alle überlebten und schafften es bis ins Meer. Aber auch dort waren sie noch nicht in Sicherheit. Einige wurden von Fischen gefressen. Am Ende schafften es nur wenige, das auszuführen, wofür sie geboren wurden. Die anderen zerfielen in den Mägen von Vögeln oder Fischen, wurden zum Schlagen der Flügel oder zu den sanften Bewegungen der Schwanzflossen.«

Marianne spürte den Bildern nach, stellte sich vor, wie sie selbst sich in der Luft oder im Wasser aufzulösen begann.

Axel räusperte sich.

»Sie haben die ursprüngliche Idee, eine Schildkröte zu werden, nicht realisiert. Das allein kann nur in den großen Tiefen geschehen. Das ist auch im Wesentlichen der Platz des Menschen im Universum. Nur wenige von uns erreichen den Rand des Wassers, den Ort, an dem der Geist genährt werden kann. Nur wenige von uns erreichen das Ziel und werden Mensch. Viel zu viele werden etwas anderes, etwas, das vom Leben verbraucht wird, etwas, das mit dem Leben gleichgesetzt wird. Aber wenn wir in große Tiefen kommen. Dann ist die Welt still und klar …«

Marianne wusste nicht genau, wovon Axel sprach, aber der Klang seiner Stimme hatte etwas Beruhigendes und dankbar schmiegte sie sich an ihn. »Meine wunderbare kleine Schildkröte«, flüsterte er zärtlich. »Ich wünsche dir, dass du die Augen öffnest und den hässlichen Vampir sehen kannst, der auf deinem Rücken sitzt und der sich von deiner Angst nährt. Wenn wir erst im Licht leben, in Griechenland, dann wird er verschwinden.«

Da war es wieder, das Wort. Griechenland.

Marianne drückte den Kopf an seine Schulter. Wie gern wollte sie ihm glauben.

Große gusseiserne Leuchter tauchten die Wartehalle des Bahnhofs in ein milchig weißes Licht. Überhaupt erinnerte das Gebäude mit seinen Arkaden, den halbrunden Fensterfronten und den mit Pilastern verzierten Schmucksäulen eher an einen Palast als an einen Bahnhof. Über breite Treppen gelangte man aus der Schalterhalle zu den Bahnsteigen, wo verschiedene Fernzüge auf ihre Abfahrt warteten.

Marianne bemerkte, dass wohl die gesamte Familie Jensen zu Axels Verabschiedung erschienen war. Während die Frauen ihre Tränen mit kleinen weißen Taschentüchern trockneten, begnügten sich die Männer damit, ihm freundschaftlich auf die Schultern zu schlagen.

Marianne stand ein paar Schritte abseits und beobachtete die Abschiedsszenen. Still und leise hatte sie gegen den ausdrücklichen Wunsch ihrer Eltern die Wohnung verlassen. Als sie atemlos und auf Zehenspitzen aus ihrem Zimmer geschlichen war, die Hand fest um den Griff ihres Koffers geklammert, so dass die Knöchel weiß hervortraten, hatte sie ihren Vater bemerkt, der gebeugt im Wohnzimmer in seinem Sessel vor dem Rundfunkgerät saß, während die Mutter zu einem Treffen vom Roten Kreuz gegangen war.

Marianne hatte bereits die Türklinke in der Hand gehalten, als der Vater sich leise stöhnend aufrichtete. »Wenn du etwas brauchst, weißt du, wo ich bin«, hatte er gesagt, ohne den Blick von der blinkenden Senderskala abzuwenden.

Marianne war grußlos gegangen, hatte ihn nicht einmal umarmt, und hier, in diesem geschäftigen Treiben, fühlte es sich plötzlich so an, als hätte sie einen großen Fehler gemacht, den nur sie korrigieren konnte.

Das Gefühl wurde erst schwächer, als Axel sie endlich an die Hand nahm und sie gemeinsam in den Nachtzug stiegen.

Rasch erreichten sie das Abteil, das man ihnen zugewiesen hatte. Noch waren die anderen Liegen leer.

»Alles für uns«, sagte Axel grinsend und begann ihr Gepäck zu verstauen.

»Ja, für uns«, murmelte Marianne und setzte sich ans Fenster.

Ihr Blick glitt über den Bahnsteig, folgte den Gestalten, die am Zug entlanghasteten, und blieb plötzlich an einem Gesicht neben einer der Säulen hängen.

War das möglich?

Sie spürte, wie sich ein Kloß in ihrem Hals bildete. Durch ihren Atem beschlug die Scheibe. Mit einer heftigen Bewegung wischte sie den Nebel weg. Jetzt trat der Mann einen Schritt nach vorn. Deutlich erkannte sie sein Profil.

Es war ihr Vater.

Kurz entschlossen sprang Marianne auf, stürmte aus dem Abteil, den schmalen Gang hinunter, voller Angst, die Möglichkeit könnte verstreichen, ein letztes Mal ihrem Vater gegenüberzutreten.

Sie ignorierte die fragenden Blicke des Schaffners, sprang aus dem Waggon und rannte auf ihn zu.

Er breitete die Arme aus und fing sie auf. Beinahe so wie früher.

Sie hörte, wie sein Atem rasselte. »Ich konnte doch meine einzige Tochter nicht wegfahren lassen, ohne ihr auf Wiedersehen zu sagen.«

Tränen stiegen ihr in die Augen und dankbar drückte sie seine warme Hand.

»Ihr werdet Ersatz beim Bridgespielen brauchen.«

Der Vater sah sie liebevoll an. »Wir werden jemanden finden. Ich kann Ole fragen …«

»Aber Ole ist blind.«

»Ach ja?«

Der Vater blickte sich suchend um.

»Ist deine Mutter nicht gekommen?«

Marianne schüttelte stumm den Kopf und sah, wie ihr Vater nach den richtigen Worten suchte.

»Sie ist …« Er unterbrach sich, seine Stimme bekam einen

besonderen Klang. »Marianne, versprich mir, dass du keine Anstrengung unterlässt, das Beste aus deinem Leben zu machen.«

»Ich verspreche es dir.«

KAPITEL 3

London, 1959

Die Lösung war ihm in dem Moment eingefallen, als er den Brief des Canada Council in den Händen hielt, in dem ihm mitgeteilt wurde, dass ihm ein Stipendium über zweitausend Kanadische Dollar zugesprochen worden war.

Die Lösung war einfach, aber auch dreist.

»Ich werde einen Roman schreiben«, hatte Leonard seiner Mutter Masha verkündet. »Aber nicht in Montreal, ich werde es in London tun.«

Selbst jetzt noch, als er die Hampstead High Street hinunterging, an der sich schmale, zweistöckige Häuser aneinanderreihten, hörte sich die Ankündigung sogar in seinen Ohren absurd an.

Seine Mutter hatte gefragt, warum er das Buch unbedingt in London schreiben wolle. Genauso gut könnte er es hier in seinem Elternhaus tun. Das Haus war gemütlich, dazu geräumig; die Gegend ruhig, nichts würde ihn von seinem Vorhaben ablenken. Das Personal würde sich um ihn sorgen und sollte ihm das Haus doch zu eng werden, könnte er in den großen Garten ausweichen.

Es war ihm schwergefallen, ihr zu erklären, dass er, um diesen Roman schreiben zu können, Abstand zwischen sich und dem benötigte, worüber er schreiben wollte.

Seine Mutter, die sonst einen Hang zur Dramatik aufwies,

hatte ihn nur abschätzend angesehen und ihm dann einen Kuss auf die Stirn gegeben. »Dann mach es. Wenn du unbedingt ein Schriftsteller in London sein willst, dann sei einer.«

Leonard blieb stehen, stellte den Koffer ab und warf einen schnellen Blick auf den durchweichten Zettel in seiner Hand. Es war ein kalter, grauer Dezembermorgen, dunkle Wolken zogen über die Stadt und Regen lag in der Luft.

Auf dem Papier hatte er sich die Adresse einer Pension notiert, doch jetzt war die blaue Tinte verlaufen, und die Anschrift ließ sich nur noch erahnen.

Müde stopfte er den Zettel zurück in die Jackentasche, nahm den Koffer auf und ging weiter.

Wenn du ein Schriftsteller sein willst … Ihre Worte klangen immer noch in ihm nach.

Zumindest mit dieser unkonventionellen Ansicht war seine Mutter im Viertel ziemlich allein. In den wohlhabenden Familien der kleinen jüdischen Gemeinde in Westmount herrschte eine unumstößliche wirtschaftliche, religiöse und kulturelle Klarheit über die Zukunft der Kinder.

Ein künstlerischer Weg war darin meistens nicht vorgesehen.

Masha sieht das Gott sei Dank anders, dachte er und wich einer Wasserlache auf dem Gehsteig aus. Möglicherweise lag es daran, dass sie eine russische Emigrantin war, die ihren Ehemann früh verloren hatte. Sie war eine attraktive Frau mit dunklen Haaren, markanten Gesichtszügen und immer elegant gekleidet. Solange er sich erinnern konnte, sang sie, wenn sie durchs Haus ging; oft auf Russisch und Jiddisch, seltener auf Englisch. Zumeist Volkslieder, die sie in ihrer Kindheit gelernt hatte. Es kam ihm so vor, als sänge sie zum Klang imaginärer Geigen, mal fröhlich, dann wieder schwermütig. Jedoch sprach sie nicht oft über das Land, das sie verlassen hatte.

Er erinnerte sich, dass er in einem Aufsatz für die Schule seine Mutter als eine Figur beschrieb, die einem Stück von Tschechow entsprungen sein musste, denn sie lachte und weinte aus tiefstem Herzen, ebenso konnten sich ihre Gefühle von einem Augenblick zum nächsten wandeln.

Leonard erreichte ein rotes Ziegelhaus, von dem er annahm, dass es sich um die Adresse auf dem Zettel handelte, und verglich die Hausnummern. Hinter den Fenstern schimmerten elektrische Kerzen, und die Dekoration erinnerte ihn daran, dass bald Weihnachten war. Er nahm an, dass dies auch der Grund dafür war, weshalb es in London kein freies Gästebett mehr gab.

Er hatte nur diese eine Chance.

Tief holte er Atem und betätigte die Klingel neben einem Ring aus Tannengrün, der mit silbernen Schleifen verziert war und die dunkelblaue Holztür schmückte.

Schwere Schritte näherten sich, dann wurde geöffnet.

»Ja, bitte?«

Die Stimme der Frau, die im Türspalt erschien, klang energisch, aber nicht unfreundlich. Sie musterte ihn fragend aus einem Paar grüner Augen über den Rand ihrer schmalen Brille hinweg, die das Auffälligste in dem ansonsten unscheinbaren Gesicht waren. Ihre rotblonden Haare hatte sie zu einem Dutt aufgesteckt.

Leonard räusperte sich. »Guten Tag. Spreche ich mit Mrs Pullman?«

Die Frau nickte.

Er deutete eine Verbeugung an. »Mein Name ist Leonard Cohen. Ich bin Teilnehmer des kanadisch-englischen Austauschprogrammes und auf der Suche nach einer Unterkunft. Ihre Pension wurde mir von Nancy Bacal, einer guten Freundin, die vor einiger Zeit bei Ihnen gewohnt hat, empfohlen«, schob er nach.

Ein Windstoß fegte die Straße hinunter. Der Regen nahm weiter an Heftigkeit zu.

Mrs Pullman hielt mit einer Hand die olivgrüne Strickjacke über der Brust zusammen. »Aus Kanada?«

Leonard nickte. »Montreal, Mam.«

»Verstehe. Meine Gästezimmer sind leider vollständig belegt«, erklärte sie, während sie einen kleinen Schritt auf ihn zu tat und rasch den Himmel musterte.

Dann legte sie den Kopf schräg. »Nun gut, bei diesem Wetter kann ich Sie ja schlecht wieder wegschicken.«

Er setzte sein charmantestes Lächeln auf. »Es wäre großartig, wenn es sich vermeiden ließe.«

Mrs Pullman verzog kein Gesicht. »Natürlich wäre es das«, erwiderte sie und drehte sich abrupt um. »Kommen Sie rein. Aber treten sie sich die Schuhe ordentlich ab«, sagte sie über die Schulter. »Ich will weder Schlamm noch Dreck auf dem Teppich haben. Den Koffer stellen Sie im Korridor ab.«

Sie führte ihn ins Wohnzimmer und deutete auf einen der schweren Stühle am Esstisch. Überhaupt war das gesamte Haus im viktorianischen Stil eingerichtet. Dunkles gebeiztes Holz, wohin man sah. Dazu in schmale Goldrahmen eingefasste englische Landschaften und zwei Regale voll mit in Leder gebundenen Büchern, was Leonard freute.

Es war angenehm warm. Wohlig streckte er die Beine aus.

Mrs Pullman nahm in einem Sessel am Ofen Platz und kam ohne Umschweife zur Sache. »Mich interessiert Ihr Anliegen, Mister Cohen. Warum sind Sie nach London gekommen?«

Leonard stutzte. Die Frage überraschte ihn, er schluckte.

Das Eingeständnis, ein Schriftsteller zu sein, fiel ihm nicht leicht, schon gar nicht gegenüber einer Fremden. Selbst für ihn klang die Bezeichnung noch ungewohnt.

Er hatte in der Vergangenheit bereits erfolgreich Gedichte geschrieben und veröffentlicht, die ihm sogar einen Preis eingebracht hatten. Trotzdem kam ihm die Bezeichnung Schriftsteller irgendwie anmaßend vor.

»Ich bin hier, um einen Roman zu schreiben«, sagte er in die Stille hinein. Als Mrs Pullman nicht reagierte, sah er sich genötigt, eine weitere Erklärung hinzuzufügen. »Im Gegensatz zu Kanada blickt England auf eine lange literarische Tradition zurück. Shakespeare, Milton, Wordsworth, Keats«, zählte Leonard auf. »Sie müssen wissen, es gab für mich eine Zeit, da habe ich Keats regelrecht verschlungen. Ehrlich gesagt, denke ich, es gibt keinen besseren Ort für mich als London, um meinen Roman zu schreiben.«

Stella Pullman ließ sich nicht anmerken, was sie über den jungen Mann dachte, der mit leuchtenden Augen vor ihr saß und sich in Gedanken bereits in den Olymp der bekanntesten englischsprachigen Schriftsteller einreihte. Er erweckte den Eindruck, als wisse er genau, was er tat, als könnte ihn nichts aufhalten. Sie schob ihre Brille auf die Nase zurück. War es nicht das Recht der Jugend, vor allem nach diesem furchtbaren Krieg, wieder nach den Sternen zu greifen?, überlegte sie. Sie legte ihre Hände in den Schoß und musterte ihren Gast. Er sah gut aus. Das herzförmige Gesicht, die dichten gewellten Haare, die tiefen dunklen Augen, deren äußere Winkel sich leicht nach unten neigten. Die kräftige Nase, die geschwungenen Lippen. Augenscheinlich mochte er elegante Anzüge. Er trug einen unter dem Wollmantel, der vor Nässe triefte. Sie hatte eine Entscheidung getroffen.

»Mister Cohen«, sagte sie. »Ich kann Ihnen eine Unterkunft anbieten, aber das ist an Bedingungen geknüpft. Ich werde Ihnen ein Feldbett hier in diesem Zimmer aufstellen. Aber wie Sie unschwer erkennen können, befinden wir uns im Wohnzimmer, das von mir und meinem Mann genutzt wird, und das würde für Sie bedeuten, dass Sie morgens vor allen anderen aufstehen müssen, das Zimmer aufräumen, aus dem Keller Kohlen heraufholen und das Feuer im Ofen entfachen.«

Leonard nickte zustimmend.

»Und was das Schreiben betrifft, mag ich nur so viel dazu sagen: Jeder von uns trägt ein Buch in sich, aber nur wenigen ist das Talent gegeben, es auch ordentlich zu schreiben.«

Sie sah ihm direkt in die Augen. »Deshalb, junger Mann, erwarte ich von Ihnen, dass Sie sich hinsetzen und jeden Tag drei Seiten schreiben und mir spätestens in einem Vierteljahr ein fertiges Buch vorlegen.« Sie wischte ein imaginäres Stäubchen von der polierten Sessellehne, und ihre Stimme wurde eine Spur schärfer: »Herumlungern und Nichtstun werde ich in meinem Haus nicht dulden, Mister Cohen. Also, wie entscheiden Sie sich?«

»Ich bin einverstanden«, antwortete Leonard, ohne zu zögern.

Er wusste, dass ihm Mrs Pullmans Vorgaben keine Schwierigkeiten bereiten würden.

»Gut!« Sie lächelte knapp und gestand sich ein, dass sie sich über seine Zusage freute. »Schreiben werden Sie in der Küche. Da haben Sie tagsüber das beste Licht. Und tun Sie mir einen Gefallen«, fügte sie hinzu, »wir sind hier in England, kaufen Sie sich einen ordentlichen Regenmantel.«

Leonard fühlte sich wie zu Hause.

Die ersten Tage vergingen wie im Flug. Er war losgezogen, um sich eine Schreibmaschine zu besorgen, eine grüne Olivetti sollte es sein, auf der er sein Meisterwerk vollbringen wollte.

Anschließend schaute er in der Regent Street bei Burberrys vorbei, einem noblen Bekleidungsgeschäft, und erwarb dort einen blauen Regenmantel.

Jeden Morgen stellte er sich den Wecker, so dass ihm ausreichend Zeit blieb, die Aufgaben, mit denen Mrs Pullman ihn beauftragt hatte, in Ruhe zu erledigen. Dann widmete er sich am Küchentisch seinem Roman, schrieb die erforderliche Anzahl an Seiten und erkundete danach die Gegend, wobei er den Radius stetig vergrößerte.

Es war am fünften Abend – er füllte gerade kochendes Wasser in seine Wärmflasche, die er sich angewöhnt hatte, mit ins Bett zu nehmen, um der klammen Feuchtigkeit der Nacht etwas entgegenzusetzen –, als Nancy Bacal im Türrahmen erschien.

»Wie ich sehe, hast du dich bereits eingewöhnt«, stellte sie schmunzelnd fest.

Leonard drehte den Verschluss zu und begrüßten sie, indem er sie herzlich umarmte.

Nancy war etwas älter als er, aber sie kannten sich seit ihren Kindertagen, denn sie waren im selben jüdischen Viertel in Montreal aufgewachsen. Ihr Vater war sein Kinderarzt gewesen. Darüber hinaus teilten sie beide den drängenden Wunsch, die in sie gesetzten Erwartungen und die Regeln ihrer engen Welt vorerst hinter sich zu lassen.

»Du warst plötzlich fort«, sagte er beiläufig und stopfte die Wärmflasche unter die Zudecke.

»Ja, eine Reportage für die BBC.«

Leonard fiel wieder ein, dass sie nach ihrem Studium als Fernseh- und Radiojournalistin zu arbeiten begonnen hatte.

»Wir sollten deine Ankunft feiern«, sagte sie. »Gleich um die Ecke gibt es einen Pub. Kommst du mit? Ich lade dich ein.«

Hampstead war dunkel, wenn man von ein paar Straßenlaternen absah, die ihr mattes Licht auf den Gehsteig warfen.

Leonard und Nancy gingen gemeinsam die Hauptstraße entlang. Es war kalt, und ihr Atem verließ als weißer Rauch die Lippen.

»Und?«, fragte Nancy. »Hast du die drei Seiten geschrieben?«

»Du weißt davon?« Leonhard lachte. »Selbstverständlich habe ich das, sonst hätte mich Stella nicht vor die Tür gelassen.«

Überrascht blieb sie stehen. »Stella?«

»Nur für mich nenne ich sie beim Vornamen«, lenkte er ein. »Ich finde, es nimmt ihr etwas die Strenge. Aber ehrlich gesagt bin ich froh, dass sie täglich so rigoros einen Nachweis für mein kreatives Tun einfordert, ohne ihre Kontrolle wäre ich wahrscheinlich noch nicht so weit.«

»Mrs Pullman ist eine gute Seele, pragmatisch und bodenständig«, sagte Nancy. »Sie hat im Krieg als Sanitäterin gearbeitet. Half nach den Bombenangriffen, die Verschütteten zu bergen. Ich glaube, sie hat eine Menge furchtbarer Dinge gesehen. Jetzt arbeitet sie bei einem irischen Zahnarzt als Sprechstundenhilfe.«

Sie wechselten die Straßenseite und steuerten nun auf ein dreistöckiges Gebäude aus rotgelben Klinkersteinen zu, auf dessen Fassade in großen Lettern *King William IV* prangte. Das Pub versteckte sich im Parterre hinter einer Reihe heller Sprossenfenster.

Sie fanden einen Tisch unweit des Tresens und machten es sich bequem. Das Pint Bier kam schnell, und sie stießen an. »Auf uns«, sagte Nancy.

»Auf zwei aus Westmount, die es bis nach London geschafft haben.«

»So ganz nebenbei«, sagte Nancy und wischte sich mit dem Handrücken über den Mund. »Zuerst habe ich auch das Bett im Wohnzimmer bekommen. Erst als Mort Rosengarten auszog und Mrs Pullman mich für würdig hielt, durfte ich in sein Zimmer ziehen.«

»Er kam nach seinem Kunststudium nach Montreal zurück.«

»Ich weiß, hat er nicht zusammen mit dir eine Galerie gegründet?«

»Ja, die ›Four Penny Art Gallery‹«, antwortete Leonard. »Aber eigentlich war sie Morts Bildhauerstudio. Es war eine verrückte Idee. Bei der Gestaltung legten wir keinerlei Wert auf das Erscheinungsbild anderer Galerien oder übernahmen deren starre Öffnungszeiten. Im Gegenteil, wenn sie schlossen, haben wir erst geöffnet. Jeden Abend von neun bis zehn, und wenn es eine Vernissage gab, dann konnte es auch schon mal bis zwei Uhr morgens gehen.«

»Davon waren die Nachbarn sicher begeistert«, warf Nancy ein.

»Mort und ich wollten in einer Galerie Kunst, Freundschaft, Freiheit und Nonkonformismus vereinen. Wir stellten Künstler aus, die vom etablierten Montrealer Kulturbetrieb ignoriert wurden, junge, begabte Talente. Wir verkauften aber auch Gedichtbände zeitgenössischer Lyriker, weil es in den Buchhandlungen keiner tat und, völlig abgefahren, auch Töpferwaren. Die Galerie wurde bald zu einem Versammlungsort, einer Zuflucht für moderne Kunst, Musik und Dichtung. So etwas gab es in ganz Montreal, ach was sage ich, in ganz Kanada nicht.«

Nancy sah ihn prüfend an. »Du sprichst in der Vergangenheit, gibt es die Galerie nicht mehr?«

Leonard schüttelte den Kopf. »Es war wie verhext. Als die Galerie allmählich Fuß fasste und von den Kritikern beachtet wurde, brach mitten im Winter ein furchtbares Feuer aus. Das gesamte Gebäude brannte bis auf die Grundmauern ab. Das war das Ende der Galerie.« Er hob die Hände. »Dummerweise waren wir nicht versichert. Und als ob das nicht schon tragisch genug wäre, lief vor dem Feuer eine große Ausstellung, viele Werke wurden vernichtet … Das ist jetzt fünf Jahre her, seitdem ist viel passiert.« Er trank einen langen Schluck.

»Ich habe gehört, sie haben sogar einen Dokumentarfilm über dich als Dichter gemacht«, sagte Nancy.

Leonard winkte bescheiden ab und wollte nicht weiter darüber sprechen. Sie unterhielten sich noch etwas über ihre Freunde, die Schulzeit in Montreal und das Leben in London. Die Zeit verging wie im Flug.

Nancy sah schließlich auf die Uhr. »Das Pub schließt gleich. Hast du noch Lust, eine andere Seite von London kennenzulernen? Ich habe von einem Kellerclub in der Wardour Street in Soho gehört, dem ›Flamingo‹. Eigentlich ein übler Schuppen, es wird viel gekifft, und manchmal dreht einer der Typen frei. Aber heute ist Freitag, und nach der Sperrstunde um Mitternacht spielen die da einen wunderbaren Calypso. Was sagst du?«

»Wunderbar, ich bin dabei!«

Zu Leonards Überraschung waren die drei Monate in London wie im Rausch vergangen. Tagsüber hatte er geschrieben, nachts war er mit Nancy durch die Stadt gezogen. Sie streiften durchs East End und statteten anderen Nachtmenschen, die flache Mützen trugen und Cockney sprachen, einen Besuch ab, manchmal tranken sie mit ihnen Tee.

Inzwischen war es März, und das Hochgefühl, eine gute Freundin wiedergefunden und den Roman erfolgreich beendet zu haben, war in den letzten Tagen der unheilvollen Ahnung gewichen, bald in ein Loch zu fallen, weil er nichts mehr zu tun hatte. Nancy war bereits vor einigen Tagen für die Dreharbeiten an einer Dokumentation nach Schottland aufgebrochen. Dazu kam das scheußliche Wetter, bei dem Leonard den Eindruck hatte, die Schlinge einer aufkeimenden Depression würde sich weiter zuziehen, wenn er nichts dagegen unternahm.

Er schlug den Kragen hoch und stemmte sich verzweifelt gegen den Wind, der feinen Nieselregen mit sich brachte. Die feuchte Kälte war ihm in die Schuhe gekrochen.

Soeben hatte auch noch der irische Zahnarzt unter Stella Pullmans Mithilfe einen Weisheitszahn aus seinem Kiefer herausoperiert. Das Loch glich einem Krater …

Leonard stöhnte leise auf. Er wurde das Gefühl nicht los, dass sich alles gegen ihn verschworen hatte.

Der Regen wurde stärker.

Schwere Tropfen klatschten vor ihm auf das Pflaster und in den Unebenheiten am Bordstein bildeten sich rasch Pfützen, auf denen durchsichtige Blasen tanzten.

Leonard zog den Kopf zwischen die Schultern. Das kalte Wasser tropfte aus seinen Haaren, rann ihm ins Genick.

Die Gegenstände in den Auslagen der Geschäfte und die Konturen der vorbeifahrenden Fahrzeuge verschwammen vor seinen Augen.

Er flüchtete unter eine blauweiße Stoffmarkise, wo er innehielt, um sich die Nässe aus dem Gesicht zu wischen. Als er die feuchten Haare aus der Stirn strich, fiel sein Blick durch die Frontscheibe des Geschäfts, unter dessen Markise er sich zufällig gerettet hatte.

Er stutzte, glaubte seinen Augen kaum zu trauen.

Hinter einem Schalter erblickte er einen Mann, der telefonierte und sich Notizen machte.

Leonard ging die wenigen Schritte bis zur Eingangstür, ohne den Blick abzuwenden.

Er hätte dem Mann keine weitere Beachtung geschenkt, wäre da nicht sein auffälliges Erscheinungsbild gewesen.

Er war braun gebrannt und offensichtlich gut gelaunt, er lächelte unentwegt und trug trotz des schlechten Wetters eine Sonnenbrille.

Als er auflegte, betrat Leonard kurz entschlossen das Geschäft und ging zielstrebig auf den Schalter zu.

»Guten Morgen«, sagte er.

Der Mann erwiderte den Gruß.

»Entschuldigen Sie bitte meine Indiskretion«, fuhr Leonard fort. »Ich konnte Sie von der Straße aus beobachten, und das furchtbare Wetter fordert mich geradezu auf, hereinzukommen und mich bei Ihnen nach dem Grund für Ihr sommerliches Aussehen zu erkundigen.«

Der Mann lächelte. »Ich bin Grieche«, sagte er und in diesem Moment fiel Leonard auf, dass er sich in einer Filiale der Bank von Griechenland befand.

Der Mann fuhr fort: »Ich war erst kürzlich zu Hause. Mein Neffe hat geheiratet, es war eine wunderbare Feier. Und was Ihre Frage anbelangt: Das Wetter ist traumhaft, wir haben Frühling in Griechenland.«

Leonard nickte langsam. Er spürte, dass ihn das Schicksal in diese Bankfiliale geführt hatte, und wenn er kurz darüber nachdachte, gab es nichts, was ihn in London noch hielt.

Außerdem hatte er in seiner Bewerbung um das Stipendium beim Canada Council nicht geschrieben, dass er sich noch andere Städte außer London ansehen wollte – warum nicht Athen?

Er bedankte sich rasch und strebte dem Ausgang entgegen.

Jetzt, wo er wusste, wie er seiner Melancholie ein Schnippchen schlagen konnte, fiel es ihm leichter, wieder hinaus in den Regen zu gehen. Ohne lange zu überlegen, betrat er ein paar Häuser weiter ein Reisebüro, um ein Flugticket für sich zu buchen.

KAPITEL 4

Athen, 1960

Leonard löste den Sicherheitsgurt und glitt von seinem Sitz. In London hatte ihn der Regen den ganzen Weg bis zum Flughafen begleitet. Der Wind riss unentwegt an seinem Schirm, und selbst als er endlich im Flugzeug saß, trommelte er im wilden Stakkato von außen gegen die Fenster.

Während die Turbinen warmliefen und das Flugzeug auf die Rollbahn geleitet wurde, betrachtete er versonnen sein Ticket und fragte sich, was ihn wohl in Athen erwarten würde.

Da er darauf keine Antwort wusste, atmete er tief durch und lehnte sich im Sitz zurück.

Nachdem sie gestartet waren, sah er mit an, wie das Flugzeug die graue Wolkendecke durchstieß, um kurz darauf von gleißendem Sonnenlicht eingehüllt zu werden.

Hier hast du dich versteckt, dachte er und versuchte einen Blick auf die Landschaft tief unter sich zu erhaschen.

Manchmal gelang es ihm, zwischen Wolkenfetzen hindurch einen Flusslauf oder den Gipfel eines Berges zu erspähen.

Während sie Italien überflogen, hielt er angestrengt nach dem Meer Ausschau. Irgendwo da unten musste es sein. Doch immer, wenn er glaubte, es entdeckt zu haben, erwies sich die Fläche als ein großes Feld oder ein riesiger See. Als sie in Athen landeten, hatte er das Meer noch immer nicht gesehen.

Jetzt lief er durch die Mittelreihe auf den Ausgang zu, bedankte sich bei den Stewardessen, die ihm freundlich einen schönen Aufenthalt wünschten, und trat auf die Gangway hinaus. Strahlender Sonnenschein empfing ihn. Was das Wetter betrifft, behält der griechische Bankangestellte recht, dachte Leonard und setzte vergnügt seine Sonnenbrille auf. Ein Bus brachte ihn zum Terminal, wo er nach dem Erhalt seines Koffers in ein Taxi stieg.

»Zum Parthenon«, sagte er ohne Umschweife und sah mit an, wie sich der Fahrer in den dichten Verkehr einfädelte, um ihn bis fast zur Akropolis hinaufzufahren.

Im Auto war es stickig, und Leonard kurbelte das Fenster herunter, wodurch der beißende Geruch von Abgasen und ein ohrenbetäubender Lärm zu ihm hereindrangen. Er musste sich eingestehen, dass die Stadt trotz des wolkenlos blauen Himmels verwahrlost aussah. Überall drängten sich Menschen im Gewirr enger Gassen zwischen ineinander verschachtelten Häusern, Stromleitungen hingen notdürftig geflickt herunter, stinkende Lieferwagen knatterten scheinbar ziellos umher und Schwammverkäufer boten auf den Gehsteigen ihre Ware feil. Er konnte sich des Eindrucks nicht erwehren, dass rasch wachsende große Städte eine neue Menschheit hervorbrächten, die nach schnellem Geld und Wohlstand strebte, aber dabei ihren Sinn für natürliche Schönheit, Intuition und Spontaneität verlor.

Seine Zuversicht sank.

Der Wagen verließ das Zentrum, erklomm einige Serpentinen und hielt schließlich unterhalb der Propyläen, der mächtigen Eingangshalle der Akropolis.

Der Fahrer versprach zu warten, und Leonard stieg aus.

Oben auf dem Plateau angekommen, stemmte er die Hände in die Seite und sah sich um. Er wusste nicht, was er erwartet hatte, aber das, was er sah, gefiel ihm nicht. Überall lagen Bruchstücke von Säulen und Kapitellen über der felsigen Ebene verstreut, in deren Mitte sich die mühsam zusammengefügten Reste eines Tempels in der Mittagssonne erhoben.

Rasch stellte er fest, dass er nicht allein war, mit ihm besuchten wohl ein Dutzend bunt gekleideter Reisegruppen die Sehenswürdigkeit und bildeten auf dem Gelände dichte, lautstarke Trauben. Er beschattete die Augen. Es war unerwartet heiß, das Hemd klebte ihm am Körper und die Luft flimmerte, als er die Säulenhalle des Parthenons betrachtete, einst der mächtigste Kulttempel der Antike, ein immerwährender Ausdruck der Macht Athens.

Enttäuscht blickte er sich noch einmal um. Hier oben war es ihm eindeutig zu touristisch und wenn er ehrlich war, die Trümmerlandschaft deprimierte ihn. Kurz entschlossen machte er sich auf den Rückweg zum Taxi und stieg wieder ein.

»Ist nicht das, was Sie suchen, oder?«

Erstaunt musterte Leonard den Taxifahrer. »Wollen Sie sich etwas anderes ansehen?«, fragte dieser beflissen. »Die Plaka vielleicht, die Altstadt, es gibt dort viele kleine, malerische Gassen und Geschäfte.«

Leonard lehnte ab. Kleine Gassen und Geschäfte hätte er auch in London haben können. Unschlüssig legte er die Hände in den Schoß. Einen bangen Moment fragte er sich, ob er die falsche Entscheidung getroffen hatte, als er England verließ? Er presste die Lippen aufeinander. Was nun?

Die dunklen Augen des Fahrers musterten ihn fragend im Rückspiegel. »Sind Sie ein Künstler?«

Leonard hob den Kopf. »Wie kommen Sie darauf?«, fragte er irritiert.

»Ich bin Taxifahrer, ich sehe täglich viele Menschen, und ich denke, Sie sind ein Künstler.«

Leonard verzog den Mund zu einem schiefen Lächeln. »Ja, ich schreibe.«

Der Mann strahlte. »Dann weiß ich, was Sie suchen. Was halten Sie von einer kleinen Insel, nicht weit weg von Athen? Mitten im Saronischen Golf, also gleich hier gegenüber.« Er wies mit dem Arm in eine bestimmte Richtung. »Sie heißt Hydra, und dort leben Menschen wie Sie.«

»Menschen wie ich?«

»Ja, Künstler, Maler, Schriftsteller, Musiker …«, zählte er triumphierend auf. »Ich weiß sogar, dass einige von weit hergekommen sind. Es sind nicht so viele, aber manchmal kommen sie zum Einkaufen aufs Festland, und ich unterhalte mich mit ihnen.«

Leonard blickte aus dem Seitenfenster, als könnte er vom Auto aus, die besagte Insel sehen.

Eine Künstlerkolonie auf einer malerischen griechischen Insel, überlegte er. Warum nicht? Hier in Athen würde ihn nur eine billige Pension in einer schmalen Seitenstraße erwarten, das Zimmer vermutlich klein, staubig und laut.

Eine Insel in der Ägäis dagegen …

Er musste zugeben, dass ihm der Gedanke gefiel.

»Ihr Vorschlag klingt vielversprechend«, sagte er. »Diese Insel, Hydra, wie komme ich dorthin?«

»Mit der Fähre. Von Piräus.« Er blickte auf die Uhr. »Wenn wir uns beeilen, erreichen Sie noch die Fähre um halb zwei.«

»Dann los!«, kam es über Leonards Lippen.

Der Fahrer ließ den Motor an. »Wie Sie wünschen. Fahren wir zum Hafen.«

Die »Pelikan« war ein kleiner Dampfer, der, wie Leonard im Verkaufsraum der Reederei erfuhr, regelmäßig zwischen den Inseln verkehrte. Bis nach Hydra würde die Überfahrt drei bis vier Stunden dauern. Er kaufte ein Billett nur für die Hinfahrt und als er das Gebäude verließ, spürte er, wie sein Herz aufgeregt in seiner Brust schlug. Er nahm den Koffer, erstand eine Tüte Pistazien und während er zum Anleger ging, stellte sich heraus, dass auch hier, im drittgrößten Hafen am Mittelmeer, eine pulsierende, alles durchdringende Geschäftigkeit herrschte. Überall an den Kais wurden Schiffe be- und entladen, Lastwagen brachten die kostbare Fracht zu den Lagerhäusern, und daneben in den Markthallen mit den aus Gusseisen gewölbten Dächern wurde alles feilgeboten, was die Welt an Essbarem hervorbrachte.

Als er das Fallreep der »Pelikan« erklomm, merkte er, wie die gesamte Betriebsamkeit des Hafens von ihm abfiel und dem Gefühl Platz machte, eine gute Entscheidung getroffen zu haben. Er lief mit langen Schritten über die Dielen an Deck zum Bug des Dampfers, dessen Spitze so hoffnungsvoll auf den Horizont ausgerichtet war. Er schmeckte das Salz des Meeres bereits auf den Lippen, und als er die kühle Luft einatmete, kam es ihm vor, als sauge er das Leben selbst ein.

Als das Schiff ablegte, entdeckte er eine kleine Bar, die unterhalb der Brücke Erfrischungen anbot, und kaufte sich dort ein Glas Wein, der überraschend harzig schmeckte. Danach ging er zur Reling, stellte den Koffer neben sich ab und nippte nochmals am Glas. Langsam gewöhnte er sich an den Geschmack. Er hatte keine Vorstellungen davon, wohin die Reise ihn führen würde, ob er etwas Geheimnisvollem begegnen oder an etwas Glorreichem teilhaben würde. Noch war alles ein Traum, ein Abenteuer. Noch hatte sich die Wahrheit nicht gezeigt. Aber er hatte sich instinktiv für diesen Weg entschieden und verstand, dass etwas durchaus Wichtiges in diesem Moment mit ihm geschah. Er blickte aufs Meer hinaus, auf die sanft wogenden blauen Wellen, auf die zarten Konturen der Inseln, die sich in der Ferne abzeichneten.

Hinter Leonard öffnete sich eine schwere Metalltür, und ein Mann mit schwarzem buschigem Schnauzer musterte ihn durchdringend aus hellen Augen, als er nur wenige Schritte entfernt ebenfalls an die Reling trat. Über den Rand seines Weinglases hinweg beobachtete Leonard ihn unauffällig, das dichte dunkle Haar, die schmalen Bügel der Sonnenbrille, die er in die Stirn geschoben hatte, und plötzlich meinte er zu hören, dass der Mann leise vor sich hin murmelte. Seltsam fremd und rätselhaft klangen die Worte in einer Sprache, die er nicht verstand, und das weckte sein Interesse.

Ebenso wie die ersten Ausläufer einer Insel, die sich jetzt in sein Blickfeld schoben.

Er sah kahle Hügel, die im Inselinnern aufragten, ihre Hänge sandig und steinig, hier und da von einigen wilden Büschen und Bäumen bedeckt. Die Küstenlinie erschien ihm wild und ungezähmt, bestehend aus einsamen Felsbuchten und hartem Stein. An ihnen brach sich die kristallblaue See, die Wellen von schneeweißer Gischt gekrönt. Sonnenstrahlen streuten goldene Funken auf die Oberfläche, und über den sandigen Untiefen wandelte sich das Meerblau in leuchtendes Türkis.

»Entschuldigen Sie bitte«, sagte Leonard und trat näher zu dem Mann hin. »Verstehen Sie mich?«, fragte er höflich auf Englisch.

Der Mann wandte ihm das Gesicht zu und nickte.

»Mein Name ist Leonard Cohen.«

»Angenehm. George Lialios.«

Es stellte sich heraus, dass der Mann etwa neun Jahre älter war als er. Ein Philosoph, Musiker, Halbaristokrat und Intellektueller, der auf Hydra lebte. Sein Vater war Komponist und Diplomat, der sich während des Zweiten Weltkriegs in Deutschland aufgehalten hatte. George sprach ebenso fließend Deutsch wie Englisch.

»Vorhin deklamierten Sie etwas, ich nehme an auf Griechisch? Es kam mir vor wie ein Gedicht. War das von Ihnen?«

Der Mann schien von seiner Frage keineswegs überrascht.

»O nein«, antwortete er mit verhaltenem Lächeln. »Das waren Nikos' Worte. Nikos Kazantzakis, unser Nationaldichter. Kennen Sie ihn?«

»Leider nicht«, gab Leonard mit ehrlichem Bedauern zu.

»Das ist schade.« Der Mann warf einen kurzen Blick auf den Koffer zu seinen Füßen. »Wenn Sie hier leben wollen, sollten Sie ihn unbedingt lesen. Sie werden keinen anderen finden, dem die Seele Griechenlands so am Herzen lag.«

»Ich werde mir seinen Namen merken.«

Der Mann sah ihn prüfend an. »Gut.«

»Ist es Ihnen möglich, mir die Verse, die Sie zitiert haben, zu übersetzen?«, fragte er ihn erwartungsvoll, doch der Mann blieb still.

Leonard dachte schon, das Gespräch wäre beendet, während das Schiff an Geschwindigkeit verlor und Wärme sich auf seine Haut legte, als begrüßte sie einen alten Freund. Er sah zu, wie sie einen letzten Felsvorsprung umrundeten, der weit ins Meer ragte und sich langsam zurückzog. Es war, als würde man in einem Theater einen schweren Brokatvorhang zur Seite ziehen, um einen ersten Blick auf die Bühne dahinter zu werfen. Plötzlich begann George Lialios zu rezitieren. »Eine der größten Freuden, die ein Mensch auf dieser Welt fühlen kann, ist, die Ägäis im Frühling zu bereisen.«

Leonard begriff, dass der Mann nach den richtigen Worten gesucht hatte, um die Verse für ihn zu übersetzen. »Kazantzakis sagt: Ich konnte mir das Paradies nie anders vorstellen. Welche andere Freude kann besser im Einklang mit dem Körper und der Seele des Menschen stehen als diese griechische Ewigkeit aus Wasser, Stein und frischer Brise.«

Leonards Blick erfasste eine Schar weißer Häuser, die sich über ein Gewirr aus Masten und Segeln erhob.

Lialios räusperte sich neben ihm. »Besuchen Sie mich einmal in meiner Villa oben auf dem Berg.«

Leonard versprach es, dann drückte er dem Mann in ehrlicher Dankbarkeit fest die Hand.

»Nikos Kazantzakis«, wiederholte Lialios mit Nachdruck. »Nicht vergessen!«

Er verabschiedete sich, und ein Matrose warf ein Tauende

durch die Luft, das aufgenommen und um einen der Poller gelegt wurde.

Die Schiffsdiesel verstummten.

Leonard hörte einen Esel schreien und Kinder, die jauchzend von einem Felsen ins Meer sprangen.

Er hielt die Luft an. Es fiel ihm schwer, all die Eindrücke zu verarbeiten, die sich ihm gleichzeitig boten.

Alles war fremd und anheimelnd zugleich.

Er wusste nicht, was ihn erwarten würde.

Ohne den Blick abzuwenden, griff er nach seinem Koffer und reihte sich in die kurze Schlange der Reisenden ein, die hier das Schiff verließen.

Ein Polizist kontrollierte die Pässe.

Als er passieren durfte, nahm er sich stumm das Versprechen ab, Griechisch zu lernen, denn es reizte ihn, die zahlreichen Facetten der Welt, in die er gerade im Begriff war einzutauchen, auch vollends zu erfassen.

KAPITEL 5

Hydra, 1960

Ich muss noch Milch besorgen, dachte Marianne und spürte einen Anflug von Gereiztheit, obgleich sie gern einkaufen ging. Es war eine der wenigen Abwechslungen, die sich ihr boten. Sie griff nach dem Korb, hängte ihn sich in die Armbeuge und lauschte ins Obergeschoss hinauf, wo sie ihren Mann Axel tief über der Schreibmaschine gebeugt wusste.

Mariannes nackte Füße tapsten über die Steinstufen, bevor sie in die Schuhe schlüpfte.

»Ich gehe jetzt«, rief sie die Treppe hinauf.

Das hastige Schlagen der Tasten setzte einen winzigen Moment lang aus. »Nimmst du das Baby mit?«

Es war eher eine Forderung als eine Frage.

Marianne presste die Lippen aufeinander. Sie wusste, dass es unnötig war, ihn zu bitten, sich um das Kind zu kümmern, solange sie fort war. Axel wollte beim Schreiben auf keinen Fall gestört werden. Er bearbeitete vom Morgen bis zum Abend die Tasten der Schreibmaschine. Eine Ablenkung, egal in welcher Form, duldete er nicht. Er lebte in seinem Werk, begierig darauf, die Grenzen in der Literatur zu durchbrechen. Manchmal fragte sie sich, ob er sich überhaupt bewusst war, dass sein Zimmer im Haus den schönsten Ausblick besaß, weitschweifend über die Bucht bis hinunter zum Hafen.

Sie trat an das Bettchen heran und betrachtete ihren schlafenden kleinen Sohn, der im Januar im kalten Oslo geboren worden war und nun, unter den ersten Sonnenstrahlen, in den weißen Laken schlummerte. Während sie eine Reihe bedeutungsloser Silben sprach, die alle tröstend und liebevoll klangen, hob sie das schlafende Baby aus dem Bettchen und drückte es sanft an ihre Brust.

Nur mit Mühe gelang es ihr, die niedrige Holztür zu öffnen.

Kyria Sophia, die Nachbarin, erwartete sie bereits. Sie war zehn Jahre älter als Marianne, und ihre Augen blickten gütig unter dem Rand des schwarzen Kopftuchs hervor, das sie straff um die hohe Stirn geschlungen hatte.

»Yassou, pedi mou.« Hallo, mein Kind, wurde Marianne von ihr begrüßt. Lächelnd nahm sie ihr das Baby ab.

»Yassou«, antwortete Marianne. »Ich bin in einer Stunde zurück.« Dann drehte sie sich um, fühlte dabei flüchtig so etwas wie Erleichterung und trat aus dem Schatten des Türrahmens hinaus auf die Straße.

Der Maimorgen auf der Insel war so wundervoll vom warmen Licht durchwebt, dass Marianne auf dem Gehsteig innehielt, um den Anblick auf sich wirken zu lassen. Sie betrachtete in der Ferne das türkisfarbene Meer, über das die Sonne einen flimmernden Teppich aus getriebenem Gold breitete. Die weißen Häuschen zu ihren Füßen, überwuchert von Bougainvilleen in leuchtenden Farben. Ein Esel wartete geduldig unter einem Olivenbaum, schlug mit den langen Ohren, und Katzen gähnten im blassblauen Schatten der Bäume um den Zwillingsbrunnen, müde vom nächtlichen Streifzug.

Marianne atmete tief ein. Sie mochte ihr Haus, das sie vom

Vorschuss auf Axels neues Buch erworben hatten und das wie ein Adlerhorst am Hang klebte. Wenn sie es verließ, kam es ihr so vor, als stünde sie an der Schwelle zum Paradies und zögerte den ersten Schritt hinaus, als hätte sie Bedenken, dass ihre Erwartungen beim Eintritt enttäuscht werden könnten.

Hier auf der Insel trug sie Sandalen mit Holzsohlen und einen selbst genähten Rock mit großen Falten, bunte Streifen vor einem blassblauen Hintergrund, der sich bauschte, wenn sie forsch ausschritt.

Sie folgte der Kala Pigadia, auf der normalerweise zwei beladene Esel aneinander vorbeiziehen konnten, die an manchen Stellen aber so eng war, dass sie, wenn sie ihre Arme ausstreckte, die Häuser auf beiden Seiten berühren konnte. Mitunter waren der Weg und die Treppen so steil, dass sie sich bei Regen vorübergehend in einen rauschenden Bach verwandeln konnten, was meistens im Winter geschah. Hohe Steinvorsprünge, welche die Straße zu beiden Seiten flankierten, verhinderten dann, dass das Wasser in die Häuser strömte, stattdessen wurde es in einer Zisterne aufgefangen. Jetzt dienten die Steine als Bürgersteige, auf die sie ihre Füße setzte.

Als Marianne den Hafenvorplatz erreichte, lag das Geschäft von Katsikas zu ihrer Rechten. Das gemauerte Gebäude war einstöckig, nicht besonders auffällig und befand sich nur wenige Meter von der Kaimauer entfernt. Dorthin lenkte sie ihre Schritte.

Suchend blickte sich Leonard um. Das Hinterzimmer, in dem er stand, diente Katsikas als Abstellraum und bei schlechtem Wetter als Café und war mit vier einfachen Holztischen und einigen unbequemen Stühlen mit den ortsüblichen aus Stoff gewebten Sitzflächen ausgestattet. Holzfässer mit Retsina stapelten sich an der Wand und reichten beinahe bis unter die Decke, von der Kraken und Schafshoden zum Trocknen herabhingen. Die Luft war staubig und roch nach etwas Würzigem, Undefinierbarem, das den verschiedenen Dingen, die sich dort befanden, anzuhaften schien.

Im Augenblick war das Café leer. Leonard blickte über die Schulter zurück.

Er wollte sich heute Vormittag mit den Johnstons treffen. Das aus Australien stammende Ehepaar George und Chairmian Johnston gehörte zu den ersten Ausländern, die sich nach dem Krieg auf Hydra niedergelassen hatten. George – ein großer schlanker Mann, der früher als Reporter für das Life Magazin gearbeitet hatte – schrieb hier unter dem Pseudonym Shane Martin Kriminalromane, die allesamt an exotischen Orten spielten.

Wen wundert's, dachte Leonard, und ein Lächeln umspielte seine Mundwinkel. Auch Georges Frau Chairmian betätigte sich als Schriftstellerin, gemeinsam hatten sie drei Kinder. Beide kannten die Gepflogenheiten auf der Insel und hatten es sich zur Aufgabe gemacht, Neuankömmlingen, wie er einer war, mit praktischen Ratschlägen zur Seite zu stehen.

Leonard hörte, wie ein schwerer Kasten abgesetzt wurde und Flaschen leise schepperten, was ihn bewog, wieder nach vorne zu gehen. Die Zimmerdecke des Ladens war hier mit

Körben, Besen und Kochpfannen vollgehängt sowie mit anderen nützlichen Dingen, die man zum Leben auf einer Insel ohne Strom benötigte. An den Wänden standen Regale, in denen Tierfutter und Werkzeuge lagerten. In einer Reihe aus Holzfässern schwammen Feta-Stücke in einer Salzlake, daneben gab es Schalen mit glänzenden Oliven, fleischige Tomaten und Chorta, einen volkstümlichen griechischen Salat aus Wildkräutern, Radieschen und Fenchel. Seitlich saß auf einem Berg Mehlsäcke ein getigertes Kätzchen und putzte seine Vorderpfoten.

»Wenn sie zu Mister Johnston wollen, der hat bereits draußen Platz genommen«, hörte Leonard den stämmigen Händler sagen, was seine Aufmerksamkeit wieder auf das bevorstehende Treffen lenkte.

»Danke«, sagte er und nickte dem Griechen zu, der die Flaschen mit Olivenöl ins Regal zu räumen begann. Katsikas hatte die Angewohnheit, englische Namen so auszusprechen, wie sie geschrieben wurden. John-ston, wobei er die zweite Silbe betonte.

Leonard verabschiedete sich und wandte sich rasch dem Ausgang zu, tat dann aber einen Schritt beiseite, als eine junge Frau im Türrahmen erschien, um den Laden zu betreten. Er entschuldigte sich höflich, und ihm fiel auf, dass sie hellblond und vermutlich Ausländerin war. Geduldig wartete er, bis sie den Weg frei machte.

Er war schon im Begriff, nach draußen zu treten, als ein Gefühl des Verlangens ihn trieb, sich noch einmal nach ihr umzusehen – nicht wegen ihrer Schönheit und nicht wegen der Anmut, mit der sie sich bewegte, sondern weil ihr Gesicht, als sie an ihm vorbeiging, einen so zärtlichen und freundlichen Ausdruck gehabt hatte.

In dem Moment, als er sich umblickte, wandte auch sie den Kopf um. Sie ließ ihre leuchtend blauen Augen unter den dunklen, markant geschwungenen Brauen prüfend auf ihm ruhen, als erinnere er sie an jemanden, und richtete den Blick dann schnell auf die Lebensmittel im Laden. Doch dieser kurze Blick hatte ihm genügt, um die Lebendigkeit wahrzunehmen, die sich auf ihrem Gesicht spiegelte und in dem kaum merklichen Lächeln zeigte.

Er fasste sich ein Herz.

»Möchtest du dich uns anschließen?«, fragte er sie auf Englisch. »Wir sitzen draußen.«

Sie spürte den Blick des Mannes am ganzen Körper. Zuerst wusste Marianne nicht, was sie antworten sollte. Etwas in ihr widerstrebte, die Einladung des Fremden anzunehmen. Aber auf der anderen Seite gab es nicht viele Ausländer auf der Insel, und sie war neugierig darauf, woher der Mann kam und was seine Geschichte war. Er war gut angezogen, trug Chinos und hatte die Ärmel seines weißen Hemdes aufgekrempelt. Die Füße steckten in Tennisschuhen, und eine Sixpence-Mütze saß frech auf seinem Kopf. Außerdem hatte er ein entwaffnendes Lächeln und war ungefähr in ihrem Alter.

Zögerlich stimmte sie zu.

»Aber zuerst muss ich meine Einkäufe machen«, antwortete sie ihm.

Er nickte erfreut und drehte sich um. Einen Moment lang blieb ihr Blick an der Stelle haften, wo der Mann eben noch gestanden hatte, bevor sie sich wieder den Angeboten in Katsikas Laden widmete.

George Johnston hatte es sich bereits bequem gemacht, als er den jungen Kanadier bemerkte, der zielstrebig seinen Tisch ansteuerte. Er verzog die schmalen Lippen zu einem Lächeln, erhob sich und streckte ihm seine knochige Hand entgegen. »Guten Morgen. Wie ich sehe, hat Sie meine Nachricht erreicht?«

»Ja. Geht es Ihnen und Ihrer Frau gut?«, erkundigte sich Leonard höflich.

»Danke der Nachfrage.« Er hob eine Basttasche hoch, die neben seinem Stuhl stand. »Chairmian hat mir für Sie noch zwei Töpfe mitgegeben. Damit Sie sich etwas zu essen kochen können. Denken Sie nachher daran, sie mitzunehmen.«

»Bestimmt tue ich das. Richten Sie Chairmian meinen Dank aus.«

»Das werde ich. Wie wohnt es sich in dem Haus? Haben Sie sich schon eingewöhnt?«

Leonard wollte ihm gerade antworten, horchte dann aber ungewollt auf die Frauenstimme, die aus dem Laden gedämpft nach draußen klang.

»Nein, heute genügt mir die Milch, ich möchte weiter nichts. Vielen Dank.«

Ein Klappern erklang, das Rascheln von Packpapier, dann

hörte er den Händler sagen: »Vielleicht etwas Olivenöl? Ist soeben ganz frisch eingetroffen.«

»Nein, heute nicht, ich danke Ihnen,« antwortete sie.

»Auf Wiedersehen.«

Leonard spürte, dass George noch auf seine Antwort wartete. »Das Haus war eine sehr gute Wahl. Es liegt zentral und hat dicke Mauern, so dass es tagsüber angenehm kühl bleibt.«

»Sehr schön. Und haben Sie etwas aus Kanada gehört? Wie ist das Wetter?«

»Es regnet«, antwortete Leonard knapp und beobachtete dabei gespannt die Tür. Als er sah, wie sie heraustrat, sprang er auf und ging zu ihr hin. Sie lächelten einander kurz, fast schüchtern zu. »Wir sitzen gleich dort drüben. Siehst du?«

»Aber nur einen kurzen Moment«, sagte Marianne zögernd und rührte sich nicht von der Stelle. Der leichte Wind spielte mit ihren blonden Haaren, dann verklärte sich plötzlich ihr Gesicht durch ein Lächeln, ein freundliches Lächeln, das nur ihm galt.

»Selbstverständlich«, entgegnete er. Sie folgte ihm langsam.

George Johnston war bereits aufgestanden und kam mit langen Schritten auf sie zu.

Leonard bemerkte die impulsive, liebenswürdige Art, mit der sie den linken Arm um den Hals des Australiers legte und ihn zur Begrüßung leicht an sich zog.

Er musste sie dabei unverwandt ansehen.

George zog einen Stuhl zurück und bat sie, Platz zu nehmen.

Leonard saß ihr gegenüber.

Als er in dem kurzen Augenblick, in dem sie verharrte, bevor sie sich auf den Stuhl setzte, ihr Gesicht in vollem Licht sah, dachte er, dass sie die schönste Frau war, die er je getroffen hatte. Sie erschien ihm wie eine Göttin aus einer nordischen Saga, aber sie wirkte dabei nicht kühl und unnahbar, sondern ihr ganzes Wesen strahlte eine Wärme aus, die alles zu durchdringen schien.

»Leonard, darf ich Ihnen Marianne vorstellen? Sie reiste mit ihrem Mann aus Norwegen quer durch Europa bis hierher. Marianne, das ist Leonard Cohen. Er kommt aus Montreal in Kanada und ist erst seit ein paar Tagen auf Hydra.«

Marianne veränderte etwas ihre Haltung und reichte ihm unbefangen über den Tisch die Hand. »Hallo!«

Leonard schob seine Hand in ihre und erwiderte den sanften Händedruck. »Die Freude ist ganz auf meiner Seite.«

George schaute zu Leonard. »Sagt Ihnen der Name Axel Jensen etwas?« Er wartete seine Antwort nicht ab, womöglich wollte er ihn nicht in Verlegenheit bringen: »In Skandinavien ein viel gelesener Autor. Schreibt gerade fleißig an seinem zweiten Roman. Sie sollten sich unbedingt kennenlernen …«

Johnston drehte seinen Kopf zu Marianne. »Sie müssen wissen, mit Leonard ist ein weiterer Schriftsteller und Dichter auf der Insel eingetroffen.«

Leonard hob abwehrend die Hände. »Langsam, George, ich bin erst auf dem Weg dazu, einer zu werden.«

Auf Mariannes Gesicht lag jetzt ein zurückhaltender Ausdruck von Interesse, den er auch in ihren Augen las. Trotzdem ging sie nicht auf seine Worte ein, sondern wandte sich an George.

»Wir sind Ihnen sehr dankbar, dass Sie uns bei der Besorgung der Farbbänder für die Schreibmaschine behilflich waren. Ihr Kontakt hat uns weitergeholfen.«

»Aber das versteht sich doch von selbst. Wer kann einer Frau wie Ihnen etwas abschlagen?«

So einstudiert diese Worte auch sein mochten, sie empfand sie offenbar als aufrichtig und freute sich über das Kompliment. Leonard beobachtete, wie sie leicht errötete, und das berührte ihn.

Sie plauderten ein bisschen über dies und das, und Leonard überredete Marianne, mit ihnen noch einen griechischen Mokka zu trinken.

»Aber dann muss ich wirklich los«, stellte sie nach einem kurzen Blick auf ihre Armbanduhr fest.

Als Leonard mit einem Tablett, auf dem drei kleine dampfende Tassen standen, zum Tisch zurückkam, hörte er noch, wie sie über eine Party sprachen.

Er stellte jedem eine Tasse hin und blickte dabei fragend von einem zum anderen.

»Es ist wieder mal so weit«, erklärte George. »Madame Paouri eröffnet die Saison mit einer ihrer legendären Cocktailpartys.«

»Wieso legendär?«

»Einige reiche Griechen haben kleine Paläste oben auf den Hügeln, mit herrlichem Blick auf die Ägäis«, antwortete Marianne. »Wenn es im Sommer in Athen zu heiß wird, fliehen sie an den Wochenenden nach Hydra. Und sie bringen alles mit. Ihre Küchenmädchen, ihre Diener und Körbe voll mit Blumen, erlesenen Speisen und Kisten vom besten Champagner.«

»Ja«, pflichtete George ihr bei. »Und Frau Paouri treibt es

auf die Spitze.« Er lachte auf. »Man stelle sich vor, für die Zeit ihres Aufenthaltes beschäftigt die Dame allein zwei Floristen, die das ganze Haus mit frischen Blumen dekorieren, und …«, er hob den Zeigefinger, »sie schafft extra vom Festland einen Stromgenerator heran – wegen der Eiswürfel.«

Leonard stutzte. »Woher wissen Sie das alles so genau?«

»Weil Madame Paouri es nie versäumt, auch uns Exoten zu ihrer Party einzuladen. Sie ist der Meinung, dass, wie bei einem guten Cocktail, die Mischung ausschlaggebend ist. Und machen wir uns nichts vor«, er zwinkerte ihm zu, »mit uns hat sie die weitaus interessanteren Gäste.«

»Und wer sind die anderen?«

George und Marianne zählten ein paar Namen auf, die Leonard bekannt vorkamen, die er aber nicht zuordnen konnte. Außer den von Aristoteles Onassis. Die Liaison des griechischen Reeders mit der bekannten Operndiva Maria Callas füllte gerade sämtliche Klatschzeitungen.

»Kommen Sie doch einfach mit!«, lud ihn George ein.

Leonard lag schon auf den Lippen zu sagen, dass er Cocktailpartys nicht mochte. Aber dann sah er zu Marianne und entschied sich anders. »Gut, wenn Sie da alle hingehen, werde ich mich anschließen.«

»Abgemacht. Wir sehen uns dann dort,« meinte Marianne leichthin, und auf ihrem Gesicht zeigte sich wieder das bezaubernde Lächeln, das ihm den Atem stocken ließ. »Jetzt muss ich aber gehen«, bemerkte sie. Sie stand auf, nahm ihren Einkauf und verabschiedete sich.

»Ist sie nicht reizend?«, fragte George Johnston, als sie gegangen war.

»Ja, das ist sie«, antwortete Leonard. Er verfolgte sie mit den Augen, bis ihre schmale Gestalt zwischen den Häusern verschwand.

Marianne hatte den Platz überquert und verlangsamte nun ihre Schritte, als sie die Steigung erklomm. Noch einmal rief sie sich alle Einzelheiten des Gesprächs ins Gedächtnis. Sie mochte die Johnstons. Jeder, der auf Hydra ankam, fand in ihnen ein Vorbild, wie man vom Schreiben leben und unabhängig sein konnte. Langsam ging sie weiter.

Und dieser Neue? Wie war noch mal sein Name? Leonard. Richtig, Leonard Cohen. Sie schaute den steilen Hang hinauf. Er war irgendwie anders als die Männer, die sie bisher getroffen hatte.

Dunkler. Sanfter.

Seit sie auf Hydra war, fühlte sie, dass sie den Männern auffiel und von ihnen bemerkt wurde. Dass sie in ihren Augen jemand war. Sie dachte an den Moment in der Ladentür, sein höfliches Zurückweichen, der aufmerksame Ausdruck in seinem Gesicht. Wie er sie angesehen hatte, es war wie ein Stromschlag, der ihren Körper erzittern ließ.

Was hatte das zu bedeuten?

Geschickt wich sie dem Dunghaufen eines Esels aus, der mitten auf der Straße lag.

Verwundert fragte sie sich, warum sie sich überhaupt solche Gedanken machte. Sie hatte sich nichts vorzuwerfen, hatte den Mann nicht ermutigt und war gleichbleibend freundlich geblieben. Axel würde keinen Grund zur Eifersucht haben.

Und dennoch, gerade bei diesem Gedanken wurde ihr heiß.

Sein bewundernder Blick, das einladende Lächeln ... Wieder blieb sie stehen.

Was soll das?, schalt sie sich. Es war undenkbar ... sie und dieser dunkelhaarige Kanadier würden nie etwas anderes sein als gute Bekannte.

Marianne setzte ihren Fuß auf die nächste Steinplatte und lachte plötzlich aus einem Gefühl von Übermut laut auf.

Das ist Hydra, dachte sie launig, ein Inselchen außerhalb der Welt, nur der Wind streicht über die steilen Hänge, auf denen Ziegen grasen.

Hier, im Labyrinth aus Gassen und Treppen, die wie Marmor schimmerten, spürte sie die Sehnsucht, die auf der Insel zu Hause war. Dieser Morgen war durchdrungen von neuem Leben. Sie hörte auf die Stimmen der Vögel und das Summen der Insekten in den süß duftenden Bäumen, die jetzt vor den Häusern standen. Die farbigen Fensterläden wurden aufgestoßen, und mit dem ersten Blick auf die Verheißungen des neuen Tages kamen Inspiration und Hoffnung in die kleinen Zimmer und vertrieben die Sorgen der Nacht.

Sie war fünfundzwanzig, und das ganze Leben lag noch vor ihr. Soeben hatte sie Milch gekauft, und gleich würde sie ihren kleinen Sohn Axel Joachim in die Arme schließen und ihm einen dicken Kuss geben.

KAPITEL 6

Marianne hatte schlichtweg vergessen, welcher Luxus auf Madame Paouris Cocktailpartys zur Schau gestellt wurde.

Von einem leichten Unbehagen erfüllt, schaute sie sich um.

Da lagen dunkelblaue Samtkissen, die maritimen Muster mit Goldfäden durchwirkt, auf eleganten weißen Sesseln, zwischen denen die Kellner umherliefen und die bestellten Drinks zu den Gästen brachten. Perserteppiche bedeckten den Boden, an den Rändern standen Schalen mit duftenden Essenzen, Blütenblätter glänzten im Schein goldener Laternen.

Mariannes Blick wurde von einer Skulptur gefesselt, die das Büfett überragte. Es war ein aus Eis geschnittener Schwan, der aus flüssigem Kristall zu bestehen schien. Der Sockel, auf dem er stand, war von zahlreichen Hummern bedeckt, die Zitronenscheiben in ihren Scheren hielten.

Als sie sich umwandte, erblickte sie die ersten Gäste aus der Athener Society, die soeben gut gelaunt eintrafen. Die Frauen trugen überwiegend Cocktailkleider in hellen Pastelltönen, nur zwei Schwestern waren in eleganten schwarzen Kleidern erschienen, deren Ärmel und der Halsausschnitt weiß abgesetzt waren. »Chanel«, hörte sie eine der Frauen mit Kennerblick sagen. Die zahlreichen Diamanten in den verschiedenen Schmuckstücken funkelten im Kerzenlicht.

Marianne schluckte.

Axel und sie waren barfuß, in Shorts und T-Shirts auf der Party erschienen. »Wir werden uns doch in unserer Freiheit und Individualität wegen dieser Leute nicht verbiegen«, hatte Axel auf dem Herweg noch getönt. Jetzt jedoch empfand sie ihren Aufzug als absolut unpassend. Auf der anderen Seite hätte ihr Kleiderschrank kaum etwas anderes hergegeben.

Du solltest dir für solche Anlässe ein Kleid nähen, dachte sie, als Axel sie am Ärmel zupfte, weil Madame Paouri in Begleitung eines Stewards direkt auf sie zuhielt.

Marianne hatte das Gefühl, im Boden versinken zu müssen, so phantastisch sah ihre Gastgeberin aus. Sie trug ein lindgrünes Paillettenkleid und einen schmalen Goldgürtel um die Taille, mit einem Schlangenkopf als Schließe.

»Herr und Frau Jensen, willkommen«, sagte sie herzlich, und Marianne spürte, dass sie sich ehrlich freute, sie wiederzusehen. »Ist das nicht eine wundervolle Nacht? Alles ist möglich! Ich wünsche Ihnen einen angenehmen Aufenthalt und gute Gespräche.«

»Danke für die Einladung«, erwiderten sie beinahe gleichzeitig.

Der Steward reichte ihnen zwei Gläser Champagner, und sie stießen an.

Danach geschah genau das, was bei dieser Art von Empfängen immer geschah, Axel verschwand, und sie stand allein in der Menge. Sicher hatte er irgendwo einen interessanten Gesprächspartner entdeckt und sich ihm angeschlossen.

Immer wieder trafen neue Gäste ein. Marianne hörte, wie eine extravagant in Violett und Orange gekleidete Dame mit russischem Akzent eine Frage stellte und sich dabei an einen korpulenten Herrn mit rotem Gesicht wandte. »Haben Sie die Ausstellung von Marc Chagall in Paris gesehen?«

Der Mann tupfte sich mit einem Seidentaschentuch die Stirn ab. »Ach Lily, über Chagall lässt sich nichts Neues mehr sagen, ein alter Hut«, bemerkte er und steckte das Tuch wieder ein. »In letzter Zeit wiederholt er sich doch nur. Den können wir getrost beiseitelassen, wenn wir über zeitgenössische Kunst reden. Ich war mit Peggy Guggenheim in einer Galerie in New York, und wir haben einen neuen aufregenden Künstler entdeckt ...«

Der Mann wurde unterbrochen, denn nun mischte sich ein weiterer Herr in das Gespräch ein.

»Seien wir doch mal ehrlich,« sagte er. »Die meisten reichen Leute verstehen doch überhaupt nichts von Kunst. Es geht ihnen einfach nur darum, den anderen reichen Leuten zu zeigen, was man sich leisten kann.« Er machte eine Pause. »Wenn sie dann wenigstens Freude an den Dingen hätten, könnte ich es noch verstehen. Aber egal, ob es ein Gemälde ist, eine alte Flasche Wein oder irgendein Lumpen, den mal ein Prominenter getragen hat, am Ende zählt nur das Preisschild.«

»Da haben Sie recht«, bemerkte eine Dame in einem hellblauen Kostüm, die grazil eine Zigarettenspitze zwischen ihren behandschuhten Fingern hielt. »Letztens war ich bei einem Paar in Long Island eingeladen, typische Neureiche ...«

Marianne mochte nicht weiter zuhören, zumal in diesem Moment George und Chairmian in Begleitung von Leonard Cohen eintraten, und sie freute sich, endlich ein paar bekannte Gesichter zu sehen. Rasch gab sie einem der Kellner ihr leeres Glas und eilte den dreien entgegen.

»Na, amüsierst du dich?«, fragte Chairmian. Sie war eine schlanke Frau mit schwarzen Haaren und ausgeprägten Gesichtszügen.

Marianne zuckte stumm mit den Schultern.

»Sind schon andere von uns da?«, fragte George.

»Ja, Axel«, sagte sie. »Er schwirrt hier irgendwo herum.« Sie sah sich suchend um und entdeckte ihn auf einer Sitzbank, zusammen mit einer zierlichen dunkelhaarigen Frau in einem feuerroten Kleid, mit der er sich angeregt zu unterhalten schien.

»Das ist Patricia Amlin«, stellte Chairmian fest und wandte sich Leonard zu. »Eine Malerin. Ich glaube, sie ist eine Landsfrau von ihnen. Sie kommt aus den Vereinigten Staaten.«

Leonard nickte freundlich, unterließ es aber, sie darauf hinzuweisen, dass er Kanadier war.

»Auf sie mit Gebrüll«, schlug George vor. »Suchen wir uns ein nettes Plätzchen.« Er schaute sich um und deutete auf einen Perserteppich, auf dem mehrere mit blauweißen Polstern ausgelegte Korbstühle standen. »Wie für uns gemacht«, fand er und ließ sich genüsslich in einen der Stühle sinken.

»Was machen Ihre Kinder heute Abend?«, fragte Marianne, nachdem sie sich gesetzt hatte.

»Hoffentlich keinen Unfug«, meinte Chairmian. »Ich weiß, dass es schwierig ist. Aber wissen Sie, es ist schön, sich einfach mal hinsetzen zu können und sich bedienen zu lassen.«

George winkte lässig ab. »Die Kinder sind alt genug. Als ich in dem Alter war …« Der Satz blieb unvollendet, denn Madame Paouri erschien am Rand der Terrasse und schlug einen kleinen Messinggong, bevor sie verkündete, dass das Büfett nun eröffnet sei, was mit dezentem Applaus zur Kenntnis genommen wurde.

Hinterher würde Marianne sagen, die Tragödie nahm in dem Moment ihren Lauf, als sie mit dem Silberlöffel etwas Soße über ihr Lamm träufeln wollte und unsanft von hinten angestoßen wurde. In dem Gedränge konnte sie nicht einmal denjenigen ausmachen, der für das Malheur verantwortlich war, sie sah nur erschrocken auf die dunklen Spritzer, die sich jetzt deutlich auf dem hellen Stoff ihres Shirts abzeichneten. Heute geht aber auch alles schief, dachte sie, eilte ins Badezimmer, schloss hinter sich ab und zog das Shirt über den Kopf. Goldene Kannen mit Wasser standen neben dem flachen Granitbecken. Vorsichtig benetzte sie den Stoff und begann mit etwas Seife, sanft die Flecken auszureiben.

Als sie der Meinung war, dass es reichte, wusch sie die Seife aus und hielt das Shirt gegen das Licht. An den Stellen, wo der Stoff nass war, zeichneten sich tiefdunkle Kreise ab, aber soweit sie erkennen konnte, waren die Soßenflecke weg. Erleichtert zog sie das Shirt wieder über und verließ das Zimmer. Bei der Wärme würde es schnell trocknen.

Vor der Tür lief sie einem Herrn in die Arme, der bei ihrem Anblick stutzte und die Zigarre aus dem Mund nahm. Eine dicke Qualmwolke ausstoßend, musterte er sie aufmerksam durch seine Brille. »Ich glaube, ich kenne Sie. Kommen Sie nicht aus dem Norden?«

Auch Marianne hatte den Mann mit dem markanten Profil und den zurückgekämmten Haaren erkannt. Es war Aristoteles Onassis.

»Ja, das stimmt. Mein Mann Axel Jensen und ich kommen aus Norwegen«, bestätigte sie und konzentrierte sich darauf, die englischen Worte richtig auszusprechen.

»Norwegen«, wiederholte der Reeder und korrigierte den Sitz seiner Brille. »Das Land kenne ich gut. Bin mehrere Jahre dort hingefahren, um Lachse zu fischen, wissen Sie …« Onassis erzählte vom Angeln, von den Fjorden und den Orten, die er besucht hatte. Marianne nickte höflich und hörte geduldig zu.

Dabei spürte sie, dass Onassis' Schilderungen ihrer Heimat sie kaum berührten, obwohl sie den Großteil ihres bisherigen Lebens dort verbracht hatte. Es lag wohl an der sprichwörtlichen Magie Hydras, dass sie so schnell vergaß.

»Ich hoffe, ich habe sie mit meinen Geschichten nicht gelangweilt«, sagte der Reeder verschmitzt und hob den Rest seiner Zigarre leicht in die Luft, damit einer der Stewards mit einem Aschenbecher herbeieilen konnte.

»O nein, das haben Sie nicht«, antwortete Marianne.

In diesem Augenblick setzte Tanzmusik ein und unterbrach die Unterhaltung.

»Gut.« Er legte den Stumpen ab. »Dann werde ich mich jetzt zur Bar begeben, da ist es etwas ruhiger. Möchten Sie mich begleiten? Ich lade Sie auf einen Drink ein.«

»Nein, danke. Ich muss …«

»Oh, entschuldigen Sie. Ich vergaß, Ihr Mann …« Er deutete einen Handkuss an. »Ich wünsche Ihnen noch einen schönen Abend.«

Kurz schaute sie Onassis nach, dann lenkte sie ihr Interesse auf die Gesellschaft im Garten. Überall hatten sich kleine Grüppchen gebildet. Ihr Blick blieb an Leonard Cohen haften, der sich angeregt mit Lily Mack unterhielt. Sie fand, dass er sich, obwohl er in der hellen Anzugshose und dem Hemd nicht vornehmer als sie gekleidet war, anders zwischen den Gästen bewegte. Kultivierter, gebildeter, immer höflich und auf seine seltsame Art zurückhaltend, als käme er aus einer anderen Zeit. Sie lächelte. Offensichtlich sprach er mehrere Sprachen und strahlte eine Gelassenheit aus, als wäre er auf dieser Art Cocktailpartys und in der feinen Gesellschaft ganz zu Hause.

»Das ist doch geradezu anstößig«, vernahm Marianne plötzlich die Stimme einer Frau in ihrer Nähe, die auf etwas hinter Marianne starrte. Als sie sich umdrehte und der Blickrichtung folgte, sah sie Axel und Patricia, jetzt schon deutlicher aneinander interessiert, immer noch auf der Sitzbank verweilen. Patricias Kleid war verrutscht, und Axels Hand lag fordernd auf dem entblößten Oberschenkel der jungen Frau, die sich an ihn drängte. Eine Reihe leerer Gläser stand zu ihren Füßen unter der Bank. Sie lachten ausgelassen.

»Das ist beinahe schon ein Vorkommnis«, gab eine andere Frau von sich und rümpfte die Nase.

»Habe ich es nicht gesagt? Künstler«, stieß die andere Dame hervor und rollte die Augen nach oben. »Führen sich auf wie die Tiere.«

Zuerst wollte Marianne die Bemerkungen der beiden Frauen als aufgeblasen und exaltiert abtun, doch dann stellte sie fest, dass nicht nur die beiden Damen, sondern auch fast alle anderen Anwesenden immer wieder zu dem Paar hinüberblickten.

Als auch die Gastgeberin bemerkte, was die Aufmerksamkeit der Anwesenden fesselte, trat sie vor Axel und Patricia hin. »Herr Jensen«, sagte sie mit Nachdruck. »Ich bewundere den natürlichen Charme Ihrer Frau. Sie sollten besser *ihr* Gesellschaft leisten. Selbst die ausgewählten Gäste unserer kleinen Feierlichkeit versteht sie zu bezaubern.«

Axel drehte den Kopf und grinste sie unverschämt an. »O ja!«, antwortete er. »Ich bin ein Glückspilz.« Dann wandte er sich wieder Patricia zu und ließ die Hausherrin einfach stehen. Jeder der Gäste konnte sehen, dass er Madame Paouris Worte nicht einmal richtig wahrgenommen hatte.

Die Gastgeberin rauschte davon, nicht ohne Marianne einen vernichtenden Blick zuzuwerfen. Auch die anderen Gäste musterten sie anklagend, als wäre das flegelhafte Verhalten ihres Mannes ihre Schuld.

Marianne fühlte, wie sie rot vor Scham wurde und zu zittern begann. Wenn sich jetzt der Boden unter ihren Füßen auftun würde, sie hätte nichts dagegen.

»Darf ich bitten?«

Was? Irritiert schaute Marianne in Leonards Gesicht, das sich jetzt nah zu ihrem Ohr neigte.

»Tanzen Sie mit mir, bitte, es wäre mir eine Ehre.«

Sie legte ihre Hand in seine und vermied es, die anderen Gäste anzusehen, als sie zur Tanzfläche ging. Sie konnte keinen klaren Gedanken fassen, wusste nicht, was mit ihr geschah, alles war wie in einen Nebel gehüllt, und selbst die Musik vernahm sie nur aus der Ferne.

Sie wusste nicht, wie lange sie mit ihm getanzt hatte, passte ihre Schritte automatisch den seinen an, als sie plötzlich einen Entschluss fasste. Hastig löste sie sich aus seinen Armen und stürmte zu Axel, der noch immer neben Patricia auf der Bank saß.

»Ich gehe jetzt nach Hause«, sagte sie und legte alle restliche Würde, die ihr noch geblieben war, in ihre Stimme. »Kommst du mit?«

Im nächsten Moment erkannte sie, dass Axel ihr keine Antwort geben würde. Schulterzuckend ignorierte er sie und prostete mit einem weiteren Glas Champagner Patricia zu.

Stumm drehte sich Marianne um und ging.

Die Babysitterin war fort, ihr kleiner Sohn schlief ruhig in seinem Bettchen.

Marianne setzte sich in den Sessel am Fenster, drehte den Docht der Petroleumlampe höher, damit sich der Lichtschein verstärkte, und begann in einem Drama von Ibsen zu lesen.

Normalerweise beruhigte sie das. Aber heute fiel es ihr schwer, sich zu konzentrieren. Sie rieb sich die Stirn, nahm das lange blonde Haar zurück und schüttelte den Kopf, als wolle sie etwas Unsichtbares verscheuchen.

Schließlich legte sie das Buch weg, löschte die Lampe und ging nach oben. Noch immer kreisten ihre Gedanken um den verkorksten Abend. Unruhig begann sie im Zimmer auf und ab zu gehen.

Erst vor einem Jahr hatten sie beide in Athen geheiratet, und während der Hochzeitsreise war sie schwanger geworden. Dann kam der Winter, und sie gingen nach Oslo. Axels zweiter Roman war trotz einiger abfälliger Kritiken noch erfolgreicher als der erste und wurde sogar ins Englische übersetzt.

Marianne blieb stehen. Nach seinem heutigen Verhalten musste sie sich fragen, ob ihm der Erfolg zu Kopf gestiegen war?

Sie ging zum Fenster, legte die Stirn gegen das kühle Glas und sah hinaus. Sie fühlte, dass sie keinen Schlaf finden würde. Unbewusst stemmte sie die Hände in die Seite.

War sie auf diese Frau eifersüchtig?

Langsam schüttelte sie den Kopf. Nein, sie hatte Vertrauen zu Axel, trotz allem. Und dennoch wurde sie mit der Möglichkeit konfrontiert, dass ihr Mann auch für jemand anderen Liebe empfinden könnte, nicht nur für sie.

Marianne fühlte, wie das Märchen, in dem sie bisher gelebt hatte, plötzlich Risse bekam, wie sich eine Glaswand zwischen sie und alles andere schob. Zum ersten Mal kam ihr der Gedanke, dass er sie und das Kind verlassen könnte, und diese Möglichkeit bestürzte sie. Sie kam zu dem Schluss, dass eine Aussprache mit Axel notwendig war. Sie musste mit ihm reden, ihm sein Verhalten und die Konsequenzen, die sich daraus ergaben, deutlich machen, und ihm nötigenfalls ein Ultimatum stellen.

Draußen auf der Straße hörte Marianne Schritte, an denen sie ihren Mann erkannte, und obwohl sie fest dazu entschlossen war, graute ihr doch vor der bevorstehenden Auseinandersetzung.

Sie öffnete ihm die Haustür.

»Ich will mit dir reden«, sagte sie unumwunden.

Leicht torkelnd taumelte er an ihr vorbei. »Lass mich in Ruhe«, brummte er und setzte einen Fuß auf die erste Treppenstufe. Aber sie ließ sich nicht abschütteln.

»Wie lange geht das schon mit dir und dieser Malerin?«

»Da ist nichts«, wiegelte er ab und stieg weiter empor, dicht gefolgt von Marianne.

»Da ist nichts?«, wiederholte sie aufgebracht. »Jeder auf der Party konnte sehen, wie nah ihr zwei euch gekommen seid. Es sah aus, als wärt ihr ein Paar.«

Axel drehte sich abrupt um, die Ader auf seiner Stirn war geschwollen.

»Das ist gelogen! Gelogen ist das!«, brüllte er mit blutunterlaufenen Augen, fuhr wieder herum und stieß mit der Schuhspitze die Tür zu seinem Arbeitszimmer auf.

Marianne spürte, wie die Wut wie ein Feuerball in ihrem Magen zu tanzen begann. Sie musste sich eingestehen, dass sie ihm nicht glaubte.

»Der Lügner bist doch du, Axel! Ein Lügner und ein Feigling, der seine Frau betrügt.«

Er schnellte herum, die Hand zum Schlag erhoben. »Halt deinen Mund, du! Bevor ich mich vergesse!«

Sie zuckte zurück, doch dann straffte sie sich. »Ich werde meinen Mund nicht mehr halten. Du bist es, der mit seiner Lüge das Haus vergiftet«, sagte sie laut. »Wie klein und armselig du bist!«

Axel lief rot an und schlug mit der Faust auf den Schreibtisch. »Mach, dass du hier rauskommst, bevor ich mich vergesse! Ich verdiene hier das Geld und nicht du. Mir gehört das Haus und nicht dir. Deshalb kann ich auch tun, was ich will. Und jetzt verschwinde, geh mir aus den Augen!«

Er hatte sich in einen lodernden Zorn hineingesteigert. Mit einer schnellen Bewegung fegte er wie von Sinnen die Tischplatte vor sich leer. In hohem Bogen flogen Stifte an die Wand, Buchrücken krachten hart auf die Dielen, und Ordner barsten, so dass sich ihr Inhalt quer über den Boden ergoss.

Marianne rannte aus dem Zimmer, blieb aber schwer atmend hinter der angelehnten Tür stehen.

Sie hörte, wie Axel die Schreibmaschine emporriss und in rasender Wut an die gegenüberliegende Wand warf, wo sie scheppernd zu Boden fiel. Anschließend nahm er sich die Stühle vor, packte sie nacheinander an den Lehnen und schleuderte sie durch das geschlossene Fenster hinaus auf die Straße. Das Klirren der Scheiben war ohrenbetäubend, und Marianne floh hinunter ins Wohnzimmer, wo sie das weinende Baby aus dem Bettchen hob und mit angehaltenem Atem darauf wartete, dass sich Axel endlich beruhigen würde.

Sie rief nach ihm, doch es kam keine Antwort.

Sein Toben nahm kein Ende, ebenso wenig wie das Geräusch von zerspringendem Fensterglas und der Nachhall eines dumpfen Aufpralls, wenn wieder ein Möbelstück in der Gasse landete.

Marianne legte ihre Hand schützend auf den Kopf des Kindes und blickte sich hastig um. Alles hier erschien ihr plötzlich fremd. Sie spürte, wie ihr Herz bis zum Hals schlug und sie zu zittern begann, als ihr plötzlich der Gedanke kam, dass heute Abend möglicherweise etwas zu Ende ging …

Sie schüttelte den Kopf und lief zum Fuß der Treppe, wo sie noch einmal flehend Axels Namen rief.

Aber sie erhielt auch diesmal keine Antwort.

Das Kind in ihrem Arm wimmerte, und sie drückte ihre Lippen an seine Stirn, während sie sich mühsam zu dem Entschluss durchrang, dass sie in dieser Nacht nichts mehr würde ausrichten können. Sie schauderte. Immer drängender machte sich die Befürchtung breit, dass möglicherweise ihr Leben und das des Kindes in Gefahr war.

Schweren Herzens öffnete sie die Haustür.

Oben schrie Axel etwas Unverständliches, dann schepperte es noch einmal durchdringend.

Unsicher glitt Marianne hinaus in die Dunkelheit, ihr Baby fest an sich gedrückt. Kühle Luft legte sich auf ihr erhitztes Gesicht, ließ sie wieder klar denken.

Sie wusste mit einem Mal, wohin sie gehen würde.

KAPITEL 7

Eine halbe Stunde nachdem Marianne gegangen war, verließ auch Leonard die Party. Er verspürte auf einmal das Bedürfnis, allein zu sein.

Die geistreich erscheinenden Wortgeplänkel und das weltläufige und gesellige Gehabe der feinen Athener Gesellschaft gingen ihm gegen den Strich. Schon in Montreal fand er, dass aufgesetzte Cocktailpartys dieser Art nichts von der Aufregung und Intensität an sich hatten, wie er sie im jüdischen Arbeiterviertel bei Mort Rosengarten erlebt hatte.

Das war nur ein Abklatsch von dem, was er sich unter Leben vorstellte. Mit Mort trank er Bier, hörte die richtigen Platten, und wenn die Nacht ihren Höhepunkt erreichte, waren sie mit dem Wagen von Morts Vater unterwegs durch die Stadt gewesen, um Frauen kennenzulernen. Aber meist blieben ihnen so spät in der Nacht nur das Schweigen der schlafenden Stadt, die Songs aus dem Radio und manchmal ein einsamer Bogen Zeitungspapier, der vom Wind getrieben vor ihnen im gelben Scheinwerferlicht auftauchte wie ein Geist, ruhelos und ohne Ziel, wie sie selbst. Auf dem weichen Sitz, die Füße auf dem Armaturenbrett, hatte Leonard in diesen Nächten trotzdem das Gefühl, als eröffnete sich ihm eine neue Welt voller Freiheit und Liebe.

Später, als er die Universität besuchte, beschlich ihn öfter der

Verdacht, zwischen all den repräsentativen Aufgaben, die er übernommen hatte, sowie der ständigen Suche nach dem eigenen künstlerischen Ausdruck, dass ihm dieses intensive Gefühl abhandengekommen wäre, verdeckt durch all die Pflichten und Erwartungen, die an ihn gestellt wurden.

Zu seiner eigenen Überraschung hatte er jedoch bemerkt, dass es sich hier auf Hydra wieder einzustellen begann.

Leonard setzte sich auf die alte Festungsmauer oberhalb des Hafens. Die Kanonenrohre, die durch die Schießscharten hinaus aufs Meer gerichtet waren, schimmerten silbern im Mondlicht. Er war noch keine zwei Wochen auf der Insel, und trotzdem kamen ihm die Ereignisse der ersten Tage einmalig und unwahrscheinlich vor. Die Insel war ein eigenes Universum. Alles hier schien losgelöst von Konventionen, selbst die Landschaft, das Meer, das ungetrübte Wetter. Nicht zu vergessen das kleine weiß getünchte Haus, das er gemietet hatte, und die Menschen, die er bisher getroffen hatte. Er dachte dabei an die Handvoll Gleichgesinnter, die auf Hydra, wie er auch, durch die Abgeschiedenheit und den Minimalismus des täglichen Lebens Zugang zu ihrer Kreativität fanden

Leonard schüttelte eine Zigarette aus der Schachtel und zündete sie an.

Natürlich hatte jede Medaille zwei Seiten. Das Gebilde war fragil. Alle, die hier lebten, waren abhängig von erwarteten Schecks aus dem Verlag oder der Galerie; blieben diese aus, platzte der Traum. Hinzukam, dass die Isolation, die Enge und der Verzicht auf Luxus es manchmal mit sich brachten, dass es auf der Insel zu Streitigkeiten kam, insbesondere zwischen den Paaren.

Leonard atmete den Rauch der Zigarette ein.

Die Paare auf der Insel. Da waren die Johnstons, die Greers und die Jensens.

Es fiel ihm schwer, das Verhalten von Axel Jensen zu deuten. Er hatte ihn erst einmal getroffen, letzten Samstag in Thassos Café.

Sie waren schnell ins Gespräch gekommen, und er hatte ihn als anregenden Gesprächspartner empfunden, vielleicht eine Spur zu laut und von sich selbst überzeugt, der ständig zwischen dem Inhalt seines Buches, an dem er gerade schrieb, und anderen Themen hin und her sprang.

Er ließ die Zigarette fallen und trat sie gründlich aus.

Leonards Blick folgte einer einsam schaukelnden Laterne am Mast eines Fischerbootes, das aufs Meer hinaustuckerte.

Er erinnerte sich noch deutlich an den Moment, als Jensens Frau mit dem alten Kinderwagen, in dem das Baby lag, zu ihnen gestoßen war. Axel hatte sie nicht einmal beachtet, als sie sich neben ihn setzte, während er, Leonard, kaum den Blick von ihr abwenden konnte.

Heute auf der Party hatte er sich ein Herz gefasst und sie zum Tanzen aufgefordert. Ihr Gesicht sah er jetzt lebhaft vor sich, ihre Traurigkeit und die stille Verzweiflung, die Blicke, die immer wieder Axel suchten, der ungeniert und für alle sichtbar mit der amerikanischen Malerin flirtete. Marianne war nicht bereitwillig von dieser Party weggegangen, sie war gegangen, um ihr Gesicht zu wahren. Das wusste er.

Plötzlich richtete Leonard sich auf. Er spürte eine tiefe Besorgnis in sich, drehte den Kopf und sah an den Platanen vorbei in Richtung Stadt. Eine leise Stimme in ihm forderte ihn auf, nach ihr zu suchen und zu sehen, ob es ihr gut ging, doch etwas ließ ihn zögern. Er hatte kein Recht dazu, war nicht mit ihr verheiratet und blieb reglos sitzen.

Eine Minute verstrich, dann noch eine. Schließlich sprang er auf und machte sich auf den Weg.

Es war eine klare, warme Nacht. Die Häuser reihten sich still aneinander, die Fenster waren weit geöffnet, um jeden noch so kleinen Windhauch hereinzubitten. Katzen schlichen an den Mauern entlang, und manchmal fauchte eine von ihnen böse, wenn sie einander zu nahe kamen.

An einem Treppenabsatz verharrte Leonard kurz und fragte sich, ob er noch bei Sinnen war. Was tat er hier? Aber schon zwei Stufen später gestand er sich leicht verlegen ein, dass er in dieser Nacht sowieso kein Auge zumachen würde, wenn er nicht wüsste, ob es ihr und dem Baby gut ging.

Erschrocken blieb er stehen, als er den Adlerhorst vor sich sah. Zertrümmerte Möbel lagen auf der Straße, und beim Anblick der geborstenen Fensterscheiben spürte er, wie Zorn in ihm aufstieg, wie er am liebsten ins Haus gestürmt wäre, ungeachtet der Konsequenzen. War es nicht genau das, was er befürchtet hatte? Er ging weiter auf das Haus zu und lauschte. Aber außer den Grillen und dem Flügelschlag eines Nachtvogels konnte er nichts hören. Im Haus war alles dunkel. Er lief zur Haustür und blieb stehen. Mit einer Hand konnte er sie öffnen. Aber wie sollte er seine Anwesenheit in einem fremden Haus erklären?

Die Wahrheit musste genügen. Dass er sich Sorgen machte und den Gedanken nicht ertragen konnte, dass Marianne oder dem Jungen etwas zugestoßen sein könnte. Er konnte auch nicht einfach verschwinden. Nicht, nachdem er das Schlachtfeld vor dem Haus gesehen hatte.

Da kam ihm ein Gedanke.

Er würde zu den Johnstons gehen und sie um Rat fragen, ihnen berichten, was hier geschehen war. Wenn einer von ihnen besorgt an die Tür der Jensens klopfte, niemand würde sie abweisen können.

Er lief los, bis zu ihrem Haus war es nicht sehr weit.

Zwei Stufen auf einmal nehmend, erreichte er nach wenigen Minuten die schmale Gasse, doch er hielt mitten in der Bewegung inne.

Die Haustür der Johnstons stand offen, und ein Streifen gelbes Licht fiel auf den Gehsteig. Dort stand Marianne.

Sie hatte einen schwarzen Schal über ihre blonden Haare gelegt, als wollte sie unerkannt bleiben, und trug das Baby in eine Decke gewickelt auf dem Arm.

Eine Frau und ihr Kind, die durch die Nacht irren, um Schutz zu finden, dachte Leonard.

Als sich die Tür hinter Marianne geschlossen hatte, blieb er noch eine Weile in der Gasse stehen. Kurz glaubte er, das leise Weinen des Babys zu hören. Erst als im Haus die Lichter ausgingen, machte er sich auf den Heimweg.

KAPITEL 8

Am nächsten Morgen fühlte Marianne sich abscheulich. Sie hatte auf dem alten Diwan bei den Johnstons nicht gut geschlafen, der kleine Axel quengelte auf ihrem Arm, und der Kopf tat ihr weh.

Mit nackten Füßen eilte sie durch die noch unbelebten Gassen. Vorsichtig öffnete sie die Tür zu ihrem Haus.

Stille empfing sie, es roch nach Schnaps und Zigarettenrauch.

Als sie Axel oben rumoren hörte, legte sie das Kind ins Bettchen und stieg die Treppe hinauf.

Das Zimmer war notdürftig aufgeräumt worden, doch in den zersplitterten Fensterrahmen ragten anklagend die scharfen Glaszähne empor.

Marianne trat ein, und Axel sah schnell auf, bevor er sich wieder den Unterlagen auf seinem Tisch zuwandte.

Er wirkte kühl und distanziert, rollte ein paar Seekarten zusammen und fixierte sie mit einem Gummiring. Dann ging er zu der Anrichte hinüber, wo er die nautischen Geräte aufbewahrte. Erst vor Kurzem hatte er sein Segelboot aus Oslo hierher überführen lassen. Es lag unten im Hafen.

Marianne verfolgte jede Bewegung stumm mit den Augen. Plötzlich bereitete ihr der Gedanke an die Nacht, die sie bei den Johnstons verbracht hatte, Unbehagen. Sie fürchtete, dass

Axel, während er hier alleine war, über Richtig und Falsch nachgedacht hatte und zu einem Entschluss gelangt war, den er jetzt in die Tat umsetzen wollte. Noch wusste sie nicht, welche Rolle sie darin spielen würde. Durch die Angst wurde das Pochen hinter ihren Schläfen noch heftiger.

»Was machst du da?«, fragte sie endlich.

»Wonach sieht es denn aus?«, entgegnete er, und in seinem Blick lag etwas, was sie nicht einordnen konnte. »Ich packe.«

»Du willst fort?«, fragte sie überrascht und machte einen Schritt auf ihn zu. Einerseits wollte sie nicht über den vergangenen Abend reden, andererseits fürchtete sie, dass es vielleicht noch schlimmer war, das Thema zu meiden. »Wir können doch in Ruhe über alles sprechen«, sagte sie und bemühte sich um einen versöhnlichen Ton.

Er öffnete einen kleinen schwarzen Koffer, blickte prüfend hinein und schloss ihn gleich wieder. Das Schnappen der Metallverschlüsse hallte in ihren Ohren und ließ sie zusammenzucken.

Er richtete sich auf und nickte unbestimmt in eine Richtung. »Ich muss erst einmal meinen Kopf frei kriegen. Das neue Buch, du und das Kind, die Sache mit …« Er brach ab. »Ich werde mir ein paar Tage freinehmen und mit dem Boot durchs Mittelmeer kreuzen.« Er zögerte einen Moment, bevor er weitersprach. »Ich muss nachdenken.«

Marianne spürte, wie es ihr kalt den Rücken hinunterlief.

»Tu das nicht.«

Axel sah sie nur an, und sein Blick verriet ihr, dass ihr Einwand zu spät kam. Er hatte es längst entschieden.

»Du musst nachdenken?«, rief sie und war mit einem Mal

zornig, die Worte platzten förmlich aus ihr heraus – aber zugleich hörten sie sich in ihren Ohren auch flehend an. Sie hatte von Anfang an gewusst, dass ein Zusammenleben mit Axel nicht einfach werden würde. Aber diesmal würde sie diese Einsicht nicht als Entschuldigung gelten lassen. Vielmehr wollte sie ihm am liebsten an den Kopf werfen, dass es da nichts nachzudenken gab. Dass er bereits eine Frau hatte und ihr vor Zeugen die Treue geschworen hatte, versprochen hatte, in guten und in schlechten Zeiten bei ihr zu bleiben. Das war noch gar nicht so lange her. Und plötzlich sollte alles anders sein?

Und sie, die sein Kind geboren hatte, sollte auf einmal in seinem Leben keine Rolle mehr spielen? Marianne schluckte heftig und versuchte, die Fassung zurückzugewinnen, um einen neuen Streit zu vermeiden.

Sie wusste, dass Axel, so eloquent er bei seinen Vorträgen war, so verstockt konnte er sein, wenn er der Meinung war, dass es nichts zu diskutieren gab.

»Gut, dann nimm dir Zeit, überlege«, lenkte sie ein. »Aber ich hoffe, du bist dir bewusst, wer deine Familie ist, und triffst die richtige Entscheidung.«

Er streifte sie wieder mit einem schnellen Blick. Etwas Gehetztes flackerte kurz in seinen Augen auf, was ihr nicht gefiel. Dann nahm er den Koffer mit den nautischen Geräten und die Rolle mit den Seekarten. Erst jetzt bemerkte sie eine kleine Reisetasche, die bereits gepackt neben dem Schreibtisch stand. Dann murmelte er etwas Unverständliches, drückte sich an ihr vorbei und verließ das Zimmer.

Sie folgte ihm. Unten im Flur traf sie auf ihre Nachbarin Sophia, die sich wie jeden Tag um das Baby kümmern würde.

Schweigend gingen Axel und Marianne nebeneinanderher durch den Ort, er lief trotz des Gepäcks zügig, so dass es ihr schwerfiel, mit ihm Schritt zu halten.

Immer wieder betrachtete sie sein Profil. Es wirkte versteinert, und wieder spürte sie die eisige Hand, die nach ihrem Herzen griff. Es gab so viele Fragen, die sie Axel gern gestellt hätte, aber sie wusste, im Moment würde sie nichts aus ihm herausbringen.

Das Segelboot lag vertäut am Pier. Axel ging ohne Umschweife an Bord.

Marianne setzte sich auf die Kaimauer, zog die Knie ans Kinn und schlang die Arme um die Beine. Ihre Finger tasteten nach dem schmalen Ehering, und in ihr nagte das Gefühl, dass das alles völlig verkehrt lief, vielleicht noch verkehrter, als sie ahnte.

Die Vorbereitungen auf dem Boot zogen sich hin. Jeder seiner Handgriffe war ihr vertraut, und während sie ihn beobachtete, dachte sie nur noch daran, wie sie Axel am Ende seiner spontanen Reise wieder in die Arme schließen würde, und betete im Stillen, dass er die Gewissheit und den Glauben an ihre Liebe wiederfinden möge. Sie waren doch ein Paar, eine kleine Familie, und lebten sie nicht hier in Griechenland ihren gemeinsamen Traum?

Marianne seufzte.

Sicher, Axel war ein Mann des Nordens, und wenn er, um die Kluft in seiner Seele zu überwinden, aufs Meer hinausfahren musste, sollte er es tun. Danach würde alles sein wie zuvor. Die Affäre mit dieser Frau, Patricia … hatte nichts zu bedeuten.

Immer mehr Menschen fanden sich am Hafen ein. Das lag einerseits an der Ankunft des Postschiffes, aber es hatte sich auch in Windeseile herumgesprochen, dass Axel Jensen in seinem Segelboot die Insel verlassen wollte. Aus den Augenwinkeln bemerkte Marianne einige bekannte Gesichter. Unter ihnen die Johnstons und Leonard, der gestern mit ihr getanzt hatte … Zumindest bis sie ihn stehen gelassen hatte. Aber das spielte keine Rolle mehr, sie hatte andere Sorgen. Deshalb ignorierte sie auch die fragenden Blicke und beobachtete, wie Leonard wortlos die Seile löste, die Axel und das Boot noch an die Insel banden, um sie ihm aufs Deck zu werfen. Wenig später glitt das Segelboot lautlos aufs offene Wasser hinaus.

Axel stand steif neben dem Mast, als hielte er den Atem an, und hob zum Abschied die Hand.

Bei diesem Anblick spürte Marianne plötzlich Panik in sich aufsteigen. Was war das Schlimmste, was passieren konnte?, raste es durch ihren Kopf. Das Boot könnte in einem Sturm sinken und Axel ertrinken. Bei der Vorstellung schossen ihr die Tränen in die Augen.

Ihr Körper fühlte sich plötzlich taub an, alles in ihr rebellierte.

Hastig wischte sie sich übers Gesicht und sah zu, wie der Wind die Segel blähte, wie sich das Boot leicht zur Seite neigte.

Es kostete sie unendliche Kraft, gegen den heftigen Impuls anzukämpfen, ins Hafenbecken zu springen, um Axel nachzuschwimmen.

KAPITEL 9

Axel ist fort, dachte sie. Wie Odysseus davongesegelt, ohne erkennbares Ziel und ohne Aussicht auf Rückkehr.

Marianne beschattete die Augen und blickte hinaus auf die glitzernde Wasserfläche.

Das Meer ist tiefer, als man glaubt, und reich an Erinnerungen, sagten die Fischer. Und manchmal bäumt es sich auf.

Sie wendete den Blick ab und setzte sich in Bewegung. Die Menge am Hafen hatte sich inzwischen zerstreut, die Schaulustigen waren wieder nach Hause zurückgekehrt.

Das Haus sah immer noch genauso aus, wie sie es mit Axel verlassen hatte. Unmerklich schüttelte sie den Kopf. Was hatte sie erwartet?

Kraftlos ließ sich Marianne auf einen Stuhl sinken. Sie konnte an nichts anderes denken als daran, dass sie versagt hatte. Sie schluckte, um den Kloß im Hals loszuwerden, und ließ die Schultern hängen. Ihr war übel und schwindelig, und sie plagten schreckliche Schuldgefühle. Sie rührte sich nicht, und nach einer Weile dachte sie: Ich habe ihn vertrieben. Jetzt ist er fort.

Ihr Gesicht glühte vor Scham, als sie erkannte, was ihre Eifersucht angerichtet hatte, dass ihr Disput mit Axel gestern Abend ein schwerer Fehler gewesen war. Sie hatte ihn mit ihren Vorwürfen in die Enge getrieben, kein Wunder, dass er so reagierte. Möglicherweise hatte sie sich in allem geirrt, und ihre Befürchtungen waren völlig umsonst. Am Ende war es nur eine vorübergehende Faszination, die er für diese exotisch aussehende Frau empfand. Ein Feuer, das schnell wieder in sich zusammenfallen würde, wenn die Begeisterung nachließe. Warum hatte sie ihn angegriffen, anstatt ihm zu zeigen, was er verlieren würde, wenn er sich abwenden würde? Sie war ungeschickt gewesen, machte immer alles kaputt. Sie hatte Axel nicht verdient.

Marianne stöhnte auf. Es war ihre eigene Schuld, wenn alles um sie herum einzustürzen drohte. Ohne Arbeit und ohne Geld, dazu noch völlig allein mit dem kleinen Axel, gab es für sie auf Hydra keine Perspektive. Mit Grauen dachte sie an ihre unvermeidliche Rückkehr nach Oslo, wo man sich über ihr Scheitern die Hände reiben würde.

Plötzlich tat sich eine furchtbare Leere in ihr auf, und sie verspürte eine solche Angst, dass ihre Hände anfingen zu zittern. Mit wackeligen Knien erhob sie sich vom Stuhl.

Irgendetwas musste sie doch tun können, um Axel zu bewegen, zu ihr und dem Baby heimzukommen.

Rastlos schweifte ihr Blick durch den Raum, doch es fiel ihr schwer, einen klaren Gedanken zu fassen, bis ihre Augen an einer kleinen tönernen Vase hängen blieben, in der ein paar getrocknete Wildblumen steckten.

Da kam ihr eine Idee.

Sie lief hinaus auf die Terrasse. Axel hatte die sandige quadratische Fläche hinter dem Haus nie befestigen lassen, weil er die Blumen mochte, die dort im Mai blühten. Besonders die weißen, deren Namen sie sich nicht merken konnte.

Marianne bückte sich, pflückte rasch einige Blütenköpfe und eilte zurück ins Wohnzimmer. Dort zupfte sie die weißen Blütenblätter ab und häufte sie zu einem kleinen Hügel auf. Anschließend nahm sie ein Blatt Papier und begann einen Brief zu schreiben. Als sie ihn beendet hatte, überflog sie die Zeilen, und da sie der Meinung war, den richtigen Ton getroffen zu haben, faltete sie ihn zusammen und steckte ihn in einen Umschlag, den sie an ihr Postfach in Athen adressierte. Sie wusste, dass Axel regelmäßig dort nachsah, da er ständig mit Post vom Verlag rechnete. Bevor sie den Brief zuklebte, schob sie mit der Handkante die Blütenblätter über die Tischplatte ins Kuvert.

Hoffnungsvoll blickte sie auf den elfenbeinfarbenen Umschlag in ihren Händen. Gleich würde sie zu den Johnstons laufen, die immer jemanden wussten, der zum Festland übersetzte, und dem sie den Brief anvertrauen könnte.

KAPITEL 10

Als der junge Engländer Nick am Vorabend verkündet hatte, dass er am nächsten Morgen mit der Frühfähre nach Athen übersetzen wollte, hatte George Johnston ihm einige Briefe überreicht, verbunden mit der Bitte, sie im Zentralpostamt aufzugeben. Außerdem sollte er gleich einige Bögen Briefmarken von dort mitbringen.

Nick war vor einem Monat auf die Insel gekommen. Nach dem Abschluss der Schule hatte er beschlossen, sich ein wenig in der Welt umzusehen.

Während der Überfahrt hatte Nick aus Langeweile die Briefe betrachtet. Einer war ihm aufgefallen, er war bauchiger als die anderen, und wenn er ihn schüttelte, raschelte es leise. Im Gegenlicht konnte er ovale Schnipsel erkennen, die zwischen den Bögen eingeklemmt zu sein schienen. Zudem wunderte er sich über die Anschrift, Marianne schrieb postlagernd an ihren eigenen Mann?

Wie ihm aufgetragen worden war, hatte er die Briefe gleich nach seiner Ankunft abgegeben und anschließend Athen besichtigt. Da er am Vormittag vergessen hatte, die Briefmarken zu besorgen, musste er am späten Nachmittag, kurz vor seiner Rückfahrt, noch einmal ins Postamt.

Geduldig stand er in der Reihe der Wartenden, als er auf einen groß gewachsenen blonden Mann in Begleitung einer zierlichen dunkelhaarigen Frau aufmerksam wurde, die scherzend und lachend ihre Verliebtheit zur Schau stellten. Sie betraten lautstark die Schalterhalle und hielten schnurstracks auf die Postfächer zu. Der Mann zog ein Schlüsselbund aus seiner Hose, suchte den passenden Schlüssel und schloss das Fach auf.

Nick wollte seinen Blick schon abwenden, als er auf einmal den bauchigen Brief in der Hand des Mannes wiedererkannte, den er heute Morgen selbst hier abgegeben hatte.

Das musste Axel Jensen sein. Doch wer war die weibliche Begleitung an seiner Seite?

Er beobachtete, wie der Mann grob den Umschlag aufriss und ungehalten das Schreiben herauszog. Als er den Brief auseinanderfaltete, rieselten unzählige weiße Blütenblätter heraus und fielen unbeachtet zu Boden.

Das also waren die merkwürdigen Schnipsel, dachte Nick und sah, wie die Frau spöttisch das Gesicht verzog, während Jensen hastig den Brief überflog.

Als er fertig war, zerriss er ihn wortlos und ließ die Fetzen in einen Papierkorb fallen. Anschließend klemmte er sich die restliche Post unter den Arm, nahm aufmunternd lächelnd die Hand der Frau und verließ mit ihr das Amt.

Fassungslos schaute Nick auf die Blütenblätter auf dem Boden. Was für eine Tragödie, dachte er und fasste aus einem Impuls heraus den Entschluss, es Marianne und den anderen gegenüber mit keiner Silbe zu erwähnen. Doch mit jedem weiteren Blick auf die zarten weißen Blätter, über die jetzt achtlos die schweren Schuhe der Besucher trampelten, wuchs seine Bestürzung und die Überzeugung, dass Marianne die Wahrheit erfahren musste.

KAPITEL 11

Im Haus war es ruhig.

Marianne saß am Küchentisch und starrte auf den leeren Stuhl neben sich.

Gestern Abend hatte Nick dort Platz genommen und ihr von der Begegnung im Postamt berichtet. Mit ausdruckslosem Gesicht war sie seinen Ausführungen gefolgt, und hinterher hatte sie noch lange die Worte im Ohr.

Sogar jetzt, wenn sie nur daran erinnerte, verkeilten sich ihre Gedanken.

Mühsam hob sie den Kopf. Das Atmen fiel ihr schwer, und ihre Augen brannten.

Alles war aus.

Sie gab es nur ungern zu, aber es fiel ihr schwer, den unerwartet schmerzvollen Verlust zu verkraften, die daraus erwachsenden Sorgen und Konsequenzen sowie die vielen Fragen, die nun für immer unbeantwortet bleiben würden. Wie sehr wünschte sie sich, alles wäre wieder so wie früher, und Axel wäre wieder zur Vernunft gekommen.

Aber diesmal nicht.

Axel war mit der amerikanischen Malerin auf und davon.

Marianne kniff die Augen zusammen. Wie blind du warst, schalt sie sich stumm und schlug sich mit der flachen Hand gegen die Stirn.

Sie hatte nicht geahnt, dass Axel auf der Nachbarinsel bereits Patricia an Bord nehmen würde. Alles war geplant gewesen, die Affäre zwischen den beiden lief schon länger. Im Grunde hatte er sie schon vor ihrer Rückkehr mit dem Baby aus Oslo betrogen.

Marianne verzog das Gesicht. Sie schluchzte, und Tränen quollen aus ihren Augen, heiße schwere Tränen, die über die Wangen rollten und vom Kinn zu Boden tropften.

Ihr kleiner Sohn krabbelte über den Teppich zu ihren Füßen auf sie zu. Sie nahm ihn auf und drückte ihn an sich.

Brabbelnd legte er seinen kleinen Arm um ihren Hals, während er mit dem Zeigefinger der anderen Hand auf etwas im Raum zeigte, das nur er zu sehen schien.

»Was meinst du?«, fragte Marianne und schaute in die Richtung, in die der Finger wies. »Ja, das ist unsere Küche. Siehst du all die Töpfe und Pfannen? Und die Gewürze in den Gläsern?«

Der winzige Finger schnellte zur Decke hinauf. »Da!«

»Ja, das ist unser Haus. Hier wohnen wir.«

Der Kleine gähnte und legte sein Köpfchen gegen ihre Schulter. Sie küsste ihn auf die Stirn und strich ihm zärtlich über die blonden Haare. Plötzlich hielt sie in der Bewegung inne. Ihr war unverhofft ein Gedanke gekommen, der sie zuversichtlich stimmte. Solange Axel weg war, musste sie nicht abreisen, konnte sie hier im Haus bleiben, bis er Anspruch darauf erhob. Katsikas würde ihr sicher weiterhin Kredite für ihre Einkäufe einräumen, die sie später begleichen konnte. Und wenn sie genauer darüber nachdachte, kam sie zu dem Entschluss, dass es ihr gutes Recht war, wenn sie als Axels Ehefrau und Mutter seines Sohnes diese Möglichkeit nutzte. Schließlich hatte er sie verlassen und nicht umgekehrt.

Andererseits wollte ein Teil von ihr allein sein, weg von den Orten und Plätzen, die sie mit Axel besucht hatte, weg von den Menschen, deren Mitleid, gute Ratschläge oder versteckte Häme sie nicht ertrug.

Sie entschloss sich, vorerst einen Bogen um Thassos Café oder besser gleich um den ganzen Hafen zu machen. Auch den abendlichen Gang zur Badestelle unterhalb der burgähnlichen Einfriedung wollte sie vermeiden.

Katsikas Geschäft hingegen konnte sie aufsuchen, wenn es unbedingt notwendig war, aber sie würde darauf achten, einen Zeitpunkt zu wählen, von dem sie wusste, dass sie niemandem begegnete.

Sie legte den kleinen Axel in sein Bettchen und ging hinaus auf die Terrasse, bemüht, den weißen Blüten keine weitere Beachtung zu schenken. Sie setzte sich, und jetzt, wo sie für sich war, fiel ihr auf, wie unendlich lang ein Tag auf der Insel andauern konnte; vom frühen Morgen, wenn die Sonne wie flüssiges Gold aus dem Meer stieg, bis zu den letzten Strahlen, wenn lang gestreckte Schatten über den Boden glitten und die gewaltige Tageshitze von einer kühlen Brise aufgelockert wurde. Die blaue Nacht folgte dem Tag, dicht gestreut funkelten die Sterne.

All das nahm sie so intensiv wahr, als sähe sie es zum ersten Mal, und gleichzeitig wirkte der immer wiederkehrende Rhythmus irgendwie besänftigend.

In den folgenden Wochen spürte sie immer schwerer die Enttäuschung darüber, was geschehen war, es schien ihr unmöglich, es zu akzeptieren. Dabei wurde sie allmählich immer dünner. Wenn sie am Tisch saß und sich über die Arme rieb, spürte sie die Ellenbogen hervorstechen, und der rosig seidene Schimmer ihrer Haut war einer Blässe gewichen.

Sie war erst fünfundzwanzig, aber fühlte sich alt. Und einsam. All ihre Energie schien aufgebraucht.

Bald jedoch wich die Melancholie einer Ruhelosigkeit, die sich ihrer bemächtigte und sie im Haus umtrieb. Sie lief durch die wenigen Zimmer, öffnete immer wieder die Schubladen der einzigen Kommode, als suchte sie etwas, was sie unbedingt benötigte. Ihr Blick fiel auf den kleinen Axel, der leise schniefend schlief, die kleinen Hände zu Fäustchen geballt, als wäre er wütend auf sie. Sie spürte, dass sie sein bevorstehendes Erwachen als Furcht einflößend empfand, dass der Anblick des Kindes unter dem hellen Moskitonetz an ihren Nerven zerrte und ihr den ohnehin kärglichen Rest ihrer inneren Ruhe raubte. Sie fühlte sich so schrecklich allein – so entsetzlich verantwortlich für den Kleinen, seitdem sein Vater fort war.

Erschöpft lehnte sie sich gegen die Wand, und ihre Gedanken begannen wieder zu kreisen. Eine Trennung ist für den Menschen, der zurückbleibt, immer eine Qual, dachte sie. Für sie gibt es keinen Neuanfang, keine neue Liebe, kein neues Glück. Nur das Gefühl von Verrat und Zurückweisung.

Dieser Mistkerl! Das erste Mal stieg ehrliche Wut in ihr auf.

Sie stieß sich von der Mauer ab, lief in die Küche und nahm eine bauchige Weinflasche aus dem Regal. Bemüht, kein Geräusch zu verursachen, zog sie den Korken heraus und goss sich ein.

Plötzlich musste sie an ihre Mutter denken. »Dieser Mann ist nichts für dich«, hatte sie gesagt. »Der hat nur Flausen im Kopf. Ein Künstler. Er wird dich nicht glücklich machen.«

Sie nagte an ihrer Unterlippe. Hatte sie das wirklich gesagt, oder war es nur eine Einbildung, die aus ihrem Verlust und Schmerz erwuchs?

Sie stürzte den Inhalt des Glases hinunter. Es war müßig, darüber nachzudenken. Selbst wenn Axel Jensen so unbarmherzig und willkürlich vorgegangen war, was kümmerte das ihre Mutter? Vielleicht hatte sie in ihm nur einen Menschen gleicher Art erkannt. Ihr Vater hätte sie vielleicht trösten können, aber er war im November, kurz vor der Geburt ihres Sohnes gestorben. Sie fühlte einen Kloß im Hals. Wieder dachte sie an ihr Treffen kurz vor der Abreise am Bahnhof, an das Versprechen, dass sie ihrem Vater gegeben hatte. Eine einzelne Träne rollte ihr über die Wange. Ich hätte mehr Zeit mit ihm in Oslo verbringen sollen, aber sie war mit Axel von einem Termin zum nächsten gehetzt.

Marianne richtete sich auf.

Mochte ihre Mutter denken, was sie wollte. Schlussendlich sah diese Frau auch nur, genauso wie Axel, den Vorteil, den ihre, Mariannes, Anwesenheit ihr bot. Sie brauchten beide jemanden, der den Haushalt richtete, der kochte und sich auch sonst um alles kümmerte, was den anderen lästig war. Selbstverständlich würden das weder Axel noch ihre Mutter zugeben …

Mit einer raschen Bewegung stellte sie das Glas zurück auf

den Tisch. Es wurde Zeit, dass sie das Ruder selbst in die Hand nahm. Dass sie etwas tat, was gut für sie selbst war.

Ihr Blick fiel auf den geschliffenen Glaskelch, in welchem sich ein Sonnenstrahl brach und Muster auf die zerschrammte Oberfläche projizierte.

Die Sonne stand jetzt tiefer und blendete sie. Sie zeichnete mit der Fingerkuppe das halbmondförmige Muster nach. War sie nicht ihretwegen hergekommen, wegen der Sonne? Damals in der winterlichen Ödnis Oslos, da hatte es keine größere Sehnsucht gegeben als die nach der Sonne.

Sie war der eigentliche Grund, das eigentliche Geheimnis, warum sie Norwegen verlassen hatte. Im vollen Bewusstsein kehrte sie dem Norden den Rücken, wo die Häuser nur für eisiges Winterwetter gebaut wurden.

Auf Hydra blickte ihr Schlafzimmer nach Osten und wenn sie im Bett lag, konnte sie am Morgen den Sonnenaufgang beobachten.

Auf einmal verspürte sie den unbändigen Wunsch, hinauszugehen und sich mit dem ganzen Körper diesem warmen Licht auszusetzen, nackt in der Sonne zu liegen.

Hier auf der Terrasse zwischen den Häusern ginge das nicht, aber sie kannte eine Stelle: eine Vertiefung, eine gemütliche Mulde im Sandboden, die mit kleinen Felsen umstellt war, die Schatten spendeten und sie vor unliebsamen Blicken schützen würden.

»Komm«, sagte sie zu dem kleinen Axel, der soeben aufgewacht war. »Wir können beide eine tüchtige Portion Sonne gebrauchen.«

Eine halbe Stunde später verlief sich der steile, sonnenhelle Pfad im Sand, so dass Marianne ihn nur noch erahnen konnte. Vereinzelnd säumten Pinien und Silberdisteln die Abhänge. Dann hatte sie den Platz erreicht.

Sie streifte das leichte Sommerkleid ab und ließ es auf die Erde fallen. Dann zog sie den kleinen Axel aus, rieb ihn dünn mit Olivenöl ein und legte ihn neben sich auf eine wollene Decke in die Vertiefung. Anschließend spannte sie einen Schirm über dem Jungen auf.

Bald umgab sie wohlige Wärme. Insekten schwirrten um sie herum, ansonsten war es still. Sie drehte sich um und setzte ihre Schultern, ihre Hüften, die Rückseite ihrer Schenkel und sogar ihre Fersen der Sonne aus. Es war seltsam, wie die Hitze ihren ganzen Körper durchdrang, nur ihr fröstelndes Herz widersetzte sich der Sonne, leistete den wärmenden Strahlen Widerstand.

Trotzdem konnte sie spüren, wie die Sonne in ihre Poren kroch, dass sie bis in ihre Knochen eindrang, ja sogar noch viel tiefer, bis in ihre Gefühle und Empfindungen. Die Muskeln unter ihrer Haut entspannten sich allmählich, die verkrampften Knoten lösten sich. Ihre dunklen Gedanken verbrannten in dem Feuer, das rotgolden hinter ihren geschlossenen Lidern flackerte.

Sie nahm die Sonnenbrille ab und blinzelte durch die Finger zur griechischen Sonne hinauf. Weiße strahlende Wärme überflutete ihr Gesicht, ihre Brüste, ihre Beine, den gesamten Körper. Was für ein Licht!

Geblendet kniff sie die Augen zusammen und schob die Sonnenbrille auf die Nase zurück.

Der kleine Axel neben ihr gluckste zufrieden im Schatten und strampelte mit den Beinen.

»Die Sonne tut dir gut«, seufzte Marianne zufrieden. »Weißt du, die Menschen hier haben ein Sprichwort: Ein nicht von der Sonne beschienener Körper ist nicht gesund. Er gleicht dem eines toten Fisches. Ja, da lachst du. Dein Vater sitzt ständig hinter dem Schreibtisch, und beim Segeln trägt er ein Shirt. Aber du willst ja nicht wie dein Vater werden. Wir beide lieben die Sonne.«

Die Tage vergingen, und Marianne hatte es aufgegeben, sich um irgendetwas zu sorgen. Jetzt verbrachte sie den größten Teil des Tages damit, nackt in der Sonne zu liegen. Sie und der kleine Axel, und mehr verlangte sie nicht. Manchmal trug sie ihn auf dem Arm zum Meer hinunter, um zu baden oder im Meeressaum zu sitzen, wo die Wellen schäumend den Strand heraufrollten. Manchmal streiften sie zwischen den rotbraunen Felsen umher und betrachteten einen der großen gelborangen Falter auf den rosa Kakteenblüten. Ab und zu bemerkte sie einen Fischer unweit der Küste; sein Boot trieb wie ein dunkler Seevogel auf dem Wasser, während er die Netze auswarf.

Wenn sie abends vor dem Spiegel stand, freute sie sich über die nahtlose Bräune am ganzen Körper, und sie spürte die Heilkraft der Sonne, die jeden Gedanken an ihren Verlust regelrecht auszubrennen schien, wodurch sich Körper und Seele zu entspannen begannen.

Durch die täglichen Wanderungen zu den Klippen, bei denen sie das Kind und die Strandtasche trug, stärkten sich ihre Muskeln, sie fühlte sich kräftig.

Und da war noch etwas. Sie bemerkte einen Eifer, der sich vorsichtig in ihr regte, bereit, ein neues Selbst, eine neue Marianne, in sich zu wecken.

Sie betrachtete aufmerksam ihr Spiegelbild. Mit den Fingerspitzen fuhr sie über ihren Körper, die Brüste, den Bauch, ihre Schenkel …

Sie beschloss, der erwartungsvollen Erregung keinen Raum zu geben. Sie ermahnte sich zur Ruhe, denn sie brauchte noch Zeit. Würde sie sich schon jetzt der Situation stellen, lief sie Gefahr, in ihr altes Leben zurückzukehren, aber das wollte sie nicht wiederhaben.

Nicht so, wie es war.

Nur zu gut kannte sie all die Sorgen, Pflichten und Abhängigkeiten, welche eine neue Beziehung mit sich bringen konnte.

Genug gegrübelt! Sie wandte sich ab und gab mit einer neu gewonnenen Gelassenheit dem Kleinen sein Fläschchen. Anschließend ging sie nackt hinaus auf die Terrasse und betrachtete das sanfte Mondlicht, das auf dem Meer lag. Eine leichte Brise spielte mit ihren von der Sonne gebleichten Haaren. Die Luft war wie Seide, weich und anschmiegsam, und strich ihr liebkosend über die Haut.

Sie drehte sich um und wollte wieder ins Haus gehen. Da hörte sie Rufe. Sie kamen näher und stammten von einer Frau, die eindeutig ihren Namen rief.

Marianne warf einen Blick auf ihr schlafendes Kind, und ihr

fiel ein, dass sie antworten, sich zu erkennen geben müsste. Aber da war etwas, das sie daran hinderte.

Sie atmete tief durch.

»Marianne?«

Sie horchte auf. Die Stimme gehörte Magda, ihrer besten Freundin auf der Insel. Magda war Tschechin. Nach dem Krieg und der sowjetischen Besatzung wusste sie, dass es für sie, als der Freigeist, der sie war, keinen Platz in der neuen sozialistischen Gesellschaft gab. Vor ein paar Jahren kam sie mit ihrem Mann nach Griechenland.

Rasch drehte sie sich um und wandte sich der Tür zu, die in diesem Moment auch schon aufflog.

Magda stand vor ihr. Die langen roten Haare flatterten, und sie streckte aufgeregt einen Arm nach ihr aus.

»Marianne!«

Sie schien einen Moment zu zögern, als sie ihre nackte Gestalt zwischen Kinderbett und dem Tisch mit den brennenden Kerzen sah. Dann kam sie eilig auf sie zu.

»Zieh dich an, Marianne«, sagte Magda ein wenig atemlos und strich sich eine Strähne ihres Haares aus der Stirn, um sie hinter das Ohr zu stecken.

»Was ist los?« Marianne sah sie fragend an.

»Vorhin ist ein Telegramm für dich gekommen.« Magda wedelte mit einem Stück Papier. »Es ist etwas Furchtbares passiert.«

KAPITEL 12

Überrascht blickte Marianne Magda an. Sie hatte ein kluges, hübsches Gesicht, auf dem immer eine etwas zu dicke Schicht Rouge lag, dazu trug sie einen knalligen Lippenstift und lange künstliche Wimpern.

»Das ist nicht sein Ernst!« Marianne fuhr wütend auf und spürte, wie ihr der Zorn die Kehle zuschnürte. »Zuerst betrügt er mich, und jetzt soll ich ins Krankenhaus fahren, um diese Schlampe zu pflegen? Weiß er überhaupt, was er da von mir verlangt? Soll er doch sehen, wie er allein klarkommt!«

Magda pochte unerbittlich mit der Spitze des rot lackierten Fingernagels auf das Stück Papier. »Marianne, jetzt beruhige dich! Axel und Patricia hatten einen schweren Autounfall. Er braucht dringend deine Hilfe.«

»Das hätte er sich früher überlegen müssen«, sagte sie trotzig.

»Er hat mich in den Schmutz gezogen, mich zum Gespött der Leute gemacht.«

Magda lehnte sich im Stuhl zurück. »Ich weiß, er hat sich unredlich benommen. Aber er ist immer noch dein Mann, der Vater deines Kindes, und er ruft nach dir, weil er verzweifelt ist. Es ist verrückt, aber manchmal muss man eben über seinen Schatten springen, meine Liebe.«

Marianne sah Magda zweifelnd an. »Selbst wenn ich es in

Betracht ziehen würde, ich kann hier nicht weg. Ich kann den kleinen Axel nicht alleine lassen.«

»Ich werde mich um ihn kümmern«, sagte Leonard, der gerade durch die Haustür getreten und Zeuge der Unterhaltung geworden war. Seine Stimme klang so ruhig und gelassen, als wäre es das Normalste auf der Welt, sich um ein fremdes Baby von nicht einmal einem halben Jahr zu kümmern.

Marianne drehte den Kopf und blickte ihn an. Es war, als würde sie sich erst jetzt wieder daran erinnern, wer er war.

»Du?«

Er nickte. »Ja, ich würde das gern übernehmen. Ich habe Zeit.«

Magda sprang ihm sofort zur Seite. »Das wäre großartig. Selbstverständlich helfe ich Leonard. Ich habe zwar mit der Bar gerade viel am Hals, aber um den Kleinen brauchst du dir keine Sorgen zu machen.«

»Aber du hast doch selbst gar keine Kinder«, bemerkte Marianne zweifelnd.

»Dann erklär uns doch, was zu tun ist.«

Marianne sah die beiden abschätzend an, dann schob sie den Stuhl mit den Kniekehlen zurück.

Fünf Minuten später führte sie Magda und Leonard durch ihre Küche. Er nahm ein schwarzes, in Leder gebundenes Notizbuch zur Hand, in dem er sich fein säuberlich alles notierte, was sie sagte.

»Axel bekommt mehrmals am Tag ein Fläschchen. Das Milchersatzpulver steht im Regal. Nach dem Füttern gebe ich ihm etwas Pfefferminztee mit Kümmel. Das hilft bei der Verdauung. Das Fläschchen wird im Wasserbad erhitzt.« Sie zeigte auf einen hohen schlanken Topf, der auf dem Herd stand. »Es darf nicht zu heiß werden, deshalb nehme ich es zwischendurch heraus und teste die Temperatur. So …« Sie griff nach der Flasche und hielt sie sich demonstrativ an die Wange. »Ist sie für mich angenehm, passt es auch für das Baby.« Sie stellte das Fläschchen zur Seite und nahm einen schweren Topf von der Anrichte. »Nach dem Gebrauch müssen die Fläschchen ausgekocht werden, ebenso die Schnuller. Hygiene ist wichtig, damit sich keine Keime bilden.« Dann ging sie hinüber zum Bettchen, wo das Baby sie glucksend begrüßte, als sie den Kopf hineinsteckte. Vorsichtig hob sie es heraus. »Wenn ihr Axel füttert, dann haltet ihn so …«, sie legte sich das Kind in die Armbeuge. »… und wenn ihr fertig seid, dann nehmt ihr ihn mit beiden Händen und legt ihn an die Schulter, damit er ein Bäuerchen machen kann. Wichtig ist, ihr müsst immer darauf achten, dass sein Köpfchen gestützt ist, noch kann er ihn nicht selber halten. Versucht es mal.«

Leonard machte einen Schritt nach vorne. Marianne sah mit an, wie seine geschickten Hände den kleinen Körper umschlossen, ihn hielten, sanft und dennoch mit sicherem Griff. Zuerst hatte sie Bedenken, dass der Kleine fremdeln und zu weinen beginnen könnte. Doch er lachte und streckte seine kleine Hand nach Leonards Nase aus, die dieser ihm bereitwillig überließ.

Zunächst war Marianne erleichtert, dann spürte sie, wie sich ihr vor Bitterkeit der Magen verkrampfte. Axel hatte nie solch ein Interesse an seinem Sohn gezeigt.

Sie streckte die Hände aus, und Leonard reichte ihr das Kind. Vielleicht war es Zufall, möglicherweise auch dem strampelnden Baby geschuldet, dass sich ihre Finger einen Moment lang auf seine legten.

»Jetzt noch das Windeln«, sagte sie rasch und öffnete, mit dem Baby auf dem Arm, eine Schranktür. Sie deutete auf einen Stapel weißer Stoffwindeln und einen Berg Tücher, die dort lagen. »Um die benutzten Windeln müsst ihr euch nicht kümmern. Sophia, die Nachbarin, macht die Wäsche, sie kocht sie aus und trocknet sie für mich.« Marianne nahm die oberste Windel vom Stapel, dazu eines der kleinen quadratischen Baumwolltücher und schloss den Schrank wieder. »Die Windel anzulegen ist einfach, benötigt aber ein wenig Geschick.« Sie legte den Kleinen auf einen Tisch und entfernte die alte Windel. Sie wischte ihn sauber, dann sah sie zu Leonard. »Immer daran denken: einpudern und eincremen nicht vergessen, sonst liegt er sich wund.«

Beflissen notierte Leonard alles auf den Seiten im Heft.

Dann nahm sie die Windel, faltete sie zu einem Dreieck und legte das Kind darauf. »Das untere mittlere Ende wird über … dem Geschlecht eingeschlagen, die beiden Enden links und rechts lose über den Bauch zusammengelegt. Jetzt kommt das Zwischentuch.«

Es reichte vom Po durch die Beine bis vorne zum Bauch hinauf. »Das Tuch verstärkt die Windel an den entscheidenden Stellen«, erklärte sie. »Den Abschluss bildet das Gummihöschen. Es hat am Bund und den Beinchen feine Bündchen und angezogen fixiert es die Windel und das Zwischentuch, so, seht ihr, fertig.«

Schließlich blickte Marianne abwechselnd zu Magda und Leonard. »Alles verstanden?«

Magda spitzte die Lippen. »Wie gesagt, ich stehe im Notfall bereit, werde aber mit der Bar viel zu tun haben.«

Leonard trat einen Schritt auf Marianne zu, wobei er leise sein Notizbuch schloss. »Du kannst mir vertrauen. Wirklich. Der kleine Axel und ich, wir bekommen das gut hin. Und sollten wir eine Frage haben, wenden wir uns an Chairmian. Sie hat immerhin drei Kinder großgezogen, sie wird es wissen.«

»Wie sieht es aus?«, frage Magda erwartungsvoll Marianne. »Jetzt liegt die Entscheidung bei dir.«

Marianne zögerte noch immer. »Ich werde es mir überlegen.«

KAPITEL 13

Marianne hatte beschlossen, nach Athen zu fahren und sich in das Krankenhaus zu begeben. Wenn die Situation nicht so akut sein sollte, wie es Axel im Telegramm beschrieb, würde sie stillschweigend wieder abreisen. Wenn die Malerin allerdings wirklich so schwer verletzt war, dass sie jede erdenkliche Hilfe benötigte, dann würde sie ihr das nicht verwehren.

Während der Überfahrt dachte sie kein einziges Mal mehr darüber nach, wie sie sich verhalten würde.

In Piräus nahm sie ein Taxi, und mit jenem Gefühl der Unsicherheit, das man empfindet, wenn nicht abzusehen war, was einen erwartete, fuhr sie die Küstenstraße entlang und starrte ins Leere. Sie mochte nicht daran denken; denn, wenn sie sich die Lage ausmalte, in der sie sich gleich wiederfinden würde, konnte sie sich nicht des Gedankens erwehren, dass Patricias Tod eine Option war, die sie mit einem Schlag aus ihrer misslichen Lage befreien würde.

Sie wandte das Gesicht zum Fenster und suchte im Antlitz der Stadt nach etwas, womit sie sich ablenken konnte, um nicht an das zu denken, was ihr bevorstand. Was sie vom Schicksal nicht zu wünschen wagte, und dennoch im Stillen erhoffte.

Der Wagen hielt am Eingangsportal.

Marianne zahlte, stieg aus, atmete tief durch und betrat das Krankenhaus.

Sie erkundigte sich an der Information und man bat sie, dort zu warten, bis jemand von der Station kam, um sie zu holen.

Es dauerte nicht lange und eine Schwester näherte sich.

»Guten Tag, ich bin Schwester Filomena, spreche ich mit Frau Jensen?«

»Ja, das bin ich.«

»Sehr gut, bitte folgen sie mir.«

Sie verließen den Vorraum des Krankenhauses und tauchten in einen der Seitengänge ein.

»Wie geht es Patricia?«

»Es sieht schlecht aus«, berichtete sie ohne Umschweife. »Gestern haben alle Ärzte an der Beratung teilgenommen.« Sie erreichten eine Verbindungstür und Schwester Filomena legte die Hand auf die Klinke. »Die Sepsis ist ein Problem. Ein Daumen wurde ihr bereits amputiert. Jetzt müsste der Stationsarzt bei ihr sein.« Ihre Blicke trafen sich kurz. »Kommen Sie«, sagte Filomena und öffnete die Tür. Der weiß gekachelte Flur dahinter war leer.

Eine Glühbirne flackerte.

Plötzlich hörte sie ein entsetzliches Wimmern.

Die Krankenschwester nahm sie mit der Vertraulichkeit, die die Nähe einer Schwerverletzten mit sich brachte, beim Arm und führte sie ins Krankenzimmer.

»Geht es nicht noch etwas langsamer«, schleuderte ihnen der Arzt mit gebieterischer Stimme entgegen. »Bringen Sie mir Eis, schnell!«

Die Schwester eilte dienstbeflissen davon.

Erst jetzt entdeckte sie Axel, der seitlich auf einem niedrigen Stuhl saß, die Hände vors Gesicht geschlagen.

Er weinte. Seine Schultern zuckten heftig.

Aufgeschreckt durch die Stimme des Arztes, ließ er die Hände sinken und blickte auf. Da bemerkte er Marianne.

Auf seinem Gesicht spiegelte sich Verwirrung, die er angesichts seines Leids nicht gleich abschütteln konnte. Erst allmählich schien er sich zu erinnern, dass er ihr geschrieben hatte. Langsam erhob er sich. »Marianne! Du bist hier … Hör zu. Du kannst dir nicht vorstellen, was ich …«, sagte er und unterbrach sich, als müsste er erst über seine Worte nachdenken. »Es ist alles so furchtbar.« Sein Unterkiefer begann zu zittern und sie sah, wie er gegen seine Aufregung anzukämpfen versuchte. »Ich werde mir das nie verzeihen können, dass ich sie hab fahren lassen. Der Wagen war viel zu schwergängig für sie.«

»Also, Sie werden die Frau pflegen?«, fragte der Arzt ungeduldig dazwischen.

Ratlos wanderte Mariannes Blick zu Axel.

»In Griechenland pflegen die Angehörigen ihre Kranken«, sagte Axel kleinlaut und vermochte die Tränen nicht länger zurückzuhalten. »Aber es ist eine Frauenstation, und als Mann darf ich sie nicht pflegen, und ich wusste nicht, wen ich sonst hätte fragen können.«

»Amputation des Daumens.« Der Satz des Arztes hallte noch lange in ihr nach. Es war das erste Mal, dass Marianne so etwas sah, und sie empfand es als einen schrecklichen Anblick. Aber eigentlich konnte sie die Stelle nicht sehen, denn nicht nur die rechte Hand, an der der Daumen fehlte, sondern auch Patricias gesamter Körper war bis auf wenige Ausnahmen vollständig bandagiert. Nach dem Unfall besaß die Frau kaum noch einen heilen Knochen, lavendelfarbene Blutergüsse traten an den Stellen hervor, die Marianne sehen konnte. Der Atem der Kranken ging heftig und stoßweise. Schwester Filomena hielt sie an, die Stelle, wo der Daumen entfernt wurde, mit einer speziellen Lösung zu beträufeln, die ein weiteres Fortschreiten der Sepsis verhindern sollte. Der Geruch, den die Flüssigkeit verströmte, ließ sie zu Beginn erschaudern, aber irgendwann gewöhnte sie sich daran. Schlimmer fand es Marianne, wenn der Körper der Kranken in plötzlichen Schmerzkrämpfen anfing, unkontrolliert zu zucken, so dass sie die Stellen mit Eis abreiben musste. Dafür wickelte sie das Eis in Handtücher und drückte es abwechselnd auf die schmerzenden Stellen.

Mehrmals am Tag kam die Schwester und gab der Frau eine Morphium-Injektion. Ansonsten war Marianne mit der Schwerverletzten allein.

Nur die Strahlen der Sonne, die breit durch die halb geöffneten Lamellen der Fensterläden fluteten, zeigten ihr an, wie weit der Tag fortgeschritten war.

Auch die ganze Nacht über blieb Marianne wach – sie versuchte gar nicht erst zu schlafen. Weil die Patientin und sie Ausländerinnen waren, hatte der Stationsarzt zugestimmt, dass sie das zweite Bett im Zimmer benutzen durfte, aber sie konnte sich nicht neben der Frau hinlegen. Stattdessen saß sie stundenlang neben dem Krankenbett. Irgendwann schmerzte jede Bewegung ihres Körpers und der Anblick des geschundenen Menschen hinderte sie daran, sich an den Zustand zu gewöhnen.

Sie hatte sich nicht ausgekleidet oder den Reifen aus dem Haar genommen, und als sie schnell ihr Gesicht wusch und sich die Zähne putzte, kam ihr das mühsam und fremd vor.

Jetzt fiel Mondlicht durchs Fenster und während sie neues Eis holte, bemerkte sie den silberfarbenen Lichtfleck auf dem Linoleum, der in den nächsten Stunden um sie herumwanderte, bis er verschwunden war.

Als Patricia einmal besonders gequält aufstöhnte, erfasste sie das Bedürfnis, ihren Arm zu streicheln. Doch sie fand nirgends eine freie Stelle, deshalb legte sie die Hand nur tröstend auf ihren Kopf. Den Tod der Frau, den sie bei ihrer Ankunft noch als hoffnungsvolle Möglichkeit betrachtete, hatte sie längst zur Seite geschoben. Sie schämte sich sogar, jemals so egoistisch gedacht zu haben. Deshalb begann sie, Patricia ihre Tüchtigkeit spüren zu lassen und ihr Mut zuzusprechen. Regelmäßig hielt sie der Frau einen Löffel mit Wasser an die Lippen und sah erleichtert mit an, wenn sie ein wenig von dem Wasser einsog. Sie sorgte für Linderung, soweit es in ihrer Macht stand.

Ihre einzige Pause in ihrem Tun bestand darin, etwas zu essen. Axel hatte einen runden Thermobehälter besorgt, in dem er ihr Speisen aus einem Restaurant brachte. Sie erhob sich mit steifen Gelenken, streckte sich und nahm an dem kleinen Tisch draußen im Gang Platz, wo Axel ihr Gesellschaft leistete. Er wirkte fahrig, nervös, und wenn er sich eine Zigarette ansteckte, sammelte er endlos mit dem Zeigefinger die Tabakkrümel von der Tischplatte ab. Unvermittelt schaute er auf.

»Schmeckt's?«

»Mmh.«

»Die Taverne ist gleich um die Ecke …« Er unterbrach sich und schaute gedankenverloren den Rauchkringeln hinterher.

»Alles hat sich geändert«, fuhr er plötzlich fort. »Ein paar Tage Urlaub hätten mir gutgetan, aber das ist ja nun vorbei, und so wie es aussieht komme ich die nächsten Wochen auch nicht zum Schreiben. Warum musste sie diesen Unfall bauen?«

Marianne fand diese Äußerung schockierend, sagte aber nichts. Sie fand nur, dass diese Worte in Einklang mit der Haltung von Axel gegenüber vielen Dingen standen.

Sie schob den Teller demonstrativ von sich. »Danke«, sagte sie knapp. »Ich muss wieder zu ihr rein.«

Die Tage vergingen, und die Handgriffe unterlagen bald einer altbekannten Routine. Einmal am Tag war Visite, Schwester Filomena senkte die Anzahl der Injektionen, und die Schmerzanfälle wurden zusehends weniger.

Selbst Axel schien sich inzwischen mit der Situation abgefunden zu haben. Einmal hörte sie, wie er den Stationsarzt fragte, wann Patricia transportfähig sei.

Aber die meiste Zeit war sie mit der Patientin allein, und immer häufiger erwischte sie sich dabei, wie ihre Gedanken über das Meer nach Hydra zu ihrem Kind wanderten.

Nur zu gern hätte sie dort nach dem Rechten gesehen, den Kleinen in ihre Arme geschlossen und liebkost.

Und sie dachte an Leonard, der ihr gegenüber zu nichts verpflichtet war. Ein Mann, der nicht Axel Joachims Vater war und den sie nur ein paar Mal getroffen hatte, kümmerte sich jetzt um ihr Kind. Sie sah ihn vor sich im Adlerhorst, wie er sich alles sorgfältig in sein Heftchen notierte, um später nichts zu vergessen oder falsch zu machen. Die dunklen Augen, die sie aufmerksam musterten … Sie fühlte, wie ihr Herz klopfte und wie sie von einer schwindelerregenden Mischung aus Zuneigung und Furcht erfasst wurde, einem Gefühl, wie sie es noch nie erlebt hatte. Sie spürte ganz deutlich, wie sie in diesem Moment ihr altes Leben verließ, wie ihr Mann Axel an Bedeutung verlor, wie überhaupt alles, was mit ihm in Verbindung stand, an Bedeutung verlor. Als kleines Mädchen in Larkollen hatte sie mit der Großmutter in einem Bett geschlafen und morgens, nach dem Erwachen, erzählten sie sich immer ihre Träume. Axel hatte es nie fertiggebracht, sie in all den Jahren nach ihren Träumen zu fragen.

Sie gab einen leisen abschätzigen Ton von sich.

Nein, genau genommen ging er von der Erwartung aus, dass sie willens war, seine Träume und Vorstellungen vom Leben zu ihren eigenen zu machen, sich ihm in allem unterzuordnen, aber damit war heute ein für alle Mal Schluss.

Wieder sah sie die dunklen Augen vor sich, die feingliedrigen Hände, die den kleinen Axel sicher hielten …

Patricia murmelte leise und Marianne gab ihr Wasser.

Dann stellte sie den Löffel in das Glas zurück.

Hier in der Stille einer unfreiwillig gewählten Abgeschiedenheit war es ihr endlich gelungen, zum Kern des Wesentlichen vorzustoßen. Der unvorstellbare Wunsch, Patricia möge an den Folgen des Unfalls sterben, damit die Rivalin fort war und Axel zu ihr zurückkehren konnte, wandelte sich hier am Krankenbett zuerst in Mitleid und Barmherzigkeit und schlussendlich in das befreiende Gefühl, das, was endgültig hinter ihr lag, loslassen zu können.

Als am nächsten Morgen der Arzt feststellte, dass die Heilung der Patientin gut voranschritt und sie bald überführt werden könne, packte Marianne ihre Tasche.

Axel kam zur Tür herein. »Ich wollte mich bei dir bedanken«, sagte er zerknirscht. »Du bist großartig.«

»Sag das zu Patricia«, entgegnete Marianne. »Sie ist eine tapfere Frau.«

»Hast du noch Zeit, mit mir einen Kaffee zu trinken?«

»Ich will nach Hause, zu meinem Kind …«

»Gut.« Die Erleichterung in seinem Gesicht überraschte sie nicht mehr. »Soll ich dich zum Anleger bringen?«

»Ich nehme ein Taxi. Mach's gut, Axel.«

Ohne sich noch einmal umzudrehen, ging sie.

Leonard erwartete Marianne am Hafen, den kleinen Axel auf dem Arm. Als das Kind sie entdeckte, kreischte es vor Freude auf, zappelte aufgeregt und streckte beide Ärmchen nach ihr aus.

Sie nahm ihn in die Arme, presste ihn an sich und trug ihn bis zum Haus hinauf, obwohl sich Leonard anbot, ihn ihr zwischendurch abzunehmen.

Er hatte für sie alle ein kleines Abendbrot vorbereitet, nichts Besonderes, nur etwas Brot, Oliven, zwei gekochte Eier und einen kleinen Salat. Und eine Karaffe Wein.

»Danke!«, sagte sie leise. »Danke für alles.« Sie spürte, wie ihre Augen feucht wurden, wie die Anspannung der letzten Tage von ihr wich. Er wartete, bis sie sich wieder gefasst hatte und langsam die Serviette auseinanderfaltete, um sie sich auf den Schoß zu legen.

Danach aß sie mit Appetit und erzählte ihm von der Zeit in Athen. Er saß nur still da und hörte ihr aufmerksam zu.

Es war später Abend geworden. Der Wind, der ums Haus strich, brachte den schweren Duft von Blumen und Bäumen mit.

Etwas später saß Leonard auf den Stufen der Treppe und las, ab und zu blickte er zu Marianne, die erschöpft zwischen den Kissen eingeschlafen war. Der Schein der Petroleumlampe tauchte ihre Züge in ein warmes Licht, ließ ihr Haar sanft golden schimmern.

Langsam ließ er das Buch sinken und betrachtete sie. Manche Gesichter erschlaffen im Schlaf, dachte er, die Münder fielen ein, und die Konturen der Augen verwischten. Doch nicht bei Marianne. Sie war perfekt. Ihr Mund schien ihm zu sagen: Ich werde dich nie verletzen, und die Augen sagten: Ich sehe dich, mein Liebster.

Leonard lächelte.

Mit einem Mal hatte er das Gefühl, nichts von dem, was er an diesem Ort hätte formulieren können, würde je verloren gehen, auch wenn er es nicht ausgesprochen hatte.

Das Haus würde es wissen, würde seine ungesagten Worte behalten.

Mitten in der Nacht regte sie sich, hob den Kopf und sah sich um. Verwirrt blickte sie ihn an.

»Du bist noch hier?«

»Ja, verzeih mir.« Er lächelte verlegen. »Es ist schön, dir beim Schlafen zuzusehen … und du sprichst, wenn du schläfst.«

»Was?« Marianne starrte ihn erschrocken an.

Er beugte sich zu ihr und nahm behutsam ihre Hände in seine. »Beunruhige dich nicht«, bat er und senkte etwas den Kopf, um ihr in die Augen zu sehen.

Verlegen versuchte sie, seinem Blick auszuweichen.

»Du hast nur gesagt, dass du deinen Sohn vermisst«, flüsterte er, »und dass du dir Sorgen um ihn machst. Du hast norwegisch gesprochen, aber so viel habe ich verstanden. Ich hatte das Gefühl, das Geräusch des Windes machte dich unruhig.« Er lachte sanft. »Ich wollte dich nicht beschämen.«

»Hast du nicht«, antwortete sie, obwohl ihr die Vorstellung immer noch etwas unangenehm war.

Leonard wurde ernst. Ganz leise, kaum hörbar, sagte er: »Die ganze Zeit, während du geschlafen hast, kämpfte ich mit mir und war hin- und hergerissen zwischen dem, was der Anstand gebietet, und dem, was ich will. Ich weiß nicht, was ich tun soll. Die Insel wieder verlassen und warten, ob dein Mann zurückkommt oder du dich in einen anderen verliebst? Das macht mich fertig.«

Marianne schwieg, sah ihn aber unverwandt an.

Einen Moment lang blieb er still. »Und dann,« flüsterte er zärtlich, »habe ich meinen Namen gehört aus deinem Mund. Deine Stimme war so deutlich, dass ich dachte, du wärst aufgewacht. Doch du hast nur den Kopf zur Seite gedreht und noch einmal meinen Namen ausgesprochen …«

Ohne zu antworten, rückte sie ein Stück beiseite und bedeutete ihm, sich neben sie zu legen.

Er schmiegte sich an sie und hielt sie schweigend fest in dem stillen warmen Zimmer. Draußen zirpte und wisperte die Nacht. Sanft strich er mit der Hand über ihre Haare, vom Scheitel hinab bis zu den Spitzen. Dabei summte er eine Melodie, die sie nicht kannte. Es klang wie ein Schlaflied.

KAPITEL 14

Marianne schob mit der Messerklinge die gewürfelten Tomaten in die bereitstehende Schüssel.

Draußen vor dem Haus klapperten die beschlagenen Hufe eines Esels vorbei, eine Stimme ertönte, Türen wurden zugeworfen, dann stellte sich die Ruhe wieder ein.

Einen Moment lang war Marianne zutiefst glücklich über das Schreien des Esels, die Stimme des Wasserverkäufers.

Die Keramikschale neben dem Schneidebrett war von dunklem Grün, das unter der Glasur zu leuchten schien, und sie hatte einen schmalen Streifen Weinreben am Rand. Die Blätter waren deshalb so verschieden, weil sie von Hand gemalt waren, ebenso wie die Trauben, blaue Punkte, unterschiedlich dick.

Mit einem feuchten Klatschen fielen die Tomatenstücke in die Schale.

Kurz warf sie einen abschätzenden Blick auf den Inhalt. Sie wollte einen Auflauf zubereiten – nur einen Auflauf, aber vor ihren inneren Augen war das Gericht genauso ansehnlich und gelungen wie auf dem nachkolorierten Foto im Kochbuch. Es ist nur ein Auflauf, lenkte sie gedanklich ein und überlegte, ob die zubereitete Menge an Tomatenwürfeln ausreichend war. Magda hatte ihr nicht sagen können, mit wie vielen Leuten sie rechnete, die ihr heute bei der Ausgestaltung der Bar zur Hand gehen würden.

Marianne entschied sich, dass es genug war, und angelte nach den ersten Kartoffeln, die sie in Spalten schnitt. Wenn sie ehrlich war, freute sie sich auf den heutigen Tag, denn insgeheim hoffte sie, dass auch Leonard dort sein würde.

Bei dem Gedanken an ihn begann ihr Herz zu klopfen, konnte aber die aufsteigende Beklommenheit nicht übertönen.

Reglos betrachtete sie die Küche, in der sie stand, und fragte sich, ob es nicht besser gewesen wäre, mehr auf Distanz zu ihm zu gehen, immerhin war sie in einer schwierigen Lage, da konnte sie nicht noch mehr Komplikationen gebrauchen.

Gleichzeitig schüttelte sie heftig mit dem Kopf. Warum zum Teufel sollte sie Leonard aus dem Weg gehen? Er war ein Freund. Seine Gegenwart vermittelte ihr ein wunderbares Gefühl von Sicherheit.

Er war ihr gegenüber stets höflich. Genau genommen mehr als höflich: In gewisser Weise machte er ihr sogar den Hof. Er lobte den Einfallsreichtum ihrer zugegebenermaßen einfachen Kleidung und gab ihr das Gefühl, schön zu sein. Immer wenn sie ihn traf, erkundigte er sich nach dem kleinen Axel und fragte sie, wie ihr Tag verlaufen war.

Marianne lächelte versonnen, nahm die Hühnerfilets und begann, sie in Stücke zu schneiden.

Seine entwaffnende Ehrlichkeit hatte sie dazu gebracht, ihm auf Anhieb zu vertrauen. Sie merkte das beinahe sofort, mehr aus einem Gefühl heraus, als dass sie es logisch erklären konnte. Ihn umgab eine Aura von Gelassenheit und charismatischer Beharrlichkeit, die sie mitriss, allein die Berührung seiner Hände machte jede Falschdeutung seines Anliegens unmöglich. Ohne lange zu überlegen, hatte sie ihm ihr Kind anvertraut.

Kurz schaute sie zu dem Bettchen hinüber, in dem der Junge schlief. Seine Wangen waren gerötet, und die blonden Haare schimmerten.

Dann widmete sie sich wieder den Vorbereitungen für den Auflauf. Sie richtete die Kartoffeln zusammen mit dem Fleisch und den gewürfelten Tomaten in der großen gusseisernen Pfanne an und gab Knoblauchzehen, Rosmarinnadeln, Olivenöl und Thymianzweige hinzu. Bevor sie den Fetakäse darüberkrümelte, würzte sie alles kräftig mit Pfeffer und Salz.

Marianne trat einen Schritt zurück und betrachtete ihr Werk. Plötzlich kam es ihr ganz leicht vor, einen griechischen Auflauf vorzubereiten. Es konnte durchaus sein, dass sie nach ihrer Rückkehr aus dem Krankenhaus oder während sie jetzt dieses Mahl für ihre Freunde herrichtete, in dieser ganz gewöhnlichen Situation, eine kaum wahrnehmbare und doch grundsätzliche Wandlung vollendete, so als wäre sie in den vergangenen Tagen irgendwann über eine letzte, unsichtbare Grenze geraten, die sie seit jeher von dem trennte, was sie am liebsten fühlte, was sie am liebsten sein mochte. Es kam ihr so vor, als könnte sie nie wieder die Hoffnung verlieren. Sie würde nicht mehr den vertanen Möglichkeiten nachtrauern.

Sie packte die Pfanne mit beiden Händen.

Es war an der Zeit, dass der Auflauf in den Ofen kam.

Das Mädchen aus der Nachbarschaft, das in ihrer Abwesenheit auf das Baby aufpassen würde, eilte herbei, um ihr zu helfen.

Draußen empfing sie ein strahlender Tag.

Als sie sich einige Minuten später beim Bäcker mit der großen Pfanne vor dem Bauch durch die Tür schob, hatte sie Glück. Mit ihr war nur noch eine alte Griechin im Geschäft.

Marianne stellte schwer atmend die Pfanne auf einem runden Tisch neben dem Eingang ab, der von zwei weißen Holzstühlen flankiert wurde, und schüttelte die schmerzenden Arme aus. Sie nahm den Duft von frischem Brot und Wacholder wahr, in den sich eine süße Note mischte.

Obwohl sie mindestens einmal in der Woche hierherkam, war sie von dem Laden immer wieder fasziniert. Die Bäckerei war in zwei Räume unterteilt, und wie in beinahe allen Häusern auf Hydra waren die Wände weiß getüncht. Der vordere Teil diente als Verkaufsraum, der hintere als Backstube. Soeben ging Cynthia, die Frau des Bäckers, zu einem offenen hellblauen Schrank, dessen Türen mit Fliegengittern gesichert waren, und nahm einen runden Brotlaib heraus.

Anschließend kehrte sie hinter den Ladentisch zurück, der zusammen mit dem Schrank die rechte Seite des Zimmers einnahm und den halben Tag von der Sonne beschienen wurde. Hinter Cynthia, die jetzt das Brot in einen Bogen Papier einschlug, stapelten sich in einem Holzregal Fladenbrote und mehrere bunt bedruckte Schachteln, die laut ihrer Aufschrift Kavala-Kekse, also hiesige Mandelplätzchen enthielten.

Aus den Augenwinkeln sah Marianne, wie die alte Frau den Brotlaib in einer Basttasche verstaute und nun in der Jacke nach Münzen kramte.

Marianne blieb noch Zeit, und so wanderte ihr Blick weiter zu einem länglichen Holztisch, der links vor der Wand positioniert und mit einem weißen Tafeltuch eingedeckt war.

Mehrere Kuchenteller aus Porzellan standen darauf, die allesamt mit Glaskuppeln abgedeckt waren, unter denen sich griechischer Käsekuchen, angerichtet mit Feigen, Honig und Pistazien, Haselnusskuchen vom Blech sowie Amygdalopita, ein typischer Mandelkuchen, der ohne Mehl gebacken wurde, verbargen. Marianne spürte förmlich, wie ihr das Wasser im Mund zusammenlief, und war froh, als Cynthia sie rief.

»Kalí méra, Marianne. Was kann ich für dich tun?«

»Yassas. Ich habe etwas zum Fertigbacken.«

Die Frau nickte und deutete in Richtung Backstube.

»Bring die Pfanne zu Thanos. Er wird dir sagen, wann du den Auflauf wieder abholen kannst. Hier hast du deinen Zettel.«

Marianne steckte ihn ein, bezahlte ein paar Drachmen und trug die Pfanne in die Backstube, wo ein bauchiger Ofen auf sie wartete, unter dem weiteres Wacholderholz zum Trocknen lagerte.

Thanos war ein kräftiger Mann, der ohne Mühe ein langes Holzpaddel mit mehreren Teiglingen trug. Sie bemerkte, dass alles an ihm weiß vom Mehlstaub war, selbst die Wimpern.

»Oh, Marianne«, sagte der Bäcker, und seine Augen strahlten. »Was hast du heute für mich?«

»Einen Auflauf.«

»In Ordnung«, sagte er und musterte den Inhalt der Pfanne mit Kennerblick. »Sieht köstlich aus.« Dann öffnete er die Metallabdeckung und nahm das Paddel, um die bereitgelegten Teiglinge in den Ofen zu befördern.

»Derzeit backe ich Brot«, sagte er über die Schulter zu ihr. »Das heißt, die Temperatur ist sehr hoch. Aber etwas später kann ich deinen Auflauf mit hineinschieben. Komm am besten in drei Stunden wieder, dann sollte er fertig sein.«

Marianne nickte zufrieden. »Klingt gut, dann bis nachher.«

Seit Tagen gab es unter den Freunden auf Hydra kein anderes Thema mehr als die Bar, die Magda und ihr italienischer Mann Paolo im Hafen eröffnen wollten. Theodore, der eigentlich zur See fuhr, hatte ihnen die alte Bootswerft des Vaters verkauft, in der früher kleine Holzboote gebaut worden waren und die seit einigen Jahren ein Dornröschendasein fristete. Als der Seemann zum ersten Mal das zweiflügelige Tor aufgestoßen hatte und staubiges Sonnenlicht in die Werkstatt gefallen war, war es um Magda geschehen.

Es kostete den beiden Enthusiasten beinahe alle ihre Ersparnisse, um das Haus zu erwerben, das im Grunde aus einer Werkhalle mit schrägem Dach und verstaubten Fenstern bestand. Auf halber Höhe ragte eine Galerie in den Raum hinein, die über eine eiserne Wendeltreppe erreichbar war und auf der bisher Segeltuchballen und anderes Material gelagert wurde. Aber als Magda dort oben stand, erkor sie den Balkon für sich zum bevorzugten Platz, von dem aus sie residieren und dem Partyvolk wohlwollend zuwinken wollte.

Das war jetzt einige Wochen her, und als sich Marianne nun der ehemaligen Werkstatt näherte, fielen ihr schon aus der Ferne zwei Holzboote auf, die kieloben auf den Granitplatten lagen. Daneben erkannte sie die Söhne der Johnstons, Martin und den kleinen Jason, die eifrig mit Sandpapier alte Farbe von einer Sitzbank schliffen. Als sie sich näherte, hob der Ältere den Kopf, schob seine Brille zurück auf die Nase und deutete in Richtung Eingang. »Hallo, Marianne, die anderen sind da drin …«

»Danke, Martin.«

Als hätte sie nur auf ihre Ankunft gewartet, erschien Magda im Türrahmen und begrüßte sie überschwänglich mit ausgebreiteten Armen.

Sie trug ein knallgrünes Kleid, das hervorragend zu ihren wallenden roten Haaren passte. Die Armreifen und die Steinketten um ihren Hals klimperten herausfordernd, als sie auf Marianne zukam und sie umarmte.

»Hallo, Sonnenschein! Habe ich mich doch nicht geirrt, komm rein und sieh dir unser Schmuckstück an. Du kannst mir glauben, das wird die beste Bar am Mittelmeer.«

Marianne folgte ihr neugierig. Die einstige Bootsbauerwerkstatt hatte sich zu einem gemütlichen Lokal gewandelt.

Und die ganze Clique war da, um zu helfen. Chairmian saß hinter ihrer Nähmaschine und trat eifrig mit dem Fuß das Schwungpedal, wobei sie mit zusammengekniffenen Augen die ratternde Nadel fixierte. Ihr dunkles Haar hatte sie mit einem Reif nach hinten geschoben. Daneben schnitt ihre Tochter Shane auf einem Tisch quadratische Stücke aus unterschiedlich gemusterten Stoffbahnen aus, die ihre Mutter dann zu Kissenhüllen zusammennähte. Sie hob zur Begrüßung die Schere. Nicht weit davon entfernt saß Olivia vor einem Sack Schafswolle und polsterte die Kissen aus. Sie hatte sich einen Streifen Wolle zwischen Oberlippe und Nase geklemmt und tat so, als wäre sie ein griesgrämiger Alter.

George und Leonard saßen auf Kisten und strichen die zukünftige Bestuhlung in einem knalligen Rot.

Marianne begrüßte sie nacheinander. Als Leonard an der Reihe war, lächelte er sie an. Sein Gesicht trug jetzt einen Ausdruck offener, aber hilfloser Glückseligkeit. Marianne musste unweigerlich an den Abend denken, an ihren gemeinsamen Weg nach Hause, seine schützenden Arme, die Geborgenheit verhießen und Gedanken an ein neues, angenehmeres Leben aufkeimen ließen.

Magda nahm sie bei der Hand und zog sie mitten in den Raum. »Siehst du da an den Wänden, das Steuerrad und die gekreuzten Paddel? Damit erinnern wir an den Ursprung des Gebäudes.«

»Verstehe.«

»Und du hast bestimmt draußen die beiden Boote gesehen?« Sie wartete ihre Antwort nicht ab. »Paolo hatte die Idee, dass wir sie unter dem Dach festmachen.«

Marianne blickte sich bewundernd um. »Wie kann ich dir helfen?«

Magda zündete sich eine Zigarette an.

»Das Spülbecken muss noch geschrubbt werden … und die Gläser gespült.«

Gemeinsam gingen sie zum Tresen hinüber.

»Hast du Reinigungsmittel?«

»Paolo hat welches besorgt, hat er zumindest behauptet.«

Suchend blickte sich Marianne um und entdeckte in einem Schrank eine Flasche. »Wo ist dein Mann überhaupt?«

»Keine Ahnung, wo der sich wieder rumtreibt. Heute sollte mit dem Postschiff unser Transistorradio kommen. Das wollte er abholen …«

»Ich habe gehört, Paolo wäre ein Mafioso …«, sagte Olivia

plötzlich kichernd und stopfte den falschen Schnurrbart in ein Kissen.

»Wer hat das behauptet?«, fragte George.

»Der alte Katsikas.«

Chairmian sah von ihrer Nähmaschine auf. »Na, der hat es gerade nötig, ihm gehört doch schon der halbe Hafen.«

»Mein Paolo, ein Mafioso?« Magda lachte herzhaft auf. »Der ist vielmehr ein Casanova …«

»Ich frage mich, wie jemand überhaupt auf die Idee kommt, so etwas zu behaupten …«, meldete sich Olivia noch einmal. Ihre Entrüstung klang echt.

»Ganz einfach, aus Bosheit oder aus Langeweile«, stellte Anthony in seiner Ecke fest. »Klatsch gibt es an jedem Ort. Glaub mir, ich komme aus so einer typischen Kleinstadt in England und da dreht sich das Getratsche immer um die gleiche Handvoll Leute und ihre Geschichten, missratene Kinder, außereheliche Eskapaden oder jemand hat im Krämerladen geklaut und wurde erwischt.«

»Auf Hydra gibt es keine Geheimnisse«, sagte George schmunzelnd.

Außer Marianne schien niemand zu bemerken, wie Charmian und der englische Maler Anthony Kingsmill einen verstohlenen Blick wechselten.

»Oh, da bin ich aber anderer Meinung«, erklang Magdas Stimme. »Das wäre doch langweilig. Ich finde schon, dass wir hier auf der Insel zu einer amüsant theatralischen Lebensart neigen und, wenn wir mal ehrlich sind, einige von uns pflegen ein sehr kreatives Verhältnis zur Wahrheit.«

»Wie meinst du das?«, fragte Leonard.

»Was glaubt ihr, warum ich eine Bar eröffne. Sie ist der Ort, wo die Leute die Köpfe zusammenstecken, wo flüsternd die Geheimnisse im alkoholschwangeren Schummerlicht preisgegeben werden. In *vino veritas*, sagte mein Vater schon. Wie sonst könnte ich erfahren, ob es stimmt, dass Prinzessin Margaret bei ihrem letzten Besuch kein Höschen unter ihrem Kleid trug?«

Marianne sah, wie Olivia die Augen weit aufriss. »Du meinst, sie war untenrum ohne?«

Magda musterte sie keck. »Nein, das meine ich nicht. Ich wollte damit nur aufzeigen, dass das Angebot an frivolen und lasterhaften Gerüchten geradezu reichhaltig und herrlich vielseitig auf Hydra ist – im Gegensatz zu einer x-beliebigen Kleinstadt mit all den Kleinstadtmenschen – und wir bei Weitem noch nicht jedes Geheimnis kennen. Wäre ja auch schade drum.«

»Madame, ich wäre dann so weit«, gab Theodore oben von der Leiter bekannt.

Magda klatschte tatkräftig in die Hände. »Gut, Männer, lasst uns das erste Boot hereintragen. Aber vorsichtig!«

Während Marianne die Gläser wusch, sah sie mit an, wie die Rümpfe der beiden kleinen Holzboote nacheinander auf dicke Taue abgestellt und anschließend unter das Dach gefiert wurden, wo Theodore sie fachgerecht vertäute.

Anschließend kam Leonard zu ihr an den Tresen.

»Bekomme ich bei dir etwas zu trinken?«, fragte er.

Marianne konnte sich ein Lachen nicht verkneifen.

»Warum lachst du«, fragte Leonard.

»Weil du Farbe an der Nase hast«, sagte sie und kam um die Bar herum. »Warte«, sagte sie, befeuchtete einen Zipfel ihres Wischtuchs mit Wasser und begann, den Fleck wegzuputzen.

Leonard blickte sie an und war wieder von ihrer Schönheit betroffen, der Anmut auf ihren Zügen, die Konzentration, mit der sie ihre sanften Bewegungen ausführte. Das blonde Haar, das ihr leicht in die Stirn fiel, die strahlenden Augen, der Duft ihrer Haut …

Sie ließ das Tuch sinken, das jetzt eine Spur blassen Rots aufwies, und strich mit der Fingerkuppe über die Stelle an seiner Nase. »Noch ein bisschen gerötet«, sagte sie. »Aber das wird sich geben.«

Leonard fühlte sich plötzlich an Masha und seine Kinderzeit erinnert und konnte sich ein schelmisches Grinsen nicht verkneifen.

Marianne lehnte sich zurück. »Was?«, fragte sie und suchte in seinem Gesicht nach einer Antwort. Aber sie bemerkte nur das spöttische Funkeln in seinen Augen und boxte ihm spielerisch auf die Brust. »Lass das, dann läufst du eben das nächste Mal mit deiner großen roten Nase wie Pinocchio rum.«

Ihre Gesichter waren sich immer noch sehr nahe.

»Aber ich lüge nicht«, sagte er leise. »Das tue ich nie.«

Mit einem Mal hämmerte ihr Herz so heftig gegen die Rippen, dass sie meinte, Leonard müsste es auch hören. Einen Moment befürchtete sie, ihn verärgert zu haben, dass sie mit ihrer Bemerkung zu weit gegangen war. Doch dann hob sie den Blick und erkannte, dass Leonard ihr Zögern richtig zu deuten wusste. »Ich weiß«, sagte sie endlich, und es fiel ihr unsagbar schwer, ihn nicht zu küssen.

»Es ist zum Verrücktwerden mit dieser verdammten Insel«,

hörten sie polternd Paolos laute Stimme, der kurz darauf in die Bar gestürmt kam. In einer Hand einen braunen Karton, in der anderen ein funkelnagelneues Radio. »Nirgends bekommt man passende Batterien. Ich habe ganz Hydra danach abgesucht. Schließlich hat Katsikas unter dem Ladentisch noch welche rausgerückt.«

Er stellte das Gerät auf dem Tresen ab und drehte an einem der Knöpfe. Ein bekannter Schlager erfüllte den Raum. Zuerst sangen nur Chairmian und ihre Tochter Shane mit, aber schnell fielen alle anderen ein.

Leonard warf Marianne schmunzelnd einen Blick zu, dann entfernte er sich.

Marianne und Magda befüllten einige Gläser mit Wein, für die Kinder gab es Limonade, und Leonard erhielt einen Kaffee.

»Du bist mein Held!«, sagte Magda und drückte Paolo einen dicken Kuss auf die Lippen, worauf er gönnerhaft der Runde verkündete: »Heute geht der Retsina aufs Haus!«

»Na, so werden wir es ja weit bringen«, warf Magda mit einem Lächeln ein.

»Keine Sorge«, sagte Paolo mit wichtiger Miene. »Das Geld schlage ich später auf ihre Drinks wieder drauf.«

»Also doch ein Mafioso«, stellte Olivia lachend fest.

Sie hatten den ganzen Nachmittag über gearbeitet und die Lieder aus dem Radio mitgesungen, der Auflauf war längst verzehrt. Jetzt versammelten sie sich bei einem Glas Retsina erschöpft, aber gut gelaunt um den langen Tisch, nur der leichte Geruch nach Farbe und Holzleim hing noch in der Luft. Durch die geöffnete Tür drangen die abendlichen Geräusche des Hafens herein, und sie sahen zu, wie die Sonne den Horizont küsste und der Himmel sich an den Rändern rosa färbte.

»Ohne euch alle hätten mein Mann und ich das nicht geschafft. Deshalb möchte ich für euch zum Dank ein Lied singen«, sagte Magda plötzlich. »Paolo, kannst du bitte meine Gitarre holen? Leonard wird mich begleiten. Er kennt sicher genug russische und jiddische Lieder von seiner Mutter …«

»Ja, aber …«, versuchte Paolo einzuwenden.

»Nichts aber!«, schnitt sie ihm das Wort ab, um ihm sofort ein süßes Lächeln zu schenken. »Sei bitte ein Schatz.«

Paolo trollte sich und kam wenig später mit der Gitarre zurück.

Marianne saß verkehrt herum auf ihrem Stuhl, so dass sie ihre Arme auf der Lehne abstützen und Leonard dabei beobachten konnte, wie er das Instrument zu stimmen begann. Sie sah, wie sich sein Gesicht veränderte, wie es plötzlich einen Ausdruck höchster Konzentration annahm. Die Hingabe und die Sanftheit, mit der er die Saiten anschlug, um den richtigen Ton zu treffen. Als er mit dem Ergebnis zufrieden war, hob er den Kopf und nickte Magda zu.

Sie raunte ihm etwas ins Ohr, er lächelte verschmitzt, dann stellte sie sich mitten in der Bar auf.

Die Melodie, die Leonard intonierte, war eingängig und zugleich mitreißend. Das Tempo war langsam, steigerte sich aber immer stärker. Marianne sah, wie Magda mit den Füßen aufstampfte, den Kopf in den Nacken warf, so dass ihr rotes Haar flog, und wie sie mit den Fingern im Takt schnipste. Zuerst taten es ihr nur Martin, Shane und Jason gleich, aber bald fielen die anderen mit ein. Magdas Augen funkelten, und ihre

Stimme war rauchig und laut, als sie sang und sich dabei um die eigene Achse zu drehen begann: »Nun kauft Bublitschki, heiße Bublitschki …«

Die Gäste nahmen Löffel und Gabeln zur Hand und trommelten den eingängigen Rhythmus mit, an Teller und Gläser schlagend und auf den rot-weiß karierten Tischdecken, oder hatten, wie Chairmian, plötzlich ein Tambourin mit Schellen in der Hand. Alle sangen die schwungvolle Melodie mit, als Magda auf Marianne zuschoss und sie von ihrem Stuhl hochzog, damit sie mit ihr tanzte. Es sollte nicht lange dauern, und die drei Johnston-Kinder tauchten neben ihnen auf, nahmen sich an den Händen und begannen, sich im Kreis zu drehen. Dann gesellten sich auch die anderen dazu und füllten die Tanzfläche.

Leonard spielte für sie alle, aber Augen hatte er nur für Marianne, die mit ausgebreiteten Armen, sich völlig der Musik hingebend, tanzte.

Obwohl sie sich zusammen mit den anderen im Raum bewegte, schien der Augenblick ganz allein ihr zu gehören.

Es kam ihm so vor, als verspürte sie eine Unbeschwertheit, die sie sonst nicht empfand. Aber hier, in diesem Moment war alles anders, das Leben, die Musik, der Wein, all das packte sie und riss sie mit sich fort, und er sah ihr das Gefühl der Leichtigkeit, der Losgelöstheit an, es bereitete ihr offensichtlich Freude, sich treiben zu lassen.

Nachdem die Musik verklungen war und Magda und die anderen erschöpft auf ihre Stühle gesunken waren, war nur noch Marianne auf der Tanzfläche. Leonard wartete geduldig, bis ihre Drehungen langsamer wurden, sie am Ende nur noch auf den Fußballen wippte und das Haar mit einer letzten Bewegung aus dem Gesicht strich. Dann erhob er sich, gab Magda die Gitarre zurück und ging auf sie zu. Er sah das blasse Sonnengold in ihren Augen und auf ihrer bronzenen Haut.

Sie erinnerte ihn an das kleine Mädchen im Märchen, das mit seiner Schürze die herabfallenden Sterne auffing.

»Es ist so schön, dich tanzen zu sehen«, sagte er mit ehrfürchtigem Staunen, und es kam ihm beinahe banal vor, als er ihr die Sandalen reichte und fragte, ob er sie nach Hause bringen durfte.

Sie gingen schweigend durch die engen Gassen, die Luft zwischen den Häusern war vom Tag noch aufgeheizt.

Vereinzelt fiel der schwache Schein einer Petroleumlampe durch die Fensterläden heraus, hinter einer Mauer bellte ein Hund.

Sie erreichten die Haustür in der Kagia Sophia und blieben stehen. Noch immer hatten sie kein Wort gewechselt.

Marianne nahm den Schlüssel aus der Tasche und deutete unschlüssig auf die Tür.

»Ich glaube, ich gehe dann besser mal rein, der Kleine …«

Leonard nickte. »Ja, es ist spät geworden, ich werde dann auch …«

Er brach ab und sah unverwandt Marianne an, die seinen Blick erwiderte. Sie ertranken in den Augen des anderen, spürten das unausgesprochene Verlangen und die Sehnsucht, einander zu berühren, aber keiner wagte den ersten Schritt.

Leonard beugte den Oberkörper leicht vor, als hätte er die Absicht, sie zu küssen, zog sich dann aber wieder zurück, als hätte er es sich anders überlegt. »Na, dann …«, sagte er unsicher.

Doch er bewegte sich keinen Millimeter von der Stelle.

Marianne spürte, wie ihr Herz klopfte, als sie erkannte, wie sehr es sie danach verlangte, sich seinem Gesicht zu nähern, seinen Geruch einzuatmen, ihn zu küssen. Sie tat einen Schritt auf ihn zu, streichelte seine Wange, spürte die rauen Bartstoppeln, strich zart über seine Augenlider, folgte der Linie seiner leicht gebogenen Nase und berührte ganz vorsichtig seine Lippen.

Sie schaute ihm in die Augen, während sich ihr Gesicht dem seinen behutsam näherte.

Ihre Münder trafen sich.

Es war ein langsamer, zärtlicher Kuss.

Schließlich löste Marianne ihre Lippen sanft, aber bestimmt von seinen. Sie öffnete die Augen, betrachtete einen Moment lang sein Gesicht.

Leonard lachte verlegen. »Danke, ich …«

Marianne schloss die Haustür auf, drehte sich noch einmal um und lächelte.

»Gute Nacht«, sagte Leonard und sah zu, wie sie die Tür leise schloss.

Dann drehte er sich um, stieß einen leisen Jubelschrei aus und machte einen Satz nach vorn, bevor er mit leichtem Schritt seinen Heimweg antrat.

KAPITEL 15

Ich habe keine Ahnung, wo Anthony Kingsmill wohnt«, stellte Leonard fest und sah Marianne ratlos an.

»Die Donkey Shit Lane ziemlich weit hinauf«, antwortete sie.

Die Ausländer nannten die zentrale Straße auf Hydra »Donkey Shit Lane«, weil die Esel ihre Notdurft einfach unter sich fallen ließen, während sie mit ihren Lasten den Hang hinauf oder hinunter stiegen. »Es ist eines der alten Häuser am Ortsrand. Er bewohnt eine Art Hof, auf dem er sich selbst versorgt.«

Leonard nickte.

Hand in Hand folgten sie dem Verlauf der Straße bergan. Ihnen kamen ein paar junge Griechen entgegen, die das Wochenende auf der Insel verbrachten, auf der Suche nach Abenteuern. Als sie auf gleicher Höhe waren, wurden sie seltsam still und warfen Marianne verstohlene Blicke zu.

Ganz in Weiß gekleidet lief sie neben Leonard, der mit seinen Gedanken woanders zu sein schien.

»Ehrlich gesagt, fällt es mir schwer«, sagte Leonard ernst, »mir von Anthony ein genaues Bild zu machen.«

Marianne lachte auf. »Da bist du nicht der Einzige. Ich glaube, das kann keiner, Anthony ist Anthony.«

Eine Viertelstunde später liefen sie einen Sandweg an einer halbhohen weißen Mauer entlang, die schließlich in ein blaues Holztor mündete, vor dem bereits Olivia und Georgos warteten.

Sie küssten sich zur Begrüßung auf die Wangen.

»Warum geht ihr nicht rein?«, fragte Leonard verwundert und entdeckte gleichzeitig eine Ziege, die vor dem Tor stand und sie böse aus gelben Augen fixierte.

Georgos wirkte etwas gereizt, als er antwortete: »Weil genau das passiert …« Er machte einen Schritt nach vorn, und die Ziege reagierte auf die Bewegung, indem sie den Kopf senkte, losrannte und mit den Hörnern gegen das Holztor krachte, das nur so in den rostigen Angeln ächzte.

»Ich verstehe«, sagte Leonard und beobachtete, wie sich die Ziege, aber auch Georgos von dem Tor zurückzogen.

Indessen formte Marianne die Hände zu einem Trichter vor dem Mund. »Anthony!«

Es dauerte einen weiteren Moment, dann endlich erschien der Maler. Er trug eine blau-weiß gestreifte Tunika, ausgetretene Sandalen und eine silberfarbene Sonnenbrille.

Zur Feier des Tages hatte er sich den Bart gestutzt.

»Ihr seid ja schon da«, stellte er erstaunt fest.

»Schon ist gut«, maulte Olivia. »Wir stehen hier seit zehn Minuten, und deine blöde Ziege lässt uns nicht rein.«

»Was bist du wieder für ein ungezogenes Mädchen?«, schalt er die Ziege, die mit lautem Meckern reagierte.

»Ach, macht euch nichts draus, das ist nur Elisabeth, ich habe sie nach meiner englischen Großtante benannt. Beide sehen sich unglaublich ähnlich.« Er lachte über seinen Scherz.

Anthony nahm die Ziege bei den Hörnern, flüsterte ihr beruhigende Worte ins Ohr und drückte sie liebevoll zur Seite. »Mein Mädchen ist nur eifersüchtig, sie mag keinen Besuch.« Plötzlich schien ihm etwas einzufallen. »Ihr habt doch keine Angst vor Tieren?«, fragte er, als er im Begriff war, den Riegel zurückzuschieben.

»Das kommt auf die Tiere an«, sagte Olivia kopfschüttelnd und klopfte sich den Staub von ihrem grünen Samtkleid. Dazu trug sie einen geflochtenen Gürtel aus demselben Material.

»Willkommen in meinem bescheidenen Cottage«, rief Anthony und führte sie zu einer eingedeckten Tafel, die auf dem einzigen freien Platz vor dem niedrigen Haus stand.

Als Tischdecke diente ein Stück blau-weiß gestreifter Markisenstoff, auf dem flache braune Tonteller und blaue dickbauchige Gläser abgestellt waren. Marianne meinte, die Gläser bei Katsikas gesehen zu haben, er verkaufte Oliven und eingelegten Knoblauch darin. Sie wechselte einen schnellen Blick mit Leonard. Ihn schien das Ambiente zu inspirieren, zumindest sah er sich interessiert um.

Das Grundstück war für Inselverhältnisse groß, aber ziemlich heruntergekommen. In der Mitte stand ein typisches Hydra-Haus, dicke Wände, tiefe Fenster, ein mit Flechten überzogenes Dach, eine windschiefe Esse. Daran schloss sich auf der einen Seite ein niedriger, mit Stroh gedeckter Stall an, dessen klobige Tür offen stand und der nicht nur der Ziege als Herberge diente. Unzählige Hühner bevölkerten den Hof, aufgeregt gackernd scharrten sie in der Erde, überwacht von einem gelben Hahn mit blauschwarzen Schwanzfedern.

Leonard ging um einen zerbeulten Eimer herum und erblickte hinter dem Haus einen Garten, oder vielmehr das, was davon übrig war. Staub wallte unter seinen Füßen auf, als er sich ein paar vertrockneten Tomatenpflanzen und welken Salatköpfen in einem Beet näherte. Mit Selbstversorgung hatte das wenig zu tun.

Vor dem Haus stöhnte Olivia indessen leise. »Hier liegt überall Hühnerscheiße«, doch Georgos schob sie wortlos weiter. Er hatte hinter dem Tisch eins von Anthonys Gemälden auf einer Staffelei ausgemacht und wollte unbedingt vor den anderen einen Blick darauf werfen.

In der Sonne zeichneten sich übereinanderliegende Dreiecke und Quader ab, dunkle Schattierungen, möglicherweise die Abstraktion einer Landschaft. Und die Umrisse einer Katze.

»Ich male alles, was ich vor mir sehe …«, sagte Anthony, der plötzlich neben ihm aufgetaucht war und seinen Kittel zusammenraffte.

»Hallo, hallo, wo seid ihr …?« Freudige Ausrufe lenkten Anthonys Aufmerksamkeit aufs Tor, wo nun die Johnstons zusammen mit Magda und Paolo eintrafen.

Paolo und George schleppten gemeinsam einen Drei-Liter-Krug Retsina herbei, erleichtert darüber, das Ungetüm endlich absetzen zu können.

Wenig später nahmen alle an der Tafel Platz.

Auf der linken Seite saßen Marianne und Leonard sowie Chairmian und George. Ihnen gegenüber Magda und Paolo sowie Olivia und Georgos. Als Gastgeber ließ sich Anthony an der Stirnseite der Tafel nieder, nur um sofort wieder aufzuspringen und sich mit großer Geste vor seinen Gästen zu verbeugen.

»Willkommen bei Anthony Kingsmill! Leute, ich muss das sagen: Ihr seht alle so toll aus!« Er genoss den Applaus. »Einige von euch sind heute zum ersten Mal bei mir. Wie ist euer Eindruck?« Beifall heischend blickte er in die Runde.

»Der Garten könnte etwas Pflege brauchen«, sagte Leonard.

Marianne nickte zustimmend. Sie dachte an Larkollen, dort hatten Momo und sie Stunden mit der Kultivierung des Gemüsegartens zugebracht, davon war hier nichts zu merken.

Olivias Stimme holte sie in die Gegenwart zurück. »Ich finde die Ziege gewöhnungsbedürftig«, sagte sie.

»Ehrlich, ich brauche erst einmal etwas Zeit, um mich an die Umgebung zu gewöhnen«, seufzte Magda.

Alle lachten.

»Hört zu, meine Lieben, bei mir gibt es keinen Service wie bei Madame Paouri, ich mache alles selbst.«

»Was ist mit dem Essen?«, fragte Marianne und richtete sich etwas auf, um die beiden Töpfe besser sehen zu können, die unbeaufsichtigt in der Glut der Feuerstelle vor sich hin köchelten. Insgeheim sorgte sie sich, dass ihr Inhalt anbrennen könnte.

»Ich überwache den Vorgang!«, erklärte Anthony großspurig, als er ihren Blick bemerkte. »Ich bin mir durchaus bewusst, dass ich bei so guten Köchinnen wie Magda und dir mächtig unter Druck stehe. Es gibt Horta. Ich habe alles an Wildgemüse reingetan, was ich auf meinem Anwesen finden konnte.« Er schaute sich kurz um. »Kombiniert mit einem kräftigen Schuss Retsina für den Geschmack«, sagte er etwas leiser und mit einem Augenzwinkern zu Marianne.

Olivenöl wäre die bessere Wahl gewesen, dachte sie und wiegte zweifelnd den Kopf.

»Kommt, lasst uns trinken«, wandte sich Anthony an die Tischgesellschaft und griff mit Schwung nach dem Weinkrug.

Hastig wurden die bauchigen Gläser gefüllt, danach stießen alle miteinander an. »Auf das Leben! Auf uns alle! Und auf die, die heute nicht dabei sein können …«

»Was hast du für heute vorgesehen?«, fragte Chairmian.

»Vorgesehen? Der Plan ist denkbar einfach, wir sitzen am Tisch, trinken, essen, rauchen, und später kann jeder tun und lassen, wozu er Lust hat …« Er unterbrach sich kurz. »Leute, möchte jemand von euch Eier zur Horta?« Auffordernd sah er von einem zum anderen. »Wenn ja, dann müsst ihr jetzt los und sie euch selbst aus dem Hühnerstall holen, in der Küche findet ihr einen Topf oder ihr nehmt die Pfanne … wo die Feuerstelle ist, seht ihr ja. Und ich brauche noch jemanden, der das Brot schneidet.«

Marianne und Magda begleiteten Anthony zur Feuerstelle.

Übermütig schwang der den Holzlöffel wie einen Dirigentenstab. Dann kniete er sich vor den Töpfen hin und hob mit einem Ruck die Deckel hoch. »Na, habe ich zu viel versprochen?«

Magda beugte sich vorsichtig über den Topf. »Es riecht verdammt stark nach Zitronen. Wie viel Saft hast du denn reingetan?«

»Keine Ahnung, was denkst du, wie lange muss sie denn noch?«

»Also, wenn du mich fragst«, sagte Marianne mit skeptischem Blick, »ist die Horta längst fertig.«

»Wunderbar.« Anthony schnellte aus der Hocke empor. »Dann verteilt ihr das Essen am Tisch«, ordnete er an. »Ich hole noch zwei Schalen.«

Kurz darauf standen die dampfenden Töpfe auf dem Tisch.

»Jámas! Auf die Gesundheit«, rief Anthony, und alle stießen wieder an.

»Na los, fangt an zu essen. Nehmt euch, so viel ihr wollt. Gebt die Teller weiter.«

Als alle sich etwas von der Horta genommen hatten und zu essen begannen, wandte sich Leonard an George Johnston: »Und wurden eure Tantiemen inzwischen ausbezahlt?«

Der legte die Stirn in Falten. »Es hat noch nie so lange gedauert«, sagte er leise. »Wir warten schon ewig auf den Scheck.«

»Verstehe.« Leonard wechselte mit Marianne einen schnellen Blick. Obwohl das Leben auf Hydra verhältnismäßig günstig war, blieb Geld auch hier immer ein Thema. Kein Künstler wollte die Insel und die lieb gewonnene Freiheit aufgeben, um sie gegen die Abhängigkeiten eines bürgerlichen Lebens zu tauschen. Aber es blieb ein Drahtseilakt.

Andächtig trank Leonard den Wein und dachte mit einem Anflug von Dankbarkeit an seinen Vater, der verstorben war, als er neun war, so dass er kaum Erinnerungen an ihn hatte. Durch sein Erbe bezog er jährlich eine kleine Rente. Sie war für ein Leben auf Hydra nicht ausreichend, so dass auch er dazuverdienen musste, aber es war ein Betrag, mit dem er immerhin rechnen konnte.

»Das Essen ist ein heilloses Durcheinander«, rief Paolo aus und rümpfte die Nase. »Das Gemüse ist eine Katastrophe, es ist matschig …«

»Viel zu viel Zitrone«, schob Magda nach.

»Das nächste Mal gehen wir wieder zu Marianne«, sagte George. Um seinen Worten mehr Nachdruck zu verleihen, beugte er sich vor, um sie besser sehen zu können. »Dort schmeckt es wenigstens.«

Marianne spürte, wie sie rot wurde. »Ich will es nicht vergleichen«, erwiderte sie bescheiden.

Magda hob die Hand. »Aber ich kann es vergleichen. Anthony malt offenbar besser als er kocht, das ist meine Bewertung.«

Anthony riss theatralisch die Arme hoch. »Na gut, Freunde!« Er wedelte mit den Händen. »Die Horta ist mies.«

»Die Zutaten sind gut, aber es fehlt an Routine«, warf Marianne ein.

Olivia nickte. »Absolut, es fehlt an Routine.«

»Na gut.« Anthony sprang hoch und hob die Arme. »Eine Sache … seit mal kurz ruhig. Hört zu. Heute, an diesem besonderen Abend, ist alles freie Improvisation!« Er drehte sich halb um und deutete auf das Gemälde hinter sich. »Bei diesem Bild hier dachte ich an euch. Darin steckt ein Stück unserer Freundschaft …«

Olivia kniff die Augen zusammen »Mein Stück ist da wohl eher kleiner.«

Anthony ließ sich nicht beirren. »Seht ihr. Hier ist sogar Charmians Katze. Unsere Freundin hat mit zweitägigem Vorsprung begonnen.«

»Es gefällt mir besser, als ich dachte«, sagte Charmian breit lächelnd und erntete einen giftigen Seitenblick ihres Mannes.

»Anthony malt, was ihm gerade einfällt«, fand Paolo. »Er tänzelt wild herum, malt, raucht eine, trinkt etwas, malt weiter ...«

Marianne beugte sich zu Leonard. »Ich finde, er malt ein bisschen so, wie du schreibst ...«

Erstaunt zog Leonard die Augenbrauen hoch. »Wirklich?«

Marianne nickte. »Anthonys Bild besteht aus all diesen Farbschnipseln und fügt sich am Ende doch zu einem Ganzen zusammen. Bei dir sind es Worte, Verse. Hast du mir nicht selbst erzählt, wie viele Verse du schreibst und wieder verwirfst, bis du dich für einen Entwurf entschieden hast?«

Leonards Blick wanderte zu dem Gemälde. Wenn man es so betrachtete, gab es tatsächlich Parallelen zwischen dem Maler und ihm. Er drehte sein Gesicht zu Marianne: »Aber ich tänzle nicht wild herum.« In seiner Stimme schwang so etwas wie Entrüstung mit.

Sie schmunzelte, als sie seine Hand nahm und sie drückte. »Das kann ja noch kommen.«

»Hey ihr zwei Turteltauben«, bemerkte Chairmian und deutete mit den Zinken ihrer Gabel auf Anthony, »der Gastgeber will uns noch was sagen.«

»So lange es nicht sein Rezept für die Horta ist«, murmelte Leonard und hörte Marianne kichern. Wieder sah er zu ihr, wie sie völlig unbefangen den Kopf zurückwarf, und spürte plötzlich eine Behaglichkeit, die allein durch ihre Anwesenheit entstand.

»Ich möchte, dass ihr alle was auf diese Leinwand malt«, forderte Anthony.

»Na, klar«, brummte George und stieß Leonard an. »Deshalb bin ich auch Schriftsteller geworden.«

Leonard lächelte. »So schlimm wird's schon nicht.«

Anthony deutete auf Charmian. »Du kannst deine Katze beenden und jeder von euch fügt etwas hinzu.«

Olivia hob die Hand wie in der Schule, in ihrer anderen Hand hielt sie ein Glas Wein. »Kann ich dir einen Rat geben und dir etwas Persönliches sagen? Deine Farbwahl bei diesem Bild ist nicht schön.«

»Wow!« George lachte. Andere fielen ein, teils aus Entrüstung, teils zustimmend.

»Warum?«

»Es wäre gut für einen hellen, geräumigen Raum, möglicherweise für Magdas Bar«, fuhr sie fort. »Aber nicht für mein Zuhause, dafür ist es zu dunkel.«

Anthony pochte mit dem Zeigefinger auf die Tischplatte. »Du kannst das Bild dem Sofa anpassen, oder das Sofa dem Bild.«

Plötzlich erhob sich ein Stimmenwirrwarr am Tisch. Alle reden durcheinander.

»Es gibt unterschiedliche Strategien …«, rechtfertigte sich Anthony.

»Was willst du mit dem Sofa …«, konterte Olivia. »Ich will damit nicht sagen, dass ein Kunstwerk zum Sofa passen muss. So einfältig bin ich nicht. Sicher nicht.« Sie tippte sich auf die Brust. »Ich rede über meinen Geschmack. Ich bin nicht sehr traditionell, ich bevorzuge helle, frische Farben. Ich sehe nur ein tolles Kunstwerk, das meiner Meinung nach mit einer anderen Farbgebung mehr zur Geltung kommen würde.«

Charmian hob die Hände, legte den Kopf leicht nach hinten und schob angriffslustig das Kinn vor. »Du hast vielleicht Nerven. Wie kannst du das zu einem Künstler sagen?«

»Was ist daran falsch?«, fragte Olivia hart. »Ich bin Designerin. Es ist, als würde jemand zu mir kommen und möchte ein Kleid in einer anderen Farbe.«

Charmian warf die Haare zurück. »Aber Mode ist nicht Kunst!«

»Finde ich auch«, pflichtete Magda ihr bei.

»Es ist auch Kunst«, widersprach Olivia, ihre Augen funkelten.

»Kommt darauf an«, sagte Paolo.

»Nein«, sagte Charmian bestimmt.

»Doch, Mode ist auch Kunst«, beharrte Olivia.

»Nein, nicht wirklich«, erwiderte Charmian trotzig.

Marianne und Leonard tauschten sich stumm aus.

Olivia winkte ab. »Gut, wir haben unterschiedliche Meinungen über Kunst.«

»Du weißt nichts über Kunst«, ließ Charmian nicht locker und ignorierte Georges verständnislosen Blick.

Olivias Gesicht verfinsterte sich. »Ich mag es nicht, wenn ich absichtlich falsch verstanden werde …«

»Deine Haltung ist ignorant.« Charmian sah kurz zu Anthony. »Niemand kann einem Künstler sagen, welche Farben er benutzen soll. Du siehst es nicht als Kunst, sondern nur aus der Verkaufsperspektive.«

»Leute, alles gut. Ich akzeptiere das total«, meldete sich Anthony vom Tischende. »Farben sind tief verwurzelt in der Seele, im Herzen. Es ist unbeschreiblich, eine Farbe macht mich heiß, eine andere lässt mich völlig kalt.«

Charmian verschränkte die Arme vor der Brust und blickte Olivia angriffslustig an. »Trotzdem, ein Gemälde zu kaufen, nur wegen der Farben, oder weil es zum Sofa passt, das ist doch schrecklich.«

Magda prustete los. »Ehrlich, ich verstehe die ganze Aufregung nicht, niemand von uns hier auf der Insel besitzt ein Sofa.«

»Ich sage dir etwas, Anthony«, meldete sich Leonard zu Wort. »Ich werde hier kein Urteil fällen, ob es mir gefällt oder nicht, genauso wenig, ob die Ästhetik meiner Vorstellung entspricht. Ich meine so, wie ich dich kennenlernen durfte, denke ich, es repräsentiert, wer du bist, deine Persönlichkeit. Und das gute an der Kunst ist, dass sie demokratisch ist. Sie ist für alle da und jeder hat seine Meinung.«

Anthony legte seine Hände auf die Brust und nickte. »Meine Lieben, ich schätze eure Meinungen sehr, wirklich, manche hängen Bilder bei sich auf wie in einem Museum, andere, weil sie an ihr Sofa denken. Ist doch nicht schlimm.« Er erhob sich und kletterte geschwind auf den Tisch. »So Freunde, jetzt wird wild drauflosgemalt.« Anthony deutete hinter sich auf die Staffelei. »Fangt an, keine Hemmungen, jeder malt, was er will. Ich drehe dazu das Radio auf und los geht's. Und lasst die Joints kreisen, auf dass uns alle die Muse küsst.«

Die Gäste standen von ihren Stühlen auf und bewegten sich auf das Bild zu. Der Maler brachte Pinsel und Farben.

Als Leonard sich erhob, beobachtete er Marianne, wie sie sich sanft das Haar aus dem Gesicht strich, bevor sie aufstand. Kurz steifte ihre Hand seinen Unterarm.

Er spürte plötzlich das Verlangen, ein Bild von ihr zu besitzen, welches ihren Liebreiz, ihre Anmut und ihre Schönheit für die Ewigkeit bewahrte.

In einem unbeobachteten Moment nahm er Anthony zur Seite. »Ich möchte, dass du Marianne für mich malst«, sagte er.

Er sah das freudige Erstaunen auf dem Gesicht des Malers.

»Das mache ich doch gern«, beeilte dieser sich zu versichern. Dann hielt Anthony inne, räusperte sich, als ob ihm die Frage, die nun folgen sollte, peinlich schien. »Mmh, wärst du bereit, mir eine kleine Anzahlung zu geben?«, fragte er schließlich.

»Wie viel?«

Anthony nannte eine Summe, die Leonard zuerst etwas hoch, dann jedoch angemessen fand. Sie vereinbarten einen Termin für die Sitzung und anschließend wechselten die Scheine ihren Besitzer. Sie verschwanden in den Falten der Tunika.

»Stopp! So hält man keinen Pinsel«, rief der Maler plötzlich und stürmte davon, während Leonard nach Marianne suchte. Sie hockte direkt vor dem Bild und schrieb mit roter Farbe: *LOVE* in die Mitte der Leinwand.

KAPITEL 16

Überrascht blieb Leonard stehen, als er ins Zimmer trat und Marianne im Sessel sitzen sah. Es war kurz vor elf am Vormittag.

»Was ist los?«, fragte er, und sein Blick suchte den Raum ab. »Ich dachte, du solltest heute Anthony für das Bild Modell sitzen.«

Marianne zuckte mit den Achseln. »Dieser Annahme war ich auch. Aber bisher ist er nicht aufgetaucht.« Dabei hatte sie sich extra die Haare frisch gewaschen und an der Luft trocknen lassen, bevor sie etwas Make-up auflegte.

»Das wundert mich«, sagte Leonard. »Ich habe ihm den Weg zu meinem Haus genau beschrieben.«

Marianne verzog skeptisch den Mund.

»Eine Anzahlung hat er auch schon bekommen.«

»Na ja, so wie es aussieht, kannst du dein Geld vergessen, und das Bild gleich mit«, befürchtete sie. »Er wird wohl irgendwo in einer Kneipe abgestürzt sein und kann sich an nichts mehr erinnern.«

Er bemerkte die Enttäuschung auf ihrem Gesicht und wurde ärgerlich, obwohl er alle Anstrengungen unternahm, es sich nicht anmerken zu lassen. Marianne machte Anstalten, sich aus dem Sessel zu erheben, als ihm plötzlich eine Idee kam.

»Warte«, sagte er schnell. »Warum dies alles hier verschwenden?«

Fragend blickte sie ihn an, während sie langsam in den Sessel zurücksank.

»Anthony hat doch schon gestern Abend seinen ganzen Kram herbringen lassen«, sagte Leonard.

»Ja, er steht dort drüben unter dem Fenster.«

Er lief hinüber und öffnete die Schnappverschlüsse eines alten braunen Reisekoffers, der von Aufklebern übersät und an den Ecken verstärkt war. Leonard begann zu suchen, und kurz darauf hielt er einen handlichen Block mit weißem Karton und Zeichenkohle in der Hand. Rasch zog er einen Stuhl heran und setzte sich ihr gegenüber. Er sah sie lange an.

»Würde es dir etwas ausmachen, wenn ich dich nackt zeichne?«, fragte er.

Sie lächelte und zog sich das leichte weiße Kleid mit einer fließenden Bewegung über den Kopf, schüttelte die Haare und lehnte sich zurück. »Gut so?«

»Du bist wunderschön«, sagte er und maß mit dem Stift in der Hand die Proportionen ab.

»Könntest du dich noch etwas mehr aufsetzen und den Oberkörper ein wenig drehen? Ja, so ist es gut, bleib so.«

Er setzte die ersten Striche, um ihre Konturen festzuhalten.

Der Kohlestift kratzte in der Stille über den Karton, er versank in den Linien ihres Körpers, tauchte in die lichten Schatten unter ihren kleinen, festen Brüsten, setzte schimmernde Lichter auf ihre Stirn, den Bauch, die Schenkel.

Unsere Liebe wird niemals vergehen, dachte er. Ich bin dein

Abenteuer und du bist meines. Ich bin deine Reise und du bist meine, und Hydra ist der Stern, der uns leitet.

Leonard setzte den Stift ab, ein letzter prüfender Blick wanderte zwischen der Zeichnung und Marianne hin und her.

»Bist du fertig?«, fragte sie und rutschte nach vorn an den Rand des Sessels. Langsam drehte Leonard den Block um.

Marianne war ergriffen. Seine Zeichnung balancierte in einem Gleichgewicht zwischen Schönheit und Strenge, zwischen Sentimentalität und Weiblichkeit und gab dabei einen tiefen Blick auf ihre Seele frei. Es schien kein Bild zu sein, sondern eine lebende, bezaubernd schöne Frau mit glatten blondem Haar, entblößten Brüsten und schlanken Armen, von deren Erscheinung ein besonderes Leuchten ausging.

»So siehst du mich?«, fragte sie, und Tränen traten ihr in die Augen.

Er lehnte den Block gegen eines der Stuhlbeine und ging vor ihr auf die Knie. Er sah sie an. Etwas schien in solcher Überfülle in ihrem ganzen Wesen innezuwohnen, dass es fast gegen ihren Willen bald in dem Glanz ihrer Augen, bald durch ein Lächeln zum Ausdruck kam.

»Ich liebe dich, Marianne«, sagte er und bettete seinen Kopf in ihren nackten Schoß.

KAPITEL 17

Leonard zog schnaufend den Kinderwagen über die von der Brandung rundgewaschenen flachen Kiesel, bis sie ihren Lieblingsplatz am Felsenrand der kleinen Bucht erreichten. Marianne folgte ihm dichtauf mit einer Basttasche und der zusammengerollten Decke unter dem Arm. Das Baby lag im Wagen und schaute mit großen Augen unter dem hellen Mützenschirm zum blauen Himmel hinauf, der von weißen Möwenschatten durchkreuzt wurde.

Sie waren allein.

Im Schatten der Felsen breitete Marianne die Decke aus und beschwerte die Ecken mit Steinen. Indessen hob Leonard den Kleinen aus dem Wagen. Über den Rand hinweg konnte er erkennen, wie Marianne gedankenversunken auf der Decke saß und aufs Meer hinausblickte.

»Was hast du?«, fragte er sie.

»Ich habe mich lange nicht so wohlgefühlt. Du, mein kleiner Sohn, dieser magische Ort …« Sie verstummte. Manchmal fiel es ihr schwer, dem neuen Glück zu vertrauen.

Leonard setzte sich neben Marianne und legte den kleinen Axel zwischen sie. Er griff nach dem Finger seiner Mutter und umklammerte ihn.

»Diese Insel und dass ich mit dir hier sitzen darf, das ist für mich wie das Paradies.« Er sah Marianne an. »Mit dir zusammen zu sein, macht mich glücklich. Und dieser Ort mit seinen Leuten, der Architektur, diesem endlosen Himmel, den Gerüchen, dieses einfache Leben … Alles hier hat seinen Platz. Das Klima bestimmt den Tagesablauf, man steht früh auf und arbeitet. Wenn es zu heiß wird, hört man damit auf und macht Siesta. Nichts lenkt einen ab, Telefone gibt es nicht, und Freunde trifft man am Abend. Alles, was ich brauche, habe ich auf Hydra, und alles, was ich habe, ist kostbar. Ich habe dich und den kleinen Axel, mehr brauche ich nicht.«

Er beugte sich vor, um sie zu küssen. Sie zögerte zunächst, dann beugte sie sich nach vorn, gab ihm einen Kuss, lehnte ihre Stirn gegen seine und schloss die Augen.

Erst als der kleine Axel zu weinen anfing, löste sie sich von Leonard.

»Ist ja gut, mein Kleiner«, sagte Marianne und nahm ihm das Mützchen vom Kopf. »Wir werden jetzt baden gehen.«

Leonard zog sich bis auf die Unterhose aus. Während Marianne aus ihrem Rock stieg, streiften ihre Blicke über seine harten Schulterblätter, sie ließ in Gedanken ihre Finger an seinem Rückgrat hinabwandern. Sie sah seine Muskeln, die unter der sonnengebräunten Haut zuckten, das dunkle, dichte Haar auf seiner Brust … Leonards Körper war so bar jeder Scham und Rätselhaftigkeit. Er war ein schöner Mann, und wenn überhaupt, so beherbergte er sein einziges Geheimnis in seinen Gedanken, wohin er sich immer wieder zurückzog und wo er nur schwer zu erreichen war. So viel wusste sie bereits über ihn.

Als sie wenig später über die warmen Kiesel hinab zum Meer gingen, trug Marianne das Kind auf dem Arm, und Leonard fand, dass sie wie eine Madonna aussah. Gelegentlich stützte er sie, bis sie zusammen ins Wasser eintauchen konnten. Die Welt um sie herum schien sich auf Höhe der türkisfarbenen Oberfläche bis ins Unendliche auszudehnen. Goldsprenkel tanzten auf den Wellen, und unter ihren Fußsohlen spürten sie kleine Sandwälle, welche die Brandung in der letzten Nacht aufgeworfen hatte.

Das Wasser war warm, fühlte sich an wie Seide und duftete frisch. Die Tropfen, in denen sich die Sonne spiegelte, perlten auf ihrer gebräunten Haut ab.

Leonard hielt den kleinen Axel fest, der erst mit Erstaunen und dann mit ausgelassener Freude im Wasser planschte.

Marianne hingegen legte sich auf den Rücken und ließ sich treiben, die Arme ausgebreitet. Der Strahlenkranz ihrer Haare schwebte um ihren Kopf auf dem Wasser. Sanft schlug unter ihr das blaue Herz des Meeres.

Zufrieden schloss sie die Augen. Wie hatte Leonard es vorhin ausgedrückt? *Alles, was ich brauche, gibt es hier auf Hydra.*

Das Herz wurde ihr leicht, sie seufzte. Von nun an würde ihr Leben einfacher sein, denn sie war glücklich.

»Was haben wir für einen Hunger«, sagte Leonard, der auf der Decke saß und den Kleinen auf den ausgestreckten Beinen reiten ließ, während er sehnsüchtig zur prall gefüllten Basttasche blickte.

»Einen Moment wirst du dich noch gedulden müssen«, sagte Marianne heiter. »Erst muss Axel gewindelt und gefüttert werden. Aber öffne doch schon mal die Weinflasche.«

Sie nahm ihm das Kind ab und sprach ein paar norwegische

Worte zu dem Jungen. Leonard hielt inne und hörte ihr, die Flasche in der Hand, andächtig zu.

»Was ist?«, fragte sie, gegen die Sonne blinzelnd.

»Ich verstehe kein Wort, aber diese fremde Sprache zu hören ist wunderbar. Es ist, als würde ich damit in deine Welt und die dieses weißhaarigen Kindes aufgenommen, das, wie du, aus dem Land des Schnees kommt.«

Eine Viertelstunde später schlief das Baby, und Marianne bereitete das Picknick vor.

»Das sieht aber köstlich aus«, stellte Leonard fest und beugte sich neugierig über die beiden Schalen.

»Das hier sind Kolokithokeftedes, und das in der flachen Schale nennt sich Skordalia.«

»Kolokito… was?«

»Sag einfach Zucchinipuffer, und dazu wird ein Kartoffel-Knoblauch-Dip gereicht.«

Leonard nahm einen Puffer in die Hand und tunkte ihn in den Dip. Dann biss er ab und begann herzhaft zu kauen.

Erwartungsvoll sah Marianne ihn an.

Er schluckte und verdrehte übertrieben die Augen. »Die sind köstlich. Wie kann man solch einfache Gerichte nur so wundervoll zubereiten?« Genüsslich biss er ein zweites Mal ab. »Wie hast du so gut griechisch kochen gelernt?«

Marianne überlegte kurz.

»Ich hatte vor über einem Jahr schon mal eine Krise mit Axel. Es gab da eine Geschichte mit einer Frau in Oslo, der er Geld gab, damit sie auf die Insel kommen konnte, aber sie kam nicht. Vielleicht war ihm der Erfolg seines ersten Buches zu Kopf gestiegen.« Sie sah, dass Leonard ihr aufmerksam zuhörte, und schüttelte leicht den Kopf. »Aber das wollte ich eigentlich nicht erzählen. In dieser Zeit bot mir Sam Barclay einen Job auf seinem Segelschoner an. Er ist einer der Bankerben …«

»Ich kenne Sam, ein Mann mit Anstand und guten Manieren.«

»O ja, das ist er. Damals veranstaltete er Törns auf dem Mittelmeer und suchte eine Köchin. Freunde stellten uns einander vor. Die Gäste waren sehr vermögend und anspruchsvoll, aber auch reizend. Ich kochte Gerichte aus meiner Heimat und mediterrane Küche. Als wir nach sechs Wochen wieder in Athen einliefen, waren sie noch immer von meinen Kochkünsten begeistert und schenkten mir zum Abschied ein griechisches Kochbuch. Aus dem stammt auch dieses Rezept.«

Leonard wischte sich den Mund mit einer Serviette ab. »Du bist eine tolle Köchin. Das Essen ist wunderbar. Ich danke dir dafür.«

»Gern geschehen. Ich wiederum finde deine Gedichte, zumindest die, die ich kenne, wunderbar.«

Leonard nagte an der Unterlippe.

»Ich weiß es nicht. Ich frage mich nur, wie viele von den Tausenden, die Dichter sind oder es werden wollen, echt sind? Einer oder zwei. Der Rest sind Blender. Ich bin, versteht sich, einer von den Blendern, und dies ist meine Geschichte …« Er verstummte.

Marianne nahm seine Hand. »Sag nicht so etwas, alles, was du mir bisher vorgetragen hast oder was ich lesen durfte, hat mich angesprochen, mich berührt. Du bist kein Blender, du arbeitest hart und setzt dich in deinen Gedichten mit dem Leben auseinander.«

»Um die Wahrheit zu sagen, ich bin … ich weiß auch nicht. Manchmal fühlt es sich nicht richtig an …«

Leonard schwieg, und seine letzten Worte wurden von der rotgelben Luft zwischen den Felsen regelrecht aufgesogen.

»Wann hast du angefangen, Gedichte zu schreiben?«

Er sah mit einem ironischen Lächeln zu ihr auf, weil sie nicht bereit war, von dem Thema abzulassen. Langsam strich er sich übers Kinn.

»In der Schule war ich schüchtern, kleiner als die anderen Jungen in meiner Klasse und wenig beliebt. Ich verrate dir ein Geheimnis …« Er lehnte sich über das schlafende Baby. »Ich war damals so verzweifelt, ich habe mir Papiertaschentücher in die Schuhe gestopft, um ein paar Zentimeter größer zu sein. Hat aber nicht wirklich geholfen.«

»Das klingt ziemlich traurig.«

»War es auch. Aber ich fand bald heraus, dass ich den Nachteil meiner Größe durch Gespräche und Geschichten, die ich den Mädchen erzählte, kompensieren konnte. Frauen wollen geschätzt und erobert werden. Sie mögen es, wenn über sie Gedichte geschrieben werden.«

»Wenn du das meinst«, warf Marianne belustigt ein.

Leonard ließ sich von dem Einwand nicht ablenken. »Deshalb begann ich, mir das Gitarrespielen beizubringen. Ich konnte nicht viele gute Riffs, aber es reichte, um die populären Songs nachzuspielen. Aber erst die Gedichte boten mir die Möglichkeit, meinen Gefühlen wirklich Ausdruck zu verleihen. Ich erinnere mich noch an ein Mädchen, das eines Tages neu in unsere Klasse kam. Sie war sehr hübsch, nie hätte ich gewagt, sie anzusprechen. Aber ich schrieb Gedichte über sie und für sie. In den Versen konnte ich ihr all meine Gefühle mitteilen und die Angst, sie wieder zu verlieren.« Er machte eine kleine Pause. »Ich bin der Meinung, dass der höchste Ausdruck, zu dem ein menschliches Herz fähig ist, ein Gedicht ist.«

Marianne hörte aufmerksam zu, während er weitersprach.

»Aber den großen Knall, den Augenblick, an dem sich für mich alles zusammenfügte, erlebte ich 1950, als ich in den alten Bücherkisten eines Antiquariats in der Rue Milton stöberte. Ich fand einen Gedichtband von Frederico Garcia Lorca. Kennst du ihn?«

Marianne schüttelte stumm den Kopf. Die Erregung über diese Entdeckung konnte sie jetzt noch auf Leonards Gesicht ablesen.

»Ein Spanier«, fuhr er hastig fort. »Lorca war nicht nur ein Dichter und Dramatiker, sondern fuhr auch durchs Land und sammelte alte spanische Volkslieder. Und erst seine Verse …« Leonard stockte. »Als ich sie las, bekam ich Gänsehaut. Sie waren dunkel, melodisch, elegisch und so gefühlvoll. Ferner von einer Ehrlichkeit, die den Mythos des Geschilderten noch steigerte.« Er nahm einen Schluck Wein, behielt das Glas in der Hand. »Besonders eins dieser Gedichte zog mich regelrecht in seinen Bann.«

»Wie heißt es?«

»Deseo, Verlangen.« Er hob den Kopf und schob die Schultern zurück. »Verstehst du? Lorca schrieb, Gesang und Poesie sind Teil desselben Atems. Absolut faszinierend. Er war es auch, der mich mit dem Tanz, der Romantik und der Würde des Flamencos vertraut machte.«

Er stellte sein Glas ab. Ihre Augen trafen sich.

»In den letzten Jahren habe ich immer nur getanzt, um Axels Launen zu vergessen. Manchmal habe ich den Wunsch verspürt, mich im Tanz vollständig aufzulösen, einfach fortzugehen«, flüsterte sie.

Als es Abend wurde, lauschte Marianne dem Gesang der Grillen. Sie hatten beschlossen, wegen des Babys zu Hause zu bleiben. Marianne saß im Rattan-Schaukelstuhl und hatte sich um ihr Fußgelenk die Schlaufe einer Schnur gelegt.

Immer, wenn sie mit dem Sessel vor und zurück wippte, straffte sich die Schnur und brachte die Wiege, in der das Baby lag, sanft zum Schaukeln.

Sie summte leise und betrachtete die flackernde Flamme auf der Oberfläche eines brennenden Korkens, der in einer Untertasse mit Olivenöl schwamm.

Leonard schaute von seinem Buch auf. »Möchtest du einen Joint rauchen?«, fragte er.

»Hmm.«

Er holte den Joint aus der Brusttasche seines Hemdes, zündete ihn an und reichte ihn an Marianne weiter. Sie inhalierte, gab ihn zurück, strich die Haare in ihrem Genick nach oben, und irgendetwas an ihren Gesten verriet ihm, dass sie ein Paar waren. Es war einfach geschehen. Noch wohnten sie getrennt, und Marianne war offiziell noch mit Axel Jensen verheiratet. Aber im Grunde führten sie ein gemeinsames Leben, hegten die gleichen Absichten und hüteten ihre eigenen kleinen Geheimnisse, die es in jeder Beziehung gab.

Stumm betrachtete er sie. »Marianne?«

»Hmm.«

»Schläft das Baby?«

Sie drehte sich um, schaute, dann nickte sie.

Leonard legte das Buch zur Seite, kam auf sie zu.

Seine Finger strichen über ihre schlanken Arme. Er spürte, wie Marianne sich versteifte.

»Was ist?«, fragte er unsicher.

»Ich mache mir Sorgen.«

»Sorgen?«

Sie schwieg einen Moment. Wie sollte sie am besten beginnen? Am liebsten wäre sie vor Verlegenheit im Boden versunken, aber wenn sie nicht aussprach, was sie die ganze Zeit schon belastete, würde es nur noch schlimmer werden, also versuchte sie, sich zu erklären: »Ich bin unglaublich glücklich, wenn du bei mir bist.« Sie stockte. »Aber der kleine Axel ist nicht dein Kind, ich habe Angst, dass es dich stören könnte und …«

Sie verstummte und schob die Hände übers Gesicht.

Leonard gab acht, um den richtigen Ton zu finden, und legte Gefühl und Wärme in seine Worte. »Marianne, das darfst du nicht denken. Das Kind ist der wunderbarste Teil von dir.«

Für einen Moment erfüllte nur das laute Zirpen der Zikaden die Luft. Leonard umfasste ihre Handgelenke, beugte sich dicht an ihr Ohr: »Hey, Marianne«, flüsterte er. »Es gibt nichts, wofür du dich schämen musst.« Sanft zog er ihre Hände herunter und küsste ihre Stirn. »Sieh es mal so: Ich bekomme eine schöne Frau und ein Kind noch dazu.«

Sie lächelte knapp, doch immer noch lag ein besorgter Schatten über ihrem Gesicht.

»Sollen wir noch warten?«, fragte er leise.

»Nein, nein, ich …«, entgegnete sie hastig. »Aber ich denke, dass …«

Er lächelte. »Dabei denkt man nicht, man fühlt, man lässt sich fallen, es ist genauso leicht wie atmen.« Er strich mit beiden Händen über ihr Haar und umfasste ihr Gesicht. »Schließ die Augen, du musst nichts machen«, flüsterte er.

Sie ließ es zu, dass er ihre Wange mit der seinen berührte, sie auf den Hals küsste. Er roch nach Sonne, und seine Lippen waren warm und trocken. Mit einer sanften Bewegung zog er die Schlaufe von ihrem Knöchel. Dann nahm er sie auf seine Arme und trug sie hinüber auf die Kissen. Der Stoff war kühl und glatt auf ihrer Haut.

Sie betrachtete ihn und erkannte so vieles in ihm. Da war der Junge, von dem er ihr erzählt hatte, der Jugendliche, der die Poesie entdeckte. Jetzt der Mann, der sie begehrte.

Voll Verlangen legte sie die Arme um seinen Hals, küsste ihn drängend, spürte seine Zunge. Er fuhr mit der Hand unter ihre Bluse, streifte den Stoff von ihren Schultern, öffnete ihren Rock, zog ihn ihr die Schenkel hinunter und entkleidete sich selbst.

Sie fühlte seine Lippen und dann seine Hände über ihren Bauch streichen. Sein Mund glitt nach unten, berührte sie mit der Zunge. Sie seufzte und legte die Hände auf seinen Kopf. Er war ihr in ihren Träumen erschienen, jetzt wurden sie wahr.

Leise, sanft, mit unendlich sensiblen Händen streichelte sie Leonard. Und er küsste sie, küsste sie immer wieder, sanft, zärtlich, drängend. Er bemerkte, wie sie sich öffnete, sie ein heftiges, zuckendes Ziehen durchfuhr. Er liebkoste sie mit der Zunge, streichelte ihren Busen, ihren Bauch, berührte sie am ganzen Körper. Es war ihr, als gäbe es keine andere Sprache in dieser Welt. Ihr Wille schien sie gänzlich zu verlassen. Es kam der Punkt, da verlor sie den Halt, doch es kümmerte sie nicht. Und dann erwachte etwas in ihr. Ein Beben, das sie noch nie erlebt hatte, erwachte dort, wo er sie berührte. Er hob sie hoch, drang in sie ein, und sie fing an, sich mit ihm zu bewegen, sie spürte, dass alles sich in ihr bewegte, wie große Wellen, die sie emportrugen und dann über ihr zusammenschlugen. Es war wunderbar, einfach wunderbar. Ein Schweißfilm bedeckte ihre Haut, sie zog ihn zu sich heran und umklammerte ihn mit Armen und Beinen.

»Beweg dich nicht«, flüsterte er nah an ihrem Ohr, und sie hielten einen Moment inne.

Als es vorbei war, blieben sie noch eine ganze Weile aufeinander liegen und spürten dem verebbenden Branden in sich nach, bis er sich aus ihr zurückzog und auf die Seite drehte. Eine große Stille machte sich breit, und Marianne wusste in diesem Moment, dass sich das Leben für sie verändert hatte.

Mit ihm verändert.

Um Axel Jensen hatte sie sich gesorgt, sich um ihn gekümmert, aber Leonard, Leonard Cohen liebte sie.

KAPITEL 18

Das darf doch wohl nicht wahr sein, dachte Marianne und überflog ein zweites Mal das Schreiben, das sie in den Händen hielt. Es stammte vom griechischen Zoll, und darin forderte man das Ehepaar Jensen auf, für den VW Karmann-Ghia, den Axel im Frühjahr aus Norwegen kommen lassen hatte, einen nicht unerheblichen Einfuhrzoll zu entrichten. Anderenfalls legten die Behörden ihnen nahe, den Wagen bis zum Jahresende wieder nach Norwegen zurückzuführen.

Heute wusste sie, dass Axel das Auto gekauft hatte, um gemeinsam mit Patricia eine Reise durch Europa zu unternehmen. Nun, es war anders gekommen …

Trotz des Unfalls war der Wagen in einem guten Zustand.

Marianne schürzte die Lippen.

Axel war Patricia in die Staaten nachgeflogen. Es blieb ihr nichts anderes übrig, als selbst eine Lösung zu finden.

Sie ging einige Schritte an der Hafenkante entlang. In ihrem Kopf wirbelten die Gedanken durcheinander.

Was sollte sie mit einem Auto? Die Insel war autofrei, und auf dem Festland gab es Taxis. Und was den Einfuhrzoll anging, den war sie weder bereit zu bezahlen, noch konnte sie sich die aufgeführte Summe überhaupt leisten.

Sie wich einem Mann auf einem Esel aus und ging weiter, die Hände auf dem Rücken verschränkt.

Egal, wie sie es drehte und wendete, es blieb ihr nur die Möglichkeit, den Wagen zurück nach Oslo zu bringen.

Sie zog die Nase kraus.

Aber wie sollte das funktionieren? Sie, ganz allein, Tausende Kilometer mit einem Baby auf dem Rücksitz?

Marianne spürte, wie sich ihr allein bei dem Gedanken der Nacken verspannte.

Das ist absolut unmöglich, dachte sie und lief von Sorge getrieben weiter. Den kleinen Axel konnte sie einer solchen Strapaze nicht aussetzen.

Dann geschah etwas, vielleicht würde sie später sagen, dass es purer Zufall war oder ein unübersehbarer Wink des Schicksals, aber sie entdeckte plötzlich eine blaue Pilotenmütze auf einem der Tische vor Thassos Café. In der Mitte über dem halbrunden Schirm prangte unübersehbar das Emblem der SAS, der Scandinavien Airlines.

Zuerst glaubte sie bei dem Anblick, sich getäuscht zu haben, niemals hätte sie damit gerechnet hier einer norwegischen Crew zu begegnen. Selbst als sie an den Tisch trat, kam es ihr so vor, dass diese blau schimmernde Mütze einer Fata Morgana gleich ihr eine Lösung vorgaukelte, die sie nie in Betracht gezogen hatte. Erst als lautes Lachen und Wortfetzen in ihrer Heimatsprache an ihr Ohr drangen, fasste sie einen Entschluss.

Marianne suchte überall nach Leonard, doch sie konnte ihn weder im Laden von Katsikas noch bei den Johnstons entdecken. Zu guter Letzt stürmte sie die Straße zu seinem Haus hinauf. Sie fand die schwere Haustür offen vor.

»Darf ich reinkommen?«, rief sie in den kühlen Flur hinein.

»Ich bin in der Küche«, hörte sie seine Stimme.

Marianne trat ein und erblickte Leonard, auf dessen Gesicht ein Ausdruck freudiger Überraschung lag.

Warmes, helles Licht durchflutete den Raum, der noch nach gebratenen Auberginen roch. Der schwarze Tiegel stand neben dem Herd, dessen Feuer fast heruntergebrannt war. Ein Wasserkessel summte leise. Alles war ordentlich, aber nicht sehr komfortabel. Verschiedene Holzstühle standen um einen Tisch in der Mitte.

»Ich muss dir dringend etwas erzählen«, platzte es aus ihr heraus. »Du glaubst nicht, was mir passiert ist.«

»Setz dich doch erst mal. Ich will mir gerade einen Tee machen. Magst du auch einen?«

»Tee? Ja, gerne.«

Er griff nach dem Wasserkessel.

Marianne zündete sich eine Zigarette an und wedelte mit dem Streichholz hin und her, bis der Luftzug es löschte. »Stell dir vor, ich habe soeben eine Crew der Scandinavian Airlines getroffen. Sie bleiben übers Wochenende auf der Insel und fliegen am Montag nach Oslo zurück.«

»Und?«

»Na, das löst mein Problem.« Mit knappen Worten erzählte sie ihm von dem Schreiben der Zollbehörde.

»Also ich habe mit der Crew geredet und sie gefragt, ob sie den kleinen Axel nach Oslo mitnehmen würden, ich kann doch nicht mit ihm allein Tausende Kilometer durch Europa fahren … und stell dir vor«, Marianne strahlte und drückte die Zigarette aus, »sie haben zugestimmt. Ist das nicht wunderbar?

Und das Beste kommt noch. Es kostet für Kinder unter zwei Jahren nicht einmal etwas!«

Marianne wischte mit der flachen Hand einige Tabakkrümel von der grob gezimmerten Tischplatte.

»Ich bin sofort ins Postamt gegangen und habe meiner Mutter telegrafiert, sie gefragt, ob sie das Baby in Oslo in Empfang nehmen kann.«

»Und kann sie?«

Marianne nickte begeistert.

Leonard nahm die englische Teedose vom Sims und hielt mitten in der Bewegung inne. Erst jetzt verstand er, was das für sie beide bedeutete. »Das heißt, du kannst noch bleiben …« Er überlegte kurz. »Wann muss der Wagen in Norwegen sein?«

»Ende des Jahres.«

»Ich traue mich kaum, dir diesen Vorschlag zu machen, aber was wäre, wenn wir das Auto gemeinsam nach Norwegen bringen und ich von dort aus nach Kanada aufbreche?«

Marianne sprang auf und fiel ihm in die Arme.

»Deine Idee ist phantastisch.«

Sie küssten sich.

»Ich glaube, ein ganz wundervoller Herbst liegt vor uns«, flüsterte Leonard.

Marianne schluckte und gab dem Baby einen letzten Kuss auf die Stirn. Bei seinem Anblick überfiel sie eine derart heftige Beklemmung, dass ihre Beine drohten nachzugeben. Jetzt, wo sie auf dem Flugfeld von Athen stand und den kleinen Axel an die Stewardess übergab, spürte sie, wie schwer es ihr fiel, von ihm Abschied zu nehmen. Der Junge schaute sie aus seinen blauen Augen an. Sie wusste nicht, wie oft sie es in den letzten zwei Stunden schon getan hatte, aber noch einmal überprüfte sie, ob der Kleine seinen Schnuller hatte und ob ausreichend Windeln und Kleidung zum Wechseln bereit lagen.

»Machen Sie sich keine Sorgen«, sagte die Stewardess mit einem beruhigenden Lächeln. »In nicht einmal vier Stunden wird Ihre Mutter ihn in Oslo in Empfang nehmen.«

Marianne nickte stumm und unterdrückte die aufsteigenden Tränen. Sie blickte der uniformierten Frau hinterher, bis sie mit dem Kleinen auf dem Arm im Innern des Flugzeugs verschwunden war. Dann atmete sie tief ein und nahm sich vor, den Start der Maschine von der Aussichtsplattform mitzuverfolgen, wo Leonard auf sie wartete. Sie würden dem Flugzeug nachschauen, bis es nur noch ein silberner Punkt zwischen den Wolken war.

KAPITEL 19

Larkollen, 1961

Unvermittelt tauchte der Nachbar hinter der Fensterscheibe auf, er wollte etwas von ihr. Wahrscheinlich hatte er in der Einfahrt ihr Auto entdeckt.

Marianne stand hinter der geöffneten Schranktür und atmete den vertrauten Duft von Momos Kleidern, als der Mann suchend nach ihr rief.

»Frau Jensen? Sind Sie da?«

Sie zog den Kopf zwischen die Schultern, antwortete nicht. Sie war nicht bereit, mit ihm zu sprechen, nicht jetzt. Alte Erinnerungen beschäftigten sie. Es fiel ihr immer noch schwer, sich nach der Rückkehr nach Oslo dem Alltag hier zu stellen.

Der Nachbar gab jedoch nicht auf, er rief erneut nach ihr. Wahrscheinlich gab es Interessenten, reiche Osloer, die Momos Haus kaufen wollten und eine ihrer goldgeprägten Visitenkarten hinterlassen hatten.

Aber das interessierte Marianne nicht. Daher machte sie sich unsichtbar und ließ ihn sich weiter die Nase an der Scheibe platt drücken. Das Einzige, was er zu sehen bekam, waren die Tapeten, eine Deckenlampe mit drei Glastulpen und die mit Laken zugedeckten Möbel, die in stummer Eintracht im dämmrigen Nachmittagslicht ausharrten.

Sie wartete, vernahm endlich seine Schritte, die über den

Kies scharrten. »Bitte …«, murmelte sie, und schließlich verstummten die Geräusche.

»Sie ist hier nicht!«, hörte sie den Nachbarn rufen.

»Vielleicht ist sie zum Strand gegangen«, entgegnete eine Frauenstimme.

Kurz sah Marianne sich dort am Strand stehen, als sie noch ein Mädchen war, neben Momo, mit einem Weidenkorb in der Hand, in den sie Schwemmholz sammelten.

Die Schritte entfernten sich.

Durch die Schranktür vor Blicken geschützt, nahm sie eins der Kleider heraus und betrachtete es stumm. Es war blau mit einem weißen Spitzenkragen. Sie hängte es zurück und entfernte von einem der Lehnstühle die Abdeckung. Sie setzte sich hinein, legte die Hände in den Schoß und genoss das Gefühl, vom Haus ihrer Großmutter umgeben zu sein. Sie liebte es mehr als beinahe jeden anderen Ort. Es war ihre Zuflucht in Kindertagen gewesen. Alle Geheimnisse, die sie damit verband, waren alt, gehörten nur ihr und Momo. Hinter dem Haus gab es eine verwilderte Wiese, an der sich unmittelbar der Strand und das Meer anschlossen. Vom Fenster aus betrachtet, ergaben sich zwei übereinanderliegende Linien. Die zuunterst war gelb, statisch, mit einem weißlichen Schimmer, als wäre Puderzucker über einen Rührkuchen gesiebt worden. Die Linie darüber wechselte ständig ihre Farbe, je nach Wolkendichte und Sonneneinstrahlung, und sie bewegte sich, mal geringfügig, mal gewaltig. Als Kind war es ihr so vorgekommen, als wären Strand, Meer und Himmel nur ein kostbarer Rahmen, um die Schönheit von Momos Haus überhaupt erst zur Geltung zu bringen. Die rostroten Hauswände, die dunklen Holzschindeln auf dem Dach. Die weißen Sprossenfenster, die sich als geometrische Formen auf den elfenbeinfarbenen Tapeten abzeichneten, deren schmale silberne Streifen matt glänzten. Der helle Dielenboden, die schmalen Gardinen, die Möbel, deren Holz sich unter mehreren Schichten weißer Farbe versteckte.

Etwas Unsichtbares, ein vertrautes Gefühl, das sie aus ihren Träumen kannte, bewegte sich mit ihr durch die vom Sonnenlicht durchfluteten Zimmer und half gegen ihre Einsamkeit.

Sie stand auf, blieb vor der Frisierkommode stehen und schaute in den Spiegel. Seitdem sie wieder in Oslo war, trug sie die Haare länger. Jetzt fielen sie ihr auf die Schultern und versteckten den gestreiften bretonischen Schal, den sie um den Hals geschlungen hatte und den Leonard ihr beim Zwischenstopp in Paris gekauft hatte.

Paris!

Sie senkte den Blick und spürte einen Stich im Herz. Das war schon so lange her.

Sie unterdrückte ein Schluchzen.

Sie dachte an die letzten Tage, die sie so glücklich mit Leonard verbracht hatte. Sie waren gemeinsam an der Seine spazieren gegangen, vorbei an den kleinen Ständen, wo sie in den Holzkisten nach französischen und englischen Erstausgaben von Klassikern gesucht hatten. Sie waren im Louvre gewesen, hatten das seltsame Lächeln der Mona Lisa betrachtet und ein Picknick unter dem Eiffelturm gemacht. Bei der Erinnerung daran zuckte ein wehmütiges Lächeln in ihren Mundwinkeln. Leonard hatte sein Taschentuch wie eine kleine Tischdecke auf der Parkbank ausgebreitet, damit sie all die Köstlichkeiten darauf drapieren konnten, die sie zuvor in den kleinen Läden gekauft hatten. Frisches Baguette, verschiedene Sorten Käse, Oliven, Salami und eine Flasche Rotwein. Zum Dessert hatte es bonbonfarbene Macarons aus einer Pappschachtel gegeben. Sie waren sich wie Könige vorgekommen, während sie sich unterhielten und miteinander lachten.

Obwohl die Bäume um sie herum bereits anfingen, ihr goldenes Laub zu verlieren, fanden sie Paris herrlich. Ihr Domizil hatten sie in einem kleinen Hotel in der Nähe vom Jardin du Luxembourg aufgeschlagen. Bis weit in die Nacht hinein durchstreiften sie die Gassen, drängten sich zusammen in eine Passfotokabine, tranken Pastis und beobachteten auf der Straße die Herren in ihren eleganten Mänteln und die Pariserinnen in ihrem unverwechselbaren Chic.

Morgens gegen fünf, bevor es dämmerte, hatten sie sich die ersten frischen Croissants in einer Bäckerei gekauft, die lärmend ihre Rollläden hochzog.

Marianne wandte sich zögernd vom Spiegel ab. Das alles war jetzt ein Dreivierteljahr her. Wenn es nach ihnen beiden gegangen wäre, hätte die Zeit in Paris nie enden müssen. Doch auf sie wartete ihr Sohn, und Leonard musste weiter nach Montreal, um Geld zu beschaffen.

Sie seufzte und spürte ein feuchtes Brennen in ihren Augen.

Zum Abschied hatte er sich eine Haarlocke abgeschnitten, damit ein Stück von ihm hier bei ihr blieb. Marianne trug sie in einem Medaillon um den Hals, zusammen mit einem Bild ihres Sohnes. So hatte sie die beiden Menschen bei sich, denen ihr Herz gehörte.

Sie verließ das Zimmer und setzte sich draußen auf die Treppenstufen. Auch sie leistete ihren Beitrag zum Unterhalt, unterließ es jedoch tunlichst, sich auf die gut dotierten Stellen als Sekretärin zu bewerben, die ihre Mutter für sie ausgesucht hatte. Sie wollte weder ein unbefristetes Arbeitsverhältnis, noch sich für längere Zeit in Oslo häuslich einrichten.

Überhaupt war ihr die Stadt fremd geworden.

Alle ihre früheren Freundinnen waren entweder verheiratet oder hatten sich in alle Winde verstreut. Und das Zusammenleben mit ihrer Mutter gestaltete sich schwierig, da sie immer mehr das Kommando übernahm. Einerseits war sie ihr dankbar, dass sie sich um den kleinen Axel kümmerte, andererseits gingen ihr die ständigen Ratschläge und Vorhaltungen, sie solle sich doch damenhafter kleiden und ihr Haar in steifen Locken frisieren, auf die Nerven.

Aus diesem Grund war sie nach Larkollen geflohen, hierher in das Haus ihrer Großmutter. Momo hätte es verstanden, dass Marianne im Herzen gar nicht anwesend war, ihren Koffer aus Hydra nie richtig ausgepackt hatte. Jeden Abend zog sie sich zurück, um an Leonard zu denken und den unbeschwerten Tagen auf der Insel nachzuspüren. Sie las seine Gedichte, seine Briefe und betrachtete die Fotos, die sie gemeinsam zeigten. Manchmal ertappte sie sich dabei, wie sie in Gedanken lange Gespräche mit ihm führte. Wenn sie nachts nicht schlafen konnte, weil ihre Sehnsucht sie überwältige, stand sie am Fenster, und wenn sie eine Sternschnuppe aufblitzen sah, wünschte sie sich nichts sehnlicher als ihre baldige Rückkehr nach Griechenland. Der Herbst auf Hydra, er sang so schön. Sie versuchte, ihn wiederzufinden. In sich. Sie spürte die Luft. Besonders gegen Abend. Leonard saß bei ihr, las ein Gedicht unter einem Sternenhimmel, Schicht um Schicht gelb schimmernde Sterne. Das Leben war einfach, es wurde im Moment gelebt. An den nackten Füßen der pudrige Staub der Steine.

Marianne lehnte sich an die Wand und fragte sich, wie lange sie es noch in Norwegen aushalten musste. Sie hatten sich letztes Jahr im Spätherbst getrennt, und nun stand wieder ein Herbst vor der Tür. Ihren Job in der Filmproduktionsfirma, die sie als Assistentin angestellt hatte, konnte sie jederzeit kündigen. Sie war bereit.

Ihr Ehemann Axel hatte von Hydra geschrieben, dass er dort auf Patricia warte, in der Hoffnung, dass ihre Lungen nach der letzten Operation nicht kollabierten. Er war nicht zur Taufe seines Sohnes gekommen.

Sie dachte, alle warteten irgendwie darauf, wieder vereint zu werden. Axel auf Hydra mit Patricia in Chicago, sie in Oslo mit Leonard in Montreal.

Marianne atmete schwer, als sie ein zusammengefaltetes Blatt aus einem winzigen Lederbeutel zog, den sie immer an ihrem Herzen trug. Sie hatte die Zeilen so oft gelesen, dass sie sie auswendig konnte. Inzwischen war der Bogen Papier an den Rändern abgegriffen, und den löchrigen Falz hatte sie mit durchsichtigen Klebestreifen verstärkt. Trotzdem las sie den Brief immer wieder, war er doch der Anker ihrer Hoffnung. Er war auf den 24. Dezember 1960 datiert.

Liebe Marianne,

heute Nacht liegt Montreal ganz still unter dem Schnee. Die Bäume vor meinem Fenster sind schwarz. Der Wind hat ihnen den Schnee von den Gliedern geblasen.

Die Straße runter, in einem Keller eines der großen viktorianischen Häuser, glaube ich, dass Jesus kurz vor der Geburt steht. Niemand wird es jemals erfahren, außer ein paar sanften Tieren, ein paar Eseln und einer Kuh, die soeben mit dampfenden Mäulern über dem Laurentian Highway auf uns zuwandern.

Wir werden uns bald wiedersehen. Ich mag es nicht, wenn ein Ozean zwischen uns liegt. Ich habe bei der Regierung ein weiteres Stipendium beantragt und gehe davon aus, dass ich gute Chancen habe. Das wäre wunderbar, wir drei wieder vereint.

Zusammen mit Irving Layton, meinem Freund, von dem ich Dir schon so viel erzählt habe, arbeite ich an einer Reihe von Drehbüchern. Er kommt jeden Tag hierher, und wir schreiben wie im Rausch.

Wir träumen davon, dass wir in Griechenland eine kleine Schreibwerkstatt einrichten könnten. Wir haben beide gute Gründe, unsere Unternehmung zu einem Erfolg werden zu lassen. Irving verlor wegen seiner revolutionären Ideen und politischen Ansichten seinen Job an der Schule und ich brauche das Geld, um den Ozean zu überqueren. Wir gehen davon aus, dass wir in drei Monaten genug verdienen können, um uns damit ein Jahr über Wasser zu halten. Das gibt uns neun Monate Zeit für reine Poesie. Klingt das nicht nach einem guten Leben?

Ach, habe ich Dir schon gesagt, dass meine Gedichte im März erscheinen werden? Ich hoffe, dass The Spice-Box on Earth ein großer Erfolg wird. Dann werde ich wahrscheinlich zu einer Lesereise durch Kanada aufbrechen. Vielleicht könntest Du mich begleiten.

Ich höre gerade Mahalia Jackson. Ich bin bei Dir, fliege mit Dir in dieser Herrlichkeit, ziehe die Leichentücher von der Sonne weg, mache Musik aus allem. Schicke mir Bilder von Dir und dem Kind. Grüße Deine Familie. Sag mir, was Du fühlst. Ich gebe Dir all meine Liebe – Leonard

Plötzlich klopfte es an der Haustür. Zuerst dachte Marianne, es wäre wieder der lästige Nachbar, doch dann erkannte sie hinter der Scheibe die blaue Uniform des Briefträgers.

Sie stand auf, ging zur Tür und öffnete sie.

Der Mann hob den Kopf und sah sie forschend an. »Sind Sie Marianne Cohen?«

Sie benötigte einen Moment, um zu begreifen, dass tatsächlich sie gemeint war.

»Ja, das bin ich«, sagte sie endlich.

Der Postbote wirkte erleichtert. »Ihre Mutter hat mich hier herausgeschickt. Ich habe ein Telegramm aus Kanada für Sie. Ich würde Sie bitten, mir den Empfang zu quittieren.«

Er deutete auf eine Spalte in seinem Zustellerheft.

Marianne unterschrieb.

Der Mann tippte zum Gruß an den Schirm der Dienstmütze, stieg auf sein Fahrrad und fuhr davon.

Ein Telegramm, dachte sie, für Marianne Cohen.

Sie spürte, wie ihr Herz raste.

Mit fahrigen Bewegungen riss sie den Umschlag auf.

Habe ein Haus. Brauche nur noch meine Frau und ihren Sohn. Alles Liebe Leonard

Marianne starrte einige Sekunden auf das Stück Papier in ihren zitternden Händen, bis sie die Bedeutung der Worte begriff. Dann schrie sie jubelnd auf.

Es war ein Schrei der Erlösung, der unbändigen Freude, ein Ausdruck reinen Glücksgefühls, der in jedem Zimmer des Hauses widerhallte.

Sie drückte das kleine Stück Papier, das noch nach Druckertusche roch, an ihre Brust und begann gleichzeitig zu lachen und zu weinen.

KAPITEL 20

Montreal, 1961

Es war ein wunderschöner Herbsttag, als sie in Montreal landeten. Marianne stieg die Gangway hinunter, in jeder Hand einen Koffer, dicht gefolgt von dem kleinen Axel, der sich brav am Geländer festhielt. Die klare Luft, die wie ein kühler Fächer vom Sankt-Lorenz-Strom herüberwehte, legte sich auf ihr Gesicht. Das Rollfeld zu ihren Füßen schien aus flüssigem Silber zu bestehen, das matte Schimmern umspielte wie eine Aura Leonard, der sie unterhalb der Treppe mit ausgebreiteten Armen erwartete. Er trug einen dunklen Anzug, einen Trenchcoat und handgenähte Lederschuhe.

Es machte sie glücklich, ihn endlich wiederzusehen. Aber weil sie keine Hand frei hatte, winkte sie ihm etwas ungelenk mit dem Fuß zu. Mit den Pumps, die sie zu dem hellen Wollkostüm und dem Pelzmantel ausgewählt hatte, war das gar nicht so leicht.

Er lachte.

Als sie die letzte Stufe erreichte, eilte er auf sie zu, nahm ihr die beiden Koffer ab und ging mit dem Gepäck ein Stück zur Seite, wo er es neben sich auf dem Boden abstellte. Dann drehte er sich zu ihr um, legte behutsam seine Hände auf ihre Wangen, berührte ihre Haare, strich sanft über ihr Gesicht und zögerte, als wollte er den Augenblick des Wiedersehens verlängern.

»Marianne«, flüsterte er und küsste sie zärtlich auf den Mund.

Marianne blickte in seine Augen. Obwohl sie diesen Moment so sehnsüchtig herbeigesehnt hatten, fehlte ihnen die Vertrautheit, galt es, das Trennende, das längere Abwesenheit unabwendbar mit sich brachte, zu beseitigen.

Doch er strahlte sie an, und seine Freude übertrug sich auf sie, und sie erkannte, dass zum ersten Mal eine gemeinsame Zeit außerhalb von Hydra vor ihnen lag.

»Cohne!« Der kleine Axel zog auffordernd an Leonards Hosenbein und sah erwartungsvoll zu ihm hoch, bis er sich ihm mit einem freundlichen Lächeln zuwandte.

»Hallo, Axel«, sagte er und nahm ihn auf den Arm. »Du bist aber groß geworden.«

Axel sah ihn aufmerksam an. »Ich bin schon zwei.«

Marianne lachte. »Na, noch nicht ganz.«

Der Kleine legte vertrauensvoll seine Arme um Leonards Hals.

»Ich bin zwei«, wiederholte er, jetzt aber ein wenig leiser, als wollte er, dass nur Leonard die Worte hörte.

»Ich weiß«, antwortete er beruhigend, strich dem Jungen über den Kopf und wandte sich an Marianne. »Seid ihr hungrig?«

»Nein. Ja. Ein wenig.«

»Meine Mutter hat für uns einen echten kanadischen Bohneneintopf gekocht. Ich habe ihr erzählt, dass du eine ausgezeichnete Köchin bist, sie freut sich schon, dich kennenzulernen.«

»Danke«, sagte Marianne verhalten. »Das ist sehr nett von

ihr.« Genau genommen hatte Leonard nie viel über seine Familie in Montreal gesprochen. »Dann fahren wir jetzt zu ihr?«

»Oh, nein. Masha werdet ihr noch früh genug kennenlernen.« Er lachte auf. »Auch die anderen Verrückten. Ich werde sie dir alle vorstellen. Aber zuerst fahren wir in die Wohnung, die ich für uns ausgesucht habe.«

Das Stadthaus lag in der Innenstadt Montreals.

Als sie aus dem Taxi gestiegen waren, führte Leonard sie durch einen Torbogen auf den Hinterhof, wo früher einmal Remisen für Kutschen und Pferdeställe untergebracht waren. Inzwischen wurden sie zu Wohnungen umgebaut. Über eine gusseiserne Treppe, die außen am Gebäude angebracht war, erreichten sie die dritte Etage, die Leonard für sie angemietet hatte. Dementsprechend geräumig war die Wohnung, es gab ausreichend Zimmer, und durch die großen Panoramafenster im Wohnzimmer flutete Sonnenlicht und gab einen herrlichen Blick auf den Sankt-Lorenz-Strom frei.

Er stellte die Koffer mitten im Zimmer ab.

»Also, das ist es«, sagte er nicht ohne Stolz. »Was sagst du?«

»Es ist wundervoll«, erwiderte Marianne wahrheitsgemäß und gab ihm einen schnellen Kuss auf die Wange. Sie sah, wie er sich über das Lob freute, ehe er den kleinen Axel zur Toilette begleitete.

Marianne war ihm dankbar dafür, weil sie einen kurzen Moment brauchte, um zu verschnaufen. Zu viel war in den letzten Stunden auf sie eingestürmt. Sie stellte sich an das Fenster, schloss die Augen, genoss die Wärme auf dem Gesicht und dachte kurz darüber nach, welche unvorhersehbare Wendung ihr Leben abermals genommen hatte.

Dann öffnete sie die Lider und ließ den Blick über die Stadt schweifen.

Selbstverständlich mochte sie den Zauber, der in dieser Veränderung lag, sie hatte Oslo voller Vorfreude verlassen, um wieder bei ihm zu sein. Die Stadt draußen vor dem Fenster erschien ihr lebenswert, zumindest nach dem, was sie von hier aus sehen konnte und was sie aus dem Taxi heraus erspäht hatte.

Seit sie Leonard begegnet war, kam sie sich in seiner Gegenwart erhaben und wertgeschätzt vor. Er war keiner von diesen Menschen, die andere herabsetzten, er war zielstrebig, ohne dabei egoistisch zu sein, und wenn er darauf beharrte, dass sie schöner, scharfsinniger und liebenswerter sei, als sie es sich selbst vorstellen konnte, war es nahezu unmöglich, ihm nicht zu glauben.

Marianne verschränkte die Arme vor ihrer Brust. Er allein erkannte ihr innerstes Wesen, die zarte Zerbrechlichkeit ihrer Seele, und akzeptierte sie umfassender, als es jemals ein anderer getan hatte.

Im hinteren Teil der Wohnung ging die Spülung, und Marianne drehte sich langsam um.

»Heute machen wir einen Ausflug nach Way's Mill«, verkündete Leonard ein paar Tage später und bat Marianne, für sich und den Jungen ein paar Sachen einzupacken. »Wir besuchen Mort Rosengarten und werden vermutlich über Nacht bleiben.«

Der Ort in der Nähe von Quebec entpuppte sich als eine winzige ländliche Ansiedlung mit ein paar Gehöften und zwei Kirchen. Eines der grauen Holzhäuser mit schwarzem Spitzdach unweit der schmalen Landstraße gehörte Leonards langjährigem Freund.

Bereits im Auto hatte es Marianne die Sprache verschlagen, und auch jetzt konnte sie die Pracht, die sie umgab, kaum begreifen. Rundherum bedeckten Ahornhaine die sanften Hügel, darüber erhob sich ein strahlend blauer Himmel. Das Laub an den Bäumen schien lichterloh zu brennen. Eine intensive Farbexplosion in unterschiedlichsten Rottönen, als hätte sich das sommerliche Glühen der Sonne in die Blätter der Bäume eingeschmolzen.

Morton hatte ihre Ankunft bemerkt und sein Atelier verlassen, um sie willkommen zu heißen. Er wirkte schmächtig in der derben Arbeitsjacke, hatte abfallende Schultern, so dass sein Kopf, das Auffallendste an ihm, noch größer erschien.

Als Marianne ihn ansah, erinnerte sie sich daran, dass Mort Bildhauer war, und sie dachte, dass er genau das ausstrahlte, er konnte einfach nichts anderes sein. Zu ihrem Erstaunen stellte sie Ähnlichkeiten zwischen seinen scharf geschnittenen Gesichtszügen und einer unfertigen Büste fest. Er hatte ein flaches Gesicht mit einer hohen Stirn, darauf eine gerade, kräftige Nase, tief in den Höhlen liegende Augen, und das Kinn war stark ausgeprägt. Auch der Mund mit dem charismatischen Schwung seiner Lippen wirkte irgendwie ausmodelliert.

Doch als er sie begrüßte und dabei anlächelte, verlor sich die Strenge in seinem Gesicht, und es bekam etwas Schalkhaftes.

»Hallo!« Marianne war nicht in der Lage, ein Gespräch mit ihm zu führen, denn noch immer fesselte sie die Farbenpracht, welche die Natur um sie herum hervorgebracht hatte.

»Dein erster Indian Summer?«, fragte er Marianne, als er ihren Blick bemerkte.

Zuerst nickte sie wortlos, dann murmelte sie: »Es ist unfassbar schön.«

Der quäkende Klang einer Hupe lenkte ihre Aufmerksamkeit auf einen braunen Lincoln, der ebenfalls vor Mortons Haus zum Stehen kam. Der Wagen stand noch nicht, da flog bereits die Beifahrertür auf.

»Das ist Irving«, sagte Leonard überrascht.

»Ist das nicht herrlich?«, brüllte der auch schon begeistert und sah sich ebenfalls bewundernd um. »Aber was für eine Verschwendung, in ein paar Wochen ist das alles nur noch verfaulter Dreck, Humus. Aus dem Dreck kommen wir und zu Dreck werden wir.« Er lachte dröhnend. »Aviva meinte, dieses Schauspiel könne sie sich dieses Jahr nicht entgehen lassen, obwohl wir genug andere Dinge zu tun haben. Aber sie will unbedingt Fotos machen, und da dachte ich mir, wir schlagen zwei Fliegen mit einer Klappe und besuchen unseren alten Freund Mort.« Er grinste breit und schlug Leonard auf die Schulter. »Wie ich sehe, sind wir nicht die Einzigen, die das für eine vorzügliche Idee hielten.«

Mort machte eine einladende Bewegung Richtung Haus. »Ich freue mich, dass ihr hier seid, es trifft sich gut. Mein Nachbar hat mir einen großen Topf Hirschgulasch vorbeigebracht, den werden wir heute Abend verputzen.«

»Das klingt gut«, sagte Irving und rieb sich die Hände. »Wie läuft's mit der Kunst?«

»Die Dresdéner Gallery in Montreal bereitet gerade eine Gruppenausstellung vor. Sie wollen, dass ich in der Schau mit drei Exponaten vertreten bin. Aber ich bin mir bei der Auswahl noch unsicher.«

»Jetzt hast du ja uns«, meinte Irving süffisant und sah sich nach seiner Frau Aviva um, die mit dem Objektiv vor der Nase unter die Ahornbäume getreten war, begleitet von Marianne und dem Kleinen.

»Die Frauen sind beschäftigt«, stellte er fest. »Zeit für einen Blick auf deine Skulpturen und einen doppelten Whisky.«

Zwei Stunden später versammelte sich die kleine Gruppe um die Feuerstelle hinter Morts Haus.

Morton stocherte mit einem Ast in der Glut, dann tat er einen Schritt nach hinten und schaute abwartend zu, wie die züngelnden Flammen über die Außenseite des Eisenkessels strichen, der vom vielen Gebrauch bereits schwarz von Ruß war. Funken stiegen knisternd in die Abenddämmerung auf, der Himmel verlor allmählich seine blauen Tiefen, Morts Holzhaus schien sich im letzten Tageslicht fester an die Erde zu schmiegen. Nur der zuckende Schein der Flammen glitt tastend über die Fassade und die Reihe von Ahornbäumen hinter dem Zaun, um sich gelegentlich aufzuschwingen und mit dem Rot des Laubes zu vereinigen.

»Und, bis du mit der Auswahl zufrieden?«, fragte Leonard.

»Was soll die Frage?«, grätschte Irving in die sich anbahnende Unterhaltung. »Die getroffene Auswahl bildet Morts bisheriges Werk repräsentativ ab.«

Der Bildhauer verzog das Gesicht. Eigentlich mochte er Ausstellungen nicht, er war lieber für sich im Atelier. Man wusste nie, was einen erwartete, wenn man mit seiner Kunst an die Öffentlichkeit ging. Er konnte nichts dagegen tun, aber ihn beschlich immer das Gefühl, dass ab dem Moment, wo seine Kunst in einer Galerie oder in einem anderen öffentlichen Raum der Allgemeinheit zugänglich gemacht wurde, sie ihm nicht mehr gehörte.

Von da an wurde sie unverhohlen von fremden Menschen vereinnahmt, die sie beurteilten, bewerteten, kritisierten und ihre ganz eigene Sicht darauf mit anderen teilten und weiterverbreiteten. Oftmals kam er sich in dieser Situation wie der heilige Sebastian vor. Nackt, öffentlich an den Pranger gefesselt, und jeder, der wollte, durfte mit Pfeil und Bogen auf ihn schießen. Die meisten Pfeile gingen daneben, aber einige trafen auch tief ins Fleisch.

Er griff nach einer Holzkelle, rührte damit den Inhalt des Kessels um und schmeckte ein letztes Mal ab. Dabei blickte er über den Rand der Kelle zu den Freunden, die nebeneinander in Korbstühlen saßen, ein dritter stand leer zwischen ihnen. Die beiden Frauen saßen gegenüber in der Hollywoodschaukel, das Kind schlief in eine Decke gehüllt auf dem Feldbett.

Er ließ die Hand mit der Kelle sinken.

»Ich weiß nicht, was ich da soll! Meine Exponate, okay«, rechtfertigte er sich, »aber ich muss ja nicht persönlich bei der Vernissage anwesend sein.«

»Was soll der Quatsch«, empörte sich Irving. »Kunst ist Kampf, Mort. Keiner weiß das besser als du. Diese verwahrloste Kulturlandschaft mit ihren althergebrachten Regeln, Ritualen und Beschränkungen. Natürlich gehst du da hin. Du bist ein Künstler, ein Individuum, das frei ist, und auch die Kunst ist frei, die du erschaffst. Das System mag Regeln haben, aber die gelten für uns nicht. Wir lassen uns nicht zum Spielball ihrer ideologischen Interessen machen.« Irving ballte die Faust. »Ein Gedicht ist nicht nur ein Gedicht, ein Song nicht nur ein Song. Ebenso wenig sind deine Skulpturen nur Skulpturen. Zuallererst sind sie Ausdruck deiner Kreativität, dicht gefolgt von deinem individuellen Interesse, der Welt eine neue Sichtweise zu vermitteln. Verdammt, ich will, dass du in diese Galerie gehst und den steifen Typen den Staub aus den Hirnen bläst.« Irving lehnte sich schnaubend in seinem Stuhl zurück und leerte seinen Whisky auf einen Ruck.

Aviva warf ihm einen mahnenden Blick zu, den er ignorierte.

»Überhaupt, was sagt ihr zur neuesten Errungenschaft der Menschheit?« Layton knallte sein Glas geräuschvoll auf den Tisch und schaute auffordernd in die Runde. »Eine saubere Bombe, sagen sie! Die Neutronenbombe! Ausschließlich gebaut, um die Menschheit auszulöschen, nicht aber die Infrastruktur eines Landes.«

Leonard nahm den Gedanken auf. »Ich kann die Argumentation der Amerikaner nur als absolut zynisch betrachten«, sagte er empört. »Auch die Nazis fanden, dass die Vernichtung von Menschen in den Gaskammern von Auschwitz eine saubere Lösung der Judenfrage sei. Seife aus Menschenknochen. Duschen, aus denen Gas strömt.«

»Vernunft und Selbsterhaltungstrieb, das sind die einzigen zwei Säulen, auf denen die Hoffnung ruht«, ließ Morton hören.

Irvin Layton verschränkte die Arme vor der Brust. »Die russische Militärdoktrin schließt den Erstschlag aus.«

»Das ist ein wichtiger Satz«, fand Leonard und setzte sich auf.

»Damit stehen sie im klaren Gegensatz zu der US-Doktrin«, stellte Irving grimmig fest.

»Ehrlich?«, fragte Leonard verwundert.

»Na klar«, Layton legte die Stirn in Falten. »Die Amerikaner haben ja als Erste die Atombombe entwickelt und haben zwei Typen davon in Japan ausgetestet.«

Morton nickte. »Hiroshima und Nagasaki.«

Irving redete sich in Rage. »In Hiroshima und Nagasaki, das waren die Uran- und die Plutoniumbombe, weil sie das vergleichen wollten, das waren für sie nur Testgelände, nichts weiter, sie wollten einfach sehen, welche Bombe die größere Zerstörungskraft entfaltet.«

»Unfassbar«, flüsterte Leonard.

Irving riss die Arme hoch. »Es hatte überhaupt keinen militärischen Zweck, weil Japan bereits signalisiert hatte, sie seien bereit zu kapitulieren. Am 6. August 1945 war der erste Abwurf, am 8. August der zweite Abwurf, und bereits im Mai 1945, kurz nach der Kapitulation Nazideutschlands, haben die Japaner über den sowjetischen Botschafter die Benachrichtigung rausgeschickt, sie seien bereit, zu kapitulieren. Der einzige Punkt für sie war nur das Schicksal des Kaisers. Der sollte nicht als Kriegsverbrecher verurteilt werden. Zu allem anderen waren die Japaner bereit.«

»Das war von Truman eine reine Machtdemonstration. Eine Botschaft an die Russen«, bemerkte Morton.

Leonard schüttelte ungläubig den Kopf. »Sag ich doch, unmenschlich und zynisch.«

»Ihr müsst euch vorstellen …«, ereiferte sich Irving weiter. »Das amerikanische Militär argumentiert heute ernsthaft, dass die Hemmschwelle für den Einsatz einer Neutronenbombe niedriger läge, weil weniger zerstört würde. Ich frage euch, haben die noch alle Lichter auf der Tanne?«

»Aber was dieser Fidel Castro gerade mit Unterstützung der Russen auf Kuba abzieht, finde ich auch ziemlich besorgniserregend«, warf Morton ein.

»Jungs, wir wollten doch einen schönen Abend haben«, mischte sich Aviva plötzlich ein.

»Engelchen«, maulte Irving. »Bei dem, was sich da draußen anbahnt, könnte das unser letzter Abend sein.«

»Dann sollten wir ihn erst recht genießen. Jemand hat mal gesagt, wenn morgen die Welt untergeht, dann pflanze ich heute noch ein Apfelbäumchen«, beschwichtigte Aviva.

Irving stieß scharf die Luft aus. »Wo? Auf dem Mond, oder wo?«

»Der Gedanke mit dem Apfelbäumchen gefällt mir«, erwiderte Leonard.

Mariannes Blick wanderte in der Runde von einem zum anderen. Seit sie Leonard begegnet war, und mit dem, was sie über ihn wusste, bestätigte sich ihre Annahme, dass er sich kein Leben vorstellen konnte, das interessanter und wertvoller war als jenes, das seine Freunde und er führten. Und sie war dankbar, zu diesem Kreis dazuzugehören.

Aviva wandte sich an Mort. »Ich würde jetzt gern etwas von dem Hirschgulasch probieren, das uns vorhin so vollmundig angekündigt wurde.«

Mort nahm die Kelle und griff nach einer Holzschale. Irving stand geräuschvoll auf und stapfte ins Haus.

»Die Ausstellung, über die ihr vorhin gesprochen habt, ist das eine Verkaufsausstellung«, erkundigte sich Marianne.

»Sicher«, antwortete Mort. »Vorausgesetzt, man verkauft auch etwas.«

Leonard räusperte sich. »Mort, du weißt, dass ich karge Wände mag«, sagte er und seine Stimme klang besänftigend. »In meinem Zimmer in Westmount wirst du kein Bild finden und auch die Wände in meinem gemieteten Haus auf Hydra sind leer. Dadurch lenkt mich nichts ab, der Raum fokussiert sich auf die Mitte.« Er machte eine kleine Pause. »Aber genau dort, im Zentrum der Aufmerksamkeit würde ich mir eine Skulptur von dir aufstellen. Und weißt du warum? Weil sie nicht eindeutig ist. Weil sie anders ist, sie ist modern und regt zur Auseinandersetzung an. Sie feiert das heilige und unerbittliche Verlangen der Menschheit nach sich selbst. Dein Herzblut, Mort, ist das gleiche wie das Material, mit dem du arbeitest, beide Stoffe brauchen deine Skulpturen, um bedeutsam zu werden.« Leonard veränderte seine Sitzhaltung. »Ich bin mir sicher, egal, für welche Arbeit du dich entscheidest, jede wird respektvoll sein, aber auch unabhängig von der Tradition bestehen.«

»Genau«, brummte Irving, der wieder durch die Tür zu ihnen trat, in der Hand eine neue Flasche Whisky.

Mort schaute ein wenig hoffnungsvoller drein. »Ich danke

euch«, antwortete er und begann die erste Portion in die Schale zu füllen und eine Scheibe Brot obenauf zu legen. Vorsichtig reichte er sie an Aviva weiter.

»Wenn ihr wollt, können wir anschließend unten am Fluss baden gehen. Das Wasser ist noch angenehm warm.«

»Aber nur nackt«, entgegneten Marianne und Leonard wie aus einem Mund und lachten darüber.

KAPITEL 21

Den Besuch des Pelzgeschäftes in der Park Avenue hatte Marianne nicht geplant, er ergab sich vielmehr aus einer Laune heraus.

Das Wetter war in der Nacht umgeschlagen, und ein heftiger Wind, der vom Meer herüberkam, hatte die schweren Wolken in Richtung der Großen Seen weggetrieben. Dafür strahlte endlich wieder eine gleißend helle Sonne, welche die verharschten Rasenflächen im Park Mont Royal herrlich zum Glitzern brachte, doch bei den winterlichen Temperaturen dem Schnee nicht wirklich etwas anhaben konnte.

Als Marianne nun an dem Geschäft vorüberkam, entdeckte sie in der Auslage eine Pelzmütze, von der sie annahm, dass sie ihr bei diesem Wetter weitaus besser dienen würde als die alte Strickmütze, die zwar immer noch warm, aber mit der Zeit ziemlich formlos geworden war. Kurz entschlossen betrat sie das Geschäft.

Sie wurde von einer Dame in einem blauen Kostüm mit Pelzknöpfen empfangen. Das stark geschminkte Gesicht erinnerte sie an Magda, nur war diese Dame blond und trug ihr langes Haar straff zurückgekämmt in einem Knoten.

»Guten Tag, was kann ich für Sie tun?«, fragte sie.

»Ich würde gern die Pelzmütze im Schaufenster aufprobieren«, sagte Marianne. »Die weiße.«

»Oh, das ist eines unserer schönsten Modelle«, beeilte sich die Frau zu versichern. »Wissen Sie Ihre Hutgröße?«

Daran hatte Marianne nicht gedacht. Sie konnte sich auch nicht erinnern, wann sie zum letzten Mal einen Hut gekauft hatte, war aber auch nicht bereit, ihr Versäumnis vor der Frau zuzugeben. Also schwieg sie.

Die Verkäuferin zog lächelnd ein Maßband aus einer Schublade und schlang es ihr um den Kopf. Sie merkte sich den Umfang, verbunden mit einem konzentrierten Kopfnicken.

»Sie haben Glück. Sie ist genau in Ihrer Größe.«

Sie lief zum Schaufenster und kam mit der Mütze zurück.

Zufällig fiel Mariannes Blick auf das Preisschild. Ihr Zögern musste die Frau bemerkt haben, denn sie begann nun die Vorzüge der Kopfbedeckung zu erläutern: »Sehen Sie, das ist eine Kappe in Form einer Kosakenmütze. Und erst das Fell! Spüren Sie, wie weich es ist. Das ist Silberfuchs. Kommen sie ins Licht, sehen sie, wie es glänzt.« Sie stülpte das Innere der Mütze nach außen. »Und fühlen Sie mal das Innenfutter, gesteppte schwarze Seide. Wunderbar verarbeitet. So eine hervorragende Qualität finden sie nicht gleich wieder.«

Sie führte Marianne vor einen Spiegel, stellte sich seitlich von ihr und drückte ihr die Kappe vorsichtig auf den Kopf. Dann schaltete sie eine Lampe ein. Ein warmer Lichtschimmer fiel auf Mariannes blasses Gesicht und brachte ihre hellen blauen Augen und die blonden Haare zum Leuchten. Beides harmonierte mit dem weißsilbrigen Pelz.

Die Verkäuferin war begeistert. »So eine Mütze steht nicht jeder Frau, aber Sie haben das richtige Gesicht dafür. Wirklich zauberhaft! Wissen Sie, an wen Sie mich erinnern? An diese Frau aus dem russischen Film, Doktor Schiwago, glaube ich.«

»Sie meinen Lara.«

»Ja genau. So sehen Sie aus.«

Jetzt, wo die Frau das erwähnte, bemerkte auch Marianne die Ähnlichkeit mit Julie Christie, der Schauspielerin, die die Lara gespielt hatte. Marianne erinnerte sich gut an den Film, sie hatte ihn dreimal gesehen, und jedes Mal war sie am Ende in Tränen ausgebrochen. Es war ein großes tragisches Epos aus der Zeit der Oktoberrevolution. In den Wirren des Bürgerkriegs wurde den beiden Liebenden nur eine kurze Zeit des Glücks gewährt, in welcher Juri, ein Dichter, seine besten Gedichte schrieb. Auch ein Dichter, dachte sie, ein Mann mit einer goldenen Zunge, so wie es Großmutter Momo vorausgesagt hatte. In Leonard hatte Marianne so einen Mann gefunden. Auch sie inspirierte ihn.

Marianne betrachtete stumm ihr Spiegelbild und fragte sich im Stillen, ob ihre Liebe ebenso groß war, wie die von Lara und Juri Schiwago im Film?

Sie wog die Antwort noch ab, als sie plötzlich stutzte. Sie war nicht abergläubisch, aber nahm die Liebe der beiden im Film nicht ein unglückliches Ende? Was, wenn sie und Leonard das gleiche Schicksal ereilen würde?

Bei dem Gedanken spürte Marianne, wie eine kalte Hand nach ihrem Herzen griff. Sie schwankte.

»Geht es Ihnen nicht gut?«, fragte die Verkäuferin besorgt.

Statt einer Antwort riss sich Marianne die Mütze vom Kopf und warf sie auf den Tisch, als ob sie sich soeben daran verbrannt hätte.

Dann verließ sie mit schnellen Schritten das Geschäft und schlug die Tür hinter sich zu. Erst auf dem Gehsteig hielt sie inne, und als sie sich wieder beruhigt hatte, zog sie sich erleichtert die alte Strickmütze über den Kopf.

KAPITEL 22

Die Fahrt nach Westmount, um Masha zu besuchen, kam Leonard sowohl fremd als auch seltsam vertraut vor.

Etwas hatte sich verändert. Er spürte es deutlich.

Wie oft hatte er früher als Kind zusammen mit Esther und der Mutter im Fond des Wagens gesessen und hatte gereizt auf ihre kleinen Anekdoten und Befindlichkeiten reagiert, während der Chauffeur mit behandschuhten Händen das Lenkrad des Cadillacs umfasste und sie durch die Stadt kutschierte? Er erinnerte sich, wie erleichtert er immer gewesen war, wenn der Wagen endlich wieder an der vertrauten Stelle in die Einfahrt einbog und er wusste, dass sie zu Hause waren und er in wenigen Minuten in sein Zimmer oder zu den Freunden in die Nachbarschaft flüchten konnte. Später, nach dem Tod des Vaters, hatte er Mashas Engagement bewundert, wie sie das große viktorianische Haus regierte, mit tief verwurzelter und unerschütterlicher Gewissheit, hier in Westmount eine Heimat gefunden zu haben. Und er, Leonard, würde in gewisser Hinsicht – unausgesprochen zwar, aber dafür nur umso nachdrücklicher – immer der Sohn sein, dem die Pflicht zuteilwürde, sich um sie zu kümmern.

Noch in den Jahren als Student, als er hierher zurückkehrte, hatte er nicht damit gerechnet, dass sich dieses anheimelnde Gefühl von Behaglichkeit und des Geborgenseins jemals wandeln könnte. Das Leben in der Belmont Avenue 599 verlief geschäftig, geordnet und nach festen Regeln, und das Haus bildete den Mittelpunkt seines Universums.

Doch als sie an diesem Morgen zu dritt aufgebrochen waren, hatte er festgestellt, dass es sich wie ein Ausflug in ein früheres Leben anfühlte. Die Anwesenheit von Marianne und dem kleinen Axel verdeutlichte ihm nur zu gut, welche Wendung sein Leben inzwischen genommen hatte.

Nachdem er den Wagen geparkt hatte, blieb er sitzen und betrachtete durch die Frontscheibe das weitläufige Ziegelhaus. Zwei überdachte Holzveranden schmückten links und rechts vom Eingang das Untergeschoss, und weiße Sprossenfenster nahmen dem roten Mauerwerk die Strenge. Es war ein prachtvolles Bauwerk von zeitloser Eleganz.

Leonard zog die Hände vom Lenkrad.

Aber er fühlte sich fremd hier, fast unglücklich.

Ohne Bedauern kam ihm der Gedanke, dass es längst nicht mehr sein Zuhause war, eher eine zeitlich begrenzte Zuflucht. Seine wirkliche Heimat war jetzt eine kleine griechische Insel im Saronischen Golf.

Sein Blick fiel auf Marianne, die abwartend neben ihm saß.

Der kleine Axel rumorte auf der Rückbank.

»Es ist wirklich schön hier«, sagte sie, als sie merkte, dass er sie beobachtete.

Er versuchte zu lächeln. »Es gefällt dir?«

»Ja, so stelle ich mir England vor.«

Ihre Freude war auf eine zurückgenommene Art echt, und am liebsten hätte er sie in den Arm genommen. Doch dann zupfte er nur an ihrem blonden Pferdeschwanz.

»Gut, seid ihr so weit?«, fragte er, stieg aus und ging um den Wagen herum, um ihr die Tür zu öffnen.

Marianne hob den Jungen vom Rücksitz und nahm ihn auf den Arm, nervös strich sie Axels Wolljacke glatt. Sie hatte lange gezögert, Leonard hierher zu begleiten. Sie, eine fremde Frau aus Norwegen, eine Frau mit Vergangenheit, dazu mit einem Kind. Konnte sie von seiner Familie etwas anderes als Skepsis oder Ablehnung erwarten?

Nebeneinander gingen sie den schmalen gepflasterten Weg entlang bis zur Veranda. Leonard spürte ihre Anspannung und nahm wie selbstverständlich ihre Hand.

Wieder dachte er, wie fremd sich dieser Besuch anfühlte und dass es besser wäre, auf der Stelle umzukehren und in die Wohnung zurückzufahren, wo sie sich ungezwungen und frei fühlten. Doch er verwarf den Gedanken sofort wieder und konzentrierte sich auf die Gegenwart.

»Du siehst wunderschön aus«, flüsterte er, als er die Klingel betätigte.

Ein Dienstbote öffnete und ließ sie ein. Während Marianne den Kleinen auf dem Dielenboden absetzte und Leonard ihr die Jacke abnahm, um sie auf einen Bügel in die Garderobe zu hängen, nutzte sie die Gelegenheit, sich schnell umzusehen. Das Innere des Hauses war noch beeindruckender als sein Äußeres. Alles war in hellen Farben gehalten und opulenter, als sie vermutet hatte, eine steile Treppe führte in die obere Etage.

Leonards Mutter stand in der verglasten Flügeltür zum Salon, um sie zu begrüßen. Marianne fand, dass sie eine schöne Frau war, mit dunklen Haaren und Esprit. Etwas an ihrer Haltung erinnerte sie an die Heldinnen der Stummfilmzeit. Sie war elegant gekleidet mit einem schwarzen Cocktailkleid und trug eine dreireihige Perlenkette. Sie lächelte freundlich, machte aber keine Anstalten, ihnen entgegenzukommen.

»Mutter, das ist Marianne«, sagte Leonard in die aufkeimende Stille hinein.

Masha nickte, wartete, bis Leonard und Marianne zu ihr getreten waren, und ergriff ihre Hand. »Willkommen. Ich freue mich, Sie kennenzulernen.« In ihrer Stimme gab es keinen Unterton, nur zurückhaltende Neugier. Dann beugte sie sich zu dem Kind hinunter »Und wer bist du?«

Der Junge ließ Mariannes Finger los und ging ihr einen Schritt entgegen, um zaghaft Mashas Hand zu ergreifen.

Sie lächelte gerührt, als der Junge sie mit seinen großen blauen Augen ansah und ihr dann auf Englisch antwortete: »Ich bin Axel.«

Alle lachten, und Marianne spürte, wie ihre und auch Leonards Anspannung nachließ.

»Wo ist Esther?«, fragte Leonard, doch im selben Moment erschien sie auf der Treppe.

»Ich bin hier, Bruderherz«, rief sie und eilte herbei, um Leonard auf beide Wangen zu küssen. Doch schnell ließ sie wieder von ihm ab und wandte sich der Frau an seiner Seite zu. »Du musst Marianne sein!« Ihr Interesse war unverkennbar. »Leonard hat mir schon so viel von dir erzählt.« Dann wurde auch sie auf beide Wangen geküsste und fühlte sich ein wenig überrumpelt. Doch zugleich war sie froh, so ohne Vorbehalte akzeptiert zu werden.

Für einen Moment schien niemand recht zu wissen, was er sagen sollte, dann brach Masha das Schweigen, indem sie sich Leonard zuwandte. »In einer Stunde essen wir, bis dahin könntest du Marianne das Haus zeigen. Und du, kleiner Mann, magst doch bestimmt eine Tasse Schokolade.«

Axel nickte begeistert.

Marianne folgte Leonard die Treppe nach oben und ließ ihre Hand über das Geländer gleiten. An den Wänden hingen zahlreiche Zeichnungen und Fotografien. Auf einigen posierten Leute unnatürlich steif in altertümlicher Kleidung.

Die verschnörkelten Ortsangaben am Rand, verbunden mit einer Jahreszahl, verrieten ihr, dass die Bilder um die Jahrhundertwende in Russland aufgenommen worden waren. Aber es gab auch neuere Fotografien von Leonard, seiner Schwester und den Eltern. Nur einige wenige zeigten Masha allein oder in Begleitung einer Katze.

Als Leonard ihr Interesse bemerkte, stellte er sich neben sie, woraufhin Marianne fragend auf die Bilder deutete und er ihr erklärte, wer auf den einzelnen Fotografien zu sehen war.

»Das ist Mashas Vater, Rabbi Salomon Klonitzki-Klein. Als die Verfolgung der Juden das Leben in Litauen unerträglich werden ließ, emigrierte er in die USA, seine Tochter Masha, meine Mutter, hingegen ging als Krankenschwester nach Kanada, wo sie meinen Vater kennenlernte.«

»Und wer ist das?«

»Lyon Cohen, mein Großvater väterlicherseits. Sein Vater Lazarus, also mein Urgroßvater, floh 1840 vor den Pogromen aus Russland und wanderte als Erster der Sippe in Kanada ein. Lyon ließ eine Synagoge erbauen und war ein äußerst erfolgreicher Geschäftsmann. Später richtete er das jüdische Gemeinschaftszentrum ein und ein Sanatorium. Und er verfasste mit sechzehn sein erstes Theaterstück ›Esther‹, er produzierte es selbst und spielte eine kleine Rolle darin. Ich habe meinen Großvater leider nie kennengelernt, aber von jeher habe ich eine starke Verbindung zu ihm gespürt. Seine Prinzipien, seine Arbeitsmoral und sein Vertrauen in die, wie er es nannte, ›Aristokratie des Intellekts‹, das hat mich geprägt. Es sind auch meine Überzeugungen.«

Marianne wurde in diesem Moment bewusst, welche Wurzeln Leonard hatte und dass er aus einer sehr gebildeten Familie mit langer Tradition kam, die aber auch viel Leid erfahren hatte.

»Und das sind deine Eltern?«, fragte sie.

»Ja, Nathan und Masha Cohen. Mein Vater starb, als ich neun war. Er betrieb eine Bekleidungsfirma, die für noble Abendgarderobe bekannt war.«

Marianne stieß ihn leicht mit dem Ellenbogen an. »Daher dein guter Geschmack bei Anzügen. Wäre das nicht auch etwas für dich gewesen? Die Bekleidungsbranche?«

Leonard schüttelte leicht den Kopf und antwortete, während sie weiter die Treppe hinaufstiegen. »Ich habe es versucht, drei Wochen in der Fabrik meines Onkels. Ich wollte keine Bevorzugung, keine Tätigkeit im Büro, ich war unten bei den Leuten in der Näherei.«

»Und?«

Er drehte sich zu ihr um. »Ich habe wirklich Hochachtung vor dem, was die Menschen dort leisten müssen. Die Hitze, der Lärm der Maschinen, die Wärme, der Staub. Ich verstehe gut, warum Irving gegen das bourgeoise System wettert, aber bei mir lagen die Gründe woanders.«

»Inwiefern?«

»Mit fehlte die intellektuelle Auseinandersetzung. Ich bin nicht dazu geboren, in Vorstandssitzungen Absatzzahlen zu diskutieren, Produktionsabläufe zu optimieren oder den günstigsten Garnhersteller herauszufinden. Das interessiert mich nicht. Mein Interesse gilt der Lyrik, ich gehöre lieber einer Avantgarde an, die das Gefühl hat, den Geist eines Landes oder einer ganzen Welt neu zu erschaffen.« Er lachte auf. »Auch wenn man Gefahr läuft, dass das in Kanada niemanden interessiert.« Er bog in einen Korridor mit weißer Auslegware ein und öffnete eine Tür am Ende des Flurs. »Mein altes Zimmer«, sagte er, während er die Hand an ihre Hüfte legte und sie sanft durch die Tür schob.

Marianne tat einen Schritt hinein und ließ den Raum auf sich wirken. Spartanisch, das war das erste Wort, was ihr einfiel.

In Oslo hatte sie mal in einer Buchhandlung einen Bildband über Klöster in den Händen, daran fühlte sie sich jetzt erinnert. Obwohl der Raum großzügig geschnitten war, stand unter dem Fenster nur ein Bett aus Metall, bezogen mit weißen Laken. Die Wände waren leer, bis auf ein Bücherregal. Shakespeare, las sie. Keats und Layton.

Marianne drehte den Kopf.

Gegenüber stand eine schlichte Kommode, auch auf ihr türmten sich Bücherstapel und in der Ecke entdeckte sie einen Plattenspieler, die Platten standen dahinter aufgereiht an der Wand. Soeben zog Leonard eine aus der Hülle und kurz darauf erfüllte leiser Jazz den Raum. Marianne ging zu ihm, hockte sich neben ihn und betrachtete die Hüllen. Louis Armstrong erkannte sie und Duke Ellington. »Hast du ein System, nach dem du die Platten sortierst?«, fragte sie und schaute ihn an. Sie merkte, dass er mit den Gedanken ganz woanders war.

»Normalerweise schon …«, erklärte er abwesend und musterte sie mit einem merkwürdigen Ausdruck.

»Was hast du?« Sie richtete sich auf.

»Das klingt verrückt, aber ich dachte, wenn du endlich alles über mich weißt – wer ich bin, wo ich herkomme, alles über meine Familie –, dann würde mich das vielleicht erleichtern, mehr nicht.« Er setzte sich auf den Boden und lehnte sich mit dem Rücken gegen die Kommode. »Doch es ist anders. In Wahrheit macht es mich … glücklich.« Er zuckte mit den Schultern und lächelte verlegen. In diesem Moment sah er aus wie ein großer Junge.

»Mich macht es auch glücklich«, sagte sie und erwiderte sein Lächeln.

Dann drehte er sich sitzend um und öffnete die oberste Schublade der Kommode. Marianne konnte nicht sehen, was er da tat, doch als er sich umwandte, hielt er eine feingliedrige goldene Kette in der Hand. »Die möchte ich dir gerne schenken, und es wäre mir eine Ehre, wenn du sie annimmst.«

Die Kette pendelte vor ihren Augen, und als er sie in ihre Hand legte, erkannte sie, dass die Anhänger aus einer kleinen Tänzerin und einem Schlüssel bestanden.

Marianne traten Tränen in die Augen. Vor Rührung fiel es ihr schwer, zu sprechen. Nur mühsam brachte sie ein leises »Danke« heraus.

Leonard nahm die Kette und beugte sich vor, um ihr das

Schmuckstück anzulegen. Sie atmete seinen Duft ein und strich ihm mit der Hand über den Arm. Als er sich aufrichtete, küsste sie ihn.

Die funkelnden Kettenglieder schmiegten sich kühl an ihre Haut.

Der kleine Axel quickte vor Vergnügen, als Marianne und Leonard in den Salon zurückkehrten. Er saß auf den dicken Polstern eines mit hellem Samt bezogenen Sofas und drückte mit seinen Händchen einen roten Gummiball gegen seine Brust, den er offensichtlich von Masha geschenkt bekommen hatte, die, einen Arm um ihn gelegt, dicht neben ihm saß.

Das Wohnzimmer war wie das ganze Haus mit weißem Holz getäfelt und sehr geschmackvoll eingerichtet. Dicke Teppiche lagen auf dem Boden, und überall standen kleine gemütliche Sitzgruppen mit Sesseln und filigranen Tischchen, auf denen wiederum Lampen standen. Es gab sogar einen Kamin. Die Fenster wurden von langen Vorhängen und Gardinen umrahmt, die bis auf den Boden reichten. Von der Küche her hörte sie gedämpfte Stimmen und das Klappern von Schüsseln und Töpfen.

»Ich würde gern einen Aperitif nehmen«, sagte Masha und blickte Leonard an.

»Ich werde gleich mal nachsehen, was die Bar bereithält.« Dann verschwand er ins Nebenzimmer.

»Sag bitte den Angestellten Bescheid wegen der Gläser …«, rief sie ihm hinterher.

»Das kann ich doch machen, Madame Cohen«, warf Marianne ein. »Wenn Sie mir erklären, wo ich die Gläser finde.«

Seine Mutter hob das Kinn und musterte sie aufmerksam. Dann deutete sie mit einer schnellen Bewegung der Hand auf eine Anrichte mit farbigen Butzenscheiben, hinter denen sich sämtliche Arten von Gläsern und die notwendigen Utensilien zum Öffnen und Verschließen von Flaschen verbargen. Marianne entdeckte ein winziges Silbertablett, auf dem vier Sherrygläser angerichtet waren. Ohne Umschweife nahm sie das Tablett heraus, schloss die Tür sorgfältig und stellte die Gläser auf dem Tischchen ab. Dabei beugte sie sich leicht nach vorn.

»Eine schöne Kette haben Sie da«, hörte sie Masha beiläufig sagen. Marianne hob den Kopf, und die Blicke der beiden Frauen trafen sich.

»Von Leonard?«, fragte Masha zögernd.

Marianne spürte, wie ihr die Röte ins Gesicht stieg. Er hatte sie vorhin seiner Mutter lediglich als eine gute Freundin vorgestellt. Und so wie es schien, hatte sie die Kette sofort erkannt und fragte sich nun, wie eine vermeintlich gute Freundin zu so einem Geschenk kam? Marianne setzte sich und nickte zustimmend.

Sie bemerkte, wie Masha den Arm von Axels Schulter nahm und ihre Position auf dem Sofa so veränderte, dass sie ihr genau gegenübersaß. Sie legte beide Hände flach auf die marmorne Tischplatte und strich leicht darüber.

»Weißt du, was das bedeutet?«, fragte Masha, ihre Stimme zitterte leicht.

Marianne blickte sie an und schüttelte mit dem Kopf.

»Wenn ein jüdischer Junge einem Mädchen eine Kette mit einem goldenen Schlüssel schenkt, so bedeutet das, dass sie den Schlüssel zu seinem Herzen besitzt. So wie es aussieht, bist du seine erste große Liebe.« Einen Moment zögerte sie, dann setzte sie tonlos hinzu. »Er hat lange damit gewartet, sie zu verschenken. Seit seiner Bar Mizwa lagen der Schlüssel und die kleine Ballerina in der Kommode.«

Marianne konnte ihrem Tonfall nicht entnehmen, ob Leonards Mutter die Entscheidung billigte oder ablehnte. Noch vor wenigen Minuten war sie davon überzeugt, dass er mit ihr zusammen sein wollte, aber jetzt hatte sie mit einem Mal eine Million Fragen an ihn. Doch sie wollte den Augenblick nicht zerstören, so unvollkommen er auch war.

Zum Glück öffnete sich in diesem Moment die Tür, und Leonard erschien mit zwei Flaschen Sherry in der Hand. »Was möchtet ihr, lieblich oder trocken?«

Masha lehnte sich im Sofa zurück und legte erneut ihren Arm um das Kind. »Was sagst du dazu?«, fragte sie den kleinen Axel verschwörerisch, der gerade versuchte, in den Ball zu beißen. »Nun, er scheint keine Meinung zu haben«, stellte sie fest und wandte sich wieder Leonard zu. »Aber ich. Vergiss den Sherry.« Sie lächelte. »Wir trinken Champagner. Ich will, dass deine *Freundin* angemessen in unserer Familie begrüßt wird.«

KAPITEL 23

Montreal, 1962

Als Marianne den kleinen Axel aus Leonards Zimmer holen wollte, um ihn zu baden, saß er wie immer zu dessen Füßen und malte mit Buntstiften.

»Schatz, komm endlich«, sagte sie ungeduldig, »das Wasser wird kalt.« Aber Axel wollte noch nicht in die Badewanne und kroch weiter unter den Tisch. »Schatz bitte«, forderte Marianne ihn auf. »Es ist schon spät.«

Leonard rutschte mit dem Stuhl zurück, so dass Marianne nach dem Kleinen greifen konnte, doch der fing an zu strampeln, zu brüllen und nach ihrer Hand zu schlagen. Es gelang ihr nur mit Mühe, das Kind unter dem Tisch hervorzuziehen. Plötzlich wand sich der Kleine aus ihrem Griff und ruderte wild mit den Armen, wobei er ein Wasserglas umstieß, das auf einem Stapel Bücher oberhalb von Leonards Schreibmaschine stand. Fassungslos sah Marianne mit an, wie sich ein Schwall Wasser über die Tastatur und das eingespannte Blatt sowie das Notizbuch daneben ergoss. »Sieh dir an, was du da angerichtet hast«, schimpfte Marianne, während Axel schreckensstarr zu Leonard schaute.

»Das tut mir furchtbar leid«, stammelte sie und war den Tränen nahe. »Ich bringe das gleich in Ordnung. Warte …« Sie setzte den Jungen ab und eilte in die Küche, wo sie in den Schubladen nach einem alten Geschirrtuch suchte. Als sie endlich eins gefunden hatte, lief sie in Leonards Zimmer zurück. Aber sie fand weder Leonard noch ihren Sohn. Und nicht nur das, zu ihrer Überraschung fehlte auch die Schreibmaschine. Nur das Notizbuch lag, zum Trocknen aufgeklappt, auf der Heizung.

Sie machte sich gerade daran, die Spuren des Unglücks aufzuwischen, als helles Lachen aus dem Badezimmer drang.

Das feuchte Tuch in der Hand, stieß sie die Tür auf und betrachtete verwundert die Szene, die sich ihr bot.

Axel und Leonard saßen einander gegenüber in der Badewanne, und zwischen ihnen stand – unter Wasser – die Schreibmaschine.

Fragend blickte Marianne ihn an. Sie wusste, dass die Olivetti ihm heilig war. Leonard bemerkte ihren verwunderten Blick und grinste. »Es ist ein Experiment.«

»Ein Expiment«, wiederholte der Kleine und nickte wichtig.

»Wir haben uns gefragt, ob diese Maschine auch unter Wasser schreibt«, erklärte Leonard mit ernsthafter Miene. »Leider war der erste Versuch nicht intensiv genug, um eine umfassende Antwort zu erhalten.«

»War nicht«, sagte der Junge und schüttelte den Kopf.

Jetzt musste auch Marianne lachen und setzte sich erleichtert auf den Wannenrand. »Und zu welchem Ergebnis seid ihr jetzt gekommen?«

»Wie du siehst«, erklärte Leonard weiter, »lassen sich unter Wasser die Tasten sehr wohl bewegen. Aber das Farbband ist nicht wasserresistent und so ist die darin enthaltene Farbe ausgewaschen worden.« Wie zum Beweis färbte sich das Wasser in der Wanne allmählich blau.

»Papier kaputt«, sagte der kleine Axel und hob einen feuchten Fetzen empor.

»Am Ende müssen wir feststellen, dass der Einsatz einer Schreibmaschine unter Wasser wohl eher fraglich ist. Leider ist nichts Geheimnisvolles daran.«

»Ja, leider«, fügte der Kleine hinzu.

Marianne zauste Axel die Haare, dann beugte sie sich zu Leonard und küsste ihn auf die feuchten Lippen. »Du bist mir Geheimnis genug«, flüsterte sie.

Marianne hielt den kleinen Axel fest an der Hand. Sie spürte, wie aufgeregt er war. Nach dem Frühstück hatte ihm Leonard erklärt, dass sie eine Bootsfahrt auf dem Sankt-Lorenz-Strom unternehmen würden, in einem richtigen Segelboot.

Irving und Aviva Layton hatten sie mit dem Wagen abgeholt und hierher in diesen Club gebracht.

Nachdem sie ausgestiegen waren, blieb Leonard am hinteren Teil eines Anlegestegs stehen und blickte aufs Wasser, schaute lange und nickte dann, als entspräche die von der Brise aufgeworfene Wasserfläche und der zerfaserte Himmel darüber genau seinen Erwartungen.

»Leonard ist ein guter Segler«, sagte Aviva neben Marianne, während sie auf eine Steganlage zuhielten, die im hinteren Teil des Geländes in den Strom ragte. »Auch etwas, bei dem er und Irving sich blind verstehen.«

Marianne sah sie kurz von der Seite an, konnte ihrer Miene aber nicht entnehmen, wie sie es meinte.

Layton war mit weit ausholenden Schritten vorneweg gelaufen und betrat jetzt den Ausleger, an dem sich ein Dutzend beeindruckende Segelyachten vertäut aneinanderreihten. Ihre schneeweißen Rümpfe schaukelten einträchtig auf den Wellen, und der Wind verfing sich in den Vertiefungen an den Masten, was ein leises Pfeifgeräusch hervorrief. Die Boote erinnerten Marianne an Rennpferde, die tänzelnd in den Startboxen ausharrten, bis das Signal zum Start kam.

Layton kletterte über den Bug an Bord, verschwand im Innern des Bootes und erschien kurz darauf mit einer Handvoll Schwimmwesten. »Sicherheit an Bord ist oberstes Gebot«, sagte er und reichte ihr zwei der orangefarbenen Westen. »Das ist die Kleinste, die ich habe. Ich hoffe, sie passt Axel.«

Marianne hockte sich vor dem Jungen hin und zog ihm die Riemen über die schmalen Schultern. Dann stellte sie die richtige Länge des Verschlusses ein. Es passte.

»Na, mein Freund? Jetzt siehst du wie ein richtiger Seemann aus«, sagte Leonard und hob Axel empor, um ihn an Layton weiterzureichen. Dann half er Marianne und Aviva, an Bord zu klettern, bevor er die Leinen löste und ebenfalls an Deck kam.

Irving stand am Ruder und steuerte die Yacht mühelos mithilfe eines kleinen Dieselmotors aus der Marina, bevor er und Leonard Segel setzten und Aviva den Platz an der Pinne einnahm. Marianne setzte sich mit Axel zu ihr.

Als das Segelboot Fahrt aufnahm und mit leichter Schräglage durch die Wellen glitt, erschien es ihr in seiner eleganten, geschwungenen Form als ein Ausdruck vollkommener Schönheit. Die weißen Segel über ihren Köpfen waren ausgestellt und der elegante Bug schnitt durch die kristallklare See.

Die Sonne stand hoch, strich über die elfenbeinfarbenen Dielen an Deck, verfing sich in den Kupferbeschlägen und zeichnete Lichtmuster auf das polierte Mahagoniholz der Aufbauten.

»Wie läuft es mit dir und Leonard?«, fragte Aviva.

Marianne sah sie überrascht an. »Gut. Warum fragst du?«

Aviva stülpte die Unterlippe vor, warf einen schnellen Blick auf den Kompass und fasste die Pinne ein wenig fester.

»Nur so«, antwortete sie endlich. »Hat mich interessiert …« Sie verstummte, fuhr aber kurz darauf fort: »Na ja, das Ganze hat mich überrascht. Sein plötzlicher Wunsch, euch beide hier zu haben.«

»Ich verstehe nicht …«

»Leonard ist ein Dichter, so wie Irving. Meine Erfahrung ist die, dass man sie nicht besitzen kann.« Sie holte tief Luft, bevor sie weitersprach. »Ehrlich gesagt, kann man nicht das kleinste Stück von ihnen besitzen. Sie sind Menschen, die nur für ihr Werk leben, ganz darin aufgehen. Die alles, ob man es will oder nicht, ihrem Schaffen unterordnen, weil sie im Kern ihres Wesens besessen davon sind.«

Avivas Blick suchte Irving. Axel war nach vorn gelaufen, und er zeigte dem Jungen, wie ein Seil zusammengelegt wurde.

»Weißt du«, fuhr sie fort, »deshalb sind Künstler auch keine guten Ehemänner. Sie sind und bleiben schwer zu fassende Kreaturen, die mit«, sie stockte wieder, »wenn überhaupt, mit ihrer Muse verheiratet sind.« Mit einer schnellen Bewegung schob Aviva die Sonnenbrille auf die Nase zurück. »Musen können jedoch wechseln, es sind Menschen, die sie zu kreativen Leistungen anspornen und inspirieren. Das kann durch ihren Charakter, ihre Ausstrahlung, menschliche Zuwendung oder in Form einer erotischen Beziehung sein. Such dir etwas aus.«

Marianne sah Aviva abschätzend von der Seite an. Dieser bittere Zug um den Mund, die stille Verzweiflung bemerkte sie erst jetzt.

»Die Ironie dabei«, fuhr sie fort, »die Frau eines Dichters zu sein, ist, dass alle Frauen ihn haben wollen. Und nicht haben können …« Aviva blickte sie an. »Versteh mich nicht falsch. Leonard liebt die Frauen. Wenn du mich fragst, ist er schlichtweg verrückt nach ihnen. Beinahe alle seine Gedichte handeln von ihnen. Also keine Frage, er liebt Frauen, aber er liebt die Frauen aus einer sicheren emotionalen Entfernung, er liebt sie auf seine eigene Art. Frauen fühlen sich bei solchen Männern wohl, weil diese aus der Distanz Worte finden, die sie berühren, die ihnen aus der Seele sprechen.« Aviva legte ihr die Hand auf die Schulter. An beinahe jedem Finger trug sie einen Ring. »Leonard liebt dich, das kann ich sehen. Du unterscheidest dich gravierend von den Frauen, die er bisher getroffen hat. Doch ich weiß, Leonard und Irving sind sich sehr ähnlich, ob er sich bei dir jemals wirklich öffnen wird, sich bedingungslos hingeben? Ich wünsche es dir, aber erwarte es nicht, denn dafür ist auch er mit sich selbst und seiner Kunst zu sehr beschäftigt. Vielleicht musst du, wie ich, zufrieden damit sein, dass du für eine gewisse Zeit die Muse eines Dichters bist.«

Marianne schaute nachdenklich zu Leonard, der an der Reling stand und versuchte in seinem Gesicht eine Antwort abzulesen, aber es gelang ihr nicht.

Leonard spürte, wie er mit jeder Bewegung des Bootes mehr eins mit ihm wurde. Er hatte es schon als junger Mann gemocht, mit der Jolle der Segelschule auf den Strom hinauszufahren. Er dachte an seinen Gedichtband »Spice-Box on Earth«, der als kleiner Prachtband erschienen und innerhalb von drei Wochen ausverkauft war, an die überwiegend positiven Kritiken im In- und Ausland und an den angestrebten Lyrikpreis, den die Jury ihm in diesem Jahr einfach verleihen musste. Mit dem Geld würde er nach Hydra fahren, um endlich einen bahnbrechenden Roman zu schreiben.

Er lehnte sich gegen den Mast und sah, wie sich der Sankt-Lorenz-Strom in die Ferne erstreckte, bis hinauf nach Quebec und dann weiter, bis sich die Wassermassen in den Atlantik ergossen. Immer, wenn er in einem Segelboot saß, stellte sich bei ihm der Wunsch ein, bis ans andere Ende der Welt zu segeln, um sich selbst zu begegnen. Er war davon überzeugt, dass die Überquerung des Atlantiks einen Menschen verändern müsse, dass ein anderer dort drüben ankam als derjenige, der hier lossegelte. Er glaubte, dass man seine Vergangenheit wie eine zu eng gewordene Schlangenhaut abstreifen konnte, um wie ein Phönix aus der Asche zu steigen. Das hier und jetzt gehörte in wenigen Sekunden der Vergangenheit an, und an seine Stelle trat stellvertretend der Gedanke, dass ihn dort drüben, jenseits der bisherigen Welt, eine neue, eine andere, eine unberührte Welt erwartete, in der alles Mögliche geschehen konnte. Leonard seufzte und gab sich einen Moment lang dieser Vorstellung hin. Wenn er in sich hineinlauschte, konnte er sogar spüren, wie er sich veränderte, wie er im Begriff war, sich neu zu erfinden, innerlich gewappnet, einen neuen Abschnitt in seinem Leben in Angriff zu nehmen.

Aus der Ferne vernahm er Mariannes Stimme, die Axel ermahnte, an Deck vorsichtig zu sein, gefolgt von ihren leisen Schritten, ehe sie sich neben ihn stellte. Ohne sich umzudrehen, spürte er ihre vertraute Nähe, und als einen Augenblick später ihre Hand in seine glitt, kam es ihm so vor, als leuchtete die geheimnisvolle Welt jenseits des Atlantiks noch verheißungsvoller.

Marianne legte wortlos den Kopf an seine Schulter. Das Gespräch mit Aviva hatte sie aufgewühlt, und während sie auf den wogenden Strom hinausblickte, kam sie zu dem Entschluss, Leonard allein die Entscheidung zu überlassen. Sie war sich sicher, dass er mehr in ihr sah als eine zeitweilige Muse. Waren sie nicht Seelenverwandte? Sie war sich sicher, zu gegebener Zeit würde er auf sie zukommen und mit ihr reden: über gemeinsame Kinder, über die Art, wie sie ihr zukünftiges Leben auf Hydra gestalten wollten, und in einem geeigneten Augenblick würde er vielleicht auch um ihre Hand anhalten.

Unbewusst tastete sie nach dem kleinen goldenen Schlüssel an der Kette. Er war ihre große Liebe und sie die seine, und beide wussten sie es.

KAPITEL 24

Hydra, 1962

Vor drei Tagen waren sie nach Hydra zurückgekehrt. Zu seiner großen Enttäuschung hatte Leonard den Lyrikpreis des Gouverneurs nicht gewonnen, was ihn verärgerte und an der Urteilskraft der Jury zweifeln ließ. Dafür aber war ihm ein anderes Stipendium des Canada Council zugesprochen worden, was eine schnelle Abreise ermöglichte.

Marianne stand am Fenster und betrachtete den Ort, der sich unterhalb ihres alten Hauses an den Hang schmiegte. Alle Erinnerungen, die sie in der Abwesenheit von der kleinen griechischen Insel in der Ferne immer wieder aufs Neue bemüht hatte, verblassten in diesem Augenblick zur Unkenntlichkeit, hielten den Vergleich mit der von der Sonne beschienenen Wirklichkeit nicht annähernd stand.

Nach ihrer Ankunft hatte Leonard sie gefragt, ob sie und der kleine Axel nicht bei ihm einziehen wollten. Er hatte vor, ein Haus zu kaufen, und das sei dann schließlich groß genug und biete ausreichend Platz für alle. Zudem könnte sie den Adlerhorst, der ihr nach der Scheidung zugesprochen worden war, vermieten, was ihr etwas Geld einbringen würde.

Marianne schloss die Fensterläden und ging ein letztes Mal durch alle Zimmer.

Es war ungewöhnlich still. Alles hier wirkte unverändert.

Es roch nach Thymian, Tinte und Staub, der sich nach ihrem langen Fortbleiben auf alles gelegt zu haben schien, und einmal aufgewirbelt, tanzte er in den goldenen Lichtstreifen, die fächerförmig durch die Zwischenräume der Jalousien fielen.

Sie hatte das Haus von Anfang an gemocht, die einsame Lage oben am Hang, den weiten Blick über Landschaft und Meer sowie den Gedanken, dass es ihr erstes eigenes Heim war. Als sie mit Axel hier eingezogen war, war ihr das Häuschen glücksverheißend und luxuriös vorgekommen, obwohl die Möbel einfach und von Zufällen bestimmt zusammengewürfelt waren. Axel bezeichnete die Einrichtung des Hauses deshalb immer als typischen Hydra-Stil.

Ein wissendes Lächeln stahl sich in ihre Mundwinkel.

Sie erinnerte sich noch, wie sie eine Kabeltrommel, anderthalb Meter im Durchesser, die nach einem Sturm am Ufer angetrieben worden war, auf dem Rücken eines Esels den Hang heraufgebracht und in ihr Wohnzimmer gerollt hatten. Sie diente fortan als Tisch.

Langsam schritt sie weiter durch die Räume und strich andächtig mit der Hand über braun gestepptes Leder, das abgegriffen war und silbrig glänzte. Ihre Sitzgelegenheiten stammten, bis auf ein paar griechische Baststühle, allesamt aus dem alten Käfer, mit dem sie von Deutschland aus Europa durchquert hatten, um nach Athen zu gelangen. Damals hatten sie kurz entschlossen die beiden Vordersitze und die Rückbank ausgebaut und mit der Fähre nach Hydra verschifft.

Die Tür zum Schlafzimmer stand offen. Ein leerer Holzbügel hing am Knauf des dunkelblauen Kleiderschranks, den Axel bei einem Tischler auf dem Festland in Auftrag gegeben hatte, ebenso wie das Bett, auf dem mehrere Kissen sowie zwei zusammengefaltete Decken lagen.

Sie und ihr Exmann besaßen damals wirklich nicht viel. Aber am Anfang hatten sie sich, ihre Liebe und ihre gemeinsamen Träume. Dann wurde ihr Sohn geboren, und sie dachte, eine Familie zu sein, würde reichen.

Aber sie hatte sich geirrt.

Marianne bückte sich und griff nach dem Henkel der Basttasche, die ein paar letzte Dinge von persönlichem Wert für sie enthielt. Noch wusste sie nicht, was aus dem Haus werden würde. Vorgestern hatte sie zufällig erfahren, dass Axel immer noch bei Patricia in den USA weilte, anschließend wollte er nach Mexiko weiterreisen. Wann er nach Hydra zurückkehren würde, war ungewiss. Und dann würde er auch nicht hier wohnen können.

Vielleicht werde ich es tatsächlich vermieten, dachte Marianne. Nach wie vor kamen junge Leute auf die Insel, um ein freieres Leben zu führen.

Sie trat durch die Haustür und blickte in Leonards Gesicht, der geduldig draußen auf einer kleinen Mauer sitzend auf sie gewartet hatte. Lächelnd erhob er sich. Er verstand, dass sie Zeit für diesen Abschied brauchte und dabei allein sein wollte.

»Schau mal, diese kleine Holzeisenbahn dort.«

»Wo denn?«

»Dort hinten auf dem Fenstersims. Darf ich die als Andenken mitnehmen?«, fragte er beinahe schüchtern.

Verblüfft betrachtete Marianne das Spielzeug. »Ich wusste gar nicht, dass wir so etwas besitzen.« Sie lachte. »Klar, wenn du sie haben möchtest, nimm sie mit.«

»Danke!« Sie sah, wie sehr er sich über das Geschenk freute.

Er küsste sie und nahm ihr die Tasche ab. Als sie den Schlüssel im Schloss drehte, spürte sie, wie ihr Puls schneller ging. Die Luft um sie herum schien vor Glück zu knistern.

Heute zog sie mit ihrem Kind zu einem anderen Mann in ein neues Haus. Einem Mann, den sie liebte.

Als Axel sie so unerwartet verließ, war ihr Herz vor Gram verkümmert, und sie hatte damals befürchtet, dass es immer so bleiben könnte.

All das gehörte der Vergangenheit an.

Dankbar hängte sie sich bei Leonard ein und schaute ihn verträumt von der Seite an.

Was für ein Mann.

Was für ein Leben.

So viel warme Unruhe, so viel geschäftige Liebe.

KAPITEL 25

Leonard löste die Bremse an der Schreibmaschine und zog mit Schwung den Bogen Papier heraus.

Er mochte den Augenblick, wenn sich trotz unzähliger verworfener Entwürfe, Anmerkungen und Korrekturen, hervorgerufen durch den Aufruhr seiner Gedanken, am Ende dann doch ein fertiges Gedicht formte.

Er lehnte sich im Stuhl zurück, zündete sich eine Zigarette an und überflog aufmerksam die abgetippten Verse.

Zweimal hintereinander.

Rauchkringel hingen träge in einem Streifen Tageslicht.

Dann richtete er sich auf, drückte entschlossen die Zigarette aus und legte die Seite behutsam in einen Hefter, auf dem mit eleganter Handschrift *Flowers for Hitler* stand. Er warf einen letzten Blick auf die Zeilen und spürte den Rest Zweifel, der blieb, der immer blieb und still an ihm nagte.

Anschließend saß er schweigend da, bis das Pochen an der Haustür ihm verriet, dass Demetre Gassoumis eingetroffen war. Er war ein sehr guter Freund, ein Amerikaner mit griechischen Wurzeln und ein erfolgreicher Maler.

Erleichtert erhob Leonard sich vom Stuhl und blickte auf die Uhr. In einer Stunde waren sie beim Notar einbestellt. Er kam eigens dafür vom Festland herüber und würde bei Katsikas auf sie warten. Leonard fuhr sich mit den Händen durch die Haare.

Seine Großmutter war verstorben und hatte ihm etwas Geld vererbt, knapp eintausendachthundert Dollar. In Montreal hätte er mit dem Geld nicht viel anfangen können, aber hier auf Hydra konnte er sich ein eigenes Haus davon kaufen. Bei dem Gedanken durchströmte ihn endlose Erleichterung. Und Demetre fiel die Aufgabe zu, ihn beim Erwerb der Immobilie zu unterstützen, er würde darauf achten, dass der Hauskauf ordentlich über die Bühne ging und sein juristischer Anspruch auch in diesem fremden Land abgesichert wurde.

Leonard öffnete die Tür mit Schwung und sah, wie das Lächeln auf dem Gesicht des Freundes einem Ausdruck von Verwirrung wich.

»Du bist nackt«, stellte er fest.

»Ja, und? Komm rein.« Der Besucher betrat das Haus und folgte Leonard. »Warum soll ich nicht nackt sein? Ich wurde nackt geboren, ich schwimme nackt, ich schreibe nackt. Nackte Menschen haben keine Waffen.«

Demetre hob eine Augenbraue. »Ich weiß nicht, ob der Notar deiner Argumentation folgen wird.«

Leonard grinste. »Vielleicht hast du recht, ein nackter Mann hat keine Taschen, aber meine sind, dank Granny, gut gefüllt. Das sollte ich wohl auch ausstrahlen.«

»Und du hast dir das mit dem Haus gut überlegt?« Demetre sah, wie Leonard in einem Nebenzimmer verschwand, und fuhr etwas lauter fort: »Ich muss dir ehrlich sagen, ich war erstaunt, als du mir dein Anliegen unterbreitet hast, auf Hydra ein Haus zu kaufen. Heißt das, du willst für immer hierbleiben?«

»In gewissen Maßen schon.«

»In gewissen Maßen?«

Leonard erschien im Türrahmen, er zog gerade einen schmalen Ledergürtel durch seine Anzughose. »Das hier ist meine halbe perfekte Welt.«

Demetre sah ihn verblüfft an. »Eine halbe perfekte Welt? Ich kann dir nicht folgen.«

»Wie soll ich dir das erklären?«, erwiderte Leonard ruhig und griff nach einem Hemd. »Ich sollte gar nicht in Kanada sein. Ich gehöre ans Mittelmeer. Meine Vorfahren haben einen schweren Fehler begangen, als sie nach Kanada ausgewandert sind.«

Leonard schlüpfte in das Hemd und begann es zuzuknöpfen.

»Und warum ist Hydra dann nur deine *halbe* perfekte Welt?«, hakte Demetre nach.

Jetzt blickte sich Leonard suchend nach den Schuhen um.

»Weil, wenn sie ganz perfekt wäre, alles zur Gewohnheit wird.«

»Und was stört dich daran?«

»Die Sache ist die, Gewohnheiten führen bei mir unweigerlich zu einem inneren Dilemma, sie bringen eine Abstumpfung mit sich, so dass es für mich mit der Zeit immer schwerer wird, anderes als das Gewohnte und anders als gewohnt wahrzunehmen, zu denken, zu fühlen, denn automatisierte Abläufe führen bei mir zu einem Leerlauf im Leben.«

Leonard entdeckte die Schuhe unter einem der Stühle.

»Deshalb werde ich also in regelmäßigen Abständen nach Montreal zurückkehren, um mein neurotisches Zugehörigkeitsgefühl wiederaufzufrischen. Auch wenn dort sechs Monate Schnee im Jahr liegt. Im Wechsel zwischen einem Leben in Kanada und einem auf Hydra, zwischen kalt und warm, hektisch und gelassen, Zwängen und Freiheit, unglücklich und glücklich, kann ich flexibel bleiben.«

Sorgfältig band er sich die Schnürsenkel zu. Als er fertig war, richtete er sich auf. »Demetre, ich bin ein Suchender, ein Getriebener, ein Wanderer zwischen den Welten. Das war ich immer schon. Verstehst du?«

Demetre nickte stumm.

Leonard legte sich das Jackett über den Arm und warf einen letzten prüfenden Blick in den Spiegel.

Sie verließen das Haus, und Leonard schloss die Haustür hinter sich zu, bevor Demetre das Gespräch wieder aufnahm. »Ich glaube, ich verstehe, was du meinst. Ich habe mal von einem Mann gehört, der ging jahrein, jahraus in einen Zoo, wo es ein Gehege für Fischotter gab. Das Gehege war groß, mit einem Bassin, einer dunklen Grotte und ausgehöhlten Baumstämmen. Beinahe jeden Tag ging der Mann zum Gehege, um den Fischotter zu sehen. Und obwohl ihm der Pfleger und das Schild am Gehege versicherten, dass das Tier anwesend war, bekam er ihn nie zu Gesicht. Nur manchmal glaubte er einen flüchtigen Schatten zu sehen, eine zufällige Bewegung im Gras. Aber das Tier selber sah er nie. Ich denke, genauso ergeht es dir mit dem Leben.«

Leonard zog eine zerknautschte Schachtel griechische Zigaretten aus der Hosentasche und bot Demetre eine an. Anschließend steckte er sich auch eine zwischen die Lippen, riss ein Streichholz an und setzte den Tabak in Brand.

Tief inhalierte er den Rauch.

Schweigend gingen sie nebeneinanderher, jeder in seine Gedanken versunken.

KAPITEL 26

Seit ihrer Rückkehr nach Griechenland fühlte sich Marianne glücklich und voller Lebensfreude. Die Erinnerung an alles, was sich vor über einem Jahr ereignet hatte, der Bruch mit ihrem Mann, die tiefe Verzweiflung, Patricias Unfall, das alles kam ihr wie ein böser Traum vor, aus dem sie, mit Leonard vereint, auf Hydra erwacht war. Je genauer sie Leonard kennenlernte, umso mehr liebte sie ihn. Sie liebte ihn um seiner selbst willen und deshalb, weil er sie liebte. Sie mochte seine Nähe und alle Züge seines Charakters, die sich ihr mehr und mehr offenbarten. Aber sie hütete sich davor, ihm das allzu offensichtlich zu zeigen.

Heute hatte er sie zu einem Ausflug aufs Festland eingeladen.

Jeden Sonntag, vom frühen Morgen bis zum späten Nachmittag, war in Piräus Flohmarkt. Mühsam bahnten sich Marianne und Leonard einen Weg durch die Menge. Um sie herum herrschte ein chaotisches Durcheinander. Schnell hatten sie festgestellt, dass es auf dem Markt drei Arten von Ständen gab. Die provisorischen, die nur für diesen Tag errichtet worden waren und aus ein paar Bretterbohlen oder einer alten Tür auf zwei Holzböcken bestanden. Sie reihten sich am Rand des Weges unter freiem Himmel nebeneinander auf. Dann gab es die Händler, die extra einen Platz in einer der Auslagen im

Parterre gemietet hatten, wo sie auf improvisierten Regalen ihre Ware feilboten, und zu guter Letzt die Geschäfte, die sowieso vor Ort waren und die Leute an diesem Tag mit besonderen Angeboten in ihre Läden lockten.

Marianne beobachtete die griechischen Frauen an den Tagesständen. Die meisten von ihnen in derben Schuhen, einige barfuß, hockten sie in langärmligen Kleidern, mit hüftlangen Westen darüber und im Nacken verknoteten Kopftüchern hinter ihrem Angebot. Diese Frauen saßen still auf einem Stuhl oder Stein, die Augen niedergeschlagen und sprachen kaum, überließen den Männern das Anpreisen des Sortiments und das Aushandeln des Preises.

Ganz anders traten die Frauen in den Geschäften auf. Sie gaben sich städtisch und modern, trugen geblümte Kleider, Schuhe mit kleinen Absätzen und bewegten sich mit einer gewissen Eleganz. Sie schienen ganz in ihrem Element zu sein.

Leonard blieb an einem der vorderen Stände vor einem Sammelsurium aus alten Weckern, verrosteten Säbeln und unzähligen anderen Gegenständen stehen.

»Wonach suchst du eigentlich?«, fragte Marianne und sah zu, wie sich Leonard bückte und einen filigranen Kerzenleuchter aus Eisen hochhob und prüfend betrachtete, seinen Konturen haftete etwas Sakrales an.

»Ich habe keine konkrete Vorstellung«, antwortete er, ohne den Blick von dem Ding abzuwenden. »Es ist mein erstes eigenes Heim, ich musste zuvor noch keins einrichten.« Er sah sie an und grinste. »Deshalb habe ich dich ja mitgenommen. Du weißt doch, wie es heißt: Männer kaufen Häuser, Frauen richten sie ein.« Er zeigte ihr den Kerzenständer. »Also, was sagst du?«

Sie zuckte mit den Achseln. »Wenn er dir gefällt …«

»Mmh.« Nach kurzem Zögern stellte er ihn zurück.

Marianne deutete einige Schritte weiter auf einen Stand, wo sich ein glänzender Berg an Küchenwerkzeugen jeglicher Art türmte, und betrachtete fasziniert die Vielzahl an Sieben, Reiben, Töpfen und Bratpfannen.

»Wie wär's mit etwas Praktischem?«, fragte sie provokativ. »Du hast viele Freunde, die werden dich alle in deinem neuen Heim besuchen. Wenn du für sie kochen willst, kommst du mit nur einem Topf nicht weit.«

Leonard legte ihr den Arm um die Schulter und zog sie zu sich heran. Sie spürte seinen Atem auf ihrem Gesicht. »Glaub mir, mein Liebes, keiner von denen würde mich jemals zum Essen besuchen, wüssten sie nicht, dass ich mit dir zusammen bin und du die phantastischste Köchin der Insel bist.«

»Hör auf«, sagte sie spielerisch. »Du bist ein Charmeur, ich habe das ernst gemeint.«

»Ich auch«, sagte Leonard mit allem ihm zu Gebote stehenden Ernst. Er beugte sich über sie und küsste sie zärtlich. Ihr Herz machte einen Sprung, als sie die Arme um seinen Hals schlang. Noch während sie sich seinem Kuss etwas zu leidenschaftlich hingab, spürte sie, wie er seine Lippen zu einem Lächeln verzog.

»Ach, du«, sagte Marianne und kuschelte sich an ihn.

Sie erreichten die ersten Gebäude, und die ausgestellten Waren zu beiden Rändern des Weges wurden erlesener.

»Schau dir das an, so viele Gewürze. Unglaublich!«

Auf mehreren Ebenen übereinander standen flache Bastschalen, auf denen entweder ein loser Gewürzhügel oder ein Stapel mit Gewürzsäckchen aufgeschichtet war.

Marianne legte die Handflächen aneinander und studierte aufmerksam die Aufschriften an den kleinen Schildchen, die in den Gewürzen oder zwischen den Säckchen steckten.

Sie war so damit beschäftigt, dass sie den alten Griechen nicht bemerkte, der sich ihr näherte. Er trug eine weite dunkle Hose und ein ebenso weites Hemd, darüber eine lederne Weste. Sein graues Haar war gescheitelt, und seine Oberlippe zierte ein ebenso grauer Schnauzbart.

»Kali méra«, begrüßte er sie, und seine Augen ruhten freundlich auf ihr. Die beiden erwiderten höflich den Gruß.

»Das ist ein wunderschöner Stand«, bemerkte Marianne anerkennend.

»Danke. Wenn Sie wünschen, erzähle ich Ihnen etwas über die Gewürze hier, und Sie probieren sie. Ich habe ein wenig Öl und Brot, aber seien Sie vorsichtig.«

Leonard winkte freundlich ab, aber Marianne ließ sich nicht zweimal bitten.

»Sehen Sie die Körbe da vorn in der ersten Reihe? Was glauben Sie, was da drin ist?«

»Pfeffer?«

»Genau, er brennt und wärmt uns zugleich.«

»Wie die griechische Sonne«, erwiderte Marianne lächelnd.

Der alte Mann nickte erfreut. »Es gibt vier Sorten. Grünen, schwarzen, weißen und roten Pfeffer.«

»Und das hier könnte Zimt sein«, sagte Leonard.

»Oh ja, das ist Zimt, er wird der Göttin Venus zugeordnet,

weil sie die schönste aller Frauen war.« Er drehte sein Gesicht zu Marianne und verneigte sich leicht. »Nun, vielleicht war sie *eine* der schönsten Frauen. Und Zimt, mein Herr, ist wie eine schöne Frau, göttlich, bitter und süß zugleich.«

»Und das ist Oregano«, stellte Marianne fest.

Der Händler nickte zustimmend, sein weißer Schnauzbart zitterte. »Richtig, Oregano. Ein Lammgericht ohne Oregano ist ein Frevel an dem zubereiteten Tier. Aber von diesem Gewürz sagt man auch, dass es Dämonen abwehrt und den Kummer vertreiben kann.«

Marianne war bereits einen Schritt weitergegangen. »Das hier sieht interessant aus.« Sie beugte sich vor und roch vorsichtig an den roten, wenige Zentimeter langen Fäden. Dabei stieg ihr ein aromatisch bitterer Geruch in die Nase.

»Das ist Safran«, hörte sie den Gewürzhändler sagen. »Es ist eines der teuersten Gewürze der Welt, weil seine Ernte so schwierig ist. Safranblüten werden von Hand und in den Morgenstunden geerntet, aber sein zarter Duft und sein Aroma sind umwerfend. Es macht jede Speise, egal, ob süß oder herzhaft, zu einem kulinarischen Erlebnis.«

»Das würde ich gern mal ausprobieren. Wie viel kostet das?«

Der alte Grieche hob die Hände, als wollte er sich für den Preis, den er gleich verkünden würde, entschuldigen. »Ein Gramm kostet dreitausendfünfhundert Drachmen.«

»Das sind zehn Dollar.« Marianne blickte zu Leonard. »Können wir uns das leisten?«

»Wie gesagt, das Gewürz ist sehr intensiv. Sie benötigen nicht viel davon.«

»Dann nehmen wir zwei Gramm«, sagte Leonard bestimmt.

Der Alte glaubte, sich verhört zu haben, und fragte noch einmal nach.

»Ja, bitte, zwei Gramm.«

Der Händler schlurfte in den Laden, der sich hinter der Auslage anschloss.

Leonard wandte sich an Marianne und raunte ihr zu: »Ich freue mich schon jetzt auf alles, was du uns damit kochen wirst.«

»Aber ist das nicht verrückt, so viel Geld?«, flüsterte Marianne zurück.

»Mach dir keine Sorgen. Es ist beim Hauskauf was übrig geblieben, und ein bisschen dürfen wir ja auch mal über die Stränge schlagen.«

Der alte Mann kehrte mit einem Gläschen voll Safranfäden in seiner schwieligen Hand zurück. »Entschuldigen Sie«, sagte er mit einem Lächeln. »Sie beide sind heute meine ersten Kunden und dazu noch sehr großzügige. Es wäre mir und meiner Frau eine Ehre, Sie auf einen Kaffee hereinzubitten. Sie bäckt eine hervorragende Pistazien-Baklava.«

»Und Ihr Gewürzstand?«, fragte Marianne.

»Auf den passt mein Sohn solange auf.«

Kurz sahen sich die beiden an. »Gerne nehmen wir Ihre Einladung an«, sagte Leonard.

Das furchige Gesicht des Alten erstrahlte. »Dann folgen Sie mir bitte. Hier entlang.«

Er führte sie durchs Geschäft, vorbei an Flaschen mit goldgelbem Öl, Flakons mit rotem Essig und Säcken, die einen teils herben, teils süßlichen Geruch verströmten.

»Vanille«, murmelte Marianne.

Der Gewürzhändler öffnete eine Tür und nickte. »Ganz richtig. Aber nur die Schoten, Madame.«

Der Raum dahinter war klein, gerade mal groß genug für einen Tisch mit vier Stühlen und eine Küchenanrichte. Alles war blau gestrichen, bis auf die Hängelampe mit dem weißen Schirm, und die Wände waren halbhoch von schmalen grün glasierten Kacheln bedeckt. Eine ältere schwarz gekleidete Frau begrüßte sie ebenso herzlich wie ihr Mann und deutete auf die freien Plätze. Sie goss den in einer Briki zubereiteten Kaffee mit Schwung in die kleinen Tassen vor ihnen. Daneben standen zierliche blauweiße Porzellanteller mit einem süßen Dessert für jeden.

Sie setzten sich, und der Gewürzhändler stellte sich selbst als Lazaros und seine Frau als Melania vor.

»Marianne und Leonard.«

»Sie sind Xènos, Ausländer – woher?«

»Marianne kommt aus Norwegen und ich aus Kanada.«

Die Frau starrte auf ihren Teller, dann hob sie den Kopf und sah sie traurig an. »Wir auch Xénos«, sagte sie und suchte nach Worten. Ihr Mann half ihr: »Wir sind Griechen. Wir haben in Istanbul gelebt, bis 1955, bis zu dem Septemberpogrom gegen die Christen.« Der Alte strich sich über die Stirn, als könnte er die Erinnerungen daran fortwischen. »Jetzt sind wir hier, obwohl wir nicht hier geboren wurden. Aber wir leben und haben unser Auskommen. Wir dürfen uns glücklich nennen.«

Marianne schaute zu Leonard und bemerkte, dass ihn die Worte nicht unbeteiligt ließen, sondern er mit diesen Menschen fühlte, die Schwere ihrer Lage verstand.

Sie hörte, wie die Frau ihren Mann etwas fragte, es musste türkisch sein.

»Sie möchte wissen, ob Ihnen die Baklava schmeckt.«

Marianne blickte der Frau direkt in die Augen. »Sie ist ausgezeichnet, Madame.« Sie führte Daumen und Zeigefinger an die Lippen und gab ein Kussgeräusch von sich. »Die beste, die ich je gegessen habe.«

Obwohl die Frau ihre Worte nicht verstand, begriff sie die Geste und lächelte.

»Wissen Sie«, sagte der alte Gewürzhändler, »das Dessert entspricht in unserer griechischen Küche dem, was in einem Märchen das Ende ist.«

»Dann wird alles gut«, flüsterte Leonard Marianne zu.

Als sie später wieder auf der Straße standen, benötigten sie einige Minuten, bis sie sich in dem Trubel um sie herum zurechtfanden. Schweigend gingen sie nebeneinanderher und hingen ihren Gedanken nach. Sie wussten nicht, wie weit sie inzwischen gegangen waren, bis sie erneut vor einem Geschäft stehen blieben. Die Fassade war aus braunem Mahagoniholz, dessen Glanz schon ein wenig verblasst war, und über dem Schaufenster prangte in silbernen Lettern das Wort: *antíkes*. In der Auslage entdeckte Marianne Tabletts mit Zinnkrügen, filigrane Glaskannen, mit mythologischen Motiven bemalte Vasen und Amphoren, gerahmte Bilder, Drucke und ein altes Grammophon.

Plötzlich stieß sie Leonard aufgeregt an. »Schau mal dort«, sagte sie und deutete auf einen mit verschnörkelten Goldleisten gerahmten Spiegel, dessen Glasfläche schon ein wenig verstaubt war und der zwischen ein paar alten Pelzmänteln und einer Holzvitrine im hinteren Teil des Ladens einen Platz gefunden hatte.

»Ist er nicht wunderschön?«, fragte Marianne. »Aber er wird bestimmt teuer sein.«

»Fragen kostet ja nichts«, erwiderte Leonard augenzwinkernd und betrat zielstrebig das Geschäft.

Als die Verkäuferin merkte, dass ihre Kunden Interesse an einem der ausgestellten Stücke zeigten, rauschte sie sofort heran. Sie vermutete ohne Zweifel zwei wohlhabende Ausländer in ihnen. Das süße Parfüm der Frau erfüllte die Luft.

»Der Spiegel?«, fragte sie und stellte sich in Positur, kokett schob sie sich eine Strähne ihrer kurzen schwarzen Haare hinters Ohr und lächelte übertrieben herzlich. »Ja, so etwas Außergewöhnliches finden Sie in ganz Griechenland nicht noch einmal. Ich habe mir sagen lassen, dass er aus dem königlichen Palast stammt, angeblich sogar aus den Privatgemächern von König Konstantin II.«

Die Frau schob das Kinn vor und sah Leonard direkt in die Augen, doch er tat so, als würde er es nicht bemerken.

»Was würde der Spiegel kosten?«, fragte er beiläufig.

Sie nannte ihm einen Betrag, der unter dem lag, was vergleichbare Dinge in Kanada kosteten, aber für griechische Verhältnisse fand er das Angebot ziemlich überzogen. Ihm war auch nicht entgangen, dass Marianne, als die Frau den Preis erwähnte, zusammengezuckt war.

Noch einmal betrachtete er den Spiegel und merkte, dass es ihm einerlei war, wie viel er kostete. Es war das erste Stück, das er für ihr gemeinsames Haus erwerben würde, und Marianne liebte diesen Spiegel. Der Tag war bisher ausnehmend schön gewesen, und er konnte sich keine bessere Gelegenheit vorstellen, das letzte Geld aus dem Erbe seiner Großmutter auszugeben.

Er begann, mit der Frau zu feilschen, wie es auf dem Markt üblich war, und als sie sich über den Preis geeinigt hatten, verließen Marianne und er Hand in Hand das Geschäft. Draußen auf der Straße fiel Marianne ihm begeistert um den Hals. Behutsam legte er die Lippen auf ihre, während er versuchte, das seltsame gefühlsbetonte Durcheinander seiner Gedanken zu ordnen. Sanft wand er sich aus ihrer Umarmung. »Sind wir nicht sonderbar, das Erste, was wir für unser Haus kaufen, ist ein Spiegel?«

Marianne schien die Frage nicht zu überraschen. »Nein, er passt hervorragend zu uns. Immer wenn wir zukünftig ausgehen, können wir für ein paar Sekunden vor diesem Spiegel innehalten und uns fragen, wer wir heute sind.«

KAPITEL 27

Die Villa von George Lialios erhob sich auf einem Berggrat und bot ein herrschaftliches Ambiente, wie Leonard es bisher nur bei Madame Paouri hatte kennenlernen dürfen. Das Haus besaß siebzehn Zimmer, und eine Haushälterin in schwarzer Uniform öffnete ihm die Tür. Sie führte ihn wortlos in einen Salon, wo der Hausherr mit geschlossenen Augen in einem hellen Anzug vor einem auffallend ausladenden Kamin stand und der Musik, die von einer Schallplatte kam, ergeben lauschte.

Die weißen Wände und der helle Marmorboden bildeten einen auffallenden Kontrast zu der in schwarzem Leder und Glas gehaltenen Möblierung.

Bei Georges Anblick musste Leonard unweigerlich schmunzeln. Im Frühjahr, auf seiner ersten Überfahrt nach Hydra, hatte er nicht gewusst, wer der geheimnisvolle Mann war, den er an Bord angesprochen und der ihm das Werk von Nikos Kazantzakis ans Herz gelegt hatte. Inzwischen waren sie Freunde geworden.

Die Musik steigerte sich zu einem fulminanten Finale, dann hob sich der Tonarm und schwenkte in die Ausgangsposition zurück.

»Herbert von Karajan und die Berliner Philharmoniker«, sagte Lialios und schnalzte mit der Zunge. »Sie allein wären Grund genug, Berlin wieder einen Besuch abzustatten.«

Er kam zwei schnelle Schritte auf Leonard zu und begrüßte ihn mit einer herzlichen Umarmung. Dann zeigte er mit einer einladenden Geste auf zwei bequeme Ledersessel.

»Daoni, kannst du uns bitte etwas Käse und Wein bringen? Danke.«

Die Haushälterin ging, und Lialios griff nach einem kleinen Notizblock, der vor ihm auf dem halbrunden gläsernen Couchtisch lag.

»Bei unserem letzten Treffen hast du mich gefragt, ob ich jemanden weiß, der dir Griechisch beibringen kann. Ich würde es ja gern selbst übernehmen, aber ich bin viel unterwegs, und du brauchst jemanden, der ständig erreichbar ist. Deshalb habe ich mit Tantalus Pappas geredet, er ist Lehrer an der hiesigen Schule und würde dich gern unterrichten.« Er riss das oberste Blatt vom Block und reichte es ihm. »Hier hast du seine Adresse. Ich denke, er wird nicht mehr als ein paar Drachmen pro Stunde nehmen.«

Daoni erschien und stellte ein Tablett mit unterschiedlichen Käsesorten, eine Flasche Rotwein und zwei Gläser auf den Tisch.

»Danke, das ist alles«, sagte Lialios, und sie entfernte sich.

Er griff nach der Weinflasche.

»Wie geht es dir mit dem Schreiben?«, fragte er, während er einschenkte.

»Na ja, manchmal grenzt es an Verzweiflung«, erwiderte Leonard ehrlich. »Es beherrscht mich, kreist ständig durch meinen Kopf, nachts träume ich davon. Und trotzdem komme ich nur so verdammt langsam vorwärts, als würde ich mit angezogener Bremse fahren.«

Lialios nickte verständnisvoll, sagte aber nichts.

»Manchmal glaube ich, endlich etwas gefunden zu haben, eine Idee, einen Gedanken, und dann ist da eine Blockade in meinem Kopf, die mich daran hindert den Gedanken zu fassen.«

Der Hausherr nahm sich etwas von dem Ziegenkäse, der mit Pfeffer bestreut war, dann hob er sein Glas und trank.

»Ich habe das Gefühl, ich muss noch empfänglicher werden, aber wie soll ich das schaffen?«

Lialios stellte das Glas zurück, wischte sich die Finger an einer Serviette ab und stand auf.

»Du kannst es nur weiter probieren«, antwortete er durch den Raum hindurch.

»George, das tue ich. Ich schreibe die ganze Zeit. Und wenn etwas wirklich meine Aufmerksamkeit verdient, mein Interesse weckt, muss ich endlos viele Versionen davon anfertigen, um den Kern dessen freizulegen, was ich sagen will. Das kostet unendlich viel Arbeit, viel Schweiß.«

Lialios kam zum Tisch zurück und klappte eine ziselierte Holzschachtel auf, die bis zum Rand mit orientalisch anmutenden Zigaretten gefüllt war. Das intensive Aroma des dunklen Tabaks stieg Leonard sofort in die Nase. Ohne Umschweife nahm er eine, roch genüsslich daran, bevor er sie anzündete und es sich im Sessel bequem machte.

»Ich will etwas ganz Neues, etwas noch nie Dagewesenes!«, fuhr Leonard fort. »Ich will das Wesen der Dinge beschreiben. Ich bringe alles ein, was ich habe, ich versuche alles. Ich ignoriere es, ich gehe es an, ich werde high. Ich versuche es mit Drogen, ich versuche es nüchtern. Ich betrachte es von allen nur erdenklichen Seiten und alle Versionen meines Wesens, die ich rufen kann, werden gerufen und nehmen an der Arbeit teil, bis ich mit dem, was sich da herauskristallisiert, für einen Moment leben kann.«

»Nur für einen Moment?«, fragte Lialios.

»Alles fließt, George. Manche Gedichte vollende ich, weil ich das dringende Gefühl verspüre, sie fertigstellen zu müssen. Aber wenn ich sie dann später lese, stelle ich fest, dass es ihnen an einer Form fehlt, die mich wirklich fesselt. Dann mache ich mich wieder an die Arbeit, starte einen weiteren Versuch.«

George Lialios schlug ein Bein über das andere und blickte ihn ernst an. »Das ist eine kraftraubende Art, künstlerisch tätig zu sein.«

Leonard seufzte. »Ich weiß, aber ich kann nicht anders, ich muss es so tun.«

»Ich verstehe dich, du bist ein Mensch, der das Leben als Kunst versteht, meiner Meinung nach bist du damit weitblickender als andere.« Lialios drückte seine Zigarette in dem bronzenen Aschenbecher aus und fixierte Leonard mit seinen dunklen Augen. »Du bist jemand, dem man Klugheit zutrauen kann, der aber neugierig genug bleibt, um immer wieder neue Erfahrungen zu riskieren; du bist einer, der in jeder Hinsicht unterwegs ist. Aber, mein Freund, du bewegst dich auf einem schmalen Grat. Du stehst mitten im Leben und zugleich weit außerhalb, um die Dinge und dich selbst von außen zu betrachten. Das kann bisweilen schmerzvoll sein, für dich und die Menschen, die dir wichtig sind.«

KAPITEL 28

Hydra, 1964

Marianne und Leonard brachen zeitig in der Frühe auf, weil Theodore, der Seemann, sie auf seinem Schiff erwartete. Leise liefen sie die Straße zum Hafen hinunter. Das morgendliche Licht verlieh der Insel eine Reinheit, die noch völlig unberührt vom täglichen Treiben war. In der sich langsam erwärmenden Luft schwang ein letzter Rest Nachtkühle mit, eine Lerche sang in einem Olivenbaum ihr erstes Lied.

Marianne atmete tief ein und heftete ihren Blick auf die türkisfarbene Wasserfläche, die heute nahtlos in einen strahlendblauen Himmel überzugehen schien, während sie barfuß über den pudrig weichen Sand ging, der die Steinplatten bedeckte.

»Sind wir nicht privilegiert?«, fragte sie Leonard, der neben ihr lief und die Badetasche trug.

Erstaunt blickte er sie an. »Wie kommst du darauf?«

»Wie vielen Menschen ist es vergönnt, dass sie sich, wenn sie morgens ihr Haus verlassen, in einer so traumhaften Umgebung wie dieser hier wiederfinden?«

Leonard ging schweigend neben ihr her, er schien zu überlegen.

Marianne zog die Nase kraus. Sie war selbst ein wenig verwundert über den Gedanken, der ihr so unerwartet gekommen war.

»Du hast recht«, antwortete Leonard. »In Mrs Pullmans Küche habe ich mich darüber gefreut, dass am Tag für eine halbe Stunde die Sonne ins Zimmer schien, denn meistens war sie durch die Londoner Wolken verdeckt.«

Er wechselte die Tasche von einer Schulter auf die andere.

»Künstler brauchen Schönheit, um inspiriert zu sein«, sagte sie.

Er sah sie an und lächelte. »Ja, wenn du es aus dieser Perspektive betrachtest, sind wir auf Hydra sicher privilegiert. Wir leben in einem Paradies. Wünschen wir uns, dass es noch lange so bleibt.«

Kurz darauf erreichten sie das Hafenbecken.

Theodore machte sich noch an Bord eines kleinen Kutters zu schaffen, als sie neben der Bordwand auftauchten und ihm einen Morgengruß zuriefen.

Er drehte sich zu ihnen um, hob die Hand und wendete sich direkt an Leonard, redete ihn auf vertrauliche Weise an. »Kali méra. Ich freue mich, Sie zu sehen. Kommen Sie bitte an Bord, ich habe Ihre Plätze schon vorbereitet.«

Nacheinander kletterten sie über die halbhohe Brüstung. Marianne sah, dass der Seemann das Deck frisch geschrubbt hatte, die Holzdielen trugen noch den dunklen Glanz von Feuchtigkeit, die Oberfläche schimmerte matt.

Theodore führte sie mittschiffs zu einem Platz, wo er ein weißes Laken zum Schutz gegen die Sonne aufgespannt hatte. Marianne sah, dass er vier schwere Kissen ausgelegt hatte. »Erwarten Sie noch weitere Gäste?«, fragte sie.

Theodore schob seine verbeulte Schirmmütze aus dem Gesicht. »Zwei Amerikaner.«

»Amerikaner?«, fragte Leonard interessiert.

»Ja.« Er verstummte, zündete sich eine Zigarette an und hielt sie zwischen den Fingern eingeklemmt, als er mit der ausgestreckten Hand auf den Kai deutete. »Die beiden da.«

Wenig später begrüßten sie zwei junge Männer, von denen sich ihnen einer als Gordon Merrick vorstellte. Er war schlank und hatte ein schönes Gesicht, das einen verträumten Eindruck erweckte. Er streckte die Hand aus und deutete dann auf den Mann neben sich. »Das ist Charles G. Hulse, mein Lebensgefährte.«

»Angenehm«, erwiderte Leonard lächelnd. »Wir sind die Cohens. Marianne und Leonard.«

»Theodore«, warf der Seemann ein und deutete mit dem Daumen auf seine breite Brust. »Ich bin heute Ihr Skipper. Wir besuchen den Bisti-Beach. Machen Sie es sich bequem und genießen Sie die Fahrt. Getränke finden Sie in der Truhe dort.«

Dann öffnete er die Tür zu einem Holzverschlag, der ihm als Brücke diente und bald sprangen die Diesel an. Leise tuckernd strebten sie der offenen See entgegen. Möwen folgten schreiend dem Kutter, aber als sie merkten, dass es nicht zum Fischfang hinausging, drehten sie enttäuscht ab.

Gordon hebelte nacheinander die Kronkorken von den Bierflaschen und reichte sie weiter. Dann stießen sie an.

»Wie lange seid ihr schon auf der Insel?«, fragte Gordon.

Kurz sahen sich Marianne und Leonard an. »Vier Jahre, mit Unterbrechungen.«

Gordon nickte, und sein Blick suchte den von Charles. »Wir sind erst vor Kurzem angekommen. In den Staaten haben wir es nicht mehr ausgehalten, dort mussten wir unsere Homosexualität verstecken. Überall Barrieren. Null Toleranz. Und hier, es ist unfassbar … Auf Hydra können wir zum ersten Mal unsere Liebe frei leben. Es gibt für uns weder Probleme bei der Haussuche, noch werden wir in irgendeiner Form angefeindet oder eingeschränkt.«

»Das überrascht mich nicht«, erwiderte Leonard. »Homosexualität ist für die Griechen nichts Ungewöhnliches. Seit der Antike ist sie in ihrer Kultur verankert und wird allgemein akzeptiert.«

»Und was sind eure Pläne?«, fragte Marianne. »Ich meine, womit wollt ihr euer Geld verdienen?«

»Ich bin Schriftsteller«, sagte Gordon.

»Sein erster Roman ›The Strumpet Wind‹ war in den Staaten ziemlich erfolgreich«, warf Charles ein, worauf Gordon die Stirn in Falten legte, als wäre ihm die Erwähnung peinlich.

»Interessant. Und jetzt schreiben Sie an einem neuen Roman?«, wollte Marianne wissen.

Gordon schaute sie von unten herauf an und lächelte. »Sagen wir mal so, ich gebe mir redlich Mühe.«

Ihre Augen wanderten zu Charles. Der Mann wirkte sportlich, auch sein Gesicht war markant. Alles wirkte ausgeprägt, die Wangenknochen, das Grübchen am Kinn, die kräftigen Augenbrauen. Das dunkle Haar war streng nach hinten gekämmt. Nur in den braunen Augen fand sich ein Ausdruck von Verträumtheit und Sehnsucht.

»Ich bin Tänzer«, erklärte er, als er ihren neugierigen Blick bemerkte. »Aber im Gegensatz zu Gordon muss ich in die Staaten zurück und Tourneen tanzen, um mein Geld zu verdienen. Aber c'est la vie, man kann im Leben nicht alles haben. Und wie ist es bei euch?«

Mit wenigen Worten erklärte Leonard, dass er derzeit mit seinem zweiten Roman beschäftigt war.

»Und was machst du?«, fragte Gordon Marianne.

Sie schluckte. »Ich bin gewissermaßen auch Künstlerin«, sagte sie. »Ich habe mein Leben zur Kunst erhoben.«

Sie sah das Aufblitzen von Erstaunen in den Gesichtern und wurde sich augenblicklich bewusst, dass ihre Aussage den anderen möglicherweise nicht sehr originell erschien.

Gordon sah sie lange an. »Das Leben als Kunstwerk.« Er sagte das auf eine Art, die verwundert, aber voller Anerkennung war. »Ohne Zweifel ein Aspekt, über den ich so noch nie nachgedacht habe. Darauf sollten wir trinken.« Er hob die Flasche. »Auf die Kunst ... zu leben.«

In diesem Moment flog die Tür zur Brücke auf und Theodore stampfte heran. »Meine Dame, die Herren, wir sind angekommen«, sagte er und ging weiter zum Bug, um den Anker zu werfen. Erst jetzt fiel ihnen auf, dass die Motoren verstummt waren.

Hastig erhoben sich die vier von ihren Plätzen und traten an die Reling, von wo aus sie wortlos zum Ufer hinüberstarrten.

Marianne hielt den Atem an.

Der Strand war traumhaft.

Kleine feuchte Kiesel, die farbenfroh wie Edelsteine im Spülsaum leuchteten, smaragdgrünes Wasser, durch das hindurch man bis auf den Grund des Meeres schauen konnte. Hohe Felsen rahmten die Bucht und ein kleiner Kiefernwald spendete Schatten auf dem gleißenden Strand.

Der Seemann räusperte sich. »Sie können hier schnorcheln, aber entfernen Sie sich nicht zu weit vom Schiff. Ich werde eine Strickleiter auslegen, damit Sie wieder zurück an Bord können. Ich habe Schnorchel und Taucherbrillen für Sie. Und vergessen Sie nicht, vorher in die Taucherbrille zu spucken.«

»Hineinspucken?«, fragte Gordon, weil er meinte, Theodore falsch verstanden zu haben.

Der grinste breit.

»Und schön auf den Scheiben verschmieren, damit sie nicht beschlagen. Danach noch mal auswaschen.«

Er lüftete die Mütze und stülpte sie dann wieder zurück auf den Kopf.

»Zu Mittag werden wir an Land übersetzen und am Strand kochen. Ich könnte dann ihre Hilfe brauchen.« Er blickte sie der Reihe nach an und als jeder seine Zustimmung ausgedrückt hatte, machte er sich daran, die Tauchutensilien bereitzulegen.

Das Wasser war warm und kristallklar.

Es kam Marianne so vor, als würde sie durch einen Spiegel schwimmen, der von beiden Seiten her durchsichtig war.

Wenn sie ihr Gesicht ins Wasser tauchte, konnte sie das durch die Lichtbrechung verzerrte goldfarbene Sonnenmuster erkennen, das wie ein flimmerndes, grobmaschiges Netz auf dem Meeresboden lag. Seegraswiesen schwankten ruhelos in der Tiefe, auf einem vorgelagerten Felsenriff erhoben sich ockerfarbene Schwämme wie kleine Wolkenkratzer und die filigranen Fächer der Hornkorallen erinnerten sie an Bäume, so wie sie ihr kleiner Axel malte. Zweidimensional mit vielen Verästelungen. Dazwischen ein bunter Schwarm Lippfische, der neugierig ihren Weg kreuzte und bis auf Armlänge herankam. Als sie sich bewegte, schossen sie davon.

Marianne blickte sich nach Leonard um, der nur wenige Meter neben ihr schwamm, und entdeckte dabei eine große Meeresschildkröte, die arglos in der Strömung trieb. Nur ab und zu schlug sie mit den paddelähnlichen Füßen, den Kopf nach vorn gestreckt. Aufgeregt machte sie Leonard auf das Tier aufmerksam, und da er näher dran war, war es keine Schwierigkeit für ihn, die Schildkröte einzuholen und zu warten, bis Marianne bei ihm war. Vorsichtig strich sie mit den Fingern über die abgeflachten Hornplatten. Sie waren hart, uneben und trotzdem überraschend glatt. Marianne überkam in diesem Moment ein ganz sonderbares Gefühl, was zum Teil Erstaunen war und zum Teil – genauer konnte sie es nicht beschreiben – eine Art erregende Furcht. Sie berührte ein Lebewesen aus einem anderen Lebensraum, einer Welt, in der sie ohne Sauerstoff nur wenige Minuten überleben könnte. Und doch fand sie es unglaublich schön, auf diese Meeresschildkröte zu treffen, die augenscheinlich ihrer Bestimmung gefolgt war und aus der Tiefe schöpfte.

Marianne lächelte und strich ein letztes Mal über einen der Füße, dann gab sie Leonard ein Zeichen, das Tier ziehen zu lassen. Als ihr Blick den schemenhaften Umrissen folgte, die sich langsam im Blau des Meeres aufzulösen begannen, verschwand in ihr das Gefühl und zurück blieb nur die Freude über die unerwartete Begegnung.

Leonard hatte das Stück Holz am Strand verkeilt zwischen zwei Steinen gefunden und sofort die Idee gehabt, daraus zusammen mit dem kleinen Axel ein Boot zu bauen. Doch jetzt, wo es vor ihnen auf dem Tisch auf einem Bogen Papier lag, verriet die längliche Form, die in der Mitte breiter und zu den Enden hin schmaler wurde, dass es nicht nur ein gewöhnliches Boot, sondern ein Segler werden sollte.

»Aber wie machen wir die Masten fest?«, fragte der Junge und betrachtete den ausgehöhlten, aber immer noch glatten Innenraum des Rumpfes.

»Wir bohren hier zwei Löcher hinein«, sagte Leonard und zeigte ihm die Stellen. »Dann nehmen wir etwas Holzleim und setzen anschließend diese beiden Holzstangen ein.« Er hielt zwei dünne Stäbe hoch.

»Wo hast du die denn her?«, fragte Marianne, die mit einer Schürze um die Hüften abwusch.

»Katsikas hat sie mir überlassen, sie sperren damit die Deckel der Olivenfässer beim Transport ab. Und das hier habe ich mir auch bei ihm geborgt.«

Mit Schwung hob Leonard ein Werkzeug hoch, das neben seinem Stuhl stand.

»Cohne, was ist das denn?«, fragte Axel Joachim überrascht.

»Eine Handbohrmaschine.«

Aufmerksam betrachtete der Junge das Gerät.

»Siehst du, hier vorn wird der Bohrer im Futter eingespannt. Wenn sich die Backen schließen, sitzt der Bohrer fest.«

Axel nickte zustimmend.

Leonard erhob sich und beugte sich über den Tisch. »Am anderen Ende der Bohrmaschine ist eine Art Platte. Die hier, da lege ich jetzt meine linke Hand drauf und halte das Gerät fest, während wir den Bohrer genau an die Stelle setzen, wo wir das Loch im Rumpf brauchen. Dann drehe ich an der Kurbel.«

Marianne, die interessiert an den Tisch getreten war, hielt zusammen mit ihrem Sohn das Holzstück fest, während Leonard nacheinander zwei Löcher hineinbohrte. Er achtete darauf, dass sie nur so tief waren wie nötig, damit sie den Rumpf nicht durchstießen.

»Jetzt musst du pusten«, sagte Leonard, und der Junge blies die Späne zur Seite.

»Wunderbar«, sagte Marianne. »Ihr macht mir ja einen schönen Dreck.« Aber ihre Miene verriet ihnen, dass sie beim Anblick, den ihr die beiden eifrigen Bastler boten, glücklich war.

»Jetzt der Holzleim«, stellte Leonard fest und öffnete ein kleines Glas, das randvoll mit einer weißen Flüssigkeit gefüllt war. Vorsichtig gab er es an den Jungen weiter. »Davon tropfst du jetzt ein wenig in jedes Loch.«

Axel war so konzentriert bei der Arbeit, dass er nicht bemerkte, wie seine Zunge unruhig über die Unterlippe wanderte.

»Sehr gut«, lobte Leonard und nahm ihm das Gläschen wieder ab. »Dann lass uns jetzt die Masten setzen.«

Gemeinsam versenkten sie die Enden der Holzstäbe in den Vertiefungen.

»Und nun?«

»Müssen wir einen Moment warten, bis der Leim getrocknet ist.«

Der Junge kletterte auf seine Knie. »Gut, erzählst du mir was Schönes?«

»Was willst du denn hören.«

»Eine Geschichte, in der ein Schiff vorkommt. So eins wie dieses da.«

Leonard überlegte. »Hier in Griechenland gibt es viele solcher Geschichten. In einer davon lebte einmal ein Mann, den sie Odysseus nannten. Er war mit einem Boot wie diesem auf dem Rückweg nach Ithaka. Dort nämlich lebten seine Frau Penelope und sein Sohn Telemachos. Aber diese Heimfahrt stand unter keinem guten Stern, denn Odysseus verirrte sich.«

»Warum denn?«

»Vielleicht hatte er keinen Kompass. Denke dran, dass wir deinem Schiff unbedingt einen Kompass mitgeben müssen.«

Axel nickte ernsthaft.

»Na ja, jedenfalls fanden Odysseus und seine Männer, denn er war ja nicht allein unterwegs, nach einigen Tagen eine riesige Grotte direkt am Meer, in der eine Schafherde stand. Die Männer waren müde und hungrig und ließen sich in der Höhle nieder. Was sie nicht wussten, war, dass die Grotte einem Riesen gehörte.«

»Au backe«, stieß der Junge aus.

»Das sagten die Männer auch, denn der Riese, der nur ein Auge hatte und Polyphem hieß, war furchtbar sauer darüber, dass die Männer einfach seine Höhle besetzt hatten. Also verschlang er sechs von ihnen und wuchtete einen schweren Felsen vor den Eingang der Höhle.«

Leonard reckte den Kopf und schaute auf die Uhr an der Wand.

»Ich glaube, der Leim ist jetzt trocken. Wir können die Segel setzen.«

»Aber wir haben doch keine Segel«, stellte der Junge enttäuscht fest.

»Und was ist damit?«, fragte Marianne und reichte ihnen zwei gestärkte Taschentücher aus Stoff.

»Aber die sind doch für die Nase«, murrte der Junge.

»Jetzt sind es Segel«, entgegnete Leonard ruhig. »Wir machen sie mit Reißzwecken fest. Siehst du, so.« Dann nahm er einen Stift und malte einen Kreis, der einer Uhr ähnelte, neben den Mast.

»Was ist das?«

»Der Kompass.«

Axel schien zufrieden. »Und wie ging es mit dem Riesen weiter?«, fragte er.

»Odysseus überlegte, wie er mit den restlichen Männern fliehen konnte, und hatte eine Idee. Sie organisierten für den Riesen Wein und machten ihn betrunken und als er den Felsen zur Seite rollte, um nach ihnen zu sehen, flohen sie aus der Höhle, indem sie sich zwischen den Schafen versteckten. Wieder auf ihrem Schiff, segelten sie rasch nach Hause.«

»Klasse!« Der Junge klatschte vergnügt in die Hände.

Marianne beugte sich über das Bett ihres Sohnes, leise knisterte der Stoff ihres Kleides. Das Schiff stand auf dem Boden neben dem Kopfende. Aufmerksam betrachtete sie Axels Gesicht, in der Hoffnung, endlich die vertrauten Anzeichen von Schlaf darauf zu entdecken. Vorsichtig deckte sie den Jungen zu.

Leonard war vor einer halben Stunde bereits in die Stadt hinuntergegangen, um einen letzten Kaffee zu trinken und für sie Plätze an einem der begehrten Tische zu ergattern.

Gern hätte sie ihn begleitet. Aber es war unmöglich, jeden Abend einen Babysitter zu bestellen, dafür hatten sie einfach kein Geld und darum blieb ihr nichts weiter übrig, als neben dem Bett des Jungen auszuharren, bis er endlich eingeschlafen war.

Erst dann konnte sie das Haus verlassen und die Tochter der Nachbarin bitten, ab und zu nach dem Kleinen zu sehen.

Marianne lauschte auf die gleichmäßigen Atemzüge des Kindes. Als sie sicher war, dass er schlief, zog sie sich vorsichtig zurück.

Eilig lief sie, die Sandalen in der Hand, barfuß die Straße hinunter.

Die Steine unter ihren Fußsohlen hatten die Wärme des Tages gespeichert, die sie nun wieder abgaben. Der Nachthimmel zeigte ein samtiges Schwarz, zwischen den Häusern war es windstill und aus einem Fenster drang das typische Klackern von Würfeln, die in einem Becher geschüttelt wurden.

Marianne beeilte sich.

Es war Samstagabend und die Lokale am Hafen waren gut besucht. Unter den zahlreichen Gästen, die an den Tischen Platz genommen hatten, erkannte sie viele einheimische Paare. Nur hatten die Frauen heute ihre dunkle Arbeitskleidung gegen farbenfrohe, eng anliegende Sommerkleider getauscht, die Haare hoch toupiert und saßen lachend in hochhackigen Schuhen neben ihren Männern, die statt der derben Fischerkluft helle Anzüge und Espadrilles trugen, das schwarze Haar mit Pomade streng nach hinten frisiert.

Über dem ganzen Hafen lag eine Aura fröhlichen Feierns.

Marianne sah sich nach Leonard um und entdeckte ihn zusammen mit ihren Freunden in Thassos Café. Sie hatten zwei der Tische in die Nähe der Platane gerückt, unter der Leonard auf einem Stück weißer Mauer saß und Magdas Gitarre stimmte.

Sie begrüßte alle und rutschte dann zufrieden auf den leeren Platz neben Leonard. Sie lehnte sich an ihn und als er zu spielen begann, glitten ihre Augen von seinen Fingern, über den Arm hinauf zu den vertrauten Zügen seines Gesichts.

Er stimmte eines der Lieder an, von dem sie wusste, dass er es schon in Kanada gesungen hatte. Sie hatte den Namen vergessen, aber sie war ohnehin zu gerührt von der Hingabe, mit der er auf der Gitarre spielte, seiner tiefen, dunklen Stimme, die nicht nur sie berührte, sondern auch die anderen, die mit ihr zusammen gedankenversunken unter dem Baum saßen, in der Gewissheit, dass sie alle den gleichen Traum träumten, während sie mit ansahen, wie sich ein rot glühender Mond am Horizont aus dem Meer erhob.

KAPITEL 29

Marianne stopfte mithilfe eines runden Holzstutzens die Fleischstücke oben in den Trichter des Fleischwolfes und drehte die Kurbel so lange, bis das Fleisch zerkleinert durch ein Sieb an der Seite herausgedrückt wurde und in eine Schale fiel. Nachdenklich betrachtete sie den kleinen Hügel rohen Fleisches. Würde das reichen?

Für den Abend hatten sie all ihre Freunde eingeladen und die erwarteten sicher von ihr, dass sie ihre berühmten Frikadellen machte. Marianne schmunzelte. Dabei unterschieden sie sich kaum von dem Rezept ihrer Mutter, außer einer einzigen Zutat …

Aus dem Augenwinkel nahm sie eine Bewegung wahr und schnellte herum.

»Wo willst du hin?«, fragte sie Axel, der mit betroffener Miene auf der untersten Treppenstufe stand, er hatte eines seiner Spielzeugautos in der Hand.

»Ich will zu Cohne«, sagte er und stülpte die Unterlippe vor.

»Du weißt doch, dass er arbeitet, störe ihn bitte nicht.«

Leonard hatte die Angewohnheit entwickelt, sich nach der Siesta in sein Arbeitszimmer an den kleinen Schreibtisch zurückzuziehen, um bis zum Einsetzen der Dämmerung zu arbeiten, wenn die Klarheit des Tages einen ersten Blaustich bekam.

»Lass ihn doch«, drang plötzlich Leonards Stimme aus dem oberen Zimmer. »Axel stört mich nicht.« Und als wüsste er, dass Marianne an der gut gemeinten Aussage zweifelte, setzte er hinzu. »Wirklich nicht.«

»Gut, dann geh«, sagte sie und der Junge stürmte freudig die Treppe hinauf. Sie lauschte, hörte, wie Leonard ihn begrüßte, und erinnerte sich, wie erstaunt sie gewesen war, als sie einmal zufällig in Montreal in sein Zimmer kam und Axel, der sonst ein Wirbelwind war, ruhig und zufrieden unter dem Tisch zu seinen Füßen spielend vorfand, während Leonard schrieb.

Die Offensichtlichkeit, mit der diese einträchtige Zweisamkeit funktionierte, war ein Teil ihres Glücks geworden.

Sie griff nach dem Messer und begann, die Zwiebeln in kleine Stücke zu schneiden. Anschließend schlug sie zwei Eier in die Schale, mengte Zwiebeln, Knoblauch und ein Stück altes Brot, das sie zuvor in Wasser eingelegt und ausgedrückt hatte, unter das Fleisch. Danach würzte sie alles mit Pfeffer, Salz, Oregano und Kreuzkümmel ab.

Jetzt kam die geheime Zutat.

Kurz nach ihrem Einzug hatten sie begonnen, in dem kleinen Garten unterhalb des Hauses Hanfpflanzen anzubauen. Die Blätter und Knospen wurden getrocknet und in einer Metalldose im Schrank gelagert. Marianne wusste, dass Cannabis erst dann, wenn es in Alkohol oder in erhitztem Fett bei über fünfundsiebzig Grad gebunden wurde, seine Wirkung entfaltete. Als sie das Fleisch mit den Händen zu abgeflachten Kugeln formte, versenkte sie jeweils ein Stück Fetakäse in die Mitte. Der Käse würde beim Erhitzen zerlaufen und sein Aroma freigeben.

Plötzlich hörte sie Schritte hinter sich.

Leonard.

»Hat dich der Junge doch gestört?«

»Nein, ich wollte mir einen Kaffee machen.«

Er küsste sie flüchtig auf den Hals und griff nach dem Wasserkessel. »Das sieht gut aus, was du da zauberst.«

»Ich werde die Fleischbällchen gleich braten. Olivia hat angekündigt, dass sie einen Freund mitbringen will. Er heißt Jack. Kennst du ihn?«

Leonard überlegte einen Moment, dann schüttelte er den Kopf. »Jack, sagt mir nichts.«

»Er soll aus Indien kommen.«

Leonard öffnete die Ofenklappe, legte einen Scheit Holz nach und stellte den Wasserkessel auf der Eisenplatte ab.

Dann wandte er sich wieder Marianne zu. »Aus Indien? Na, da bin ich ja mal gespannt, wen die beiden da anschleppen. Bei Olivia weiß man das nie.«

Sie lachten.

Er deutete auf die vorbereiteten Frikadellen. »Was machst du dazu?«

»Kartoffeln und Zucchinigemüse. Außerdem gibt es Brot und Kräuter in Olivenöl.«

Marianne streckte sich und nahm die Pfanne vom Haken an der Wand. Leonard ging hinüber zum Hauseingang, wo sie in der Nähe der Tür den antiken Spiegel befestigt hatten.

»Klingt gut. Wie sieht es mit den Fundstücken aus?«

Marianne zuckte mit den Achseln. »Das, was auf dem Tischchen liegt.«

Gleich nebenan in einer Nische zeichnete sich im flackernden Licht einer Kerze das mit Ruß gezeichnete Kreuz auf der weißen Wand ab, welches der Priester dort angebracht hatte, nachdem er das Haus nach lokalem Brauch geweiht hatte. Darunter stand ein einfaches Tischchen. Dort platzierten sie kleine Dinge, die sie irgendwo zufällig entdeckt oder gefunden hatten und die sie gern ihren Freunden überließen, sollten sie Interesse daran zeigen. Ein schön geformtes Stück Treibholz, ein Gläschen mit buntem Strandglas oder ein altes Bügeleisen.

Leonard hob einen der Gegenstände hoch und zeigte ihn Marianne. »Erinnerst du dich noch?«

»Oh, ja, Kap Sounion. Der Sandstrand war wunderbar.«

»Und der Blick hinauf zur Ruine, die Säulen des alten Poseidon-Tempels. Da in der Nähe haben wir diese Tasse gefunden.«

»Ja, sie lag im Wasser auf einer Sandbank. Wir dachten zunächst, es wäre etwas Wertvolles … Eine geheimnisvolle Schatulle aus Elfenbein …« Marianne lächelte bei der Erinnerung. »Du hast dich tapfer in die Fluten gestürzt. Aber am Ende war es nur dieses Porzellanding, das wahrscheinlich jemand aus einem Café mitgenommen und später ins Meer geworfen hat.«

Leonard betrachtete die Tasse. Sie musste in der Brandung unzählige Male über den Meeresboden gerollt sein, denn die einstige Glasur war bis auf ein wenig Kobaltblau abgeschliffen. Auch der Henkel fehlte. Die Tasse enthielt im Innern eine kleine Kolonie Seepocken, die am Boden haftete. Er konnte sich keinen Reim darauf machen, wie sie dorthin gelangt waren. Aber sie waren in ihrer außergewöhnlichen Form schön anzusehen und gaben dem Fundstück etwas Besonderes. Noch einmal hielt er die Tasse hoch, als wollte er daraus trinken, dann stellte er sie an ihren Platz zurück.

Wie Leonard prophezeit hatte, ließ sich keiner ihrer Freunde Mariannes Fleischbällchen entgehen. Das Lob war überschwänglich und dank dem Wein und der geheimen Zutat war die Stimmung großartig, als Jack aus Indien seinen großen Auftritt hatte.

Jack, so stellte es sich heraus, war weder ein entfernter Verwandter der Kassipides noch ein guter Freund aus alten Tagen. Zu ihrer aller Überraschung war Jack ein Spielzeug. Genau genommen ein Maultier, nicht sehr groß und aus Stroh geflochten, in dessen Bauch sich ein Klumpen Haschisch versteckte. Der unbekannte Absender hatte die Droge eingewachst, damit das verräterische Aroma nicht austreten und die Lieferung verraten werden konnte.

Olivia schnitt unter Jubelrufen und Applaus die ersten beiden Stücke ab und stopfte sie in zwei Pfeifen, die sie eigens dafür mitgebracht hatte. Dann wurden diese in Brand gesetzt und herumgereicht.

Als Marianne das Mundstück zwischen ihre Lippen führte, sog sie fest daran, so dass das Klümpchen blasenwerfend und siedend in das Halbdunkel des Raumes entkam. Dann inhalierte sie tief den Rauch, bevor sie die Pfeife weitergab. Sie fand, dass sein Aroma nach dem würzigen Bukett von frischen Kräutern und Blättern schmeckte, ohne jede rauchige Note.

Versonnen spürte sie dem Wohlgefühl nach, das sich langsam einstellte, gewahrte, wie die Welt um sie herum weit und still wurde.

Mit der zweiten Pfeife vergrößerte sich ihr Abstand zum Fußboden weiter. Etwas in ihr löste sich und schien von der Zimmerdecke auf das Geschehen hinabzublicken. Alle, die sich unter diesem Dach getroffen hatten, waren Freunde und der Fortgang dieses Abends schien dem ungeschriebenen Gesetz zu folgen, dass sich alle Lebenslinien heute hier in einem einzigen möglichen Schnittpunkt trafen. In diesem Moment gab es kein Morgen.

Nur ein tief empfundenes Wohlwollen über den Augenblick.

Leonard fragte Marianne, wie sie sich fühlte.

»Phantastisch!« sagte sie und es entsprach der Wahrheit. Sie hatte das Gefühl, zu schweben. Alles erschien ihr endlos.

Auch Leonard bemerkte, dass die Gerüche im Raum plötzlich intensiver waren. Er roch den Duft von Mariannes Frikadellen, der noch in der Luft hing und in den sich jetzt die Aromen von Wein und Käse mischten.

Er versuchte, zu ergründen, ob ihm der Raum wegen dem Genuss der Droge plötzlich so seltsam erschien oder weil es in der Tat seltsam war, hier in seinem eigenen Haus in Griechenland zu sein.

Auch das Licht der Petroleumlampen schien sich langsam zu verändern, es bildete weiche Aureolen um jedes Möbelstück und auch um jeden Einzelnen von ihnen. Leonard hob den Kopf. Im Zwielicht begannen die weißen Zimmerwände langsam von ihm abzurücken und wandelten sich zu einer Projektionsfläche, auf der in endloser Folge und goldener Schrift zwei immergleiche Sätze erschienen, die zweifelsohne für ihn bestimmt waren.

Ich werde mich verändern – Ich bleibe, der ich bin – Ich werde mich verändern – Ich bleibe, der ich bin.

Es war wie ein sich wandelndes Abziehbild auf einer Oberfläche. Er fühlte, wie ihm im Rausch seine Sicht auf die bisherige Welt abhandenkam. Er wusste nicht, wie lange er auf die Wand gestarrt hatte, wo die Buchstaben verblassten, als Marianne zu ihm kam und sanft ihren Kopf auf seinen Schoß bettete. Er streichelte ihr Haar, betrachtete sie liebevoll, wie sie auf dem Teppich lag und schlummerte. Ihre rote Bluse war etwas nach oben gerutscht und gab den Nabel frei.

Sein Blick blieb daran hängen.

Er streckte die Hand aus und befeuchtete die Spitze seines Zeigefingers mit Olivenöl, das in kleinen Schälchen am Boden stand und in denen brennende Weinkorken schwammen, und beschrieb mit seinem Finger kleine Kreise um Mariannes Nabel. Durch die Berührung geweckt, schlug sie die Augen auf, erwiderte seinen Blick und fuhr ihm durchs Haar.

Plötzlich wurde George von einem furchtbaren Hustenanfall geschüttelt.

»Du hast auch schon mal besser gehustet«, sagte Paolo und es klang ernster, als es vielleicht beabsichtigt war.

»Es ist der Rauch hier«, sagte Chairmian. »Du solltest besser an die frische Luft gehen.«

Wortlos, immer noch von einem quälenden Husten gepeinigt, trat George auf die Terrasse hinaus.

»Ich werde mal nach ihm sehen«, sagte Magda und rappelte sich auf. Paolo folgte ihr mit einer Weinflasche in der Hand.

»Ein bisschen frische Luft würde mir auch guttun«, sagte Olivia zu ihrem Mann und sie erhoben sich beinahe gleichzeitig, jedoch nicht ohne vorher ihre Gläser großzügig nachzufüllen.

»Wartet, wir begleiten euch«, erklärte Marianne.

Chairmian und Anthony blieben allein im Raum zurück.

Gemeinsam standen alle anderen eine Weile schweigend draußen, genossen die klare, frische Nachtluft, bis Marianne überrascht den Kopf hob. »Regnet es?«

Doch sie bekam keine Antwort, weil die Gäste bereits zurück ins Haus flüchteten, als sich die ersten sanften Tropfen in einen wahren Platzregen verwandelten und in kürzester Zeit durch den Stoff ihrer Kleidung drangen.

Nur Leonard blieb neben Marianne vor dem Haus stehen.

Sein Blut kochte unter der Haut, und er verspürte das dringende Bedürfnis, den Regen zu fühlen, bis auf den Grund seiner Seele nass zu werden. Im nächsten Augenblick streifte er sein Hemd ab und stieg aus der Hose, eilig zog er die Unterwäsche herunter und stand nackt auf der Terrasse.

Marianne wischte sich die Nässe von den Wangen, blickte ihn an, und ein Leuchten erfasste ihr Gesicht, als er mit einem wilden Lachen hinaus in den Regen lief. Sie sah, wie er sich in Sprüngen mit rudernden Armen um die eigene Achse drehte.

Seine Haut schimmerte hell, während sein Körper hinter dem Regenschleier allmählich undeutlicher wurde.

Auf Mariannes Gesicht erschien ein trotziges Lächeln, als sie sich die Bluse über den Kopf zog und ihre restlichen Kleider abstreifte. Rasch lief sie zu ihm in die Dunkelheit hinaus.

Als sie ihn erreichte, blieb sie nicht stehen, sondern neckte ihn und lief weiter den Hügel hinauf. Der Boden war steinig und an manchen Stellen sogar schlammig. Sie glitt beinahe aus, als sie über die Schulter zu der hellen Männergestalt blickte, die sie verfolgte. Schließlich verließ sie die Kraft, er erreichte sie und ein starker Arm legte sich um ihre Mitte, die nackt und nass vom Regen war. »Hab dich«, sagte er ein wenig außer Atem und lachte, als er ihren Körper fest an sich zog. Dann strich er ihr das feuchte Haar aus dem Gesicht und drückte seine Lippen fest auf ihre. Sie fanden eine sandige Mulde, die mit Gras bewachsen war, in die sie sich fallen ließen.

Für einen Augenblick, als sie sich liebten, verlor sie fast das Bewusstsein und hatte das Gefühl, eins zu werden mit dem strömenden Regen, der sie beide einschloss. Erhitzt und zugleich fröstelnd fühlte sie die Nässe auf ihrer Haut. Sie hielt inne und spürte sein hämmerndes Herz in der Brust klopfen, dann kniete sie sich neben ihn, küsste seine Augen, seinen Hals, die Brust, küsste ihn ohne Scham, gierig, unersättlich, und fühlte zum ersten Mal etwas Wildes, was sie noch nie zuvor gefühlt hatte.

KAPITEL 30

Der Besuch von Epidauros war Lialios' Idee gewesen. Als sie wieder einmal in seiner geräumigen Küche vor dem Kamin zusammensaßen, um griechische Dramen zu lesen, hatte er vorgeschlagen, einmal mitzuerleben, wie so ein komplexes Werk seine Wirkung auf einer Bühne entfaltet.

»Wir setzen nach Piräus über und nehmen von dort die Fähre nach Nafplio«, sagte er.

»Und wie kommen wir nach Epidauros?«, fragte Chairmian.

»Mit dem Taxi. Es sind dreißig Kilometer. Die Aufführung wird am Abend sein.«

»Dann werden wir dort übernachten?«, erkundigte sich Leonard.

Lialios nickte. »Ja, in Nafplio. Ich kenne ein kleines Hotel. Einfach, aber sauber, eine Querstraße hinterm Hafen. Also wer von euch kommt mit?«

Es war eine herrliche Überfahrt.

Noch vor dem Auslaufen in Piräus war es ihnen gelungen, einige der hölzernen Deckstühle zu ergattern, auf denen sie sich inmitten ihres Gepäcks niedergelassen hatten. Der Tag war warm und kleine Wolken segelten über den Himmel.

Jetzt gaben sie sich der Ruhe hin, soweit das auf einem stampfenden Fährschiff möglich war. Marianne genoss das leichte Vibrieren des Schiffsrumpfes und den Fahrtwind, der kühlend über die erhitzte Haut strich.

Sie hob leicht den Kopf und sah sich um.

Der Platz neben ihr war leer.

Leonard stand neben Lialios an der Reling und betrachtete die kleinen Inseln und das Festland, das hier weit ins Meer ragte.

Mariannes Blick wanderte weiter zu Chairmian und ihrer Tochter Shane. Die Brüder Martin und Jason waren bereits losgezogen, um das Schiff zu erkunden. Sie hofften, dem Kapitän auf der Brücke einen Besuch abstatten zu dürfen.

»Wenn ich euch so ansehe«, stellte George Johnston vergnügt fest, »käme ich bei all den Taschen und Körben kaum auf die Idee, dass wir auf dem Weg zu einer Theatervorstellung sind.

Chairmian schob die Krempe ihres Strohhuts aus dem Gesicht. »Du weißt doch, was er gesagt hat.«

Lialios hatte sie gewarnt, dass es, wenn man länger auf den Steinstufen saß, diese unbequem und vor allem in der Nacht kalt werden würden.

Leonard hatte daraufhin vorgeschlagen, dass sie Decken und Kissen einpacken sollten. Und das hatten sie getan.

Am Kai angekommen, teilten sie das Gepäck und die Personen auf zwei Taxen auf.

»George, du kannst mit uns kommen«, rief Leonard Lialios zu und genau in diesem Moment, als er selbst ins Taxi stieg, überkam ihn plötzlich eine Klarheit, an die er sich sein Leben lang erinnern würde. Er war erwachsen, sah sich ganz deutlich, ein junger Mann, der in Griechenland ein Haus besaß, neben ihm eine schöne Frau, auf dem Weg zu einer Theatervorstellung. Er schaute Marianne mit einem langen, zärtlichen Blick an. Sie nahm seine Hand, lächelte ihm zu. Er wusste, für sie war er der Mann ihres Herzens, und alle Teile ihres Lebens passten zusammen, sie musste sich nicht verändern, um mit ihm glücklich zu sein.

Dann blickte er aus dem Fenster, vor dem eine zerklüftete, grüngelbe Landschaft vorüberzog.

Lialios, der vorn auf dem Beifahrersitz saß, drehte sich zu ihnen um. »Ist die Peloponnes nicht schön?«, fragte er.

»Ja«, sagte Marianne und meinte es auch.

Während die fernen Gebirge im hellen Licht schroff und unnahbar wirkten, zeigten sich die Taleinschnitte in einem satten Grün. Sie entdeckten auf sanft abfallenden Hängen knorrige Olivenbäume und Gruppen von Zypressen, die wie grüne Finger einer unsichtbaren Hand in den wolkenlosen Himmel aufragten. Davor säumten blühende Stauden die Wiesenraine und ein Stück weiter erstreckte sich hinter einem Weidezaun eine Plantage mit Orangenbäumen, wo reife Früchte durch das Laub schimmerten.

»Dieses Land hat viele Herren gesehen«, sinnierte Lialios weiter, während sie einen Eselskarren überholten. »Mykener, Spartaner, Römer, Slawen, Byzantiner und Kreuzritter. Nicht zu vergessen die Venezianer. Aber uns interessiert ja heute die griechische Mythologie und da sind wir hier auf der Halbinsel goldrichtig, weil vieles von dem, was wir aus griechischen Sagen und Legenden kennen, hier seinen Ursprung hat.«

Georgos Lialios hatte nicht zu viel versprochen.

Das Amphitheater übertraf all ihre Erwartungen.

Wie eine gigantische steinerne Schale erhob es sich in der flimmernden Luft.

»Es ist über zweitausend Jahre alt und es hat vierzehntausend Sitzplätze«, erklärte Lialios nicht ohne Stolz. »Wie ihr seht, wurden die Sitzreihen direkt in den Hang gebaut.«

»Warum so viele?«, fragte Jason.

»Weil Epidauros die bedeutendste antike Kultstätte war, ein Ort für Pilger. Menschen suchten diesen Ort auf, wenn sie medizinische Hilfe benötigten. Hier wurden Bäder, Entspannungskuren, aber auch medikamentöse Heilverfahren angewendet. Als ein Teil der Therapie galten stets auch kulturelle Angebote. Nicht zuletzt besaß Epidauros deshalb ein Theater und eine Bibliothek.«

»Das Theater ist riesig«, stelle Marianne fest. »Ich kann mir nicht vorstellen, dass man auf den Plätzen dort oben noch etwas von dem versteht, was hier unten gesprochen wird.«

Lialios lachte auf. »Ehrlich gesagt, sind genau das die besten Plätze.«

Selbst Leonard verzog jetzt ungläubig das Gesicht.

»Gut, wir probieren das aus. Lasst Decken und Proviant hier und klettert hinauf.«

Es dauerte eine Weile, bis sie den obersten Theaterrang erstiegen hatten, aber schließlich ließen sie sich atemlos auf den Steinquadern nieder. Die Aussicht von hier oben war überwältigend. Das gesamte Theaterrondell lag vor ihnen, und auf der Bühne stand jetzt winzig Lialios und winkte zu ihnen herauf. Hinter der Bühne öffnete sich wie ein Bergeinschnitt der Ausblick auf die Weite der Landschaft. In der Ferne schimmerte das Meer.

Marianne stupste Leonard an, der noch immer fasziniert die Architektur bestaunte, und deutete hinab auf Lialios, der jetzt etwas Blinkendes hochhielt.

»Es scheint eine Münze zu sein«, flüsterte Chairmian, die sich neben sie gesetzt hatte.

Sie sahen, wie Lialios sich umschaute, ob sie alleine waren. Eine beinahe fassbare Stille füllte das Rund.

Dann öffnete sich seine Hand.

Die Münze fiel herab und schlug mit einem lauten Klingen auf dem Stein auf. Das Geräusch war so deutlich, als hätte er das Geldstück unmittelbar zwischen ihnen fallen gelassen, dabei stand er dort unten, einige Dutzend Meter von ihnen entfernt.

»Ich denke, die Platzwahl ist gut«, stellte Leonard pragmatisch fest. »Holen wir unser Gepäck und freuen uns auf die Vorstellung.«

Die gesamte Rückfahrt im Taxi hatte Marianne geschwiegen. Noch immer war sie von der Inszenierung tief beeindruckt. Obwohl das Stück auf Griechisch gewesen war, hatte sie der Handlung gut folgen können, und den Moment, als der Chor in weißen Seidengewändern von der Seite singend auf die Bühne schwebte, würde sie wohl nie vergessen.

Sie fühlte, dass es Leonard genauso erging, und als sie nach Nafplio kamen, beschlossen sie, trotz der vorgerückten Stunde eine Taverne aufzusuchen und ein Glas Wein zu trinken. Die Johnstons wollten später noch dazustoßen.

»Es war grandios«, sagte Leonard und hob sein Glas. »Schön, dass ich das mit dir zusammen erleben durfte.«

»Mit dir«, antwortete Marianne und sie prosteten sich zu.

Er stellte das Glas ab. »Aber weißt du, was mich wirklich sprachlos macht? Da gab es einen Dichter in der Antike, der dieses Stück verfasste, und obwohl er schon über zweitausend Jahre tot ist, wird es immer noch aufgeführt, seine Gedanken leben in dem Stück weiter.«

»Du meinst, so wird er nicht vergessen?«

»Ja, so ähnlich.«

Leonard lehnte sich in seinem Stuhl zurück. »Ich frage mich, was wird einmal von uns bleiben, von dir, von mir?«

Marianne legte die Arme auf den Tisch. »Na, das ist doch ganz klar. Du bist auch ein Dichter, deine Werke werden dich überleben. Man wird sie noch lesen, wenn du längst gestorben bist. So wie du selbst Keats und Shakespeare und andere Klassiker liest.«

»Heute liest doch keiner mehr Gedichte.« Er richtete sich auf. Über sein Gesicht glitt ein Anflug von Unwillen. »Und wie ist es bei dir?«

»Bei mir?« Marianne legte den Kopf zur Seite. »Ich habe ein Kind. Ich lebe in Axel weiter. Ich hoffe, dass er sich ab und zu an mich erinnern wird, wenn ich nicht mehr lebe.« Sie legte ihre Hand in seine. »Wieso denkst du jetzt eigentlich an so etwas Endgültiges wie den Tod? Es ist doch so ein schöner Abend.«

»Es hat wohl mit dem Theaterstück zu tun«, sagte Leonard. »Hat mich einfach ziemlich aufgewühlt. Aber es heißt ja nicht umsonst Drama.« Er lächelte.

An ihrem Tisch lief eine junge Frau vorbei und blieb vor einer Musikbox stehen, die unter dem Fenster stand. Sie warf eine Münze ein, wählte ein Lied aus dem Register aus und drückte die Taste. Kurz darauf erklang Elvis Presley mit »It's Now or Never«.

KAPITEL 31

Sirokos!«, rief die Nachbarin Kyria Sophia zu ihnen herüber und wedelte aufgeregt mit der Hand und deutete zum Hügel hinüber, über dem der Himmel eine unnatürliche rötliche Färbung angenommen hatte.

»Was sagt sie?«, fragte Leonard, der seine verbeulte Mütze in den Nacken geschoben hatte und damit beschäftigt war die Wäscheleine zu spannen. Neuerdings trug er wie viele griechischen Männer einen Oberlippenbart, der Marianne kitzelte, wenn sie sich küssten.

»Sie meint, wir werden einen Scirocco bekommen.«

»Einen Wüstenwind?« Prüfend blickte Leonard über die Schulter. »Gut, der Himmel mag ja dramatisch aussehen, aber es ist doch fast windstill.«

»Ich warte lieber mit dem Aufhängen der Wäsche«, sagte Marianne. »Im schlimmsten Fall kommt es so, wie Kyria es sagt, und ich darf alles noch mal waschen.«

»Wie du meinst«, entgegnete Leonard und zog den Knoten der Leine fest.

Es kam tatsächlich so, wie die Griechin es vorhergesagt hatte.

Zwei Stunden später frischte der Wind deutlich auf.

Gerade noch rechtzeitig gelang es ihnen, Fenster und Türen fest zu verschließen, bevor der Sturm über den Hügelkamm herabpeitschte und Tonnen von rotem Saharastaub mit sich brachte. Die zu Pulver zermahlenen Sandkörner krochen in jede Pore, in jede Ritze und rieselten durch die Spalten der Jalousien, um sich auf der Fensterbank zu kleinen Häufchen aufzutürmen.

Marianne hängte inzwischen die Wäsche im Zimmer auf.

Kurz dachte sie an Chairmian, die ihr vor zwei Tagen die Kleidungsstücke vorbeigebracht hatte. Ihrem Jüngsten waren sie inzwischen viel zu klein, aber sie waren noch gut und Axel passten sie.

Sie steckte eine Klammer fest und lauschte auf den Sturm, der donnernd ums Haus jagte.

Leonard saß im Sessel und las bei Kerzenschein in einem Buch. Der Kleine schlief in seinem Bett.

»Sag mal, wollte deine Mutter dich nicht besuchen kommen?«

Leonard schaute auf. »Masha? Ja, in zwei Wochen.« Er legte die Stirn in Falten. »Hätte ich ihr bloß nicht diesen Brief geschrieben. Warum musste ich ihr auch von dem Haus vorschwärmen, das ich gekauft habe …«

Marianne warf ein weiteres Wäschestück über die Leine und nahm die Klammer aus dem Mund. »Aber es ist doch ein schönes Haus.«

»Ja, schon.«

Sie angelte nach einem neuen Wäschestück. »Vielleicht hättest du nicht schreiben sollen, dass du es zu einem Herrenhaus ausbauen willst.«

Er legte einen Finger zwischen die Seiten. »Du meinst, Masha will hier einziehen?«

Marianne schüttelte den Kopf.

»Nein, du hast ihr geschrieben, wenn das Haus fertig ist, dann bleibst du für immer in Griechenland. Du bist ihr einziger Sohn. Ich denke, sie macht sich Sorgen.«

Leonard zog den Finger weg und klappte das Buch zu. »Meinst du?«

Marianne zuckte mit den Achseln und steckte eine weitere Klammer fest. »Dann fährst du nach Athen und holst sie vom Flughafen ab?«

»Hatte ich eigentlich nicht vor.«

»Nicht?« Sie drehte den Oberkörper, um ihn besser sehen zu können. »Und du denkst, Mascha findet allein den Weg nach Hydra?«

Sie bemerkte den dunklen Schatten, der über sein Gesicht huschte.

»Ich meine ja nur. Der Zoll, das Taxi, die Fähre …«

»Sie hat bestimmt schon mit Irving gesprochen. Der war erst vor Kurzem hier, und er kennt den Weg und hat ihn ihr beschrieben.«

Marianne stemmte die Hände in die Seiten. »Leonard, ich bitte dich, wir reden von deiner Mutter.«

»Ja, eben. Was will sie überhaupt hier? Sie bringt nur Unruhe. Außerdem, wo soll sie schlafen? Wir haben nur unser Bett unter dem Moskitonetz.« Plötzlich schien ihm etwas einzufallen, beunruhigt schaute er sie an. »Du bleibst doch hier wohnen? Ich meine, wenn sie da ist.«

Marianne verneinte. »Eigentlich wollte ich so lange mit Axel in den Adlerhorst ziehen. Ich weiß nicht, wie deine Mutter das findet, wie wir beide hier … na ja, zusammenleben.« Außerdem wollte sie nicht in die missliche Lage kommen, etwas Vertrauliches zwischen Mutter und Sohn oder vielleicht Anflüge eines Streits zu belauschen.

»Das kannst du mir nicht antun!« Er wirkte gekränkt. »Masha liebt euch, dich und den Jungen. Ihr habt euch doch in Montreal so gut verstanden.«

Ja, aber da hatte er auch seiner Mutter gegenüber noch nicht den Wunsch geäußert, für immer in Griechenland zu bleiben, dachte Marianne.

»Das müssen wir nicht jetzt entscheiden«, schlug sie vor und stellte die Schüssel zur Seite. »Uns bleiben noch zwei Wochen, und vielleicht überrascht uns Masha am Ende …«

Leonard legte das Buch zur Seite, kam auf sie zu und nahm sie in den Arm. »Mit was?« Er zog sie an sich. »Wie kannst du immer so positiv denken?«

Sie küssten sich.

Nach einer Weile hob Marianne den Kopf und lauschte. »Ich glaube, der Sturm wird schwächer.«

Leonard hörte ebenfalls hin und schüttelte den Kopf.

»Nein, wird er nicht«, sagte er. »Komm, lass uns ins Bett gehen, morgen wartet viel Arbeit auf uns.«

Am nächsten Morgen sah es auf Hydra so aus, als wäre eine dünne Schicht roter Schnee gefallen. Jeder Einwohner wusste, was es zu tun galt.

Leonard hielt einen groben Besen in der Hand und begann, den Staub von der weißen Fassade des Hauses zu fegen, während Marianne die Fenster putzte. Es dauerte nicht lange, und ihre Nachbarin Kyria Sophia erschien mit einem Eimer Kalk in der Hand, so wie sie es nach jedem Scirocco tat. »Roter Wind macht krank«, sagte sie, und gemeinsam ging sie mit Marianne in die Küche, wo eine hölzerne Abdeckung den Zugang zur Zisterne absperrte, die sich unter dem Haus befand. Marianne hob den Deckel an, und Kyria Sophia prüfte sorgfältig den Wasserstand, bevor sie den Eimer mit Kalk zum Desinfizieren in den Behälter hinunterließ.

Dann sah sie Marianne durchdringend an und ermahnte sie.

»Die nächste Stunde kein Wasser aus der Zisterne schöpfen, bis ich den Eimer wieder herausgenommen habe.«

»Einverstanden. Trinken wir solange Wein«, meinte Marianne leichthin und wartete, bis sich auf dem erschrockenen Gesicht der Alten ein Lächeln zeigte.

Die zwei Wochen bis zu Mashas Ankunft waren wie im Flug vergangen. Leonard hatte sie in Athen abgeholt und ein Klappbett organisiert, das er im Wohnzimmer für sie aufgestellt hatte. Marianne war bei ihrem Plan geblieben und für die Zeit in ihr altes Haus gezogen. Aber es waren keine drei Tage seit Mashas Ankunft vergangen, als kräftig gegen die Tür des Adlerhorstes gehämmert wurde.

Marianne war überrascht, als sie öffnete und in Leonards gehetztes Gesicht blickte. Seine Augen flackerten unruhig und er ruderte mit den Händen fahrig durch die Luft. »Ich halte das nicht länger aus«, brach es aus ihm heraus und er stürzte an ihr vorbei in die Küche.

»Die Frau schafft mich, sie zieht mir den letzten Nerv. Erst ist es ihr zu heiß, dann wieder zu kalt. Das Bett ist zu hart und das Essen zu schlicht. Sie ändert ständig ihre Meinung und überhaupt ist für Masha alles hier zu primitiv und den Cohens nicht angemessen.«

Er blickte verzweifelt zu Boden, dann schaute er sie eindringlich an. »Liebling, du musst wieder bei mir einziehen. Ich schaffe das nicht allein. Gerade hat sie einen Esel bestellt, der ihren Koffer hinunter zum Hafen bringen soll. Angeblich will sie die nächste Fähre nehmen. Sie behauptet ernsthaft, ich würde mich nicht genug um sie kümmern.« Er hob verzweifelt die Hände. »Was für eine Farce. Ich habe ihr einen ganzen Tag lang die Insel gezeigt, aber die war ihr natürlich zu karg. Ich war mit ihr zum Mittagessen am Hafen, doch da war es ihr zu schmutzig. Ich bin mit ihr zu Katsikas, weil sie ihre Handcreme vergessen hat, da hat sie die ganze Zeit nur mit dem Kopf geschüttelt.« Er begann auf und ab zu laufen. »Ständig fängt sie wieder mit Montreal an, wie schön es da ist. Wie sauber und kultiviert. Ich weiß, wie es da ist! Ich habe auch dort gelebt. Masha will einfach nicht verstehen, dass ich hier glücklich bin. Es ist zum Haareraufen.« Sein Gesicht erstarrte. »Und das Schlimmste: Seitdem sie da ist, habe ich nicht eine Zeile geschrieben. Fast könnte man ihr Absicht unterstellen …«

»So weit würde ich nicht gehen.«

»Vermutlich hast du recht. Aber ich bitte dich inständig, du und Axel, zieht wieder bei mir ein, sonst gibt es womöglich noch Tote.«

Marianne hatte die Tasche in wenigen Handgriffen gepackt, und Leonard nahm sie erleichtert an sich. Auch Axel war froh, wieder bei »Cohne« zu sein. Begeistert lief er den vertrauten Weg bis zu Leonards Haustür vor ihnen her.

Als sie in die schmale Gasse bogen, war von einem Esel weit und breit nichts zu sehen. Dafür aber von Masha, die im Türrahmen stand, die Hände in die Seiten gestemmt, und scheinbar erzürnt mit einer weiteren Beschwerde auf ihren Sohn wartete. Aber als sie den kleinen Axel sah, wandelten sich ihre harten Gesichtszüge augenblicklich in ein weiches Lächeln, und sie ging in die Hocke, um ihn aufzufangen, als er mit einem freudigen Aufschrei auf sie zugestürmt kam. Die beiden drehten sich im Kreis und redeten aufeinander ein, bis Masha ihn absetzte und ihm beglückt mit der Hand übers Haar strich, bevor sie ihn vertraulich flüsternd ins Haus führte.

Missmutig sah Leonard Marianne an. »Das ist unglaublich.«

Sie konnte sich ein Schmunzeln nicht verkneifen.

»So unglaublich ist es auch wieder nicht«, sagte sie ernst. »Masha ist eine Mutter, der ihr kleiner Junge fehlt.«

KAPITEL 32

Hydra, 1965

Die Tür zu der mit hellgrauen Steinplatten ausgelegten Terrasse stand einen Spaltbreit offen. Marianne musste nur dem Klappern der Tasten folgen, um den Weg zu Leonard zu finden. Sie wollte ihm Sandwiches bringen und eine Tasse Kaffee mit ihm trinken.

Leonard saß vor der Schreibmaschine, den Rücken an die Mauer gelehnt und schrieb. Er hörte Marianne nicht kommen. Halb nackt saß er dort und seine Finger hämmerten auf die Tasten ein. Marianne konnte nicht erkennen, woran er gerade arbeitete.

Sie lehnte sich gegen den Türrahmen und sah ihm schweigend zu. Sie hatte Leonard schon einige Male schreiben sehen, aber noch nie, wenn er sich unbeobachtet fühlte. Dadurch änderte sich etwas. Mit halb geschlossenen Augen saß er da, seinen Blick starr auf den Punkt gerichtet, wo der zierliche Metallarm der Schreibmaschine nach vorn schnellte und mithilfe des Farbbandes einen Buchstaben auf das weiße Papier stanzte.

Er wirkte völlig in sich versunken, so wie ihn Marianne noch nie erlebt hatte, nicht einmal, wenn sie sich liebten.

Er murmelte etwas, und es klang wie die Beschwörungsformel eines Magiers. Seine Gesichtszüge wirkten entrückt, die gebräunte Haut schimmerte wie Bronze.

Gleißendes Sonnenlicht flutete das steinerne Geviert, und die Luft jenseits der Mauern flimmerte in der glühenden Hitze. Rote Felsen lagen dahinter, heller Meeresstrand, das Wasser war tiefblau. Marianne dachte an die schattigen Kammern unter den Felsen, wo die Wellen Ruhelager aus Sand hineinspülten und wo es nach Stein und Algen roch. Sie waren zusammen dort gewesen …

Niemand weiß, woher Talent kommt, dachte sie. Egal, woher wir stammen, wir werden damit geboren. Leonard schöpfte aus dem Leben, aus dem seinen, und aus dem der anderen, der Zerrissenheit, den Trieben, der Angst vor dem Abgrund, den Sehnsüchten und den Emotionen. All das fand sich in großartigen Kompositionen aus Sprache, Versmaß und Reimen wieder, Gedichte, deren Entstehung er unentwegt auf der Suche nach Worten auf Servietten, Papier und Tischdecken bannte.

Marianne verstand.

Leonard liebte die Kunst des Schreibens und erschuf Werke, immer getrieben von der Zerrissenheit zwischen der Schönheit eines ewig geltenden Gedankens und der marodierenden Hässlichkeit des Vergänglichen.

Sie lehnte den Kopf an den Türrahmen und gab sich ihm nicht zu erkennen, sagte kein Wort.

Einen Augenblick später stellte sie den Korb mit den Sandwiches und der Kaffeekanne in den schmalen Streifen Schatten vor der Tür, in Reichweite für ihn, dessen Geist, von Licht durchdrungen, einen Weg eingeschlagen hatte, auf dem sie ihm nicht folgen konnte.

Leise wandte sie sich um und ging fort.

KAPITEL 33

Hydra, 1965

Demetre Gassoumis, der Maler, der Leonard vor fünf Jahren beim Hauskauf beraten hatte, war im Begriff, seine Verlobte Carolina zu heiraten.

Der Hochzeitstermin mitten im Sommer wurde auf der Insel rasch zum gesellschaftlichen Höhepunkt des Jahres.

Was bedeutete, dass Marianne, Olivia und Chairmian nicht nur die nächste Fähre nach Athen nahmen, um Stoff für neue Kleider einzukaufen, sondern die Braut tatkräftig bei allen Vorbereitungen im Haus unterstützten. Es wurde geputzt, gebacken, gewaschen und für die Verpflegung der Gäste in den kommenden Tagen gesorgt. Darüber hinaus wurde sich auch um die »Prika« gesorgt, die Aussteuer der Braut, welche aus selbst gehäkelten und gestickten Tischdecken, Handtüchern, Bettwäsche und Bettdecken bestand, diese musste gewaschen und gebügelt werden, um sie gemäß der Tradition zur Schau zu stellen.

Die Männer hingegen nutzten die Abwesenheit der Frauen auf Anthonys Gehöft, um mit dem zukünftigen Ehemann dessen Entscheidung gebührend zu feiern. Dabei bat Demetre seinen Freund Leonard für ihn der »Koumbaro«, der Trauzeuge, zu sein und erklärte ihm, was er dabei zu tun hatte.

Marianne schien es, dass ganz Hydra auf den Beinen war. Ständig kamen Gäste, begleitet von Tänzen und Musik, in das

Haus der Braut, warfen Geld auf die ausgestellten Gegenstände und brachten immer neue Hochzeitsgeschenke, die schnell Tische und Stühle sowie den Fußboden belegten.

Am großen Tag waren alle Holzbänke in der Natursteinkirche bis auf den letzten Platz gefüllt. Kerzen brannten in schmiedeeisernen Ständern und warfen ein flackerndes Licht auf die Ikonen und die verzückten Gesichter der Anwesenden, die singend und tanzend in langen Schlängellinien zur Kirche hinaufgezogen waren.

Während Leonard als Trauzeuge ein wenig abseits stand, warf er einen Blick zu Demetre, der ihn heute in seinem schwarzen Anzug mit der Samtfliege und der dunklen Haarlocke in der Stirn an einen Hollywoodstar erinnerte. Er selbst hatte ihn frühmorgens rasiert, gemäß der griechischen Tradition.

Er spürte, wie ihn diese Hochzeit beschäftigte.

Hier stand er nun, sein Freund, vor allen Leuten, um seiner Braut das Ja-Wort zu geben und dort, in der ersten Bankreihe, saßen seine Eltern, nebenan die von Carolina. Die Mütter unauffällig adrett, das weiße Spitzentaschentuch in der Hand knetend. Die Väter breit und stolz, ebenfalls frisch rasiert und mit feierlichem Gesichtsausdruck.

Und eine Reihe dahinter sah er Marianne in einer der Bänke sitzen, wunderschön im taubenblauen Kleid, die blonden Haare wie eine Prinzessin nach oben gesteckt, und daneben der kleine Axel mit seinem offenen Gesicht und in einem dunkelblauen Anzug.

Das Kind war ihm ans Herz gewachsen, ein Wirbelwind, der die Freiheit der Insel genauso liebte wie er selbst.

Ein Junge, der die Zukunft darstellte, mit seinen von der

Sonne gebleichten Haaren und den intelligenten blauen Augen. Manchmal fragte Leonard sich, ob er ein Teil dieser Zukunft sein würde. Hier in dieser Kirche erschien es ihm plötzlich möglich, und ihn erfasste ein seltsam erhabenes Gefühl von Glückseligkeit.

Der Priester segnete nach dem »Ja«-Wort die »Stefana«, zwei Kränze, die mit einem weißen Band verbunden waren. Die Hochzeitskränze symbolisierten, dass das Brautpaar nun König und Königin in ihrem eigenen Königreich war. Leonard überkreuzte die Stefana dreimal über den Häuptern des Brautpaares und legte ihnen schließlich die Kränze auf den Kopf. Auch die Ringe wurden, nachdem auch sie vom Priester gesegnet waren, von Leonard dreimal über den Händen der Brautleute überkreuzt, bevor sie an die Finger gesteckt wurden. Demetre hatte ihm erklärt, die Abläufe erfolgten jeweils dreimal, da dies die Dreifaltigkeit der Kirche darstellte, den Vater, den Sohn und den Heiligen Geist.

Der Priester nahm nun, da die Trauung vollzogen war, die Braut an der Hand, die wiederum ihren Ehemann an die Hand nahm. Gemeinsam mit ihm machte das Paar die ersten gemeinsamen Schritte als Eheleute. Während Carolina in ihrem weißen Kleid aus Seide und Chiffon lächelnd mit Demetre um den Altar schritt und die Gäste sie mit Reiskörnern bewarfen, suchten Leonards Augen Marianne. Ihre Blicke trafen sich und hielten einander kurz fest, bis das Brautpaar sich an der Seite des Altars aufstellte, um die Glückwünsche der Familie und Gäste entgegenzunehmen. Nach der Zeremonie erhielten alle Gäste, die vor der Kirche warteten, kleine Säckchen mit überzuckerten Hochzeitsmandeln.

Die eigentliche Feier fand am Abend im »Lagoudera« statt. Diese Örtlichkeit war die spektakulärste auf ganz Hydra und besaß einen legendären Ruf, was nicht nur an der vorzüglichen Lage auf einer ummauerten Terrasse über dem Meer lag, sondern vor allem an ihrem Besitzer, Babis Morres. Ihm war es gelungen, einen Ort zu schaffen, an dem sich jeder Gast wie ein König fühlte. Die mediterrane Küche war ausgezeichnet, die Drinks ebenso, und ohne Weiteres kam es vor, dass am Nachbartisch Brigitte Bardot, Elisabeth Taylor oder die Beatles saßen.

Jedoch heute Abend gehörte der bezaubernde Ort allein dem jungen Paar und seinen Gästen.

Marianne und Leonard waren an einen Tisch auf der Terrasse gebeten worden, ein Stück vom Büfett und der Band entfernt, umgeben von ihren Freunden. Auf der blauweißen Tischdecke lagen Muscheln und helle Steine, in einem Glas brannte eine Kerze. Hinter der Brüstung stand am nachtschwarzen Himmel voll und rund der Mond, und silbern lag das Licht auf dem dunklen Meer.

»Ist wirklich gemütlich hier«, stellte Anthony Kingsmill fest und deutete mit den Zinken der Gabel auf seinen Teller. »Und das Essen ist ausgezeichnet.«

»Es ist überall gemütlicher als auf deinem Hof«, warf Olivia ein, und Anthony lachte. »Garstig bist du wieder, aber wo du recht hast …« Er zuckte gleichmütig mit den Achseln. »Ich gehe noch einmal zum Büfett, soll ich etwas mitbringen?«

Chairmian erhob sich rasch von ihrem Stuhl. »Warte, ich komme mit.«

Alle bemerkten, wie George ihnen hinterherschaute, bevor er sich wieder brüsk der Tafel zuwandte.

»Was macht eigentlich dein Roman, Leonard?«, fragte er.

»Ich habe ›Beautiful Losers‹ gerade zum Verlag geschickt, sie sind begeistert. Wenn alles gut läuft, wird es sogar verfilmt. Es gibt bereits erste Verhandlungen. So wie es aussieht, können wir die nächsten Jahre sorgenfrei von den Tantiemen leben.«

»Das klingt doch wunderbar, lass uns darauf anstoßen!«, erwiderte George und hob sein Glas. »Jámas!«

»Jámas!« antworteten alle am Tisch und tranken.

»Ist euch eigentlich schon mal aufgefallen, dass in unserer Runde nun fast alle verheiratet sind?«, fragte Olivia. »Bleiben nur noch Marianne und Leonard.«

Leonard strich sich gedankenversunken übers Kinn.

»Ich glaube, die Ehe ist etwas für Menschen mit sehr edler Gesinnung«, äußerte er nachdenklich. »Sie ist eine ausgesprochen ernsthafte Angelegenheit.«

In diesem Moment kam Anthony vom Büfett zurück, den Teller randvoll beladen. »Um Himmels willen!« Er verdrehte die Augen, stellte den Teller ab und ließ sich auf den Stuhl fallen. »Leute, kein gutes Thema. Ich bin schließlich auch noch nicht verheiratet, aber welche Frau würde es auf meinem Hof mit mir und meiner Ziege länger als ein paar Stunden aushalten?«

Alle lachten und dann, in die aufkeimende Stille hinein, begann die Band einen Tango zu spielen.

Leonard erhob sich, nahm Marianne an der Hand und führte sie auf die Tanzfläche. Er spürte, wie sich ihr Körper an ihn schmiegte, hörte, wie der Stoff ihres Kleides unter seinen Berührungen knisterte, und atmete den Duft ihres Parfüms ein.

Der innige Tanz war ein stummes Versprechen, ein Einverständnis abseits von allen Ritualen und Gelöbnissen.

Die Musik legte einen Teppich aus, auf dem sich ihre Körper im Gleichklang bewegten, bei jedem Schritt und bei jeder Drehung. Es schien, als wäre der eine das Spiegelbild des anderen. Ineinander verwoben, zu einem Körper geworden, mit nur einem Herzschlag.

Leonard schloss die Augen, spürte ihre Wärme, ihre erregende Nähe.

»Marianne«, flüsterte er. »Die Ehe ist nichts für mich, aber nie werde ich dich verlassen, und wenn ich doch einmal fortmuss, ein Teil von mir wird immer bei dir bleiben. Nie käme ich auf die Idee, irgendwo hinzugehen, wohin du mir nicht folgen könntest. Glaub mir …«

Sie legte den Finger auf seine Lippen, presste sich eng an ihn und beide hofften, dass der Tanz nie zu Ende gehen würde.

KAPITEL 34

Marianne hatte sich für diesen Tag etwas vorgenommen, das von besonderer Dringlichkeit war. Der kleine Axel hatte bei Olivia und deren Tochter übernachtet und würde den Tag über dortbleiben. Behutsam war sie frühmorgens aus dem Bett geschlüpft, um Leonard nicht zu stören. Er hatte tagelang nicht geschlafen, nichts gegessen. Er war abgemagert, fahrig und nervös. Meist schwieg er, war geistesabwesend. Dann wieder riss er sich zusammen, lächelte und benahm sich ihr gegenüber freundlich und normal, nur um gleich darauf erneut in langes Brüten zu verfallen. Sie fand, dass sein Drogenkonsum bedrohliche Ausmaße angenommen hatte, und sie hatte begonnen, die Pillen vor ihm zu verstecken. Ohne Erfolg. Manchmal wusste sie sich keinen Rat mehr. Seitdem er die Nachricht erhalten hatte, dass sein Buch, in das er alle Erwartungen gesetzt hatte, gefloppt war, ahnte sie, dass er dringend etwas finden musste, um sein inneres Gleichgewicht wiederherzustellen. Die Zeit drängte, und als sie die Idee hatte, wollte sie unbedingt den Versuch unternehmen, seine Gedanken in eine neue Richtung zu lenken.

Dafür setzte sie an diesem Tag mit der ersten Fähre nach Athen über.

Als Leonard gegen Mittag erwachte, war er allein.

»Marianne?«, rief er in die Stille hinein »Marianne, bist du da?« Er erhielt keine Antwort.

Mühsam zog er das Laken weg, setzte die Füße auf den Boden, stand auf und blickte sich um.

Wo war sie nur? Hatte sie ihn womöglich verlassen?

Was kann ich auch anderes erwarten, dachte er bitter.

Er sah auf seine zitternde Hand und hatte das Gefühl, dass alles in ihm jeden Augenblick zusammenzubrechen drohte, nur noch der bloße Selbsterhaltungstrieb hielt ihn aufrecht.

Es ist nichts mehr von mir übrig, kam es ihm in den Sinn. Es ist, als würde man ins Leere greifen, dabei ist man selbst diese Leere.

Er wankte ein paar Schritte vorwärts, stützte sich an der Tischkante ab und schüttete wahllos Pillen aus einer Plastiktüte, die noch in seiner Hosentasche steckte, in die Hand. Dann trank er in langen Zügen Wasser aus einem Tonkrug, wobei er gegen den würgenden Brechreiz ankämpfte, den der Pillencocktail verursachte, bis er ihn endlich hinuntergeschluckt hatte.

Dann setzte er sich an den Tisch und wartete, dass die betäubende Wirkung einsetzte. Er vernahm die Geräusche der Uhr, die laut in der Stille tickte, und die Einsamkeit, die im Haus herrschte und die er nicht länger ertragen konnte.

Seine Augen füllten sich mit Tränen.

Es gab kein Entrinnen, nichts woran er sich hätte festhalten können. Er musste weg. Er zog seine Schuhe an, streifte sich das Hemd über.

Hastig verließ er das Haus, stieg bergan. Stolpernd und tastend fand er den Weg zu Lialios' Villa. Erschöpft lehnte er sich gegen die Tür, schlug mit der Faust donnernd dagegen.

Daoni öffnete mit ängstlichem Gesicht. Lialios war nicht zu Hause.

Nicht zu Hause. Die Worte hallten in Leonard nach. Niemand war zu Hause, alle waren fort.

Dann kann ich tun, was ich tun will, dachte er und freute sich fast darüber.

Er drehte sich grußlos um und wankte weiter den kargen Hügel hinauf. Manchmal kletterte er auf allen vieren und stolperte blindlings über Grasbüschel und Steine.

Völlig erschöpft und außer Atem hielt er irgendwann inne und fragte sich, wohin dieser Weg überhaupt führte?

Aber spielte das wirklich eine Rolle?

Die Drogen waberten durch sein Blut und vernebelte sein Hirn, so dass er keinen klaren Gedanken mehr fassen konnte.

Ziellos lief er vorwärts, bis ihn plötzlich eine solche Übelkeit übermannte, dass er zusammensackte und sich auf den Boden erbrach.

Marianne war durch die Straßen geeilt auf dem Weg in die Altstadt von Athen, in das Musikgeschäft »Polydorou«.

In der Auslage hingen an zwei hölzernen Vorrichtungen zahlreiche Bouzoukis. Die wunderschön verzierten Instrumente wiesen einen birnenförmigen Korpus auf und waren mit Metallsaiten bespannt. Marianne wusste, dass sie hauptsächlich in der griechischen Musik verwendet wurden.

Manchmal an den Wochenenden spielten im Hafen Musiker vom Festland auf Bouzoukis und sangen Lieder, die ein wenig nach Blues klagen. Ihr Blick wanderte weiter. Auch wenn die Bouzouki in der Musik Griechenlands eine wichtige Rolle spielte, für ihre Zwecke waren sie ungeeignet.

Sie machte die Tür auf und ging in den Laden.

Direkt vor ihr standen Regale, in denen sich verschiedenste Saiteninstrumente präsentierten. Möglicherweise hätte sie in einer anderen Situation das überbordende Angebot dazu veranlasst, auf dem Absatz kehrtzumachen, doch sie war mit der festen Absicht hergekommen, den Laden nicht ohne ein Instrument zu verlassen.

Ihr Blick wanderte hilflos über endlose Reihen Bouzoukis, die es in allen Größen und Ausformungen zu geben schien. Und dahinter, in einer Glasvitrine, damit profane Finger sie nicht berühren konnten, stand eine Elektro-Gitarre, wobei der Lack in einem kräftigen Korallenrot glänzte.

Es dauerte zwei oder drei Minuten, bis jemand sie wahrnahm und kam.

Marianne bemerkte, dass ein Mann durch eine Tür trat, die augenscheinlich in einen Nebenraum führte, und sie meinte, kurz das Geräusch einer Säge zu vernehmen. Routiniert entledigte er sich der breiten Lederschürze und trat vor sie. Er stellte sich bei ihr als der Ladenbesitzer vor. Der Mann trug eine dunkle Hose, an deren Stoff sich einige Holzspäne verfangen hatten, dazu ein blaues Hemd. Das ergraute Haar war streng zurückgekämmt, und die dunklen Augen musterten sie aufmerksam. Marianne meinte, dass ihm noch der schwache Geruch von Holzleim anhaftete.

»Ich würde gern eine Gitarre kaufen«, sagte sie und versuchte, ihre Unsicherheit zu verbergen.

Der Mann schien es trotzdem zu bemerken, denn er sah sie prüfend an. »Eine Gitarre«, wiederholte er und machte eine kleine Pause, als wollte er ihr die Möglichkeit einräumen, ihren Wunsch noch einmal zu überdenken. Dann führte er sie in den hinteren Teil des Geschäfts, wo einige dieser Instrumente an der Wand hingen.

»Welche Eigenschaften soll die Gitarre haben?«

Marianne legte die Stirn in Falten. Welche Eigenschaften? Man sollte natürlich darauf spielen können. Aber das war sicher nicht die Antwort, die er erwartete.

Der Mann blieb geduldig. »Ist das Instrument für einen Anfänger oder für einen Virtuosen?«, half er ihr weiter.

»Ein Virtuose, unbedingt«, antwortete sie erleichtert. »Er spielt sehr gut.«

»Fein.« Der Mann zeigte auf die Wand. »Dann empfehle ich Ihnen eine spanische Konzertgitarre. Der Korpus ist aus Palisanderholz, die Decke aus Zedernholz, wie Sie sehen, wurde sie mit Schellack überzogen und handpoliert.«

Er nahm das Instrument zur Hand und schlug ein paar Akkorde an. »Sie muss noch gestimmt werden«, sagte er entschuldigend. »Aber für einen Musiker ist das keine Herausforderung.«

Marianne blickte rasch auf die Uhr, eine Unruhe bemächtigte sich ihrer, die sie dazu drängte, die nächste Fähre zu erwischen. Darum beendete sie kurzerhand das Gespräch, indem sie sagte: »Einverstanden. Ich nehme sie. Haben Sie etwas, worin ich die Gitarre transportieren kann?«

»Ich gebe Ihnen ein Futteral mit.«

»Sehr gut.« Sie sah auf das Preisschild. Beinahe doppelt so teuer, wie sie erwartet hatte. Sie schluckte. Egal. Dann musste eben ihr roter Wintermantel noch ein weiteres Jahr herhalten.

»Sie haben eine ausgezeichnete Wahl getroffen«, hörte sie den Mann sagen.

»Wenn Sie meinen …«

Sie begleitete ihn zu einem Tisch, wo er mit dem Verpacken begann. Sie spürte bei dem Anblick, wie sich ein prickelndes Gefühl der Vorfreude einstellte.

»Verschenken Sie die Gitarre zu einem besonderen Anlass?«, fragte der Ladenbesitzer interessiert.

»Der Mann, den ich liebe, ist erkrankt, und ich möchte ihm eine Freude bereiten«, sagte Marianne wahrheitsgemäß.

Sie war selbst überrascht, dass sie das so ohne Umschweife gesagt hatte. Kurz darauf ärgerte sie sich, denn Leonard hatte sie darum gebeten, kein Wort über seinen Gesundheitszustand zu verlieren.

Es war wohl ein Impuls aus der Dankbarkeit heraus, dass es ihr mit der Hilfe des Ladenbesitzers geglückt war, das passende Instrument auszuwählen.

Der Mann hielt kurz inne und hob den Kopf. »Oh«, sagte er, und ein Hauch von Mitgefühl legte sich auf sein Gesicht. »Es tut mir leid, das zu hören. Ich würde mich außerordentlich freuen, wenn die Gitarre zu seiner Heilung beitragen kann.«

Ja, hoffentlich, dachte Marianne und nickte. Ihre Nervosität wurde immer stärker, und sie wollte nur auf dem schnellsten Weg wieder bei Leonard sein. Eine seltsame Rastlosigkeit hatte sie befallen. Was hätte sie für ein Telefon gegeben, um ihn anrufen zu können, doch es gab ja nicht einmal Strom auf der Insel.

Der Besitzer ging zur Kasse, wo er den Betrag eintippte. Die Lade öffnete sich mit einem lauten Klingelton. Das Geld wechselte den Besitzer.

Der Mann begleitete sie bis zur Ladentür.

Indessen rappelte sich Leonard auf, die Erde vor ihm verströmte einen säuerlichen Geruch nach Erbrochenem.

Er fuhr sich über den Mund und tastete mit der Hand nach seinem Kinn, das von rauen Bartstoppeln bedeckt war.

Er hob den Kopf und blinzelte. Einen Moment lang wusste er nicht, wo er sich befand. Nur das Zwielicht der untergehenden Sonne brannte in seinen entzündeten Augen. Dann sah er an sich herunter. Er kauerte zusammengekrümmt auf der steinigen Erde.

Langsam kamen die Erinnerungen wieder.

Er war hierher geflüchtet, weit hinauf in die Berge.

Er wollte allein sein.

Er wollte sterben.

Nur ein dünner Faden seines Bewusstseins verband die Finsternis des Todes noch mit dem lichten Tag.

Es gab kein Entrinnen.

Immer wieder durchlitt er, wie der Kübel der Schande über ihn ausgegossen wurde.

Verbale Masturbation. Der schlechteste Autor, den Kanada je hervorgebracht hat.

Die Worte der Kritiker klebten an ihm, raubten ihm seine Stärke.

Nicht nur, dass sie sein Werk vernichteten, nein, sie rissen ihn auch noch als Autor in die Tiefe des Abgrunds der völligen Bedeutungslosigkeit. Hundertzwanzigtausend Exemplare waren von »Beautiful Losers« gedruckt worden, und bis auf die dreitausend verkauften Exemplare würde der Rest eingestampft werden. Die geplante Verfilmung des Buches durch die Firma MCA war bereits abgesagt worden. Er war hoch geflogen und noch härter auf dem Boden aufgekommen. Kalte Angst füllte seine Seele aus.

Unter dem Druck dieser Tortur hatte er jeden Halt verloren. Alles, was ihm wichtig gewesen war, bedeutete ihm nichts mehr. Er konnte an nichts anderes denken als an den Abgrund, die bodenlose Leere, die sich gleich unter ihm auftun würde. Es gab kein Entrinnen, nichts, woran er sich festhalten konnte.

Sekundenlang starrte er auf einen Punkt in der Nähe, von dem er wusste, dass dort die Insel endete und hinter dem er die endlose Weite des Meeres wusste.

Zu allem entschlossen wälzte er sich auf den Bauch und begann langsam vorwärtszukriechen. Er spürte die spitzen Steine unter seinen Knien, unter den Handflächen. Seine Nägel krallten sich in die rissige Erde und fanden Halt in den Zwischenräumen der Steine. Mühsam zog er sich Stück für Stück weiter.

Eine Windböe streifte ihn. Er schob sein Gesicht über die Felskante und sah endlich die weißen Wellenkämme, die tief unter ihm gegen die Felsen brandeten. Er schluckte. Wenn du dich nur weit genug über den Abgrund beugst, ging es ihm durch den Kopf, verlierst du schnell den Halt und dein entbehrliches Dasein, deine eigene Nichtigkeit wären dahin. Du musst nur den Schwerpunkt weiter nach vorn verlagern, Zentimeter für Zentimeter …

Die Fähre legte im Hafen auf Hydra an. Leute standen mit Einkäufen herum und unterhielten sich, einige riefen Marianne Grußworte zu, doch sie nickte nur knapp und beeilte sich, rannte die Straße vom Hafen fast hinauf.

Zu Hause angekommen, musste sie feststellen, dass Leonard fort war. Das Bett war ungemacht und das Essen stand unberührt auf der Kochstelle. Auf dem Tisch lagen einige bunte Pillen. Langsam stellte sie die Gitarre ab.

Marianne vermochte sich kaum zu bewegen. Die Sorge um Leonard lähmte sie.

Sie durchsuchte das ganze Haus, alle Zimmer, öffnete die Türen der Schränke und riss in ihrer Verzweiflung sogar die Decken und Kissen vom Bett, als könne ein Mann seiner Größe sich darunter verbergen. Nichts.

Wo konnte er hingegangen sein?

Auf der anderen Seite der Straße sah sie die Häuser im Sonnenlicht liegen.

Ob er zu einem der griechischen Nachbarn gegangen war?

Nein, Leonard wollte niemanden sehen.

Ihre Phantasie fing an, ihr furchtbare Bilder vorzugaukeln, was Leonard in ihrer Anwesenheit möglicherweise zugestoßen sein könnte.

Sie spürte Panik in sich aufsteigen. Was, wenn er irgendwo auf der Insel war, wo ihn niemand finden würde? Ihr Herz raste. Sie hatte keine Ahnung, wo sie mit ihrer Suche beginnen sollte.

Aber hier auf ihn zu warten, kam für sie nicht infrage.

Mit einem Aufschrei der Verzweiflung stieß sie die Haustür auf und lief los, hoch zu den Hügeln hinter dem Haus.

Unerwartet heftig packte eine kräftige Hand Leonard am Kragen, eine andere Hand umfasste seinen rechten Arm und riss ihn mit aller Kraft von der Felskante zurück. Durch seine Schulter fuhr ein stechender Schmerz.

Er versuchte, sich zu entwinden, aber der andere war stärker, zerrte ihn über den steinigen Untergrund, so dass er spürte, wie seine Hose zerriss und die Haut unterhalb der Knie aufgeschürft wurde.

»Tut das ein Mann!«, brüllte ihn Lialios mit hochrotem Kopf an. Die Adern an seinem Hals waren geschwollen, von der Anstrengung und der Erregung, die in ihm tobte. »Denkst du auch einmal an jemand anderen als an dich? Was wird mit denen, für die du zu sorgen hast …«

Dunkel kreisten die Gedanken in Leonards Kopf. »Ich kann sie nicht ernähren, Marianne und das Kind«, stieß er hervor. »Begreifst du das nicht? Alles ist aus. Ich weiß nicht mehr weiter …«

Lialios stellte sich breitbeinig hin und beugte sich über ihn. »Handelt so ein Mann?«, begann er von Neuem. »Sag mir das!«

Aber seine Worte prallten nur noch an Leonard ab, er hatte beschlossen, ihn nicht weiter zu beachten, sondern raffte sich auf und machte Anstalten, erneut auf den Abgrund zuzugehen. Warum verstand Lialios ihn nicht? Sein Glück lag im Schreiben, und das hatte man ihm genommen. Sie hatten ihn zu einer lächerlichen Figur gemacht, und jeder trampelte auf ihm herum. Er konnte niemandem mehr unter die Augen treten, vor allem nicht Marianne. Er hatte sie belogen, ihr eine Zukunft vorgegaukelt, die es so nicht mehr gab. Er hatte versagt.

Lialios vertrat ihm wiederum den Weg, stieß ihn mit seinem Brustkorb zurück, packte ihn schließlich und zerrte so heftig an seiner Kleidung, dass Leonard sich wunderte, dass das Hemd nicht auch noch zerriss. Doch diesmal ließ Lialios ihn nicht wieder los.

Wie im Taumel folgte Leonard dem Mann, der nicht von ihm abließ, ihn vorwärtsschubste, den Berg hinunter, bis sie seine Villa erreichten, wo eine fassungslose Daoni sie einließ.

Lialios zeigte kein Erbarmen, schleifte ihn vor den großen Spiegel im Flur.

»Sieh dich an! Was siehst du?«, fragte er zornig.

Leonard kniff die Augen zusammen. Er sah erbärmlich aus, die Wangen eingefallen, die rot geränderten Augen lagen tief in den Höhlen. Seine Kleidung war schmutzig und hing ihm in Fetzen vom Leib, er blutete.

Als er stumm blieb, antworte Lialios für ihn mit dröhnender Stimme: »Ich sehe jemanden, der aussieht wie ein Grieche. Der sich kleidet wie ein Grieche, der braune Haut hat, barfuß läuft, ja sogar einen Schnauzbart trägt wie ein Grieche!« Lialios packte ihn wieder am Kragen. »Du sprichst sogar Griechisch, und ich möchte meinen, du hast inzwischen Kazantzakis im Original gelesen.« Er machte eine Pause. »Aber verdammt, du bist kein Grieche, Leonard, weil du versuchst, alles mit dem Verstand zu sehen, nicht mit dem Herzen, weil du nicht fühlst, weil du nicht denkst wie ein Grieche und weil du nicht tanzt wie ein Grieche, verdammt noch mal!«

Leonard starrte ihn mit blutunterlaufenen Augen an. »Was soll das?«, fragte er anklagend.

»Was das soll?« Lialios nahm seinen Arm und zog ihn auf die Terrasse hinaus, wo er laut in die Hände zu klatschen begann, einen Takt, den Leonard kannte, den er aber nicht zuordnen konnte.

Lialios setzte schwungvoll einen Fuß vor den anderen, er ging in die Knie, kam wieder hoch, legte den Arm um Leonards Schultern und zwang ihn mitzumachen.

Zuerst zögerte er noch, wehrte sich, aber dann brach sein Widerstand zusammen, umfasste er ebenfalls die Schultern seines Freundes, und sie begannen sich zum Takt zu bewegen, den Lialios vorgab.

Plötzlich erfüllte Musik die Terrasse.

Daoni hatte im Salon das Grammophon angestellt.

Es war der gleiche Takt, derselbe mitreißende Rhythmus, nur diesmal von einem Orchester dargeboten.

Leonard spürte, wie mit jedem Schritt, mit jeder Bewegung sich seine Verspannungen lösten, wie die Wirbel in seinem Rücken an die richtige Stelle rutschten, wie die Gelenke ihre Starrheit verloren und die Schale, die sein Herz umfangen hielt, Risse bekam. Seine Beine wirbelten, Staub wallte auf und als er hoch in Richtung Sonne sprang, war es ihm, als würde er sich zum ersten Mal bewusst gegen die Dunkelheit in sich auflehnen. Er riss die Arme hoch, die Schatten der beiden Männer berührten sich, verschmolzen miteinander, nur um sich im nächsten Moment wieder voneinander zu lösen.

Es war, als befreite sich Leonard im Tanz von etwas Hartem, Erstarrtem, das ihn gelähmt hatte, und nicht nur seine Füße flogen über den Stein, auch sein gesamter Körper vibrierte.

Es war, als trete er aus sich selbst heraus, um sein Leben von oben und aus der Ferne zu betrachten. Was bedeutete es schon, was andere über ihn sagten, was hatte es für ein Gewicht, von der Welt da draußen ernst genommen zu werden?

Er warf den Kopf zurück, sog die Luft tief in seine Lungen.

Hier tanzte er, auf einer kleinen griechischen Insel, mit einem Mann wie einem Bären, konnte es etwas Lächerlicheres geben und gleichzeitig: Gab es etwas Schöneres als das? Ein Mensch zu sein, das Blut in sich zu fühlen, den Takt zu schlagen, die Füße auf den Boden zu setzen?

Befreit breitete er die Arme aus und rief in den Abendhimmel hinein: »Ich bin der schlechteste Schriftsteller der Welt!«

Die Worte hallten gegen die Felsen und kamen als Echo zurück. Leonard brach in Lachen aus, aber es hatte all seine Bitterkeit verloren und klang befreit.

Er war frei, er konnte alles tun, er würde keinen Roman mehr schreiben, er musste keinen Roman mehr schreiben.

Damit war er fertig!

Er hatte es versucht, er war gescheitert, grandios gescheitert.

Was war schon dabei?

Er atmete, er lebte, er tanzte, er konnte alles tun … Die Welt drehte sich mit ihm und mit neuer Zuversicht setzte er seine Füße nacheinander auf den Boden.

Er spürte die Freude, die ihn wieder durchströmte, selten hatte er Glück so direkt und intensiv empfunden. Das Gefühl war das genaue Gegenteil jedweder Rechtfertigung. Er hatte seinen Ruf als junges kanadisches Literaturgenie verloren, und seine Gedichtbände hinterließen auf den Konten keine nennenswerten Spuren. Er war weder in der Lage, weiter die Unkosten für das Haus aufzubringen, noch die Menschen zu versorgen, denen er sich verantwortlich fühlte.

Leonard tanzte immer weiter, drehte sich mit Lialios im Kreis, und sein Körper schien sich aufzulösen, ebenso wie alle drängenden Fragen seines Ichs.

In diesem Augenblick spürte er, dass sich wider Erwarten ein Gefühl von Erlösung einstellte und die harte und grässliche Notwendigkeit ihre erschreckenden Konturen verlor, dass er in einem entfernten Winkel seiner Seele einen Platz fand, an den er sich zurückziehen und die Freiheit im Angesicht eines noch zu benennenden Neuanfangs begrüßen konnte.

Atemlos erreichte Marianne die Villa von Lialios und klopfte heftig an die Tür. Sie hörte laute Musik aus dem Inneren dringen.

Die Haushälterin öffnete ihr.

»Kalispéra, Daoni. Ist Leonard hier?«

Sie lächelte. »Komm mit.«

Nervös folgte ihr Marianne. »Geht es ihm gut?«

Sie blieb vor der breiten Verandatür stehen, die hinaus auf die Terrasse führte.

»Er tanzt«, sagte Daoni und trat einen Schritt zur Seite.

Die Sonne stand tief über dem Hügel, und ihr Licht tauchte die beiden Männer, die sich tanzend bei den Schultern hielten, in ein goldenes Fließen und Flimmern.

Marianne seufzte erleichtert und konnte ihre Augen nicht von Leonard lassen.

Plötzlich, als hätte er ihre Anwesenheit gespürt, drehte er den Kopf, und sie erblickte auf seinem Gesicht etwas, was sie in den letzten Wochen schmerzlich vermisst hatte.

Sein Lächeln.

KAPITEL 35

Die Zeit verging.

Selbst wenn es Leonard am Anfang unmöglich erschienen war.

Sie verging ungleichmäßig, in merkwürdigen Schlangenlinien und mit zähen Pausen, aber sie verging.

Seit dem Abend bei Lialios, zwang er sich, nicht mehr so häufig darauf zu achten.

Sicher gab es hin und wieder Stunden, die in einem dichten Nebel versanken, manchmal wunderte er sich, wenn er vor Lialios' Tür stand und sich beim besten Willen nicht richtig erinnern konnte, wie er dorthin gelangt war.

Aber spielte das eine Rolle?

Wieder auf die Beine zu kommen, eine Vision von der Zukunft zu entwickeln, das war das Einzige, was er im Moment vom Leben erwartete.

Marianne half ihm sehr dabei, auch Axel. Nicht zu vergessen die Gespräche mit Lialios. Hin und wieder tanzten sie zusammen.

Aber es fiel ihm immer noch schwer, ein Notizbuch zu öffnen. Noch fehlte ihm das Vertrauen in seine Intuition, dem richtigen Gedanken zu folgen, überhaupt einem Gedanken zu folgen. Noch vermied er es, die in schwarzes Leder gebundenen Büchlein überhaupt anzusehen, geschweige denn in den früher rasch hingekritzelten Notizen Ideen für einen möglichen lyrischen Neubeginn zu suchen.

Es klopfte. Marianne trat ein.

Ihr erster Blick fiel auf die Gitarre, die noch immer unberührt an der Wand lehnte. Aber es gelang ihr, ihre Enttäuschung vor ihm zu verbergen. »Leonard, ich denke, das solltest du dir ansehen«, sagte sie leichthin.

Zuerst wollte er ablehnen, lieber auf dem Bett liegen bleiben. Doch dann sah er ihren flehenden Blick, ihre schmale Hand, die sie ihm reichte.

Obwohl es ihn anstrengte, gab er sich einen Ruck und erhob sich. Er schlurfte hinter ihr her. »Was willst du mir zeigen?«

Sie traten auf die Terrasse hinaus. »Da, sieh dir das an«, sagte Marianne und deutete auf den mit schwarzer Isolation ummantelten Draht, der sich neuerdings in luftiger Höhe von einem Holzmast zum nächsten spannte.

»Ist das eine Telefonleitung?«, fragte er überrascht.

»Ja, stell dir vor. Hydra erhält Anschluss an die Welt.«

»Telefon im Paradies? Ich weiß nicht, ob ich das mag. Ich denke, vorher fand ich es besser. Die Zivilisation weit weg, wenigstens hier konnte man unbehelligt von allem leben und arbeiten …«

»Das wollte ich dir auch gar nicht zeigen«, beeilte sich Marianne zu versichern. »Warte kurz. Da, siehst du? Da ist er wieder, der kleine Vogel, da oben auf dem Draht. So, wie du ihn damals gezeichnet hast.«

Sie sah, wie ein leises Lächeln seine Lippen umspielte.

»Er ist winzig.«

»Wie hast du damals die Zeichnung genannt?«, fragte sie weiter.

Er schwieg, als müsste er länger über die Antwort nachdenken.

»Bird on a wire«, sagte er leise und während er den Worten nachlauschte und zusah, wie der Vogel davonflog, kam es ihm ganz plötzlich in den Sinn, dass das möglicherweise eine gute Anfangszeile für einen Song wäre.

KAPITEL 36

Es kam ihnen so vor, als wollte sich Hydra noch einmal von seiner besten Seite zeigen. Leonard und Marianne saßen an einem kleinen Tisch direkt an der Kaimauer, tranken Wein und hielten sich bei den Händen. Wellen schlugen leise gegen die Bootsrümpfe, Taue knarrten und aus einer der Bars drang Musik.

»Schau, dort vorn, wo sich der Mond im Wasser spiegelt. Das ist als läge ein Apfel aus Silber in einem Netz aus Gold«, raunte Marianne leise. Beide lehnten sich so eng wie möglich aneinander und blickten gebannt auf das Glitzern der gekräuselten Wellen in der Bucht.

Diese letzte Nacht bevor Leonard nach New York abreisen würde, zog sie immer tiefer in ihren Bann.

Allmählich kam um sie herum der Hafen zur Ruhe, Stille legte sich auf das Wasser. Jenseits der Bucht verloschen die Lichter, eins nach dem anderen, und das Ufer verlor sich in zerfließender Schwärze. Mit der leichten Brise, die sich erhob, stieg der Duft von Blumen von der Erde auf. Ein weißer Nachtfalter schwirrte vorbei, als wäre er ein Blütenblatt.

»In gewisser Weise fühle ich mich mit dir verheiratet«, sagte Marianne geistesabwesend.

Er drehte sich zu ihr. »In gewisser Weise?«, fragte er amüsiert.

»Warum nicht?«, entgegnete sie. »Warum muss es immer eine konventionelle Ehe sein, warum kann ich nicht ab und zu deine Frau sein, solange wir leben, solange wir das wollen?«

Er dachte über ihre Worte nach. »Und du glaubst, du kommst damit klar? Mal so, mal so, ein ganzes Leben?«

»Warum nicht? Marianne Cohen, das klingt schön.« Sie lächelte und nahm seine Hand.

Wieder schwieg er eine Weile, dann sagte er mit ernster Stimme: »Weißt du, ich versuche etwas über die Liebe zu lernen. Liebe scheint mir eine Aktivität zu sein, die die Kunst von Mann und Frau ausmacht, die sie ins eigene Herz aufnimmt. Wo man Mann und Frau verkörpern kann, wo man Himmel und Hölle verkörpern kann, wo man versöhnen und festhalten kann, wo Mann und Frau dein Inhalt werden. Anders gesagt, wenn meine Frau mein Inhalt wird, und ich ihr Inhalt werde. Das ist Liebe. Beide erkennen die vollständige Gleichheit in diesem Austausch an. Denn wenn sie kleiner ist als du, kann sie dich nicht erfüllen. Und wenn du größer bist als sie, kannst du sie nicht erfüllen. Es muss ein Verständnis herrschen, dass in dieser Beziehung absolute Gleichheit herrscht.« Er hielt inne, dann zog er ihren Kopf zu sich heran. Weil er den Ausdruck auf ihrem Gesicht nicht deuten konnte, küsste er sie auf die Lippen. »Es wäre wunderbar, wenn du manchmal meine Frau wärst, solange wir leben, solange wir es wollen! Wenn das ginge …«

Marianne schreckte mitten in der Nacht hoch und lag danach schwer atmend im Bett, beide Hände flach gegen die Matratze gedrückt. In ihrem Traum hatte sie das ganze Haus nach ihrem

Pass und dem Flugticket abgesucht, aber egal, wo sie danach suchte, die Papiere blieben verschwunden. Sie hatte Leonard zum Flughafen begleitet, aber auch dort konnte man ihr nicht helfen. Sie musste mit ansehen, wie eine Frau auf Leonard zukam und sich und ihn in eine amerikanische Fahne wickelte, bevor sie zusammen zur Gangway gingen. Sie wollte nicht allein zurückbleiben, also kletterte sie auf die Tragfläche. Sie klopfte gegen die Scheibe, aber Leonard hörte sie nicht. Als das Flugzeug startete und schließlich an Höhe gewann, fiel sie herunter …und erwachte in ihrem Bett.

Sie wartete, bis sich ihr Atem wieder beruhigt hatte, dann stand sie leise auf und ging in die Küche, wo sie sich ein Glas Wasser nahm.

Marianne trank einen Schluck und trat auf die Terrasse hinaus. In der Ecke brannte noch das Öllämpchen.

Plötzlich vernahm sie Schritte hinter sich. Es war Leonard. »Was machst du hier draußen?«

»Ich konnte nicht schlafen«, sagte Marianne. Ihren Traum erwähnte sie nicht.

»Hat dich etwas beunruhigt?«, fragte er und unterdrückte ein Gähnen.

»Ach, ich habe Geräusche gehört. Aber vielleicht war es nur eine Katze«, sagte Marianne ausweichend.

Er ging über die Terrasse und sah sich suchend um. »Sieht ganz so aus.«

Marianne betrachtete ihn heimlich. Sie wollte ihn nicht mit ihren Ängsten belästigen. Als sie ihn ansah, fühlte sie, wie ein Gefühl der Unruhe sie beschlich. Es war richtig, sie betete diesen Mann an, und sie wiederum sehnte sich danach, sich ganz dieser Anbetung zu überlassen. Aber wie jede wahrhaft liebende Frau machte sie sich Sorgen über die Auswirkungen, die diese Reise auf Leonard haben könnte. Sie befürchtete, dass seine Kontakte in New York für eine Karriere als Songschreiber nicht ausreichten, und – sollte er doch jemanden mit Einfluss treffen –, dass man ihn abweisen, seine Texte aus fadenscheinigen Gründen ablehnen könnte. Sie sah die Bedrohung, dass eine erneute Zurückweisung ihn wieder in eine Depression zurückfallen lassen könnte. Nur: Wenn er in New York war, würde sie ihm nicht helfen können. Ihr Geld reichte nicht aus, um gemeinsam zu reisen.

Bei dem Gedanken tat sich eine Leere in ihr auf, und eine nie gekannte Furcht erfasste sie.

Die Öllampe strahlte nicht sehr weit und der Wind frischte merklich auf. Als eine Böe die Lampe ausblies, sahen die beiden, dass ein Lichtschein aus dem Fenster des Nachbarhauses fiel und ihre Schatten überlebensgroß auf die Terrasse malte.

Leonard blickte zum Himmel hinauf, wo nur wenige blasse Sterne leuchteten. Ein Blitz zuckte grell in der Ferne. Die Luft war schwer, die Erinnerung an den kühlen erfrischenden Hauch des Meeres fehlte in dieser Nacht.

»Ein Gewitter zieht auf«, sagte Marianne und in ihrer Stimme schwang ein unheilvoller Ton mit.

Wieder zerteilte ein Blitz die Schwärze und leichtes Donnergrollen war zu hören.

»Es zieht schnell«, stellte Leonard fest. »Hoffentlich gibt es etwas Regen, die Zisterne ist fast leer.«

Als wollte das Gewitter seine Worte bestätigen, zerriss ein neuer Blitz die Dunkelheit, gefolgt von einem ohrenbetäubenden Krachen und erste dicke Tropfen klatschten auf die Steinplatten.

»Es geht los«, murmelte Marianne. »Lass uns reingehen.«

Sie wandte sich um, dichtgefolgt von Leonard, der die erloschene Öllampe trug. Marianne verriegelte hinter ihnen die Tür.

Kurz blieben sie beide im Dunkeln stehen, lauschten dem Regen und jeder dachte für sich: Was wird aus mir werden?

KAPITEL 37

New York, 1966

Mit weit ausholenden Schritten lief Leonard durch Greenwich Village. In den Straßen, die von Laubbäumen gesäumt waren, herrschte an diesem Tag ein buntes Treiben. Männer saßen auf den Treppenstufen vor den Hauseingängen, rauchten und redeten miteinander, Frauen stiegen aus Autos, die Einkaufstüte fest unter dem Arm geklemmt, und er musste einem alten Ehepaar ausweichen, das seine drei Dackel ausführte.

Aber Leonard war mit seinen Gedanken woanders.

Am Tag seiner Ankunft in New York hatte er ein billiges Hotelzimmer in der 34. Straße bezogen, in dem der Heizköper wie eine Dampflok zischte und unerbittlich ein rostiger Wasserhahn in ein braun verfärbtes Waschbecken tropfte. Sein altbewährter blauer Regenmantel fand einen Haken hinter der Tür, daneben hing ein angelaufener Spiegel, vor dem er sich nach seiner Ankunft erst einmal rasierte. Denn er hatte eine Verabredung mit einer Frau. Mary Martin stammte wie er aus Kanada und arbeitete im Musikmanagement. Er erzählte ihr von seinen Gedichten und meinte, er habe ein paar Sachen geschrieben, von denen einige durchaus das Zeug hätten, zu einem Song zu werden. Er trug ihr einiges vor und sie schien beeindruckt, zumindest sagte sie zu ihm, dass sie sehen wolle, was sie für ihn tun könne.

Einige Tage später war die Einladung von Judy Collins gefolgt, einer Folksängerin, ungefähr in seinem Alter, die sich auf Mary Martins Drängen hin bereit erklärt hatte, ihn zu empfangen.

Leonard war früher aufgebrochen, als es notwendig gewesen wäre. Er hatte es vor lauter Nervosität in diesem schäbigen Zimmer nicht länger ausgehalten. Die frische Luft tat ihm gut. Er trug die Gitarre bei sich, die Marianne ihm geschenkt hatte, und eine Schultertasche, in der er Notizbücher und jeweils ein Exemplar seiner Bücher aufbewahrte.

Vorhin, als er die Notizhefte einpackte, hatte er sich im Grunde seines Herzens ein Urteil gebildet. Es kam ihm so vor, als würde er tiefer schöpfen als andere. Nicht, dass seine Gedichte besser waren als die von Keats, Whitman oder anderen berühmten Dichtern, aber er war überzeugt, dass das, was er in seinen Versen ausdrücken wollte und ausgedrückt hatte, noch von niemandem vorher in dieser Form zum Ausdruck gebracht worden war. Dieser Gedanke verfolgte ihn, seitdem er in New York war.

Leonard hielt inne und wechselte die Gitarre von der einen in die andere Hand.

Aber dennoch war die Meinung anderer – vor allem wenn es sich, wie in diesem Fall, um eine erfolgreiche Musikerin handelte – für ihn von ungeheurer Wichtigkeit.

Nervös schaute er auf die Armbanduhr und setzte seinen Weg durch die Straßen fort. Er konnte nicht leugnen, dass all das ihn mächtig aufregte. Nicht, dass er den anderen, die seine Gedichte beurteilten, ein größeres Verständnis zuschrieb, als er selbst es zu besitzen glaubte. Eher das Gegenteil war der Fall. Oft hatte er die Erfahrung machen müssen, dass die Menschen von seiner Art zu schreiben, von seinen lyrischen Bildern irritiert waren, dass sie seine Dichtung als überzogen oder als eine eitle Zurschaustellung seiner Gefühle ablehnten und teilweise etwas darin zu entdeckten glaubten, was er selbst nicht darin sah und auch nicht beabsichtigt hatte hineinzugeben.

Leonard verlangsamte seinen Schritt und blieb vor dem Haus stehen, zu dem die angegebene Adresse passte. Es besaß fünf Stockwerke, ein Flachdach und jede Etage wies vier große Fenster auf, in denen sich das Laub der Bäume oder der wolkenverhangene Himmel über New York spiegelte.

Er fasste das Futteral der Gitarre fester, ging auf den Eingang zu und öffnete die breite Portaltür.

In der Lobby wurde er von einem Mann in dunkelblauer Livree begrüßt, der ihn abwartend musterte.

»Guten Tag«, sagte er. »Ich bin mit Miss Judy Collins verabredet. Mein Name ist Leonard Cohen.«

Der Portier musterte ihn interessiert. »Sie sind Musiker?«

Zuerst wollte Leonard widersprechen, aber dann fiel sein Blick auf die Gitarre in seiner Hand. »So ähnlich.«

Der Mann wirkte verunsichert, nahm aber trotzdem den Telefonhörer in die Hand, um ihn anzumelden. Er sprach leise, nickte beflissen und legte wieder auf. »Herzlich willkommen«, sagte er dann. »Miss Collins erwartet Sie. Das Appartement befindet sich im vierten Stock. Sie können den Fahrstuhl nehmen.«

»Sehr gut, danke.«

Die Holzdielen unter seinen Füßen knarrten, als er wenig

später den Lift verließ und einen raschen Blick auf die Namensschilder an den Türen warf.

Da stand ihr Name, Judy Collins.

Er drückte den Rücken durch, holte tief Luft und spürte wieder die Furcht, die langsam seinen Rücken hinaufkroch und drohte, den Nacken zu blockieren.

Er legte den Kopf schräg.

Du musst keine Angst haben, dachte er, es geht doch nur um dein Leben. Sein Herz klopfte. Verkauf ihr ein paar Songs für ihr neues Album, und dann mach dich auf dem schnellsten Weg zurück nach Griechenland, nach Hydra, zurück zu Marianne und dem Jungen.

Es kostete ihn einige Überwindung die Hand auszustrecken und die Klingel zu betätigen.

Angespannt lauschte er auf die Stille hinter der Tür und kurz befürchtete er, dass sie nicht öffnen würde, als endlich ein leichtes Trippeln zu hören war.

»Hallo!«, sagte er schüchtern.

»Hey, Leonard«, begrüßte Judy ihn mit freundlicher Zurückhaltung. »Komm rein. Zieh aber bitte die Schuhe aus. Hier liegen überall Teppiche, du kannst auf Socken laufen.«

Sie schloss die Tür hinter ihm und wartete geduldig, bis er die Gitarre und die Tasche abgestellt und die Schuhe von den Füßen gestreift hatte. Anschließend führte sie ihn in den Salon.

Überrascht blieb Leonard im Türrahmen stehen.

Das Zimmer erinnerte ihn an den Wohnraum einer Berghütte in den Rocky Mountains. In der Mitte standen sich zwei gemütliche Sofas vor einem Kamin gegenüber, auf denen dicke Wolldecken mit Indianermustern lagen. Diese Muster fanden sich in ähnlicher Weise auf Wandteppichen und in Kissenbezügen wieder.

»Was möchtest du trinken?«, fragte sie und zum ersten Mal fielen ihm ihre hellblauen Augen auf.

»Was hast du denn?«

Sie strich ihr langes glattes Haar über die Schulter zurück und deutete auf die Bar. »Alles, was du willst.«

»Und was nimmst du?«

»Ich würde ein Glas Weißwein trinken.«

Leonard nickte. »Gut, da schließe ich mich an.«

Während Judy zwei Gläser füllte, packte Leonard die Gitarre aus.

»Wir setzen uns am besten auf die Sofas.«

Sie stellte die Weingläser auf einen rustikalen Beistelltisch aus Holz und deutete auf den Platz ihr gegenüber.

»Mach es dir bequem«, sagte sie und sah ihn erwartungsvoll an.

Leonard stimmte die Gitarre, schlug eines seiner Notizbücher auf und glättete den Falz. Dann hob er den Kopf. »Ich muss dir aber gleich sagen, ich kann nicht singen. Richtig Gitarre spielen kann ich auch nicht. Und das ist kein Song.«

Judy Collins antwortete nicht. Sie trank einen Schluck Wein und wenn sie seine Ansage irritiert hatte, so zeigte sie es nicht. Sie wartete geduldig.

»Dann fange ich jetzt an«, sagte er, bemüht um eine professionelle Gitarrenhaltung, während er die ersten Akkorde anschlug.

»Ich habe dir ›Suzanne‹ mitgebracht«, erklärte er, immer noch eine Spur verlegen, und begann zu singen.

Er schloss die Augen, um sich besser konzentrieren zu können, und während er den vertrauten Pfaden des Liedes folgte, kam er zu der festen Überzeugung, dass diese Frau, die da vor ihm saß, das maßgebendste und zutreffendste Urteil über den Song abgeben würde. Er vergaß alles, was er während der Entstehung des Gedichtes und später, als er ein Lied daraus machte, gedacht hatte; er vergaß die Qualität der Worte, von deren Auswahl er überzeugt gewesen war; er hörte das Stück mit den kritischen Ohren seiner Gastgeberin und entdeckte auf einmal kaum noch etwas Gutes an dem Song.

Er analysierte jedes einzelne Wort, jede Metapher, egal, ob sie für seine Ängste, Träume, Erinnerungen oder Sehnsüchte stand. Alles war mühsam abgeleitet aus seinem tiefsten Innern, das ihm so viele Qualen und gleichzeitig so viel Freude bereitete.

Er lauschte der Melodie, die er mit seinem überschaubaren Repertoire an wenigen Gitarrenriffs unter großem Aufwand und mit viel Mühe komponiert hatte und der, wie er jetzt fand, jede Finesse zu fehlen schien.

All dies kam ihm nun, da er es mit den Ohren einer erfolgreichen Folksängerin hörte, unausgereift und billig vor. Selbst die Anspielungen auf religiöse Themen der Bibel, ihre Doppeldeutigkeit und die Logik, die solchen Dingen anhaftete und dem Verständnis vieler seiner Gedichte zugrunde lag, auch sie kam ihm jetzt nichtssagend und nebulös vor.

Ein letztes Mal berührten seine Fingerkuppen die Saiten.

Dann war er endlich mit dem Lied durch.

Erleichtert ließ er die Hand sinken, er wusste nicht mehr, was er denken sollte.

Daher öffnete er die Augen und sah sie an.

In Judy Collins' Miene spiegelten sich Überraschung und Erstaunen, als hätte er ihr gerade einen Zaubertrick gezeigt.

In den Bäumen vor dem Fenster gurrten Ringeltauben und eine Querstraße weiter erscholl ein Martinshorn.

»Oh, doch Leonard, das ist ein Song«, versetzte sie. »Das Stück ist überwältigend.«

»Ursprünglich war es ein Gedicht«, winkte er bescheiden ab. »Ich habe es in Erinnerung an eine Frau in unserer Straße geschrieben.«

»Suzanne«, sagte Judy, und ihr Gesicht wirkte noch zufriedener. »Was hast du noch?«

Er spielte ihr den »The Stranger Song« und »Dress Rehearsal Rag« vor, danach stellte er die Gitarre beiseite, bot Judy eine Zigarette an und zündete sich selbst eine an. »Was sagst du?«, fragte er in die aufkeimende Stille hinein, um sich seine Aufregung nicht anmerken zu lassen.

Sie sah ihn lange durch den Rauch ihrer Zigarette an.

Und als Leonard bereits annahm, dass sie nur nach Worten suchte, um freundlich abzulehnen und ihn höflich, aber bestimmt, aus dem Appartement zu komplimentieren, hob sie schließlich zu sprechen an. »Ehrlich, Leonard, die Songs faszinieren mich. Soweit ich weiß, schreibt zurzeit niemand so etwas. Wirklich niemand – nicht einmal Dylan. Sicher, du bist ein unausgebildeter, ungeübter Musiker, der sich auf seine typisch intelligente und sture Art irgendwie das Gitarrespielen beigebracht hat.« Sie verstummte, drückte den Rest der Zigarette aus und trank einen Schluck Wein. »Aber die Songs, mit denen du bei mir vorstellig geworden bist, sind ungewöhnlich.

Die Themen einzigartig und geheimnisvoll, der Aufbau der Melodie ist völlig anders, als man ihn üblicherweise kennt. Es gibt in deinen Songs unerwartete Akkordwechsel und Richtungsänderungen. Du kannst mir ruhig glauben, wenn ich dir sage, dass sie brillant sind, ausdrucksstark, literarisch und irgendwie nicht von dieser Welt.«

Leonard spürte, wie seine Augen feucht wurden, vielleicht war es auch nur der Zigarettenrauch, und wie sich seine Schultern herabsenkten, als hätten ihre Worte gerade zentnerschwere Gewichte von ihnen genommen.

»Wie du weißt, produziere ich gerade eine neue Platte. ›In my life‹, und ich würde gern zwei Songs von dir aufnehmen, wenn du einverstanden bist. ›Dress Rehearsal Rag‹ und ›Suzanne‹.«

Leonard sprang auf, ballte die Faust vor Freude und umarmte sie stürmisch.

Sie befreite sich aus dem Griff, warf ihr langes glattes Haar zurück und streckte feierlich die Hand aus. »Sind wir mit den zwei Songs im Geschäft?«

»Sehr gern«, erwiderte Leonard und schlug ein.

KAPITEL 38

Leonard inhalierte den letzten Zug seiner Zigarette tief, bevor er sie fallen ließ und auf dem feuchten Pflaster austrat.

Im Grunde konnte er mit sich und der Welt zufrieden sein.

Es lief bestens. Er war nach nicht einmal zwei Monaten gut im Geschäft. Zu seiner Freude hatte er entdeckt, dass es ihm leichtfiel, Songs zu schreiben. Nicht, dass er sie aus dem Ärmel schüttelte, aber beinahe.

Die jahrelange Beschäftigung mit Lyrik, die stete Suche nach Vers und Reim, die unzähligen Ideensplitter in den schwarzen Notizbüchern und natürlich die Gedichte, die bereits veröffentlicht waren, all das stand ihm jetzt für seine neue Arbeit zur Verfügung und zahlte sich rasch aus. Schreiben bedeutete für ihn nicht länger die stete Angst vor dem Versagen, weil sein Leben und das anderer davon abhing, so wie noch bei »Beautiful Losers«. Im Gegenteil, bei genauer Betrachtung ähnelte sein Leben der Realität eines Filmhelden. Zwar lebte er in einem billigen Hotel, aber ohne Fesseln und Verpflichtungen und immer eine Armlänge vom Notausgang entfernt.

Leonard kniff die Augen zusammen und schlug den Kragen seines Regenmantels hoch. Aber auch ein Filmheld musste Kontakte knüpfen, noch kannte er in New York kaum jemanden. Sein Problem war nur, dass er darin nie besonders gut war. Von einer jungen Schriftstellerin, die im selben Hotel wie er wohnte, hatte er in Erfahrung gebracht, dass es einen Club namens Max's Kansas City gab, in dem andere Künstler verkehrten. Auch andere Musiker.

Neugierig betrachtete er den überdachten Zugang, der von der Bordsteinkante bis zum Eingang des Lokals führte, den weißen gradlinigen Schriftzug auf der Fassade und die Leute, die davor auf dem Gehsteig gelangweilt herumlungerten oder auf den Kotflügeln ihrer Autos saßen.

Als er den Laden betrat, konnte er vor lauter Zigarettenqualm fast nichts erkennen und er fragte sich ernsthaft, wen zum Teufel er hoffte in dem Gedränge hier zu treffen.

Mühsam bahnte er sich einen Weg zwischen den Menschen hindurch zum Tresen, der mitten im Raum stand und an dem drei Barkeeper alle Hände voll zu tun hatten, dem Ansturm an Bestellungen gerecht zu werden. Aus einem Radio plärrte laut Beatmusik, so dass die Leute fast schreien mussten, wenn sie ihre Drinks ansagten. Er hatte Glück und fand einen Stuhl an einer Ecke der Bar. Erleichtert ließ er sich nieder und bestellte ein Bier.

Dann schaute er sich um.

Von seinem Sitzplatz aus hatte er nicht nur zwei Seiten der Bar gut im Blick, sondern auch die Tische, die sich abseits an den Wänden reihten, die mit allerhand Zeug völlig überladen waren. Er entdeckte Klobrillen, eine US-Fahne, Fotos und unzählige Gemälde, die künstlerisch beinahe jede bekannte Malepoche abbildeten. Strahler über den Köpfen tauchten den Raum in ein warmes, aber sehr helles Licht.

Als das Bier kam, bedankte er sich und wollte gerade das Glas zum Mund führen, als eine aufgeregte Stimme, sich fast überschlagend, an sein Ohr drang. »Mann, ich werde verrückt! Sie sind doch Leonard Cohen! Der Mann, der ›Beautiful Losers‹ geschrieben hat.«

Überrascht setzte Leonard das Bierglas ab und wandte sich um. Neben ihm stand ein junger Mann mit einer schwarzen Lockentolle, Lederjacke und Jeans und schaute ihn aus dunklen Augen begeistert an. Leonard erkannte ihn sofort. Es war Lou Reed. Er schrieb ebenfalls Songs, sang aber auch in einer Band.

»Ja, der bin ich«, erwiderte Leonard und reichte ihm die Hand. Er konnte sein Glück über die unerwartete Begegnung kaum fassen.

»Ich muss dir sagen, ›Beautiful Losers‹ ist ein unglaubliches Buch, faszinierend und vor allem so unglaublich schräg.«

»Findest du?«

Lou Reed lehnte sich zurück. »Na klar ist es schräg, völlig skurril, und wenn du mich fragst, auch echt kompliziert. Ich liebe es!« Er lachte. »Los, komm mit, ich will dich ein paar Leuten vorstellen.«

Ohne seine Antwort abzuwarten, ging er los. Leonard nahm sein Glas, stand auf und folgte ihm.

Reed führte ihn an den Tischen entlang, vorbei an den feinen Abendkleidern und dunklen Anzügen, hin zu einer abgedunkelten Nische neben einer Studiobühne, in der ein einzelner Tisch stand, umgeben von vielen Stühlen.

Er blieb stehen und breitete die Arme aus. »Ihr glaubt nicht, wen ich euch jetzt vorstelle.« Er trat einen Schritt zur Seite und wandte sich zu Leonard um. »Nur nicht so schüchtern. Komm her! Freunde, dieser Mann hier ist ein Titan der Worte.

Er kommt aus Kanada. Merkt euch gut seinen Namen, er heißt Leonard Cohen.«

»Leonard Cohen.«

Die Stimme, die seinen Namen interessiert wiederholte, war hoch und von zerbrechlichem Klang. Vor ihm tauchte ein bleiches Gesicht aus dem Halbdunkel auf, in dem eine große Brille das Auffälligste war.

Leonard schluckte, als er den Mann erkannte.

Es war Andy Warhol.

»Setz dich und erzähl uns, was dich nach Manhattan verschlagen hat. Magst du Champagner?«

Er gab dem Kellner ein Zeichen.

Warhol nahm zwischen einem jungen Mann mit auffallend hübschem Gesicht und einer blonden Schönheit namens Nico Platz, die er als Sängerin vorstellte und die ihn aufmerksam musterte. Die anderen in der Runde, zu denen auch Lou zählte, gehörten mit zu einer Band, die sich Velvet Underground nannte und die, wie er erfuhr, von Warhol persönlich gemanagt wurde.

Leonard bekam ein Glas in die Hand gedrückt, Joints machten die Runde und er begann von seinen Büchern, von seinen Songs und einem Leben zu erzählen, das einst auf einer kleinen Insel im Mittelmeer stattgefunden hatte und das sich nun inmitten von New York so anfühlte, als wäre es mehrere Millionen Meilen weit entfernt.

Er verstummte.

Doch er kam nicht dazu, länger über das aufkeimende Gefühl nachzudenken, denn jetzt rückte Warhol seine Brille zurecht. »Was die Menschen von unseren Künstlern hören wollen, ist die Wahrheit, und wir bringen eine immer größere Zahl von Sprechern, von Autoren, Sänger und Malern hervor, da nach Verschiedenem verlangt wird. Die Menschen wollen den bescheidenen Dichter, den arroganten Dichter, den trinkenden Dichter, den asketischen Dichter.« Er schob mit einer einstudiert wirkenden Pose sein Haar aus der Stirn und drückte es dann mit der Handfläche an den Kopf. »Sie wollen den traurigen Sänger, den fröhlichen Sänger, den ernsten Sänger. Sie wollen den Maler, der sich zurückgezogen hat, den exzentrischen Maler, den Maler der eigentlich gar kein Künstler sein will und so weiter. Wir müssen viele verschiedene Arten von Künstlern hervorbringen, die sich mit der Lage befassen, die so unübersichtlich ist, dass wir sie kaum in Worte fassen können. Die Bedürfnisse sind so vielfältig, dass wir sie nicht einmal ansatzweise benennen können. Wir bringen also eine ganze Reihe von Figuren hervor, die uns ansprechen sollen, und niemand spricht uns klar genug an. Möglicherweise wirst du das ändern.«

Leonard ließ die Worte auf sich wirken.

Nico lächelte ihn über den Tisch hinweg verführerisch an, und Andy hob eine kleine Kamera vor sein Gesicht und machte ein Foto von ihm.

KAPITEL 39

New York, 1967

Es war der 16. Juli.

Aviva Layton und Leonard hatten ein Taxi zum Central Park genommen, das sich jetzt mühsam durch den dichten Feierabendverkehr kämpfte.

»Wie geht es dir?«, fragte Aviva mitfühlend, der nicht entgangen war, dass Leonard ständig auf die Uhr schaute.

»Ehrlich, ich bin furchtbar nervös«, sagte er und legte die Hände ineinander. Insgeheim war er froh, dass sie seiner Einladung gefolgt war. Leider konnte Irving nicht wie geplant mitkommen, weil man ihn nach Israel eingeladen hatte.

»Das ist normal. So einen Auftritt kann man gedanklich nicht einfach beiseiteschieben«, sagte sie. »Mit geht es bei meinen Vernissagen genauso. Ich bin nach all den Jahren immer noch nervös.«

Leonard sah sie an. »Ich weiß nicht, was ich machen soll, ich habe zu Judy gesagt, dass ich nicht auftreten will. Meine Stimme ist dafür nicht gut genug und meine Gitarrentechnik …« Er brach ab.

»Und was hat sie darauf geantwortet?«

»Ach, dass die Leute ›Suzanne‹ lieben, dass der Song ein Hit ist und dass die Fans nach einem Jahr das Recht haben, endlich einmal den Mann zu hören, der den Song ursprünglich komponiert und getextet hat.«

»Ich finde, das klingt fair.«

»Aber das war nicht der Deal! Ein Auftritt, unmöglich! Ich sollte Songs für sie schreiben, und das habe ich getan. Das ist das, was ich kann.« Die Ampel schaltete um und er beobachtete die Fußgänger, die über die Straße hasteten, die meisten im Anzug, die Aktentasche unter dem Arm. Am liebsten wäre er ausgestiegen und hätte sich unbemerkt unter sie gemischt. Er wandte sich wieder Aviva zu. »So wie meine Gedichte stets eine Melodie andeuten, steckt in meinen Melodien stets ein angedeutetes Gedicht. Ich zupfe ein bisschen an den Saiten und probiere verschiedene Akkordfolgen aus. Irgendwann kommen die Worte zu mir und stellen sich nebeneinander auf. Als wären sie immer schon in mir gewesen. Dann weiß ich, dass ich mit etwas Kontakt aufgenommen habe, dass ein wenig tiefer liegt als der Punkt, von dem aus ich mit der Gitarre in der Hand aufgebrochen bin. Aber das alles geschieht in der Abgeschiedenheit meines Zimmers, nicht auf einer Bühne. Dafür bin ich nicht gemacht.«

Aviva musterte ihn prüfend. »Wie kannst du das wissen? Songs zu schreiben könnte nur der erste Schritt für dich sein.«

Sie hob die Hand, als Leonard Einwände vorbringen wollte.

»Hör zu, ich sage dir warum. Das in den Songs bist du, mit all deinen Empfindungen, Emotionen und Gedanken. Du füllst diese Lieder geradezu aus, bist eins mit ihnen, sie entspringen deiner Seele, also bist du derjenige, der sie auch am eindrucksvollsten interpretieren kann.«

Leonard verzog das Gesicht, als hätte er Zahnschmerzen. »Ich dachte, du wärst auf meiner Seite.«

Aviva konnte ein spöttisches Auflachen nicht ganz unterdrücken. »Bin ich auch. Und Judy! Bessere Freundinnen kannst du nicht finden.«

»Wenn du meinst.« Leonard zeigte ein schiefes Lächeln und zuckte hilflos mit den Schultern.

Um am Newport Folk Festival teilzunehmen waren mehrere Tausend Besucher bei sommerlichen Temperaturen in New Yorks berühmtesten Park gepilgert.

Als die Sonne hinter den ersten hohen Bäumen versank und die Fenster des Plaza-Hotels ein letztes Mal rotgolden aufleuchteten, trat Judy Collins hinter das Mikrophon. »Ich möchte euch einen Singer-Songwriter vorstellen, er heißt Leonard Cohen.«

Das war sein Stichwort. Das Herz schlug ihm bis zum Hals, als er, die Gitarre umgehängt, die Bühne betrat. Er hörte, wie einige hörbar maulten, weil sie wegen Judy gekommen waren und nun diesen unbekannten Typen vorgesetzt bekamen.

Hinterher wusste er nicht, wie er überhaupt den Weg bis zum Mikrophon zurückgelegt hatte. Seine Knie schlotterten und seine Finger fühlten sich wie Gummi an. Es fiel ihm schwer, die Töne zu treffen, es schien ihm, als sänge er mit unglaublich flacher Stimme und nach der ersten Strophe von »Suzanne«, versagte sie ganz.

»Tut mir leid, ich kann das nicht …«, sagte er und stürzte von der Bühne. Es kam ihm so vor, als würde er sterben. Er wollte nur noch weg.

Wie durch eine Nebelwand hörte er das verlegene Hüsteln der Menschen um ihn herum, bemerkte er die verstörten

Blicke der Mitarbeiter, die einander ratlos anschauten, weil sie nicht wussten, wie es nun weiterging.

Aber das war ihm egal. Er war da draußen gerade tausend Tode gestorben und hatte sich bis auf die Knochen blamiert. Fassungslos sank er im Rückraum der Bühne auf einen Stuhl.

Es war Judy, die neben ihm auftauchte und ihn an der Schulter rüttelte. »Leonard, hör mal, du nimmst jetzt deine Gitarre und gehst da wieder raus«, sagte sie mit ruhiger, aber bestimmter Stimme. »Verdammt, hör doch mal hin, sie wollen dich!«

Erst jetzt vernahm er den fordernden Applaus, der leise durch die Wände sickerte. »Du hast sie angezündet, jetzt ist es an dir, das Feuer zu entfachen.«

Leonard hob den Kopf. »Ich kann das nicht, ich gehe da auf keinen Fall wieder raus. Nicht allein.«

»Gut, das musst du auch nicht. Ich begleite dich auf der Gitarre. Aber du singst. Komm jetzt.«

Zusammen mit Judy war es ganz anders. Die Begeisterung der Leute trug ihn, und statt der schlotternden Angst war da plötzlich ein Gefühl der Verbundenheit mit den Menschen, die den Platz vor ihm füllten. Wie von einer unsichtbaren Hand gelenkt, verwandelte er sich, während er sang, in jemand anderen, als wären er und seine Gitarre zu einem einzigen Wesen verschmolzen. Nachdem er geendet hatte, brandete lebhafter Applaus auf, einige riefen seinen Namen, und eine Frau warf eine Blume auf die Bühne. Er wusste nicht, wie lange er dort gestanden hatte, bis Judy kam, seine Hand nahm und ihn hinter die Bühne führte.

»Wie bitte?« Leonard benötigte einen Augenblick, um sich zurechtzufinden. Er konnte immer noch spüren, wie das Lied in ihm wogte, wie der Beifall Tausender begeisterter Menschen gegen ihn brandete und er ihn aufsog wie ein Schwamm, den man in klares Wasser tauchte. Er betrachtete seine Finger, dann die zerkratzte Tischplatte vor sich, als wäre auch sie etwas absolut Fremdes.

»Du warst phantastisch!«, sagte Judy begeistert und küsste ihn überschwänglich auf die Wange. »Hast du sie gehört?« Sie deutete mit den Daumen in Richtung Bühne. »Das Publikum? Sie lieben dich. Jetzt gibt es kein Zurück mehr für dich, wenn du mich fragst.« Sie machte eine bedeutungsvolle Pause. »Ich denke, heute wurde ein Star geboren.«

Leonard lächelte verlegen. »Danke Judy, ohne dich hätte ich es da draußen niemals geschafft.«

»Blödsinn!«, sagte sie und schüttelte den Kopf. »Du warst nur ein wenig aufgeregt. Aber das gibt sich mit der Zeit.« Sie hob den Kopf, weil sich in diesem Moment die Tür zum Backstage Bereich öffnete und ein Mann im dunklen Anzug eintrat. Kurz sah er sich um und als er Judy erblickte, kam er lächelnd auf sie zu.

Sie begrüßte ihn, wie man es mit einem alten Freund tat, und trat dann einen Schritt zur Seite.

»Leonard, das ist John Hammond«, sagte sie. »Er ist ein einflussreicher Manager bei Amerikas führender Plattenfirma Colombia. John, ich freue mich, dir Leonard Cohen vorstellen zu dürfen.«

Die beiden Männer reichten sich die Hand.

»Der Mann, der ›Suzanne‹ geschrieben hat«, sagte er. »Sie

haben es drauf, Mann. Ich würde gern mal bei Ihnen vorbeischauen und mir ein paar weitere Songs von Ihnen anhören. Wann passt es Ihnen?«

Leonard schluckte. Er konnte nicht glauben, dass das hier gerade wirklich geschah.

»Jederzeit, ich wohne im Chelsea Hotel.«

Hammond verzog das Gesicht zu einem breiten Grinsen. »Wo sonst?«

KAPITEL 40

Hydra, Herbst 1967

Marianne saß auf ihrem Lieblingsplatz, einem Felsen direkt am Meer und hielt ihr Tagebuch auf den Knien, zwischen den Seiten steckte ein farbiges Kuvert. Der Teil mit der Briefmarke ragte wie ein überdimensionales Lesezeichen heraus, das Postwertzeichen schmückte das Antlitz eines ehemaligen Präsidenten, darunter die Aufschrift *US-Postal.*

Nachdenklich schweifte ihr Blick über die Wasserfläche, ohne dass sie einem Detail besondere Aufmerksamkeit schenkte. Vielmehr war sie hierhergekommen, weil sie endlich ihre Gedanken ordnen wollte, zu viel war in letzter Zeit auf sie eingestürmt und sie merkte, wie sie immer stärker ein Gefühl der Furcht umtrieb, dass ihr alles entgleiten könnte.

Das Jahr war schwierig gewesen.

Sie nagte an der Unterlippe.

Zuerst schrieb ihr Leonard euphorisch, dass er in New York Glück gehabt hatte und als Songschreiber bereits bei seinem ersten Kontakt zwei Lieder auf einer Platte von Judy Collins unterbringen konnte. Wenn sich seine Beziehungen zu den Musikern so weiterentwickelten, könne er bald nach Hydra zurückkehren und von Griechenland aus arbeiten. Möglicherweise parallel dazu noch einen neuen Gedichtband verfassen.

Marianne holte tief Luft.

Wie hatte sie sich aus ganzem Herzen für ihn gefreut. Sie wusste, wie sensibel er in Bezug auf seine Kreativität war, und dann gleich so ein erfolgreicher Einstieg, verbunden mit der Aussicht, dass er bald nach Hause kommen könnte.

Doch dann hatte er bei diesem Festival gesungen und alles änderte sich über Nacht.

Er bekam einen Plattenvertrag, trat immer häufiger auf, war bald auf seine erste Tournee gegangen und hatte ihr nachts Telegramme geschickt, weil er sich überfordert fühlte und in seinem neuen Leben noch nicht sonderlich gut zurechtfand.

Sie hatte Mitleid mit ihm, hatte versucht, ihn in ihren Briefen aufzubauen, ihm Mut zu machen, seinen Traum weiter zu verfolgen, wo er ihm doch so nah gekommen war. Aber insgeheim vermisste sie ihn, seine Nähe und Liebe, vor allem jetzt, wo sich auch in ihrem Leben vieles änderte.

Im April, sie weilte gerade bei Freunden in Athen, war es zum Militärputsch gekommen. Panzer rollten durch die Stadt, Schüsse fielen und Generäle übernahmen die Macht. Sie erinnerte sich noch, wie sie alle zusammen aufs Dach des Hotels geklettert waren. Die Straßen waren menschenleer und über dem Syntagma-Platz mit dem Parlamentsgebäude hingen dunkle Rauchwolken. Sie hatten sich drei Tage in dem Hotel versteckt, bis sie wagten, an Bord einer Fähre zu gehen und wieder nach Hause zu fahren.

Aber auch auf Hydra hatte sich in den letzten Tagen einiges verändert. Es gab kaum noch Touristen, die Ausländer, die auf der Insel lebten, mussten sich jetzt jeden Tag in der Polizeistation melden und ausreichend Geld für ihren Aufenthalt vorweisen. Drogen und Ausschweifungen, egal, in welcher Art, waren streng verboten.

Manchmal, wenn Marianne und ihre Freunde sich in ihren Häusern trafen oder einander kurz auf der Straße begegneten, stellten die, die noch dageblieben waren, erschüttert fest, dass das Goldene Zeitalter Hydras ein für alle Mal zu Ende gegangen war. Jetzt herrschte eine Diktatur.

Und es kam für sie noch schlimmer. Wenige Tage nach dem Putsch verhaftete die Militärpolizei Mariannes Freundin Magda, steckte sie ins Gefängnis und schloss ihre Bar. Es stellte sich heraus, dass Paolo bei einigen Banken heimlich Kreditschulden angehäuft und Steuern hinterzogen hatte.

Sie war so enttäuscht gewesen, als sie es erfahren hatte.

Marianne warf den Kopf zurück.

Sie konnte nicht verhindern, dass sich ihre Augen mit Tränen füllten.

Meine liebe Magda …

Wütend riss sie eine Flechte vom Stein ab und warf sie ins Meer. Was für ein mieses Schwein Paolo doch war. Anstatt die Konsequenzen wie ein Mann zu tragen, hatte er sich heimlich in der Nacht aus dem Staub gemacht und die ahnungslose Magda der Polizei ausgeliefert.

Marianne schloss einen Moment die Augen, um sich wieder zu beruhigen.

Leonard hatte versucht, zu helfen, er schickte Geld, aber das reichte gerade für sie und Axel. Sie wusste, dass er sie liebte und unter der derzeitigen Entwicklung der Gegebenheiten ebenso litt wie sie und ihr Sohn.

Sie schürzte die Lippen.

Axel würde im Januar acht werden und er konnte nicht ewig ohne Schulbildung bleiben. Zwar gab es hier auf der Insel eine Schule, die Kinder der Johnstons besuchten sie, aber sie dachte eher an eine Möglichkeit, Axel in einer Schuleinrichtung unterzubringen, die dem lebhaften und freien Naturell ihres Kindes gerecht wurde. Olivia hatte ihr ein britisches Internat empfohlen: Summerhill. Ihre Tochter lernte bereits dort und schwärmte in den höchsten Tönen von den Möglichkeiten, die sich ihr dort boten, und Marianne wollte Axel ebenfalls dorthin schicken. Das räumte ihr auch die Möglichkeit ein, Leonard in Zukunft zu begleiten.

Sie schlug das Notizbuch auf und strich beinahe zärtlich über den Briefumschlag. Sie hatte Leonard geschrieben und an diesem Morgen war seine Antwort eingetroffen.

Mein Schatz, ich hoffe, wir können die schmerzvolle Leere reparieren, zu der uns die verschiedenen Unsicherheiten geführt haben. Ich hoffe, Du kannst Dich selbst aus Deiner Verzweiflung hinausführen, und ich hoffe, ich kann Dir helfen. Zumindest erlaube ich mir, Dir Geld zu schicken, damit Du die Kosten für Axels Internat und das Haus auf Hydra begleichen kannst. Gute Nacht, mein Liebling. Leonard.

KAPITEL 41

New York, Frühjahr 1969

Marianne hatte mit Leonard bereits in einigen Hotels übernachtet – in Paris, in Piräus und Athen –, und alle glichen sich in einem Punkt: Es waren preiswerte, einfache Herbergen mit dünnen Wänden und ohne jedweden Komfort.

Das Chelsea Hotel in der West 23ste Straße 222, in dem Leonard zurzeit in New York lebte, bildete keine Ausnahme.

Die Lobby war ein lang gestreckter Raum mit einem Kamin, der aber nicht benutzt wurde. In den Nischen gab es Bänke mit Lederüberzug, auf denen zu jeder Tages- und Nachtzeit Leute herumlungerten, die miteinander diskutierten, kifften oder einfach nur auf etwas zu warten schienen.

Als Marianne das Hotel zum ersten Mal in Begleitung von Leonard betreten hatte, waren ihr die vielen Bilder aufgefallen, die alle Wände der Lobby bedeckten.

»Die hat Stanley Bard, der Hotelmanager, anstelle der Miete bekommen oder einkassiert«, erklärte Leonard, der ihren Blick bemerkte.

»Und wo geht es dorthin?«, fragte Marianne und deutete auf eine braune Holztür, während Leonard den Fahrstuhl rief.

»Ins El Quijote, ein spanisches Restaurant im Nebenhaus.«

Leonard schob das Eisengitter zur Seite und ließ Marianne den Vortritt. Dann wählte er die vierte Etage aus.

»Nicht erschrecken«, sagte er verschmitzt. »Das ist der langsamste Aufzug in ganz Amerika. Aber er fährt.«

Als sie nach zwei Minuten ausstiegen, fand sich Marianne in einem kanariengelb gestrichenen Flur wieder.

»Hier ist kein Zimmer wie das andere«, sagte Leonard und deutete auf eine der zerschrammten olivgrünen Türen. Dann grüßte er drei langhaarige Männer, die lässig an den Wänden lehnten und rauchten, während sie sich unterhielten. Ein paar Meter weiter stand eine Tür offen, und Musik drang heraus. Marianne erblickte im Zigarettendunst eine junge dunkelhaarige Frau, die nackt auf dem Boden sitzend mit geschlossenen Augen Gitarre spielte, während sie von einem ebenfalls unbekleideten muskulösen Afroamerikaner auf Percussions begleitet wurde.

Im darauffolgenden Zimmer fehlte die Tür komplett, die Wände ringsum trugen die rußigen Spuren eines Brandes.

»Was ist denn hier passiert«, fragte Marianne fassungslos.

»Eine Kifferparty, die sich im wahrsten Sinne des Wortes in Rauch auflöste«, antwortete Leonard im Gehen. »Sie sind eingeschlafen, aber eine Zigarette brannte noch und fiel auf den Teppich. Am Ende sind sie unter dem Rauch hindurch zur Tür gekrochen. Hatten wirklich Glück.«

Im nächsten Zimmer wurde laut gestritten. Als Marianne auf Höhe der Tür war, wurde diese aufgerissen.

Sie konnte gerade noch zur Seite springen, als eine leicht bekleidete Frau, die einen verwirrten Eindruck machte und von deren Unterarmen Blut tropfte, an ihr vorbeirannte. »Verpiss dich, du Schlampe!«, schrie eine aufgebrachte Männerstimme aus dem Halbdunkel heraus.

Erschrocken folgte sie Leonard, drückte sich an ihn, als er weiter über den Flur ging, als bemerke er den Irrsinn nicht.

Als er endlich stehen blieb, den Schlüssel hervorzog und sie in sein Zimmer bat, atmete sie leise auf.

Es war nicht groß und spärlich möbliert. Eine Glühbirne, die an einem Draht von der Decke hing, spendete Licht.

Marianne sah sich um. Auf einem Tisch neben dem Fenster stand ein kleiner Fernseher, daneben ein Stapel schwarzer Notizbücher und eine Tasse mit einem *I-love-NY*-Logo, in der einige Stifte steckten. Dann gab es noch einen Schrank, ein Bett mit einer Überdecke, bei der es ihr schwerfiel, die Farbe zu bestimmen, und eine Kochplatte.

»Möchtest du etwas trinken?«, fragte er. »Einen Tee?«

Er nahm einen Topf und drehte den Hahn auf. Das Wasser war rostbraun. »Du musst bis zehn zählen«, erklärte er schmunzelnd. »Dann wird es langsam klarer.«

Mein Gott, dachte Marianne und fühlte die Ratlosigkeit, die sich in ihr breitmachte. Sie liebte Leonard aus tiefstem Herzen, aber wie sollte sie hier leben?

Konnte sie das?

Nein, das hier war kein Hotel, das war ein Irrenhaus.

Wie zur Bestätigung hörte sie ein Kreischen und Brüllen, das erst leise begann, sich dann aber bis zu einem infernalen Geheul steigerte.

Leichenblass schaute sie Leonard an, der den Tee für sie beide aufgoss.

»Ausdruckstanz«, sagte er nur, als er die Verwirrung auf ihrem Gesicht bemerkte. »Gepaart mit Urschreitherapie. Zurzeit der absolute Renner in der Stadt.«

Er kam zu ihr und reichte ihr die Tasse.

»Und hier kannst du arbeiten?«

»Ja. Das mag dir verrückt vorkommen.« Er strich mit dem Finger am Tassenrand entlang. »Aber es inspiriert mich. Meine Platten waren vor allem in Europa ein Erfolg. Ein Reporter sagte mir, die Leute wären von meiner Fähigkeit beeindruckt, offen über Schmerz, Kummer und Angst zu reden. Dass ich nicht davor zurückgescheut bin, solche Gefühle offen auszudrücken.«

»Das kannst du, weil du sensibel und empathisch bist«, warf Marianne ein.

»Ich weiß nicht. Ich denke oft, dass ich mit meinen Songs nicht tief genug vordringe, nur an der Oberfläche kratze. Es wäre schön, mal ein echtes Gefühl, einen echten Gedanken, eine echte Beschreibung einer misslichen Lage zu hören, in der sich ein Mensch befinden kann. Ich habe all das bisher nur gestreift.«

Und dafür musst du in einem Loch wie diesem wohnen?, dachte Marianne verunsichert, sprach es aber nicht aus.

»So ein Song muss aber auch mit einfachen Worten erzählt werden, so dass die Leute ihn verstehen. Einfach und zugleich so tiefsinnig wie nur möglich. Man muss verdammt gut sein, um das hinzukriegen. Verstehst du? Es ist mir mit meinen Songs bisher nicht gelungen.«

Marianne rang sich durch, ihn nun doch zu fragen: »Und um diesen perfekten Song zu schreiben, tust du dir das an?« Sie sah sich vielsagend um.

»O ja.« Seine Augen bekamen einen fiebrigen Glanz, den Marianne bereits kannte. »Ich weiß, es ist schwer zu erklären und noch schwerer zu begreifen, aber glückliche Menschen können keine guten Songs schreiben. Es braucht die Tragik des Lebens, den Schmerz vom Unglücklichsein.«

»Und wo ist mein Platz in dieser Welt?«, fragte Marianne zögerlich.

Leonard stellte die Tasse ab und nahm sie in den Arm. »Wenn du da bist, werde ich zu einem anderen Mann, einem glücklicheren. Du bist meine nordische Göttin, rein wie der Regen und strahlend wie die Sonne. Aber du hast recht. Seitdem du in der Stadt bist, frage ich mich, ob es egoistisch von mir war, dich hierherzuholen.«

»Hierher«, wiederholte Marianne das letzte Wort.

Leonard hielt sie immer noch eng an sich gedrückt, musterte ihr Gesicht und strich ihr über das Haar. »Ich wusste, dieser Ort ist nichts für dich. Ich habe mit Carol Zemel gesprochen. Vielleicht erinnerst du dich noch an sie. Sie studiert Kunstgeschichte an der Columbia University und wohnt in einem Loft in der Clinton Street auf der Lower East Side. Übrigens ist auch Demetre Gassoumis mit seiner Familie dorthin gezogen. Ich bin erstaunt, wie viele Leute, die wir noch von Hydra kennen, inzwischen hier sind.« Leonard brach ab und fragte sich, ob er sich darüber freuen oder den Umstand bedauern sollte.

»Ja, die Zeiten haben sich geändert, spätestens seit dem Militärputsch«, sagte Marianne und erhob sich. »Ich werde bei Carol wohnen, das ist eine gute Entscheidung. Auch wegen Axel. Ich werde ihn in Summerhill freistellen lassen, um ihn bei mir zu haben.«

Einen Moment wirkte Leonard unschlüssig, blickte dann auf

die Armbanduhr. »Ich rufe uns ein Taxi. Carol wartet bestimmt schon. Wenn du möchtest, kann ich dir später ein paar Leute vorstellen, die sich darauf freuen, dich kennenzulernen.«

Marianne gewöhnte sich schnell ein.

Carol überließ ihr eines der beiden Schlafzimmer, in dem sie mit Axel wohnte. Inzwischen besuchte ihr Sohn zusammen mit den beiden Töchtern der Gassoumis eine Schule im Viertel. »Wir nennen uns die Hydra-Kinder«, hatten sie nach dem ersten Schultag verkündet und sich gemeinsam an die Hausaufgaben gesetzt. Auch sonst hielten sie wie Pech und Schwefel zusammen.

Bei Carol und Marianne hatte noch ein weiterer Mitbewohner Zuflucht gefunden: Jean Marc Appert.

Er verdiente seinen Unterhalt mit dem Verkauf von Drahtkatzen, die er selbst anfertigte. Die Tierchen waren aus Stahldraht und Wollgarn modelliert und hatten Schnurrhaare und kleine leuchtende Augen.

»Kommst du heute Abend wieder mit?«, fragte er Marianne. »Ohne dich verkaufe ich nur die Hälfte. Oder hast du schon etwas vor?«

Marianne schüttelte den Kopf. »Nichts«, entgegnete sie wahrheitsgemäß.

Jean Marc hatte von der New Yorker Stadtverwaltung die Genehmigung für den Straßenverkauf erhalten, unter der Auflage, dass die vor Ort ansässigen Geschäfte bereits geschlossen haben mussten. Aber das war okay, denn bei genauerer Betrachtung ging es ihnen gar nicht um die Kunden dieser Läden, sondern vielmehr hatten sie es auf die Nachtschwärmer, die Nachtclub-, Bar- und Restaurantbesucher abgesehen.

Ihre bevorzugte Stelle war ein windgeschützter Platz in der zweiundvierzigsten Straße.

Jean Marc hatte die beiden Holzböcke aufgestellt und ein quadratisches Brett daraufgelegt, so dass eine kleine Auslage entstand, auf die Marianne einen schwarzen Wollstoff drapierte.

Es dauerte auch heute nicht lange, und die ersten Interessierten versammelten sich. Marianne hob eine der kleinen Skulpturen hoch und erzählte von den Katzen auf Hydra. Möglicherweise war es ihr elfenhaftes Aussehen, ihr unverwechselbarer Charme oder ihr nordischer Akzent, aber auch an diesem Abend verkauften sie ausgesprochen gut.

»Ich denke, wir machen für heute Schluss«, schlug Jean Marc nach einer Weile vor und begann die restlichen drei Kätzchen in seinen Rucksack zu verstauen. »Wie sieht's aus, bist du morgen wieder mit dabei?«

Marianne zuckte mit den Achseln. Er hob entschuldigend die Hände.

»Ich Idiot. Du willst erst abwarten, ob er sich meldet.«

Marianne nickte stumm.

Sie und Leonard hatten eine unausgesprochene Vereinbarung. Er rief sie an, und sie trafen sich entweder vor dem Chelsea Hotel, oder er holte sie in der Wohnung ab. Er redete über die Stadt, die Songs, an denen er gerade schrieb, erkundigte sich nach Axel, hörte viel mehr zu, als dass er selbst erzählte.

Sie nahm es als gegeben hin, als eine Tatsache, so entrückt und schmerzvoll, wie New York nun einmal war. Obwohl es ihr das Herz zerriss, fand sie sich stillschweigend damit ab und sann nicht über die näheren Umstände nach.

Es gab aber auch Augenblicke, da fühlte sie sich wie einst auf Hydra, als er frisch angekommen war, in seinem hellen Anzug, den blauen Regenmantel über dem Arm. Ein Mann, so anders als die, die sie bis dahin gekannt hatte, der höflich und zuvorkommend mit ihr umging, weil er verzaubert von ihr war.

»Bist du nicht das Mädchen vom Plattencover«, fragte Andy Warhol und reichte ihr seine schmale Hand. »Wir haben uns schon gefragt, welch faszinierende Ausstrahlung der Frau wohl innewohnt, die unseren Freund Leonard zu solcher Wortgewalt inspiriert?«

Marianne senkte den Blick und schwieg. Weniger aus Verlegenheit oder weil sie Leonards Freunden gegenüber geheimnisvoll erscheinen wollte, sondern eher, weil ihr die Art der Kommunikation über ihren Kopf hinweg missfiel.

»Bescheiden ist sie auch noch«, flötete Warhol. »Schätzchen, lass mich ein Foto von dir machen.«

Die Kamera klickte.

»Danke, Andy, wir wollen uns ein bisschen umsehen«, sagte Leonard entschuldigend.

Warhol breitete die Arme auseinander. »Aber gern doch. Du weißt, die ›Factory‹ ist für alle da.« Dann legte er die Hände zusammen und wiegte den Kopf. »Wenn ich euch beide so ansehe – denkst du, deine Freundin würde bei meinem neuesten Projekt mitmachen?«

»Was für ein Projekt?«, fragte Marianne.

»Nichts, wovor man sich fürchten müsste. Wir setzen dich nur vor eine Kamera, leuchten dich aus und lassen sie drei Minuten laufen. Das war es auch schon.«

»Gut.«

»Superb. Wenn ich dich in die Box begleiten darf?«

Neben Warhol tauchte eine schlanke, dunkelhaarige Frau in einem blauen Schlauchkleid auf. Zwischen ihren grellrot geschminkten Lippen hing lässig eine Zigarette.

»Nico, das ist Marianne …«

Die Frau nickte langsam.

»Das Mädchen vom Cover«, ergänzte Warhol. »Was willst du?«

»Ich dachte, ich mache mich nützlich«, antwortete Nico.

»Gut«, antwortete Warhol knapp. »Dann kümmere dich um Leonard.«

Marianne sah, wie sich die Frau vertraulich lächelnd bei Leonard einhängte und ihn beiseitezog.

Ihr Blick suchte den seinen. »Ich muss diese Aufnahme nicht machen«, sagte sie schnell und wollte einen Schritt auf ihn zu machen.

»Das wäre aber sehr schade«, stellte Warhol mit echtem Bedauern in der Stimme fest.

»Gib Andy die Ehre«, sagte Leonard ruhig. »Ich werde mich in der Zwischenzeit ein wenig umsehen.«

Er und Nico wechselten einen raschen Blick.

»Gut, dann sehen wir uns später«, sagte Marianne und versuchte ihre Enttäuschung zu unterdrücken.

»Lass uns beginnen«, murmelte Warhol und ging in die Box.

Leonhard winkte ihr zum Abschied zu, was er sonst nie tat.

Ein heftiger Impuls überkam Marianne, ihnen nachzulaufen, sie anzuschreien, was ihnen einfiele. Doch als würde sie eine fremde Macht davon abhalten, drehte sie sich auf dem Absatz um und betrat ebenfalls die Box.

Warhol stand bereits hinter der Kamera.

»So, Schätzchen. Setz dich da hin und schau zu mir.«

Marianne nahm auf dem Stuhl Platz, der als einziges Möbelstück mitten im Raum stand, und blickte in das Objektiv.

Ein mechanisches Surren setzte ein, und eine rote Lampe leuchtete auf. Sie hatte angenommen, dass Warhol während der Aufnahme hinter dem Gerät stehen bleiben würde, doch er entfernte sich leise und schloss die Tür hinter sich.

Sie war allein und schaute noch immer in die Kamera.

Aber ihre Gedanken wanderten hinaus zu Leonard und dieser Frau.

Sie atmete mehrere Male tief durch. Sie wusste nicht, wohin er mit ihr gegangen war und ob sie ihn später auf dem weitläufigen Areal zwischen all den anderen Leuten überhaupt wiederfinden würde.

Sie stöhnte auf.

Von einer schmerzhaften Erregung gequält, die zunehmend von ihr Besitz ergriff, richtete sie sich im Stuhl auf. Das Alleinsein in der Box verstärkte das ungute Gefühl noch.

Plötzlich kam ihr der Raum karg und unwirtlich vor, genauso erging es ihr inzwischen auch mit New York. Anfänglich hatte die Größe der Stadt sie beeindruckt, doch je länger sie sich hier aufhielt, umso mehr fand sie, dass die Stadt wie ein Schaufenster war, zu dem es keinen Laden gab. Es gab nur leere Versprechen und Verheißungen, die einem vorgegaukelt wurden, weit entfernt vom realen Leben.

In ihrem Viertel lebten viele Puertoricaner. Es herrschte Armut und es kam vor, dass Menschen ihre Wohnungen mit dem Hintergedanken anzündeten, dadurch eine bessere Bleibe zu bekommen.

Als sie neulich mit Carol im Kino war, musste sie feststellen, dass die meisten Besucher nicht wegen des Films anwesend waren, sondern weil es dort warm war und sie ohne Gefahren ein paar Stunden schlafen konnten.

Nein, das war nicht der Ort, an dem sie mit Axel länger leben wollte.

Wenn sie ehrlich war, mochte sie nichts an der Stadt, weder die Straßen, die Clubs noch die entweder völlig überdrehten oder emotionslosen Menschen, die nur nach einer Möglichkeit suchten, ihre wie auch immer gearteten Begierden zu stillen, so wie sie vor die Tür traten, um eine Zigarette zu rauchen.

Marianne nagte an der Unterlippe, starrte auf das Objektiv.

Aber Leonard war nun einmal hier in New York.

Und diese Nico.

Wieder führte sie sich die Szene vor Augen, wie die beiden vorhin weggegangen waren.

Seine plötzliche Lockerheit, sein Winken, die Offensichtlichkeit, mit der er es geschehen ließ, dass sie ihn berührte, einfach mit sich nahm. Und plötzlich wusste sie, was sie daran kränkte. Sie empfand es als Betrug. Als Verrat an ihrer Liebe.

Sie war die Frau an seiner Seite.

Plötzlich kam ihr ein furchtbarer Gedanke und sie schaute auf die Uhr an ihrem Handgelenk. Diese gottverdammten drei Minuten mussten doch irgendwann mal vorbei sein.

Ihr Blick wanderte zur Tür. Leonard war offenbar noch nicht zurück. Sie spürte einen Anflug von Panik. Ihre Phantasie gaukelte ihr Bilder von zwei umschlungenen Leibern in einem geheimen Gang vor, diese dunkelhaarige Frau und Leonard.

Erschöpft schloss sie die Augen. »Ich bin hier«, flüsterte sie und eine Träne lief ihr aus dem Augenwinkel. »Hier, Leonard.«

Sie hörte, wie die Tür aufflog.

Das Surren erstarb.

Marianne hob die Lider, das grelle Licht brannte in ihren Augen, das Atmen fiel ihr schwer.

»Ich habe uns Kaffee besorgt, Liebling.«

Ihr Herz tat einen Sprung.

Leonard!

Hastig sprang sie von dem Stuhl auf, blickte in sein lächelndes Gesicht.

»Du bist da …«, sagte sie und wusste nicht, ob sie es als Frage oder einfach nur als Feststellung meinte.

Sein Gesicht zeigte einen Ausdruck von Unverständnis.

»Wo sollte ich denn sonst sein?«

Warhol war wieder an die Kamera getreten und wechselte die Filmrolle. »Kinder, könnt ihr bitte draußen weitermachen? Die Kunst kann nicht warten.«

Marianne verabschiedete sich noch bei ihm, bevor sie sich ein Stück weiter auf den Stufen einer Treppe niederließen.

Leonard gab Zucker in seinen Becher, rührte langsam um

und es kam Marianne so vor, als würde er seine Erinnerungen darin auflösen. Plötzlich hob er den Kopf, sah sie von unten herauf an. »Ich habe gerade mit meinem Roadmanager telefoniert.«

Marianne hob fragend die Augenbrauen.

Er räusperte sich. »Ich habe ihm gesagt, dass ich dich mit auf der Tournee haben möchte. Wie lange, das musst du entscheiden, auch wegen Axel.«

Marianne spürte, wie ihr Mund trocken wurde. »Und was hat er gesagt?«

Leonard verstellte seine Stimme, um ihn zu imitieren. »Das ist ganz allein deine Sache, Cohen.«

Marianne benötigte einen winzigen Moment, bis sie begriff.

Dann beugte sie sich vor, legte ihre Hand auf seine Wange und küsste ihn.

KAPITEL 42

Irgendwo, Herbst 1969

Leonard schreckte im Sessel auf. Er musste eingeschlafen sein. Es fiel ihm schwer, sich zu orientieren, die Hotelzimmer auf der Tour sahen alle irgendwie gleich aus. Müde wischte er sich mit den flachen Händen über die Augen.

Noch immer trommelte der Regen gegen das Fenster, hüllte die ihm unbekannte Stadt in graue undurchdringliche Schleier.

Er blickte auf die Uhr, kurz vor fünf. Bis zum Konzert blieben ihm noch drei Stunden.

Leonard setzte sich auf und griff zum Telefon. Auf einmal verspürte er das dringende Bedürfnis, mit Marianne zu sprechen. Nicht, weil er ihr erzählen wollte, was er den ganzen Tag so trieb, ganz gewiss nicht, sondern einfach, weil er ihre Stimme hören wollte, die Zuneigung spüren, die sie ihm entgegenbrachte, weil er daran erinnert werden wollte, dass sein früheres Leben einem anderen Taktschlag gefolgt war. Er fühlte sich einsam, allein gelassen und spürte eine überbordende Erleichterung, als am anderen Ende endlich abgehoben wurde.

»Hallo?«, meldete sich ihre verschlafene Stimme.

Zerknirscht biss Leonard die Zähne aufeinander. Er hatte nicht an die Zeitverschiebung gedacht.

»Marianne, Liebling, hier ist Leonard.«

Sie war sofort hellwach, bekam den Hörer fester zu fassen und drückte ihn dicht ans Ohr, um keines seiner Worte zu verpassen. »Leonard, ich bin so froh, dass du dich meldest. Ich habe so lange nichts von dir gehört. Wo bist du? Wie geht es dir?«

»Ich hatte Angst, dich anzurufen. Ich dachte, du wärst böse auf mich.«

»Das ist doch Blödsinn, warum sollte ich böse auf dich sein?«

»Hier sind alle böse auf mich.«

»Wie kommst du darauf?«

»Bei dieser Plattenvorstellung neulich, es war furchtbar. Der Raum war voller Leute und jeder kommt und will etwas von mir. Sie bedrängen mich mit ihren Wünschen nach Autogrammen, Interviews, Fotos. Das macht mich kaputt, Marianne. Dieses Gezerre an meiner Seele. Schließlich bin ich in mein Appartement geflüchtet. Sie sagen, es gehört dazu, aber ich halte das nicht mehr lange durch. Und jetzt diese Tournee ...«

»Du hast Auftritte noch nie gemocht. Wenn du ein Konzert nach dem anderen gibst, wirst du irgendwann krank. Das ist immer so. Liebling, du achtest zu wenig auf dich.«

»Ach Marianne, ich habe dir all das noch nie gesagt, hätte es aber schon längst tun sollen. Dass du mutiger bist, mir zuhören kannst ...« Er stockte. Ein schwaches statisches Rauschen hing in der Leitung. »Du bist ehrlicher als die meisten anderen. Und du hast mich gesehen, wie ich mich von allen zurückgezogen habe, und manchmal konntest du mich sehen, bevor ich mich selbst gesehen habe. Das brauche ich. Ich brauche deine Hilfe, ich kriege hier keine Luft mehr.«

»Bist du allein?« Ein Unterton schwang in ihrer Stimme mit.

»Ja, selbstverständlich bin ich allein.«

Marianne zögerte. »Soll ich kommen?«

»Ja bitte komm, deshalb rufe ich ja an. Komm her, so schnell wie du kannst. Das wäre wundervoll.«

Er hörte Marianne am anderen Ende lächeln, als sie sagte: »Ich buche gleich morgen einen Flug.«

Leonard starrte einen Moment die Wand in seinem Hotelzimmer an und kniff die Augen zusammen. Er spürte seltsamerweise, wie irgendetwas, das er nicht benennen konnte, sich auf einmal in ihm sperrte, seinen Unwillen hervorrief.

»Das ist phantastisch«, sagte er trotzdem.

»Wo genau bist du?«

Leonards Blick wanderte zum Fenster, wo dunkle Wasserschlieren über das Glas liefen. Die Konturen der grauen Gebäude dahinter verschwammen. »Ich weiß es nicht. In irgendeiner Stadt im Nirgendwo. Ich habe den Tourneeplan nicht im Kopf.«

»Dann frage deinen Roadmanager. Ich kann nicht kommen, wenn ich nicht weiß, wo du bist.«

Leonard legte seine Wange an die Rückenlehne des Sessels, der raue Stoff kratzte. »Eigentlich ist es den Aufwand doch nicht wert, die Tournee ist in zwei Wochen zu Ende. Dann bin ich wieder in New York. Es ist einfacher für dich, wenn wir uns dort sehen. Nur wir beide. Wir treffen uns, trinken etwas und reden, so wie früher.«

Das Lächeln erstarb auf ihrem Gesicht. »Ja«, sagte sie knapp.

Wieder rauschte es in der Leitung. »Ich wünschte wirklich, du wärest hier«, sagte er endlich.

»Ruh dich ein bisschen aus.«

Leonard meinte, in ihrer Stimme etwas Angestrengtes zu hören, als versuchte sie mit Mühe, die Tränen zurückzuhalten.

»Ich liebe dich«, antwortete er.

»Pass auf dich auf«, stieß sie schnell hervor.

Als Marianne aufgelegt hatte, blieb sie noch eine Weile neben dem Telefon sitzen. Auf einmal kam ihr alles so unwirklich vor. Sie schaute hinaus in die blaue griechische Nacht. Durch die Glastür konnte sie im Mondlicht die Terrasse sehen, die unebenen Steinplatten. Als Leonard ihr das Haus zum ersten Mal gezeigt hatte, war ihr sofort aufgefallen, wie viel Platz sie hier haben würden. Ein Haus zum Leben, hatte Leonard damals gesagt, ein Haus für die Zukunft.

War das die Zukunft, die sie sich erträumt hatte?

An manchen Tagen, wenn sie unten am Meer auf dem Steinblock saß und Tagebuch schrieb, gab sie sich der Träumerei hin, er wäre wieder da, wenn sie nach Hause kam, er säße wieder in der Sonne wie früher, unermüdlich schreibend …

Sie ging auf nackten Füßen hinüber zum Herd, um Wasser heiß zu machen. Sie stellte abwechselnd einen Fuß auf den anderen und betrachtete nachdenklich die Blasen, die sich langsam vom Boden des Gefäßes lösten.

KAPITEL 43

Cardiff/Isle of Wight 1970

Der Frühstückstisch war sorgfältig für zwei Personen gedeckt. Sonnenlicht ergoss sich in die Küche und es duftete nach frisch gebrühtem Kaffee. Marianne stand vor dem Herd und sah Nick lächelnd an.

»Guten Morgen«, sagte sie.

Der junge Mann wäre am liebsten auf sie zugegangen und hätte sie zur Begrüßung umarmt, aber er hielt sich zurück. Irgend etwas – womöglich ihr zaghaftes Lächeln – sagte ihm, dass er solche Versuche besser unterlassen sollte, dass es besser wäre, die freundschaftliche Distanz zu wahren.

»Guten Morgen«, sagte er und setzte sich an den Tisch. »Wow, das sieht ja gut aus.«

»Möchtest du lieber Rühr- oder Spiegeleier?«

»Rühreier.«

»Die sind mir auch lieber.«

Während sie Fett in der Pfanne erhitzte, beobachtete er sie.

Sie kam vor drei Tagen an, mit einem kleinen Koffer und wohnte jetzt mit ihm in den Docks, in einem roten Backsteingebäude, wo man nachts die Schlepper auf dem Bristolkanal hörte.

Er hatte Fotos von ihr gemacht.

In einem schwarzen Kleid, die blonden Haare fast weiß, wie sie das I Ging, ein altes chinesisches Orakel, befragte.

Er war verliebt in sie.

Marianne stellte das Gas ab, füllte die Eier auf zwei Teller und kam zum Tisch.

»Was hast du heute vor?«, fragte sie.

»Stadtverordnetenversammlung«, erwiderte er kauend. »Habe ich dir schon davon erzählt?«

»Nein, ich glaub nicht.«

Nick schaute sie an, und das Bemerkenswerte war, es schien sie wirklich zu interessieren.

»Das ganze Viertel hier soll abgerissen werden. Dabei sind die Docks in der Stadt noch der einzig bezahlbare Wohnraum. Nach der Sanierung wird sich keiner, der hier mal lebte, die Gegend noch leisten können.«

»Ja«, sagte Marianne. »Ich kann mir vorstellen, dass das eine große Sache ist, die viele Menschen betrifft.« Sie war im Begriff, sich einen Toast zu schmieren, doch das Messer verharrte in der Luft. »Du hast doch noch diese Filmkamera?«

Nick stimmte zu.

»Ich denke, du solltest es dokumentieren. Das alte Viertel, die Docks, ihre Einwohner, das Leben hier, so, wie es jetzt ist und wie es sich wandeln wird. Die Folgen der Modernisierung, positive und negative. Ich kann mir gut vorstellen, dass so ein Vorgang mit all seinen Konsequenzen Menschen interessieren könnte, denn früher oder später werden auch andere Städte Entscheidungen wie diese fällen.«

»Aber ist das nicht eine Nummer zu groß für mich?«, äußerte er Bedenken.

Marianne bedachte ihn mit einem unergründlichen, ernsten Blick; offenbar hatte sie mit dem Einwand gerechnet. »Wieso?

Du fängst hier auf den Docks an. Das ist kein großer Aufwand für dich, und hier kennen dich die Menschen. Sie vertrauen dir, du bist einer von ihnen. Sie werden dir sicher auch Interviews geben. Später weitest du den Radius aus.«

Nick spürte ihren Worten nach und je länger er darüber nachdachte, desto besser gefiel ihm die Idee. Er bemerkte, wie seine Schultern, eben noch verkrampft und hochgezogen, nach und nach herabsanken und er bequem in den Stuhl rutschte.

»Das ist großartig.«

»Es wird großartig, wenn du es umsetzt«, erwiderte Marianne, aber er sah, dass sie sich freute.

»Ja, vielen Dank.« Nick schaute rasch auf seine Armbanduhr. »Ich muss los, die Stadtversammlung.«

Marianne erhob sich ebenfalls und strich den Rock glatt.

»Das war richtig schön!« Während er seine abgewetzte Lederjacke überwarf, fragte er sich, ob er einfach so gehen konnte?

»Bist du noch da, wenn ich …?« Er brach ab.

Ihr Gesicht wirkte einen Moment lang überrascht oder unschlüssig, doch dann entspannte es sich wieder. Sie senkte ein wenig die Lider. »Du wirst noch zu spät kommen.«

»Na denn«, sagte er und drehte sich zögernd um. »Bis dann.«

Marianne sah, wie Nick die Haustür öffnete, sein Fahrrad schulterte und es die schmale Treppe hinabtrug.

»Bis dann«, antwortete sie und folgte ihm nach draußen, wo sie auf dem Absatz stehen blieb und sich zum Schutz gegen die Morgenkälte die Arme um die Brust schlang. Sie sah zu, wie er seine Tasche auf dem Gepäckträger befestigte, bevor er aufs

Rad stieg. Er schaute noch einmal zu ihr hoch, winkte, dann radelte er los.

Auch Marianne hob lächelnd die Hand und winkte ihm nach für den Fall, dass er noch einmal zurückblickte, was er auch tat.

Sie lächelte noch, als sie wieder in der Küche war und das Frühstücksgeschirr in das heiße Wasser der Spüle gab, ihr Lächeln erstarb erst, als ihr Blick auf das geöffnete Kuvert fiel, das auf dem Bord stand. Sie wusste, dass es zwei Konzertkarten von Leonard enthielt, und allein der Gedanke daran schnürte ihr die Kehle zu, überließ sie einem Weinkrampf, bei dem die Tränen so rasch über die Wangen liefen, dass sie Mühe hatte, mit dem Abwischen nachzukommen.

Zur Beruhigung zündete sie sich eine Zigarette an.

Ihre Finger zitterten.

Sie war nicht unehrlich zu Nick gewesen, als sie vorhin seine Frage, ob sie noch da sein würde, wenn er zurückkam, mit einem stummen Ja beantwortet hatte.

Sie würde seine Hilfe brauchen. Er musste den Wagen fahren.

Aber nicht, wie er annahm, zu dem Festival, auf dem Leonard auftreten würde.

Nein, sie würde ihn bitten, dass er sie in die Klinik nach Bath fuhr.

Sie war schwanger. Von Leonard. Dort, in Bath, wollte sie das Kind abtreiben.

Marianne begann wieder zu weinen.

Die Zigarettenasche brach ab und böselte ihr auf die Finger; sie ließ die Kippe auf den Steinboden fallen und trat sie aus.

Wie glücklich waren sie auf Hydra gewesen. Sie gingen am Strand spazieren, schwammen nackt im Meer und tranken Retsina. Ihr Leben war einfach, aber sie hatten alles, was sie brauchten. Bis Leonard nach New York ging und für Judy Collins sang.

Marianne blinzelte.

Wie tückisch und trügerisch war es doch, den Dingen einfach ihren Lauf zu lassen.

Am Ende hatte diese Frau, Judy Collins, ihr Leben ruiniert.

Sie erhob sich und ging, von Unruhe getrieben, auf und ab.

Leonard wollte keine Kinder. Immer wieder hatte er betont, dass sein Leben ein ständiges Auf und Ab war und gegen seinen Willen wollte sie ihn nicht mit einem Kind an sich binden. Dafür liebte sie ihn zu sehr.

Marianne spürte ein Würgen und stürmte ins Bad, wo sie das Frühstück erbrach. Anschließend spülte sie sich den Mund aus. Sie traf auf ihr Spiegelbild. Tief lagen die geröteten Augen in den Höhlen und ihr Gesicht war eine Spur blasser als sonst. Fahrig wischte sie sich die Haare aus der Stirn.

War das der einzige Grund? Leonard wollte keine Kinder? Nein, wenn sie ehrlich war, gab es da noch andere Motive.

Es waren die anderen Frauen, die ihn auf andere Art begehrten, wie sie es tat. Nur zu gut erinnerte sie sich an das Schrillen von Carols Telefon in New York, wo sich, egal, wer von ihnen den Hörer abhob, fremde Frauen nach der Adresse von Leonard erkundigten, die sich mit ihm treffen wollten, ihm hinter der Bühne auflauerten.

Das Wissen darum wurde für sie in der Abgeschiedenheit auf Hydra zu einer Qual, während sie auf seine Briefe und Telegramme wartete, deren Intervalle sich immer weiter auseinanderzogen.

Langsam nickte sie sich im Spiegel zu. Sie hatte das I Ging befragt. Die Antwort war eindeutig. Sie hatte sich entschieden. Sie war jetzt ganz ruhig und gelassen, denn sie wusste, was sie immer gewusst hatte: Wenn man etwas ganz und gar Angemessenes, Richtiges tun wollte, dann musste man es allein tun.

Leonard eilte durch die dunklen Flure auf dem Weg zur Garderobe. Aus den Augenwinkeln nahm er den grauen Beton wahr, die Neonröhren an der Decke. Direkt vor ihm flog die Tür auf. »Leute,« rief einer der Musiker aufgeregt. »Ihr könnt euch nicht vorstellen, was da draußen los ist. Das sind bestimmt eine halbe Million Menschen. Über dem Flugfeld kreist seit einiger Zeit ein Hubschrauber.«

Leonard sah, wie Billy, sein Roadmanager, nach einer Bierflasche griff, sie öffnete und gierig trank.

»Echt, so viele? Das sind eine Menge Leute. Ich hoffe, die haben es im Griff«, meinte Ron, der Gitarrist, während er einen Zug von seiner Zigarette nahm.

Plötzlich krachte es ohrenbetäubend.

Billy stellte die Flasche auf den Tisch und rannte zur Tür.

»Hey, die Chaoten fackeln die Bühne ab«, schrie er.

Der Geruch von verbranntem Gummi drang in die Garderobe.

Männer rannten an der Tür vorbei.

Leonard sah, wie zwei Kerle mit nackten Oberkörpern oben auf dem Dach der Bühne saßen, in der Hand brennende Bengalfeuer.

»Vielleicht ist es besser, wir hauen ab«, sagte Ron. »Möglicherweise passiert hier noch was.«

Leonard antwortete nicht, ließ ihn stehen. Mit einem Mal zog es ihn hinaus. Er ging, mit seiner Gitarre um den Hals, mitten durch das Chaos hinauf auf die Bühne. Er war allein, weil alle mit den beiden verrückten Typen beschäftigt waren. Als er nach vorn trat, erfasste ihn ein Bühnenstrahler und begleitete ihn zum Mikrophon. Er trug noch den Parka aus dem Tourbus, die Augen richtete er auf das Publikum.

Das Toben verstummte.

Nick hatte sich bei einem Nachbarn ein Auto geborgt und sie waren zeitig losgefahren. Sie überquerten den Severn, fuhren durch Bristol und erreichten nach einer guten Stunde Bath.

Die ganze Fahrt über hatten sie kaum miteinander gesprochen. Marianne hatte den Kopf zurückgelegt und aus dem Fenster gesehen. Die schmutzigen Häuser mit ihren Antennen auf den Schindeldächern, die Strommasten in endloser Reihe und dazwischen der graue Himmel, all das hatte sie nicht wirklich zur Kenntnis genommen.

Das Tempo des Wagens verringerte sich.

»Wir sind da«, hörte sie Nick sagen.

Die Klinik war in einem Gebäude aus der viktorianischen

Zeit untergebracht. Viel dunkler Stein, Erker, Zinnen und Pilaster.

Nick hielt vor dem Eingang.

»Du rufst mich an, wenn es vorbei ist. Ich hole dich dann ab.«

Wortlos stieg sie aus, zog eine Basttasche von der Rückbank, schloss die Tür hinter sich.

Die Krankenschwester am Empfang war sehr sachlich.

Der Eingriff sollte noch heute erfolgen, anschließend würde sie eine Nacht zur Überwachung hierbleiben, um eventuelle Nachblutungen auszuschließen.

Dann unterschrieb sie ein Formular.

»Haben sie keinen Koffer?«, fragte die Frau.

»Nein.«

»Kommen Sie.«

Weiter fiel kein Wort, bis sie einen langen Flur am Ende des Gebäudes erreichten.

Keine Heizung, kein Licht, bis auf das wenige aus einem kleinen Fenster, zu dem sie nicht hinaufreichte. Der Steinboden unter ihren jetzt nackten Sohlen war kalt und sie fror, denn sie trug nur ein dünnes Operationshemd. Eine Frau kam und forderte sie auf, sich auf die Liege zu legen.

Es fühlte sich an wie eine Bestrafung.

Sie wurde mit einem grünen Tuch zugedeckt, bevor man sie durch einen Gang schob, um eine Ecke, um eine zweite und zuletzt durch eine Tür mit der Aufschrift Operationssaal. Zutritt nur für Personal.

Das Erste, was sie über sich wahrnahm, war das kreisrunde Licht.

Es sieht ein bisschen aus wie die Sonne, dachte sie und versuchte etwas Tröstendes in dem Gedanken zu finden. Doch sie hörte auch das metallische Klirren von Instrumenten, das wiederholte Piepen von Geräten und sie fühlte die Angst, die nach ihr griff.

Das Bühnenlicht war schwach. Leonard kniff die Augen zusammen, aber er sah nur die Gesichter in den ersten beiden Reihen.

Er hoffte, dass Marianne seiner Einladung mit den Konzertkarten gefolgt war.

Bedächtig näherten sich seine Lippen dem Mikrophon.

»Das habe ich für Marianne geschrieben. Ich hoffe, sie ist hier.« Die Worte hallten in ihm nach. Sein Blick verlor sich in der Dunkelheit.

»Vielleicht ist sie hier. … Ich hoffe, sie ist hier. Marianne.«

Er richtete den Riemen seiner Gitarre.

»Der Song heißt: ›So long, Marianne‹. Eine Frau namens Marianne, die ich sehr gut kannte, sie sagte zu mir, als ich es ihr zum ersten Mal vorsang … Sie kommt aus Norwegen und sie sagte: ›Zum Glück ist der Song nicht für mich.‹

Und ich: Ach ja?

Und sie: Ja, denn mein Name ist Marian-ne.«

Ohne dass sie es bemerkt hatte, war die Anästhesistin hinter ihren Kopf getreten und legte ihr eine Maske auf Mund und Nase.

Der Geruch von Äther traf sie mit voller Wucht und etwas in ihr bäumte sich ein letztes Mal auf, etwas, das ahnte, dass sie ihre letzte Karte ausspielte und höchstwahrscheinlich verlor.

Leonards Blick wanderte über die ersten beiden Reihen vor der Bühne, und er begann zu singen:

Komm' her zum Fenster, mein kleiner Liebling,
Ich würde gerne versuchen, aus deiner Hand zu lesen.
Gewöhnlich dachte ich, ich sei eine Art Zigeunerjunge,
Bevor ich es zuließ, dass du mich mit nach Hause nimmst.

Nun, mach's gut Marianne, es ist Zeit, dass wir wieder beginnen,
Über all das zu lachen und zu weinen und zu weinen und zu lachen.

KAPITEL 44

Hydra, 1971

Marianne und Magda saßen nebeneinander auf der niedrigen Festungsmauer und ließen die Beine ins Leere baumeln. Seit man Magda aus dem Gefängnis entlassen hatte, war sie verändert. Ihr Haar war über Nacht weiß geworden, und in ihr schlummerte etwas Schweres.

»Du warst einige Zeit fort«, stellte sie fest und schaute Marianne von der Seite her an.

»Ja, ich war in Cardiff, bei Nick.«

»Nick?«

»Ein junger Dokumentarfilmer.«

»Ach so.«

Marianne verzog das Gesicht. »Es ist nicht so, wie du denkst. Er ist nur ein Freund. Er hat mir geholfen.« Sie brach ab. »Ich habe Leonards Kind abgetrieben.«

Magda hob stumm eine Augenbraue.

Marianne knetete ihre Hände. »Ich hatte meine Gründe.«

Ihre Freundin nickte verständnisvoll. »Das denke ich mir.«

Sie schwiegen.

»Wie geht es dir damit?«, fragte Magda nach einer Weile.

»Am Anfang war es die Hölle, es war kaum zu ertragen. Nicht nur die Schmerzen, in der Nacht kommen immer noch die Zweifel. Ein Kind von Leonard.« Ihre Kinnmuskulatur arbeitete. »Ich habe es für ihn getan, aus Liebe, ich wollte ihn nicht auf diese Weise an mich binden, mit einem Kind erpressen, verstehst du?«

Magda blickte sie mit ausdrucklosen Augen an. »Und an dich hast du nie gedacht?«

Mariannes Augen wurden feucht. »Natürlich habe ich auch an mich gedacht. Alles was ich will, ist bei ihm sein.«

»Hast du ihm das gesagt?«

»Nein, ich will ihn nicht verlieren. Er soll frei sein.«

»Nun, er ist doch frei.«

»Wie hätte ich mit einem Baby zu ihm kommen können? Das Leben, das er führt, ist für einen Säugling denkbar ungeeignet. Er hätte mich aus Sorge um das Kind weggeschickt.«

»Und jetzt ist alles gut?«, fragte Magda skeptisch.

Marianne überhörte den Unterton. »Ich kann es dir nicht sagen. Obwohl ich davon überzeugt bin, richtig gehandelt zu haben, habe ich Schuldgefühle. Es ist, als ob mein Unterbewusstsein Anklage gegen mich erhebt. Ich träume beinahe jede Nacht, dass ich im Kreißsaal liege und entbinde. Dann ist das Baby da, aber anstatt es mir in den Arm zu legen, bringen sie es weg.«

Marianne schluckte, jetzt liefen ihr Tränen über die Wangen.

»Ich will aufstehen, hinterhergehen, aber dieses grüne Laken, mit dem sie mich zugedeckt haben, wiegt plötzlich so schwer, dass ich es nicht schaffe, es anzuheben.«

Marianne schluchzte auf.

Es war das erste Mal, dass sie darüber mit jemandem sprach.

»Ach, Kleines«, sagte Magda beruhigend und nahm ihre Hand. »Glaub mir, die Liebe ist ein Schlachtfeld und egal, wie man sich verhält, am Ende werden wir alle verletzt, so oder so.«

Draußen am Horizont erschien die Fähre, ein dunkler Punkt, der zwischen Himmel und Erde zu schweben schien.

»Ich weiß nicht, ob dich das tröstet, was ich jetzt sage, aber es geht immer irgendwie weiter.« Magda schaute nachdenklich aufs Wasser. Der Wind spielte mit ihren langen weißen Haaren. Marianne wusste, dass sie an ihre Verhaftung dachte und an die tiefgreifende Enttäuschung über den Verrat, den Paolo an ihr begangen hatte. Sie drückte wortlos Magdas Hand und lehnte kurz ihren Kopf an den der Freundin.

Beinahe gleichzeitig schauten sie hinaus zur Fähre. Die Aufbauten waren jetzt deutlich erkennbar.

»Als ich rauskam«, fuhr Magda fort, »hatte ich nicht mehr als den Dreck unter meinen Fingernägeln. Aber ich erkannte meine wahren Freunde. Dich zum Beispiel.« Magda lächelte warm. »Und Theodore. Wer hätte das gedacht, ein raubeiniger griechischer Seemann mit dem Herz eines Samariters. Er brachte mir frischen Fisch, manchmal eine gute Flasche Wein, wenn er auf dem Festland war. Stell dir vor, und dann, eines Tages ist er auf die Knie gegangen und hat mir einen Hochzeitsantrag gemacht.«

Marianne sah sie ungläubig an. »Wer, Theodore?«

Magda nickte heftig.

Marianne sah, wie sie sich über die Augen wischte.

»Er sagte mir, dass er mich schon immer geliebt habe, vom ersten Tage an, als er mich von der Fähre kommen sah.«

»Das ist ja unglaublich.«

»Ja, das ist es.«

»Und, was hast du gesagt?«

Wortlos streckte Magda ihr die Hand hin, wo ein schmaler Goldreif den Ringfinger schmückte.

»Herzlichen Glückwunsch«, sagte Marianne und drückte Magda an sich. »Ich freue mich so für dich.«

Inzwischen erreichte die Fähre den Hafen.

Laute, bunt gekleidete Engländer strömten vom Deck. Rockmusik dröhnte zu ihnen herüber, und mehrere junge Männer mit sonnenverbrannten Oberkörpern und Bierflaschen in der Hand rangelten miteinander.

»Die goldenen Zeiten von Hydra sind eindeutig vorbei«, sagte Marianne.

Die beiden Frauen prusteten los, wurden aber bald wieder ernst.

»Was ist eigentlich aus George und Chairmian geworden?«, fragte Marianne. »Sie sind abgereist, als ich in New York war.«

Magda räusperte sich. »Georges Gesundheitszustand hatte sich stark verschlechtert. Dazu der Alkohol …«

Marianne nickte. »Ich weiß. Das ging schon eine Weile so.«

»Jedenfalls sind sie nach Australien zurück, damit er eine Therapie oder so etwas machen konnte. Ich weiß nicht genau, was dort geschah, aber Chairmian hat sich irgendwann das Leben genommen.«

»Wie bitte?« Erschrocken riss Marianne die Augen auf. »Ich kann das nicht glauben.«

Magda zuckte mit den Schultern. »Viele von uns dachten, sie wären hier glücklich«, fuhr sie fort. »Aber waren wir das wirklich? Schau uns an, Marianne, was ist aus uns geworden? Was bleibt von unseren Träumen?«

Marianne zog stumm die Beine an die Brust, schlang die Arme darum und schaute hinab auf die Möwen, die träge auf den Wellen schwammen. Dunkle Schatten folgten ihnen.

KAPITEL 45

Hydra, 1972

Marianne steckte eine Handvoll Wiesenblumen in eine Vase. Sie stellte sie auf den Küchentisch, ein bunter Farbfleck, der inmitten von all dem Weiß nicht zu übersehen war.

Dann trat sie zurück und ließ ihren Blick prüfend über die Einrichtung schweifen. Sie wollte gerade das Vorratsschränkchen öffnen, als es an der Tür klopfte.

Wer konnte das sein?

Ihren Sohn erwartete sie erst nächste Woche, dann begannen die Ferien in Summerhill.

Sie hörte Schritte vor dem Haus und trat ans Fenster. Eine junge Frau stand dort mit langen dunklen Haaren, einen Jungen auf dem Arm, etwa in dem Alter, in dem Axel damals gewesen war, als sie Leonard kennenlernte. Das musste sie sein, Suzanne Elrod, die Kalifornierin. Wie bei einer Spinne im Netz hatte sich Leonard in ihren Armen verfangen, und nun trieb sie ihre Forderungen ein. Und riss alles, was er besaß, an sich.

Durch das Glas beobachtete sie die Frau, die sich wie ein böses Tier mit tiefdunklen Augen abschätzend umblickte.

Sie wird einfach hier eindringen, dachte Marianne bitter, eine Fremde mit einer frechen Forderung auf der Zunge, die den Eindruck erweckte, als würde bereits durch das Warten vor dem Haus ihre Geduld über Gebühr strapaziert.

Sie konnte nicht erklären, warum das so war, aber in diesem

Moment fiel etwas von Marianne ab. Sie fühlte sich stark, sie fühlte Zuversicht. Im Gegensatz zu ihr hatte diese junge Frau noch all das vor sich, die Begierden der Lust, die Auseinandersetzungen, die unweigerlich folgten, die Ängste, dass es irgendwann enden könnte.

Marianne nahm ein Glas Wasser und trank es aus. Sie dachte an Avivas Worte damals auf dem Boot, als sie auf dem Sankt-Lorenz-Strom gesegelt waren. Dichter kann man nicht besitzen. Nicht das kleinste Stück kann man von ihnen besitzen. Auch diese Frau nicht, die jetzt aufgetaucht war.

Sie lehnte sich gegen den Herd und dachte: Du kannst sein Geld nehmen, du kannst sein Haus nehmen, du kannst seinen Körper haben, du kannst ihm Kinder schenken, du kannst eine Zeitlang bei ihm leben, aber du wirst ihn nie dauerhaft an dich binden können. Niemand kann das. Niemand kann Leonard besitzen. Er ist frei.

Marianne tastete nach dem kleinen goldenen Schlüssel, den sie an der Kette immer noch um ihren Hals trug. Es hatte eine Zeit gegeben, da wollte sie Leonard am liebsten in einen Käfig sperren, abschließen und den Schlüssel verschlucken. Alle wollten ein Stück von ihm. Die Leute liebten ihn, weil er unterhaltsam und einfühlsam war. So war das eben, wenn man sich für einen starken, dunklen, attraktiven Mann entschied. Alle Frauen waren von ihm angezogen. Es hatte ihr sehr wehgetan, es hatte sie beinahe zerstört. Sie hätte sich deswegen beinahe umgebracht. Es gab eine Zeit, da wollte sie sterben.

Mit gedämpften Schritten ging sie nach oben in Leonards Arbeitszimmer.

Du wirst es überstehen, dachte Marianne.

Gleich würde sie den Koffer vom Schrank ziehen, ihre Sachen hineinlegen, sich wieder nach unten begeben und, nachdem sie dieser fremden Frau die Schlüssel übergeben hatte, das Haus für immer verlassen.

Langsam drückte sie die Klinke hinunter und betrat das Zimmer. Demonstrativ schloss sie hinter sich die Tür und lehnte sich dagegen. Es war schon so lange her, dass Leonard selbst hier gewesen war. Trotzdem hatte sie in dem Zimmer nichts verändert. Nach wie vor stellte sie frische Gardenien auf den Schreibtisch neben dem Fenster, wischte den Staub vom Teller des Plattenspielers und schlug die Kissen auf dem schmalen Sofa auf. Das schwarze Telefon stand auf der weißen Fensterbank, gleich neben dem Wecker und der Holzschale, die jetzt ohne Obst war.

Gedankenversunken ging sie durchs Zimmer, strich über den Schirm der Petroleumlampe, betrachtete das schlichte Metallkreuz an der Wand. Alles kam ihr so unwirklich vor. Als wäre sie zum ersten Mal hier. Die Sonne schien durch das halb geöffnete Fenster auf die polierte Tischplatte und die gedrechselte Lehne des Stuhls, ihre Schatten fielen auf die weißen Dielen.

Wie schaffte man es, an eine Zukunft zu glauben, wenn man nicht wusste, wann sie beginnen würde oder wie sie sich weiter gestalten sollte?

Marianne setzte sich auf die Lehne des Sofas, gegenüber vom Kleiderschrank. Dort, im Spiegel, betrachtete sie ihr Gesicht. Sie dachte darüber nach, wie es wäre, wenn sie nicht ihre Sachen packen würde, einfach hier im Zimmer bliebe. Jeglichen Anspruch an ihre Person und das Haus zurückwiese. Wieder blickte sie sich um, betrachtete die Dinge, tat nichts anderes. Erinnerungen stiegen in ihr auf, zusammen mit den Tränen, die ihre Augen füllten. Sie spürte ihr Herz, das heftig gegen die Rippen schlug, den Kloß in der Kehle, der ihr den Hals zuschnürte. Sie schluchzte, presste die Faust gegen die Lippen.

Sie wusste nicht, wie viel Zeit vergangen war, als die Amerikanerin, jetzt energisch, an die Tür klopfte.

Hau ab, dachte Marianne und wischte sich mit den Fingerspitzen über die Wangen. Sie rührte sich nicht.

Dann vernahm sie, wie die Frau die Gasse hinablief und plötzlich, mit jedem ihrer Schritte, fühlte sie sich unbeschwerter, ein Stück freier. Sie konnte es nicht erklären, aber es war, als wäre ein Bann gebrochen worden.

Nein, sie war damals nicht gestorben, und auch jetzt würde sie keinen Gedanken daran verschwenden. Im Gegenteil, es war an der Zeit, aufzubrechen. Das Leben wartete auf sie, ihr Sohn brauchte sie. Jetzt hatte sie die Kraft, diese kleine griechische Insel zu verlassen, denn sie würde sie mitnehmen in ihren Gedanken, in ihrem Blut, in ihrem Tagebuch. Sie hatte in den zurückliegenden Sommern genügend Erinnerungen gesammelt, um die zukünftigen Winter zu überstehen.

Abschließend legte sie den bretonischen Schal in die Reisetasche und strich mit der Hand darüber.

In diesem Augenblick begriff sie.

Das war der Unterschied zwischen ihnen. Leonard war immer auf der Suche nach etwas, das er nie zu fassen bekam. Das Problem war, dass er überhaupt nicht wusste, wonach er suchte. Er wusste es wirklich nicht, und das machte die Sache düster. Die Unwissenheit darüber stieß ihn in die Dunkelheit, er verschwand mitunter wochenlang spurlos von der Bildfläche. Niemand konnte sagen, wo er sich aufhielt, und Marianne wusste inzwischen, dass er unter schweren Depressionen litt.

Sie schloss den Reißverschluss.

Irgendwann würde er verstehen, dachte sie, dass er das, wonach er ein Leben lang suchte, unbeschwerte Tage im Licht, die seine Seele erhellten, bereits gefunden hatte, hier auf Hydra, mit ihr und dem Kind.

Mit dieser Gewissheit schloss sich ihre Hand um den Griff der Reisetasche, und ohne sich noch einmal umzusehen, durchquerte sie das Haus, öffnete die Tür und trat in die strahlende Helligkeit des Tages hinaus.

Die Schrauben wühlten das blaue Wasser auf. Eine Gruppe Touristen drängte sich an der Reling auf der Suche nach dem besten Platz für ein Foto.

Abschied, dachte sie, so fühlst du dich also an.

Marianne schluckte und dachte an ihr Tagebuch. Ihr würden die Worte fehlen, um das zu beschreiben, was sie gerade empfand.

Ein letztes Mal drehte sie sich um. Wie auf einer Postkarte bot sich die Bucht von Hydra dar. Die weißen Häuser an den grünen Hängen, die bunten Segel der Fischerboote, die Menschen, die im Hafen ihr Tagwerk verrichteten.

Die Luft war warm, der Meltemi wehte, und sie wusste, dass das Wetter in den nächsten Tagen heiter bleiben würde und die Sicht ausgesprochen klar, so dass man der Annahme verfallen könnte, die Ausläufer der Nachbarinsel lägen nur einen Steinwurf vom Ufer entfernt.

Ihr Blick glitt die Küste hinauf. Kein Punkt, der ihr unbekannt war und mit dem sie nicht eine Erinnerung mit Leonard verband. Er hatte sich, genauso wie die Insel, für immer in ihre Seele eingebrannt.

Wieder tastete sie nach dem Schlüsselchen um ihren Hals.

Auch wenn sie heute von hier fortging, nichts war zu Ende.

KAPITEL 46

Los Angeles, 1994

Es war noch früh am Morgen, nicht einmal fünf Uhr.

Leonard lehnte sich müde an die silbernen Haltegriffe im Lift und beobachtete die grüne Zahl auf dem digitalen Display, welche die einzelnen Etagen herunterzählte.

Irgendwie fühlte es sich wie der Countdown für das eigene Leben an, ging es ihm durch den Kopf. Er musste auf der Bühne so viel von sich zeigen, dass er nicht sicher war, ob er sich nicht längst selbst verloren hatte. Möglicherweise war dieser Gedanke aber auch nur Ausdruck für die Erschöpfung, die ihm während der »The Future«-Tour in die Knochen gekrochen war und danach seinen Körper nicht mehr verlassen hatte.

Leonard gähnte und steckte die Hände tief in die weiten Taschen des weißen Hotelbademantels.

Die Reaktionen auf das neue Album waren eher verhalten, es kam nicht annähernd an die Verkaufszahlen von »I'm Your Man« heran.

Das bereitete ihm allerdings nur wenig Kopfzerbrechen. Er hatte auf dem Album seine politischsten Songs geschrieben, und wie sich herausstellte, lud nun gerade diese Platte Kritiker, Besserwisser und Missversteher ein, ihren Senf dazu abzugeben. Ein Reporter hatte ihm auf der Pressekonferenz sogar vorgeworfen, dass er ein Anarchist sei, der nie Bomben werfen, und ein Revolutionär, der nie mit der Waffe in der Hand kämpfen würde.

Arme Idioten, dachte er. Nichts hatten sie verstanden. Keine Revolution greift weit und tief genug, um eine gesellschaftliche Umformung herbeizuführen, die diesen Namen auch verdiente. Am Ende etablierte sich eine neue Elite und für alle andern blieb alles beim Alten. Nur wenn die Verantwortung beim Individuum selbst lag, möglicherweise auch bei einer kleinen Gruppe von Individuen, gelang es, eine Gesellschaft nachhaltig zu verändern.

Aber er selbst würde nicht mehr dazugehören, falls er überhaupt je ein Teil dieser Gruppe war.

In der letzten Zeit fühlte er sich einfach nur erschöpft, hatte sich zwischen all den Terminen und Verpflichtungen aufgerieben und verausgabt. Oft wollte er am liebsten alles hinschmeißen.

Die Tournee hatte ihm sprichwörtlich den Rest gegeben. Am Ende rauchte er zwei Päckchen Zigaretten am Tag und vor jedem Auftritt trank er drei Flaschen Chateau Latour.

Er rieb sich mit der Hand übers Gesicht.

Aber das war alles nichts Neues.

Tourneen hatten ihn immer aufgerieben, ganz gleich, wie gut die Konzerte gewesen sein mochten. Er ging überhaupt nur live auf eine Bühne, weil das im Musikgeschäft nun einmal dazugehörte. Man nahm Platten auf und wenn sie fertig waren, ging man auf Tour, um sie den Fans zu verkaufen. Und da seine Songs nicht ständig im Radio gespielt wurden, war es für einen Künstler wie ihn, und für seine Plattenfirma, besonders wichtig, dass er öffentlich auftrat.

Es kostete ihn noch immer genauso viel Überwindung, hinauszugehen und sich dem Publikum zu stellen, wie beim ersten Mal zum Newport Folk Festival. Daran hatte sich in all den Jahren nichts wesentlich geändert, und nun war er an dem Punkt angekommen, wo er sich nur noch nach Ruhe sehnte und etwas, was Roshi, sein Zen-Lehrer, spirituellen Frieden nannte.

Der Lift wurde langsamer und hielt schließlich an.

Ein leiser Klingelton ertönte und die Fahrstuhltüren öffneten sich.

SPA & WELLNESS verkündete eine Bronzetafel.

Achtsam schlurfte er über den polierten Steinboden, ging durch eine verglaste Doppeltür und erreichte das Schwimmbecken.

Für ein Hotel war es groß, die Wände waren mit türkisfarbenen Kacheln gefliest, in denen in regelmäßigen Abständen kleine Strahler steckten. Über dem Raum erhob sich eine verglaste Kuppel, hinter der samtschwarz die Nacht lag. Er war allein, so wie er es erhofft hatte.

Leonard streifte den Bademantel ab und warf ihn über eine weiße Plastikliege am Rand des Beckens.

Dann stieg er ins Wasser.

Ein leichter Chlorgeruch fuhr ihm in die Nase. Kräftig stieß er sich vom Beckenrand ab und schwamm mit weitausholenden Arm- und Beinbewegungen.

Erleichtert nahm er zur Kenntnis, mit welcher Bereitwilligkeit das Wasser ihn trug, wie schwerelos er dahinglitt, umgeben von einer Lautlosigkeit, die das Element mit sich brachte.

Ja, die Zeit war gekommen, sich zurückzuziehen.

Früher wäre er nach Hydra zurückgekehrt. Einst hatten ihn dort sein Haus, das Meer, die Freunde und vor allem Marianne erwartet. Ohne, dass er etwas dagegen tun konnte, stiegen unzählige Erinnerungen und Bilder in ihm auf. Die leuchtend violett blühende Bougainvillea neben der Haustür, ihre lachenden Gesichter im Spiegel, bernsteinfarbener Wein in dicken einfachen Gläsern, die klare warme Abendluft, die schmeichelnd über die Haut strich, die sich wiegenden azurblauen Wellen … Auf einmal waren sie wieder mit Theodore beim Schnorcheln, und obwohl er sich bewusst war, dass er in einem Hotelswimmingpool schwamm, erblickte er bunte Fische, die in Schwärmen um ihn herum durchs Wasser glitten. Die Sonne stach von oben in hellen Bahnen in die Tiefe und malte Lichtfächer in das dunkle Blau. Plötzlich glaubte er, Marianne zu erkennen, sie schwamm neben ihm, ihr goldenes Haar bewegte sich in der Strömung. Sie wandte ihm ihr Gesicht zu und lächelte.

Er spürte einen schmerzhaften Stich in seinem Herzen.

Für einen Moment meinte er, nicht mehr atmen zu können.

Marianne, mit ihr hatte er am längsten zusammengelebt. Zu Beginn verbrachte er immer ein halbes Jahr bei ihr und dann das nächste halbe Jahr an einem anderen Ort. Irgendwann lebte er nur noch vier Monate im Jahr bei ihr auf der Insel. Dann zwei Monate im Jahr. Im achten Jahr war er nur noch wenige Wochen lang bei ihr. Und bis vor Kurzem sah er sie immer noch ein paar Tage im Jahr.

Erneut erreichte er den Beckenrand, atmete tief durch und wendete. Luftblasen rauschten an seinen Ohren vorbei.

Vor zwei Tagen hatte er einen Brief aus Larkollen erhalten.

Marianne hatte ihm geschrieben, dass sie mit ihrem Mann

Jan – einem Ingenieur, den sie in der Firma, in der sie als Sekretärin arbeitete, kennengelernt hatte – in das Haus der Großmutter gezogen war. Oslo war ihr zu laut und hektisch geworden, und in Larkollen lag das Meer gleich vor der Tür, auch wenn das Wasser nie so warm wurde wie auf Hydra.

Um Axel machte sie sich Sorgen. Er war nach wie vor in psychologischer Betreuung, kam sie aber häufig besuchen. Sie sei besorgt, weil er, Leonard, sich so lange nicht gemeldet habe, und sie hoffe, dass es ihm gut gehe, schrieb sie.

Leonard schloss die Augen. Selbst jetzt noch, nach all den Jahren, kümmerte sie sich um ihn, war sie trotz der Entfernung mit ihm verbunden.

Ach, Marianne … liebe Marianne … unerreichbar war sie für ihn geworden …

Er öffnete die Lider und fasste einen Entschluss. Er würde allem entsagen, sein Leben noch einmal gravierend verändern.

Er schwamm weiter, und die Worte, die er nun mit feuchten Lippen flüsternd sprach, kreisten noch einen Moment in den Wasserwirbeln neben seinem Kopf, bevor sie lautlos auf den Grund des Beckens sanken:

»Ich gab mein Bestes, doch es war nicht viel.
Ich konnte nichts fühlen, deshalb versuchte ich
zu berühren.
Ich sagte die Wahrheit, ich bin nicht gekommen,
um dir etwas vorzumachen.
Und auch, wenn alles schiefgegangen ist,
Werde ich vor dem Gott des Gesangs stehen.
Mit nichts auf meiner Zunge als ein Halleluja.«

KAPITEL 47

Fredericton, 2008

Die Künstlergarderobe, in der er saß, war geradezu winzig.

Es gab nur einen Tisch, einen Stuhl, einen abschließbaren Kleiderspind und den hohen Spiegel, in dem er sich stumm betrachtete.

Das silbergraue Haar, das scharf geschnittene Gesicht, die funkelnden Augen. Ein eleganter dunkler Anzug, scheinbar ein wenig zu groß für seine schlanke Figur.

Die Seidenschleife, auf Hochglanz polierte Schuhe und nicht zu vergessen ein Gangsterhut, den er auf dem Schoß hielt und der ihm, so fand er, etwas Verwegenes verlieh.

Heute Abend also würde er nach Jahren der Abwesenheit wieder auf einer Bühne stehen und gezwungenermaßen sein Comeback geben.

Leonard kniff die Augen zusammen.

Er erinnerte sich noch gut an den Tag, als er glücklich die Entscheidung besiegelte, nie wieder auf Tournee gehen zu müssen.

Doch das Schicksal trieb ein böses Spiel mit ihm, so hatte er es zumindest noch vor ein paar Wochen empfunden.

Denn in dem Moment, in dem er die Meditationshütte auf dem Mount Baldy in Los Angeles verließ, wo er sechs Jahre Roshi als Diener zur Seite gestanden hatte, erklärte er seine Laufbahn als Mönch für beendet. Wie einen Schlag hatte es ihn deshalb getroffen, als er feststellen musste, dass seine Managerin Kelley Lynch, der er einst vertraut hatte, nicht nur die Rechte an beinahe allen seinen Songs verkauft, sondern zudem auch noch sein gesamtes Vermögen von etwa fünf Millionen Dollar veruntreut hatte. Sie tat es wohl in der sicheren Annahme, dass er aus dem Kloster nicht wieder heimkehren würde.

Doch damit war die Geschichte noch nicht zu Ende, denn der überwiegende Teil des Geldes war in Treuhandfonds und Stiftungen angelegt, auf das der Staat von ihm im Nachhinein noch Steuern einforderte, die er schichtweg nicht bezahlen konnte. Was sollte er tun? Es blieb nur die Möglichkeit, sein Haus mit einer Hypothek zu beleihen, um die Schulden zu begleichen, und schweren Herzens beschloss er, wieder auf Tournee zu gehen.

Die einzige Bedingung, die er aushandeln konnte, war die, dass es so ablief, wie er es sich künstlerisch und organisatorisch vorstellte. Er wollte absolut keine Kompromisse.

Zuerst suchte er sich Verbündete, darunter alte Wegbegleiter, aber auch neue Gesichter, wie die Webb-Schwestern, zwei junge Frauen, die nicht nur hervorragend sangen, sondern auch ausgezeichnet Gitarre und Harfe spielten.

Und all dies geschah unter strengster Geheimhaltung und Verschwiegenheit. Die Öffentlichkeit durfte und sollte von diesen Vorbereitungen nichts erfahren.

»Ich will die Zeit, die mir noch bleibt, nicht mit irgendetwas beanspruchen, das nicht wirklich herausragend ist«, hatte er seinem neuen Manager Robert Kory mitgeteilt. Er hegte die Absicht, zuerst mit der Band sechs Wochen an einem abgelegenen Ort zu proben, um anschließend achtzehn Konzerte in der Wildnis des kanadischen Ostens zu geben. Kleine Theater in noch kleineren Städten, mit maximal siebenhundert Plätzen, sollten es sein. Er hatte ihm einige Orte genannt, die sein Manager allesamt nicht kannte. »Leonard, das ist, als wenn man einen Stein aufheben muss, um darunter die Ortschaft zu finden«, hatte er kopfschüttelnd erklärt.

Das Eröffnungskonzert würde im Spielhaus in Fredericton in der Provinz New Brunswick stattfinden, wo er, Leonard Cohen, jetzt in der Garderobe saß.

Ein Lächeln huschte über sein Gesicht.

Als sie aus dem Tour-Bus stiegen, waren ihre verdutzten Blicke an der Anzeigetafel hängen geblieben. Dort wurde mit roten Ansteck-Buchstaben über dem Eingang in der obersten Zeile die örtliche Blaskapelle angekündigt, darunter Leonard Cohen und für den nächsten Tag ein Elvis-Imitator.

In seinem Rücken öffnete sich die Tür und sein Manager steckte den Kopf hinein. »Noch drei Minuten«, sagte er und ihre Blicke trafen sich im Spiegel. »Übrigens, wir sind ausverkauft.« Etwas zerknirscht setzte er hinzu: »Hätten in einer größeren Stadt zehnmal so viele Karten absetzen können.« Dann musterte er Leonard. »Geht es dir gut?«

Er hob den Daumen.

Die Tür wurde leise geschlossen.

Zehnmal so viele Karten.

Nach wie vor nagten Zweifel an ihm, ob die Songauswahl und das, was er mit der Band einstudiert hatte, sich auch vor Publikum bewähren würde.

Aber das konnte er nur auf der Bühne herausfinden.

Es war wieder einmal eine Premiere.

Die Zuschauer wissen genauso wenig, was ihnen heute Abend bevorsteht, wie ich selbst, dachte er und natürlich rätselten sie, ob ein finanziell ruinierter, alter, gebrochener Mann mit einer Konzertgitarre erscheinen wird, um mit seinen Liedern ihre Erinnerungen neu zu beleben. Vielleicht denken sie, er wird begleitet von ein oder zwei alternden Sängerinnen, je nachdem, wie viele er sich noch leisten kann.

Er zupfte an der Seidenschleife.

Es ließ sich nicht vermeiden, dass die Leute von seinen Geldproblemen in den Zeitungen lasen und dass diese den alten Mönch gezwungen hatten, mit seiner Bettlerschale in der Hand, noch einmal auf die Bretter zu steigen, die die Welt bedeuteten.

Wieder öffnete sich die Tür. »Es geht los.«

Leonard erhob sich und nahm seinen Hut, setzte ihn sich auf den Kopf. Er spürte die Nervosität, das Lampenfieber, das ihn heimsuchte. Selbst jetzt, nach so langer Zeit, sah er sich noch immer nicht in der Lage, locker und entspannt auf die Bühne zu gehen. Er wusste, dass es unbewusst die Angst eines schüchternen Menschen war, sich lächerlich zu machen.

Früher hätte er eine Zigarette geraucht oder ein paar Drinks gekippt. Oder sich rasiert, das hatte ihm seine Mutter geraten.

Doch das hier war ein Neuanfang, seine erste Tournee ohne Nikotin und Alkohol.

Stattdessen nahm er noch einmal den Hut ab, senkte den Kopf und flüsterte ein kurzes Gebet.

Im Saal ging das Licht aus.

Zaghafter Applaus erklang.

Leonard richtete sich auf, schob den Gangstergut zurück auf den Kopf und betrat die Bühne.

KAPITEL 48

Larkollen, 2008

Auf dem Regal neben den blauen Tonschalen stand ein rotes Radio, aus dessen Lautsprecher der Moderator soeben verkündete, dass heute ein schöner Sommertag werden würde.

Marianne lächelte zufrieden, während sie das Mehl in eine Schale siebte. Das hat Jan sich auch verdient, dachte sie. Schließlich feierte er heute Geburtstag und soweit sie wusste, wollten alle Kinder kommen.

Kurz hielt sie inne. Auch Axel.

Er verstand sich gut mit Jans Töchtern, und in letzter Zeit gelang es ihrem Sohn immer besser, sein eigenes Leben zu führen, er selbst zu sein. Manchmal erwischte sie sich bei der Frage, ob die Freiheit, die sie ihm gelassen hatte, nur dazu gedient hatte, ihre eigene Freiheit bis an die Grenzen auszuloten.

Beantwortet hatte sie diese Frage nie.

Motorengeräusch lenkte ihre Aufmerksamkeit auf das Geschehen vor dem Fenster, wo soeben das Postauto hielt.

Wenn sie sich nach vorn beugte, konnte sie den Kühlergrill erkennen. Eine Autotür klappte, sie hörte, wie Jan den Mann begrüßte und sich anschließend für die Glückwünsche bedankte. Dann rollte das Fahrzeug wieder davon. Kurz hörte sie noch das Knirschen von Sand unter den Reifen.

Dann trat wieder Stille ein, in der sie Jans Schritte vernahm.

Marianne blickte über die Schulter. »Der Postbote war heute aber zeitig da. Was hat er denn gebracht? Ich hoffe doch eine Menge Glückwunschkarten.«

Jan hob die Hand, in der er ein braunes Pappkuvert hielt. »Das hier«, sagte er, und in seiner Stimme schwang Unsicherheit mit.

»Was ist das?«

»Ein Einschreiben. Für dich!«

Sie sah ihn fragend an. »Ein Einschreiben für mich?«

Jan drehte den Umschlag um. »Ist von Cohen.«

Kurz glaubte sie, in seinem Gesicht einen Vorwurf zu erkennen, als ob sie ihm etwas vorenthalten hatte, etwas, das sie ihm hätte sagen müssen.

»Leonard? Aha«, sagte sie betont ruhig und zuckte mit den Achseln, während sie sich die Hände an der Schürze abwischte. Danach stellte sie sich auf die Zehenspitzen, legte ihre Hände auf Jans Wangen und gab ihm einen Kuss.

Sie löste sich von ihm, band die Schürze ab und nahm ihm den Umschlag aus der Hand.

»Du willst ihn bestimmt in Ruhe lesen wollen«, sagte Jan und räusperte sich. »Wenn du mich brauchst, ich bin draußen im Garten. Muss noch die restlichen Stühle aufstellen.«

Sie hielt seine Hand einen Augenblick lang fest, und ihr Blick suchte seine Augen. »Ich brauche dich«, sagte sie leise.

Er lächelte verhalten. »Alles gut, Liebes.« Eine kleine Pause entstand. »Tu mir den Gefallen und lies ihn jetzt, bevor die Kinder kommen.«

»Das mache ich.«

Seine Schritte verhallten auf den Holzdielen.

Sie öffnete die Schublade und nahm eine Schere heraus. Etwas schwang zwischen ihr und Jan immer mit.

»Ich habe eine Frau mit Vergangenheit geheiratet«, hatte er einmal zu ihr gesagt. Am Anfang hatte sie ihm widersprochen, sie fand es absurd, dass Jan ihr früheres Leben erwähnte, bis sie begriff, dass er sie besser verstand als sie sich selbst.

Wenn sie in diesen Tagen am Meer spazieren ging, dachte sie oft darüber nach, wie lang und steinig der Weg ihrer Emanzipation und spirituellen Suche gewesen war, ein Weg voll mit Liebe, Erinnerungen und Narben, den sie immer noch ging.

Aus dem Mädchen, das die Welt entdecken wollte und die Sonne über alles liebte, wurde eine Frau, die nach Norwegen zurückkehrt war, um hier zu leben und zu arbeiten. Alle, die sie von früher kannten, dachten sie wäre noch ganz die alte. Niemand bemerkte, wie sehr sie sich verändert hatte und wie seltsam es ihr manchmal vorkam, wieder hier zu sein, mit lächelndem Gesicht höflich durchs Leben zu gehen.

Niemand, außer Jan, wusste um das unerbittliche Heimweh, das sie regelmäßig befiel, die Sehnsucht nach Hydra, die in ihrem Blut kreiste, ein Gefühl, das ihr bewusst machte, dass sie immer noch in zwei halben Welten lebte.

Sie fuhr mit den Fingern in die Schere, und als sie den Brief an der Kante aufschnitt, fielen zwei Konzertkarten auf den Tisch.

1. Juli 2008, Oslo

Stoßstange an Stoßstange rollten die Fahrzeuge über den abendlichen Zubringer, bogen an der Kreuzung nach rechts ab und folgten von da an den Anweisungen der Ordner, die in leuchtenden Westen an die Autos traten und einen prüfenden Blick auf die Eintrittskarten warfen, bevor sie den Fahrzeugen auf dem großen Parkplatz neben dem Stadion einen Stellplatz zuwiesen.

Auch Jan öffnete das Seitenfenster.

»Guten Abend«, hörte er den Mann sagen und nach einer kurzen Pause: »VIP-Bereich!«, worauf auf sein Handzeichen hin eine Schranke zu einem gesondert abgesperrten Platz unmittelbar neben dem Stadionzugang geöffnet wurde. »Ich wünsche Ihnen viel Spaß.«

Jan bedankte sich. Dann reichte er die Tickets an Marianne weiter, legte den Gang ein und scherte aus der Reihe aus.

Wenig später waren sie ausgestiegen, und während Marianne wartete, bis Jan den Wagen abgeschlossen hatte, sah sie sich um. Nicht weit entfernt schälten sich die Umrisse gewaltiger Lastzüge aus der Dunkelheit, von denen sie wusste, dass sie für den Transport des Bühnenequipments benutzt wurden und auf deren Kastenaufbauten sie in breiten Lettern Leonards Namen lesen konnte.

»Wollen wir?«, fragte Jan und reichte ihr die Hand.

Plötzlich zögerte sie, war unsicher.

Ihre Blicke trafen sich.

»Es ist nur ein Konzert«, sagte er und lächelte ihr zu.

Marianne nickte langsam. Sie spürte, wie ihre Hände zu schwitzen anfingen. Ehrlich gesagt hatte sie sich schon den ganzen Tag gefragt, wie es ihr am Abend gehen würde.

Einige Male war sie sogar kurz davor gewesen, nicht zum Konzert zu gehen, sondern einem der Kinder oder Freunden die Tickets zu überlassen.

Aber dann hatte sie sich beruhigt, sie war nur eine Besucherin und würde Leonard nicht, so wie es früher bei seinen Konzerten geschehen war, hinter der Bühne treffen. Sie würde ihn nur aus der Ferne sehen. Aber stimmte das, aus der Ferne? Ihre Plätze waren in der ersten Reihe, unmittelbar hinter dem freien Raum direkt vor der Bühne und …

Marianne ballte die Fäuste.

Hör auf mit den Gedankenspielen, ermahnte sie sich still.

Jetzt bist du hier.

Mit Jan.

Kein Wenn und Aber!

Sie nahm Jans Hand und hielt mit der anderen den Riemen ihrer Handtasche fest, in der sie die Eintrittskarten wusste.

Es war nur ein Konzert …

Sie wurden durch einen separaten Eingang hineingelassen und bekamen zur Begrüßung ein Glas Champagner.

Der Raum war nicht sehr groß, nur ein paar Stehtische mit weißen Hussen überzogen, an denen sich hauptsächlich Presseleute, Mitarbeiter der Musikbranche und Vertreter örtlicher Sponsoren aufhielten. Die Wände waren mit Tourneeplakaten vollgepflastert.

Marianne spürte die erwartungsvolle Stimmung, die nur darauf wartete, sich im Angesicht von Leonard Cohen entladen zu können und die sie zunehmend nervös machte. Sie war froh, als endlich eine junge Frau auf sie zukam und sie höflich aufforderte, ihr zu den Plätzen zu folgen.

Sie verließen den Raum und gingen einen geräumigen Flur entlang, der in regelmäßigen Abständen von Neonlampen erhellt wurde. Armdicke Kabelstränge führten an der Wand entlang, irgendwo schrillte ein Mobiltelefon.

Je näher sie der gewaltigen Doppeltür kamen, umso lauter wurde die Geräuschkulisse, die dahinter auf sie wartete.

Marianne hatte keine Vorstellung von dem, was auf sie zukam. In ihren Erinnerungen war das Konzert immer an einem beschaulichen Ort gewesen, so wie in den Clubs und kleinen Hallen, in denen Leonard am Anfang auftrat, als sie ihn noch regelmäßig begleitete, von mittlerer Größe und Übersichtlichkeit. Das »Bislett Stadion« jedoch entpuppte sich als eine riesige Fußballarena im Freien, in der unzählige Fans im Innenraum und auf den Rängen dem Beginn des Konzerts entgegenfieberten. Der Lärm war ohrenbetäubend, so dass sie sich mit Handzeichen verständigen mussten. Sorgsam achtete Marianne darauf, den vielen Menschen auszuweichen, die sich in den Gängen drängten.

Sie nahmen ihre Plätze ein.

Dann ging es los.

Leonard betrat die Bühne.

Der Beifall war frenetisch. Er füllte das weite Stadionrund und stieg in den nächtlichen Abendhimmel über Oslo hinauf.

Das Publikum erhob sich von den Sitzen und eine Minute nach der anderen verging, ohne dass der Applaus abebbte, obwohl Leonard noch kein Wort gesprochen oder gesungen und die Band noch keine Note gespielt hatte.

Marianne meinte, sein schüchternes Lächeln von früher zu erkennen, wie er den Hut auf Höhe des Herzens hielt, eine Geste der Bescheidenheit, aber auch ein Schutzschild gegen die überbordenden Emotionen. Wie er so dastand, erweckte er den Eindruck, als sei er nur deshalb an diesen Ort gekommen, um den Zuschauern, jedem einzelnen, ein Geheimnis anzuvertrauen.

Die Show, die nun folgte, war großartig.

Marianne fühlte, dass es Leonard an diesem Abend leichtfiel, eine Verbindung zu seinem Publikum herzustellen. Überhaupt wirkte er sehr entspannt und schien sichtlich Spaß an dem Auftritt zu haben. Er sang, den Kopf tief über das Mikrophon gebeugt, das er mit beiden Händen umschloss. Er begann mit »Dance Me To The End Of Love«, und sie fand, dass seine Stimme ein wenig rau, aber tief und kräftig klang. Nur selten, wie bei »Suzanne«, griff er zur Gitarre und begleitete sich, so wie früher, allein. Beim Song »The Future« überraschte er Marianne, als er an der Stelle, an der er von einem tanzenden weißen Mann sang, einen kleinen leichtfüßigen Shuffle tanzte.

Sofort hatte sie die Terrasse von Lialios' Villa im Kopf. Diesen besonderen Abend, der schon in die Nacht überging.

Marianne lächelte still.

Manche Dinge behalten für immer ihre Gültigkeit, dachte sie. Selbst jetzt, mit über siebzig, verzauberte Leonard die Menschen mit einer eleganten Mischung aus emotionaler Ehrlichkeit, Ironie und indem er ihnen erlaubte, einen kurzen

Blick auf sein wahres Ich und damit auch auf ihr eigenes tiefstes Inneres zu werfen.

Einen Moment fühlte sie sich wunderbar in der Zeit zurückversetzt, als wäre es so wie früher, als er noch zu ihr gehörte. Damals waren sie Seelenverwandte, zutiefst miteinander vertraut, im Herzen verbunden, und kurz verspürte sie eine heftige Wehmut darüber, seine Nähe und diesen Zustand der Zugehörigkeit verloren zu haben.

Sie schluckte.

Doch mit der Musik bewegte sich das Gefühl weiter, so wie bei einem Lied, das aus mehreren Strophen bestand. Jetzt wandelte es sich in etwas Fernes …und Erleichterung trat ein.

Marianne betrachtete verstohlen ihren Ehemann, der aufmerksam dem Konzertgeschehen folgte, und sie vermochte nicht zu sagen, was ihr fehlte oder ob ihr überhaupt etwas fehlte.

Und als Leonard plötzlich »So long, Marianne« anstimmte, fiel es einem Teil ihrer Seele leicht, Jans Finger dankbar mit der Hand zu umschließen, während ihr Blick nach vorn zur Bühne wanderte, wo der andere Teil ihrer Seele Leonard stumm mit den Augen festhielt, während sie leise mit ihm sang:

»Oh, du bist wirklich so eine Hübsche.
Ich sehe, du bist gegangen und hast wieder deinen Namen geändert.
Und das, als ich gerade diesen ganzen Berghang erstiegen hatte,
um meine Augen im Regen auszuwaschen!

Nun, mach's gut Marianne, es ist Zeit, dass wir wieder beginnen, über all das zu lachen und zu weinen und zu weinen und zu lachen.«

EPILOG

Marianne erwachte wieder.

Es fiel ihr schwer, die Lider zu öffnen.

Durch einen Plastikschlauch strömte Sauerstoff in ihre Nase.

Sie war immer noch hier in diesem Raum voller Armaturen.

Dann nahm sie langsam die kräftige Statur von Jan Christian Mollestad wahr, der abwartend am Fußende stand.

Er hatte so, wie sie ihn gebeten hatte, seine Kamera mitgebracht. Sie ruhte auf einem Stativ neben dem Bett. Die Vorhänge waren zugezogen.

Mit Mühe gelang es ihr, den Ellenbogen auf dem Laken abzusetzen, um sich bemerkbar zu machen.

»Marianne?«

Sie hörte, dass seine Stimme belegt klang.

Er kam einen Schritt auf sie zu und beugte sich leicht nach vorn.

»Ich habe Leonard deine Nachricht geschickt, er hat sofort geantwortet.«

Mitfühlend schaute er sie an und sah die schöne junge Frau, die sie einst gewesen war. Er sah ihre Anmut, ihre hingebungsvolle Leidenschaft und er sah, mit welch hinreißender Eleganz sie getanzt, gelebt und ihre Verletzungen erduldet haben musste. Einerseits war sie immer noch diese junge Frau, andererseits aber auch nicht.

»Was schreibt er?«, flüsterte sie.

Mollestad setzte sich ans Bett und faltete den Brief auseinander. Er hatte Mühe, das Zittern in seiner Stimme zu verbergen. Dann las er Leonards Brief:

»Liebste Marianne, ich gehe nur ein kleines Stück hinter Dir, nah genug, Dich an der Hand zu nehmen.« Als er in dem leisen, vertraulichen Tonfall zu lesen begann, schloss sie die flatternden Lider und bewegte unablässig ihre Finger, als würde sie jede Silbe aus der Luft pflücken wollen.

»Mein alter Körper gibt auf, so wie Deiner es tut. Ich habe Deine Liebe und Deine Schönheit nie vergessen. Aber das weißt Du ja. Mehr muss ich nicht sagen. Gute Reise, meine Liebe. Wir begegnen uns bald wieder. In endloser Liebe und Dankbarkeit, Dein Leonard.«

Sie rang nach Atem, während sie den Worten nachspürte, die nach so vielen Jahren endlich ausgesprochen, direkt in ihr Herz fielen.

Ihre Lippen bebten. Schwer sank ihr Arm auf die Zudecke und sie antwortete mit brüchiger Stimme: »Das war wunderschön …«

Alles in ihrem Leben hatte seine Zeit.

Und seinen Platz.

Ihre Kindheit bei der Großmutter. Das Abenteuer mit Axel. Die Geburt ihres Sohnes. Die Trennung von Axel. Sie lernte Leonard kennen und lieben und verlor ihn wieder. Sie verließ Hydra, war nach Oslo zurückgekommen und ihrem Mann Jan begegnet.

Mit Leonards Brief hatte sich für sie der Kreis geschlossen.

Seine Worte der Liebe gaben ihr einen Frieden, nach dem sie lange gesucht hatte. Sie spürte, wie sich bei dem Gedanken tief in ihr etwas auflöste, wie sie plötzlich zu einem Punkt kam, wo Dankbarkeit keine Last war, sondern etwas ganz Natürliches.

Leise summte sie die Melodie von »Bird on the Wire«, dann verstummte sie für immer.

Marianne starb am 28. Juli 2016. Leonard Cohen starb drei Monate nach ihr am 7. November 2016.

»Hydra ist ein guter Ort, um den Mond zu betrachten, man kann bei Mondlicht lesen, man kann auf der Terrasse lesen, man kann ein Gesicht so sehen, wie man es als junger Mensch sah. Damals gab es gutes Licht, Öllampen und Kerzen und kleine Flammen, die auf Korken in Olivenöl schwammen. Was ich in meinem alten Leben liebte, habe ich nicht vergessen, es lebt in meiner Wirbelsäule, Marianne und das Kind, die Tage voller Güte, sie erwachen in meinen Wirbeln und zeigen sich als Tränen. Ich bete, dass auch für sie liebevolle Erinnerungen existieren. Für die Geliebten, die ich abgetan, für eine Bindung in der Welt.«
(Leonard Cohen)

ANMERKUNGEN

Es war in diesem Roman unser Ziel, einer Liebe nachzuspüren, die in unterschiedlichen Ausformungen und Intensitäten zwischen Marianne Ihlen und Leonard Cohen ein ganzes Leben lang anhielt. Wir entschieden uns dazu, ausgewählte Schlaglichter der Beziehung zu erzählen. Deshalb sei an dieser Stelle ausdrücklich erwähnt, dass es sich hier um einen teilweise fiktionalisierten Roman handelt.

Die Recherche war trotz zahlreicher Biographien und vorhandener Interviews sehr aufwendig. In den von Leonard Cohen autorisierten Biographien wurde der Aufenthalt in Griechenland und das Zusammenleben mit Marianne Ihlen auf wenigen Seiten abgehandelt. Auch die später geführten Interviews mit Leonard Cohen zu diesem Thema stellten sich im Nachhinein als nicht besonders ergiebig heraus.

Einzig die Biographie von Marianne Ihlen, die auf einer Radiointerviewreihe in Norwegen basierte, und die Dokumentation von Nick Broomfield gaben Einblicke in die gemeinsame Zeit und das Leben auf Hydra.

Mehrmals waren wir auch gezwungen, uns für eine in Biographien, Filmen oder Dokumentationen unterschiedlich kolportierte Wahrheit zu entscheiden.

Ein Beispiel dazu: In der Biographie »I'm Your Man« wird

der erste Auftritt Leonard Cohens mit dem 22. Februar 1967 angegeben, im »Village Theater« in der sechsten Straße, Ecke zweite Avenue. Es heißt darin, zuerst sang er »Suzanne«, brach dann aber ab und verließ die Bühne. Später unternahm er mit dem »Stranger Song« einen zweiten Versuch, den er nach eigener Aussage »mühevoll und mit Gummifingern« zu Ende brachte.

Offensichtlich erfolgreicher war sein zweiter Auftritt am 16. Juli 1967 auf dem berühmten Newport Folk Festival, den er der Fürsprache von Judy Collins zu verdanken hatte. Hier wird erzählt, dass er allein auf der Bühne »Suzanne« sang und begeistert vom Publikum aufgenommen wurde.

Im Dokumentarfilm: »Marianne & Leonard: Words of Love« von Nick Broomfield, wird die Situation jedoch völlig anders dargestellt, sie wird dort mit einem Liveinterview von Judy Collins untermauert. Vom Konzert im »Village Theater« am 22. Februar 1967 ist in diesem Film gar nicht die Rede. Hier wird der Auftritt beim Newport Folk Festival als Startpunkt von Leonard Cohens Karriere im Interview wie folgt geschildert: »Leonard hatte großes Lampenfieber. Er ging auf die Bühne, begann ›Suzanne‹ zu singen, brach nach einer Strophe ab und stürmte von der Bühne. Ich (Judy Collins) habe ihn überzeugt, wieder zurückzugehen. Ich stellte mich neben ihn, begleitete ihn auf der Gitarre. Aber er sang. Als er mit dem Song geendet hatte, war er konvertiert.«

Teilweise haben wir im Roman auch Daten zugunsten des Erzählflusses verändert, so war die Premiere des Films »Doktor Schiwago« erst 1965.

Wenn die Leser mehr über das Leben von Marianne Ihlen und Leonard Cohen erfahren möchten, empfehlen wir ihnen die zahlreichen Biographien, Filme und Dokumentationen.

DANKSAGUNG

Besonders den Autorinnen zweier Bücher sind wir sehr zu Dank verpflichtet: Sylvie Simmons für »I'm Your Man. Das Leben des Leonard Cohen« sowie Kari Hesthamar für ihr biographisches Werk »So long Marianne«, die uns eine Vorstellung von Mariannes und Leonards Leben vermittelten.

Auch folgenden Werken verdanken wir viel: »Leonard Cohen, So long. Ein Leben in Gesprächen«, herausgegeben von Cornelia Künne und Daniel Kampa, sowie »Leonard Cohen. Titan der Worte« von Christof Graf.

Wertvolle Informationen erhielten wir auch durch den Dokumentarfilm von Nick Broomfield »Marianne & Leonard Words of Love.«

Herzlich danken möchten wir den Mitgliedern des Leonard-Cohen-Forums für den bereichernden Austausch.

Besonderer Dank gilt unserem Agenten Dirk Meynecke, seinen herzlichen und klugen Ratschlägen und der Agentur Dörner für die professionelle Abwicklung aller Vorgänge.

Weiter möchten wir Reinhard Rohn und Constanze Bichlmaier danken sowie allen Mitarbeitern des Aufbau Verlags für das in uns gesetzte Vertrauen, die Begeisterung, Unterstützung und die unkomplizierte, wunderbare Zusammenarbeit.

Auch einmal mehr ein herzliches Dankeschön an Sr. Ingrid Herkommer für ihr begleitendes Gebet und an Pater Georg Maria Roers SJ für seine Freundschaft und Unterstützung.

Großer Dank gebührt auch unseren Freunden und Familien.